49.90

Aquela idade

Outra obra da autora publicada pela Editora Record

A vingança da mulher de meia-idade

ELIZABETH BUCHAN

Aquela idade

Tradução de
TALITA MACEDO RODRIGUES

EDITORA RECORD
RIO DE JANEIRO • SÃO PAULO

2006

CIP-Brasil. Catalogação-na-fonte
Sindicato Nacional dos Editores de Livros, RJ.

Buchan, Elizabeth
B934a   Aquela idade / Elizabeth Buchan; tradução Talita M. Rodrigues.
— Rio de Janeiro: Record, 2006.

    Tradução de: That cetain age
    ISBN 85-01-07190-0

      1. Romance inglês. I. Rodrigues, Talita Macedo. II. Título.

                              CDD – 823
06-3070   CDU – 821.111-3

Título original em inglês:
THAT CERTAIN AGE

Copyright © 2003 by Elizabeth Buchan

Composição: DFL

Todos os direitos reservados. Proibida a reprodução,
no todo ou em parte, através de quaisquer meios.

Direitos exclusivos de publicação em língua portuguesa adquiridos pela
EDITORA RECORD LTDA.
Rua Argentina 171 – Rio de Janeiro, RJ – 20921-380 – Tel.: 2585-2000
que se reserva a propriedade literária desta tradução

Impresso no Brasil

ISBN 85-01-07190-0

PEDIDOS PELO REEMBOLSO POSTAL
Caixa Postal 23.052
Rio de Janeiro, RJ – 20922-970

EDITORA AFILIADA

Para Fanny

Ela sentia a grandeza do mundo e os múltiplos despertares de homens para a labuta e a resignação. Ela era parte dessa involuntária e palpitante vida...

George Eliot, *Middlemarch*

Agradecimentos

Duas dívidas em particular devem ser reconhecidas: ao notável e comovente livro de memórias de Geoffrey Wellum, *First Light* (Penguin), e *Apples: The Story of the Fruit of Temptation* (North Point Press), de Frank Browning. Tirei de ambos detalhes e casos interessantes. Qualquer engano é meu.

Como sempre, devo muitíssimo aos meus brilhantes editores, Louise Moore, no Reino Unido, e Pamela Dorman, nos Estados Unidos, e a suas excelentes equipes editoriais. Com um especial muito obrigada a Clare Ferraro, Hazel Orme, Carolyn Colburn, Judi Kloos, Katy Nicholson e Claire Bord, e por fim, mas sem dúvida não menos importante, ao meu agente Mark Lucas.

Aos meus amigos e família: obrigada.

Johanne Coker fez um generoso donativo ao NSPCC em troca do seu nome para um personagem deste romance.

Capítulo 1

Siena

Tenho tantos lamentos arquivados: *Meus cabelos estão ficando grisalhos... Perdi a sutileza de corpo e mente... A minha aparência está arruinada... Nunca, nunca mais me sentirei como antes...*

Os gritos femininos podem soar muito alto. Lamentosos e corrosivos... cheios de dor e desespero... estridentes. Ficamos em casa, pressionadas por corpinhos cheirando a leite azedo, nossos tão eficientes captores, e choramos lágrimas sonoras sobre a pia. Saímos para trabalhar e chiamos diante das dificuldades. A biologia deu um jeito de nos manter sob rígido controle. Potrancas no rodeio, em fila para sermos domadas por ovários e úteros.

Mas como expliquei a Charlie, meu marido, graças à ciência, a biologia pode ser controlada. Pode-se mantê-la a distância. Até agora eu tinha conseguido ignorar o tiquetaque do relógio biológico, com um plano de carreira claro e simples e, *por favor, Charlie*, deixe-me continuar assim. Ele tinha me pedido para reavaliar melhor o caso e acrescentou que os homens também gritavam: só que não eram ouvidos.

Isto não significava que o assunto entre nós dois estivesse resolvido, muito pelo contrário, mas eu o abracei depois que ele fez aquela observação (não com amargura, mas com o seu tom prático de advogado), sussurrando ao seu ouvido que o amava.

— E eu também amo você, muito, muito — respondeu ele, e passou os dedos pelos meus cabelos.

Mas eu sabia que ele estava incomodado. A questão se deveríamos — ou não — ter filhos era um terreno bastante pisado por nós, porém por mais que passássemos por ele, esbarrando em matagais de dúvidas e argumentos, jamais chegávamos a um acordo.

— Eu estou enganando você, Charlie? *Estou? Estive?*

Eu o observava embrulhar com cuidado os presentes de aniversário para o seu sobrinho de sete anos (uma cicatriz falsa para grudar no rosto, uma almofada inflável que emitia um barulho grosseiro se alguém se sentasse nela e um pacote de pinos mágicos para iniciantes). Ele aplicou a última tira de fita adesiva.

— Você acha que está grande o suficiente? — perguntou.
— Quero que seja um embrulho bem grande e divertido.

Ele se sentou e escreveu no cartão: "Para Nat, meu sobrinho predileto, com amor, do tio Charlie. P.S.: Quer jogar Paint-ball comigo?

Em seguida desenhou um dinossauro no verso do envelope, selou e disse tranqüilamente:

— Não sei se você está me enganando ou não. Vou ter de esperar para descobrir.

Por que eu não lhe disse: "Já tenho o suficiente na minha vida. É tão cheia, tão ocupada, me absorve tanto que não sobra espaço para mais nada?" Porque sei que Charlie teria puxado seus cabelos despenteados para trás e respondido, com um dos seus sorrisos mais doces — que parecia englobar uma visão secreta de coisas boas, como o focinho úmido de um cachorro enfiando-se na sua mão, um raio de sol batendo sobre um berço: "Arrumamos espaço. Claro que arrumamos."

Eu invejava Charlie pela certeza que ele tinha das coisas e por sua imaculada generosidade.

Lucy Thwaite (35) [eram as notas sobre minha mais recente missão] é mãe de três filhos. Planeja voltar a trabalhar no serviço de bufê. Precisa de um guarda-roupa elegante, prático, adaptável. O problema? Desde o nascimento do terceiro filho (5) ela engordou e perdeu a auto-estima. "Não sei mais o que fazer... Odeio o meu corpo, odeio olhar para ele e sempre visto roupas largas..."

As observações sobre o caso de Lucy Thwaite tinham sido enviadas por Jenni da *Fashion, This Week* junto com a programação, o que me dava aproximadamente quatro dias para pensar e dar um jeito em Lucy. A foto anexada mostrava uma mulher de traços marcados por um misto de exaustão e fúria. Até para o olhar menos experiente, resolver o caso de Lucy levaria mais de uma semana.

Jenni, que corria atrás de minhas matérias e fazia a pesquisa preliminar, também tinha percebido. "Engaiolada", ela falou, ao telefone, "e socando as grades para escapar".

Em geral, o espectro da infelicidade nos meus clientes despertava compaixão — o que não combinava muito bem com o requisito franqueza de uma consultora de moda. Mas a vida é uma série de polaridades, e eu era o cavaleiro branco que chegava para o resgate, trazendo incentivo e algumas palavras firmes na ponta da minha lança.

Ao me encontrar com Lucy Thwaite em sua casa, em Midlands, ocorreu-me que ela havia se colocado no papel de uma mulher antiquada e sem graça: ela era mais bonita pessoalmente, e sua pele tinha a graciosa transparência que a fadiga permanente às vezes dá às mulheres.

Lucy estendeu a mão, que estava úmida e macia quando a peguei.

— Estou tão excitada. Nenhuma das minhas amigas está acreditando.

Sua boca retorceu-se num sorriso que não chegou aos seus olhos.

Com o passar dos anos, cometi muitos erros e confiar nas minhas primeiras impressões foi um deles, mas não pude deixar de sentir uma certa aversão pela obstinada aura de tristeza de Lucy Thwaine.

— Entre. Quer um café? Cuidado com o velocípede, é do Johnny, meu caçula, e... ah, desculpe as compras. Passe por cima.

A casa estava uma bagunça, como muitas das casas em que estive. Um lar era tão nu, tão revelador. Charlie e eu não recebemos ninguém no nosso apartamento até ele estar perfeito. "Para o que der e vier, e *pela arrumação*", brincávamos, pois dividíamos o desejo de uma vida secreta e de privacidade.

A cozinha de Lucy estava entulhada de roupas, cestas e papéis. Ela me fez sentar diante de uma mesa e se ocupou da chaleira e do café. Abri espaço para colocar meu notebook no meio dos pacotes de cereal e papéis, entre eles a figura recortada de um pezinho que alguém tinha colado numa base de papelão com um cordão entremeado. Era uma coisa frágil, feita às pressas e mal colada, mas transpirava otimismo e determinação infantis. A etiqueta dizia: "Bota de centurião, Muralha de Adriano, *circa* 200 d.C."

Lucy fez um gesto apontando para o trabalho.

— Tenho o azar de mandar meus filhos para um colégio especializado em tortura. Dos pais. — Seus olhos eram inexpressivos. — Shelley voltou para casa ontem à noite e disse que precisava de uma sandália romana para sexta-feira. *Uma sandália romana!* Não sei como é isso, nem me importo, mas o que vou fazer? Uma coisa é certa, Derek não vai estar por perto para servir de sapateiro.

Não fui capaz de dizer nada, porque para mim aquela tola sandália era importante.

Lucy colocou uma caneca de café na minha frente.

— Vou ficar famosa? — perguntou.

Olhei para o meu relógio — um gesto que ela logo compreendeu: sentou-se na mesma hora.

— Lucy, vamos falar de você. Pode me contar um pouco mais a seu respeito?

Uma sombra passou sobre sua feição triste.

— Isso é bom. Ninguém me pergunta nada sobre mim desde... — ela esfregou o rosto — ...desde ...nem lembro.

Ela parecia sinceramente surpresa com o convite, e perguntei-me sobre a equação que a trouxera a este ponto tão baixo. Fadiga e maternidade, nitidamente. Mas haveria também um marido grosseiro? Uma súbita falta de dinheiro?

Talvez fosse mais simples do que isso. Infelicidade é uma coisa do dia-a-dia, perseverante, e a gente acaba se acostumando a ela.

Eu sabia o que era isso.

Tirei uma caneta da minha bolsa vermelha da Tod's. O olhar de Lucy descansou sobre ela, cobiçoso.

— Essa é uma das coisas que me dão prazer — disse. — Uma bolsa bonita.

Nenhuma surpresa aqui. Mulheres grandes costumam ser compradoras compulsivas de bolsas (e sapatos) por uma simples razão: a bolsa (ou os sapatos) ilumina a imagem e permite que a pessoa adquira um distintivo de elegância sem a ritual humilhação de comprar roupas tamanho G. *Viva* o acessório!

— De fato, troco bastante de bolsa todos os anos. Derek sempre me critica.

— Mas é melhor do que trocar de marido.

Eu nunca me senti à vontade por ser uma segunda esposa. *Ergo*, fazia piadas com a situação.

Lucy Thwaite olhou fixo para mim, e havia lágrimas nos seus olhos.

— É?

Eu sorri com delicadeza.

— Vamos começar?

Vinte minutos depois, eu compreendia Lucy Thwaite e sua vida um pouco melhor do que desejava. A domesticidade claustrofóbica, o perene cansaço, a falta de dinheiro para pequenos luxos. Eu havia encontrado tantas Lucy Thwaite.

Às vezes eu me perguntava o que fazia me intrometendo no desespero e nestas embrulhadas domésticas com o meu discurso duro. Era tão fácil chacoalhar alguns cabides num guarda-roupa, ditar regras sobre mangas japonesas (*não* para mulheres mais velhas), cores e bainhas, depois sair voando na minha vassoura mágica, sabendo que não tenho de lidar com elas. E aí eu captava o brilho de gratidão, o sorriso tímido de prazer, o leve sinal de que uma situação havia mudado e, de repente, as minhas contribuições não pareciam mais tão esfarrapadas, tão sem sentido.

Perguntei a Lucy se eu poderia dar uma conferida no seu guarda-roupa, e ela subiu comigo. A cada passo havia uma pilha de roupas infantis dobradas (mas não passadas). Um par de chuteiras enlameadas e uma cama de lona ocupavam quase todo o patamar da escada.

O guarda-roupa de Lucy abriu-se, deixando à mostra um espelho de corpo inteiro na parte interna da porta. Isto não é raro. Ele fica colocado exatamente de modo que as mulheres possam fechar lá dentro a imagem de si mesmas e, em muitos casos, dar um jeito de nunca olhar para ela.

— Lucy, vem aqui e fique de frente para o espelho.

Ela ajeitou a colcha da cama.

— Preciso? Não basta você olhar para mim?

— Acho que não. Faz parte do acordo você dar uma espiada.

Peguei-a pelos ombros e a obriguei a se olhar bem de frente. Este era sempre um momento surpreendente: revelação, prostração ou um novo alvorecer. Eu nunca podia prever o quê.

Ela ficou um tempo olhando firme, e seus ombros gorduchos estavam tensos.

— Detesto o meu corpo — ela cuspiu em si mesma. — Ele me dá *nojo*.

Se não tive chance de falar com a cliente, em geral consigo ter uma idéia depois de uns cinco ou dez minutos remexendo no seu guarda-roupa. O engraçado é que o cheiro tem muito a ver com isso. Juro que posso sentir a qualidade de suas vidas pelo cheiro. Perfumes caros. Perfumes baratos. Serviços caros e atenciosos de lavanderia, ou a aura mascarada de suor e um jeitinho de se virar com muito pouco tempo e dinheiro enquanto a dona das roupas corre para cozinhar, fazer compras, transportar e tomar conta dos filhos.

Mulheres grandes tendem a ter armários repletos, porque compram por impulso, prometendo a si mesmas que um dia entrarão naquelas roupas. O de Lucy Thwaite continha menos do que eu havia calculado. Calças pretas... afuniladas e curtas demais. Empurrei os cabides de casacos de um lado para o outro. Blusa de musselina de algodão bordada (relíquia de férias na Grécia?), um vestido com estampado grande e aberto na frente. Um botão estava frouxo ali onde o tecido deve ficar tensionado sobre o busto.

— É o seu preferido, Lucy?

Ela encolheu os ombros.

— É um vestido, eu entro nele, e ele serve.

Eu o coloquei de lado. Estas eram roupas de alguém sem tempo, sem espaço para respirar, sem autoconfiança. *Sem alegria.* Alguém que havia sido colocada para baixo, e que tinha todos os seus minutos de vigília ocupados por outra pessoa. *Por favor. Vem. Faz.* As vozes cresciam tão duras e caíam tão ásperas no ouvido interno que apagavam todos os outros sons, inclusive o silencioso gritinho de socorro.

A vara estava empenada no meio, e os cabides se aglomeraram num estalido.

— Eu usava esse casaco aos vinte anos — Lucy se adiantou. — Não tenho coragem de jogar fora.

Ela pegou uma calça com elástico na cintura.

— Comprei-a quando estava grávida e a uso o tempo todo.

Uma idéia passou pela minha paisagem interior ensolarada, uma cópia barata sem originalidade, mal-vinda, que forçou a sua entrada no brilho e no deslumbramento dos meus sonhos e projetos de alta-costura: *Isto poderia ser eu.*

No meu escritório em casa, no apartamento em Embankment Court, tão perto do rio que os aposentos pareciam flutuar por cima da água, conferi minhas mensagens e o correio. A minha atividade — um espaço semanal na *Fashion, This Week*, consultoria para fotos de moda, solicitações regulares de uma opinião para revistas elegantes e o intermitente trabalho para programas de rádio e televisão — garantia que fossem muitas.

Querida Siena, Por favor me ajude. Estou indo para a universidade no outono e estou horrível. Não tenho muito dinheiro. O que posso fazer para me sentir mais confiante?

Enfiei a carta na bandeja suspensa.

Querida Siena. Gostamos da sua coluna, mas achamos que é muito dura com seus clientes. Somos seres iguais aos olhos do nosso Criador e nossa capa exterior é insignificante comparada com o que está por dentro. Achamos que devíamos lembrá-la disso...

Segurei a carta sobre a lixeira, pronta para jogá-la fora, mas mudei de idéia, levantei e espetei-a no quadro de avisos. Gostei da idéia de Deus zelando por guarda-roupas e seus administradores. Na minha experiência, Ele não parecia uma divindade que Se ocupasse com cortes e pregas de tecido. Mas como eu já estava com 35 anos, um marco tão preocupante quanto os 40, tinha descoberto que minha opinião não estava, afinal de contas, lavrada em pedra. Pelo contrário, muitas aparas e bainhas estavam acontecendo.

Agora eu precisava pensar em Lucy Thwaite e não tinha muito tempo (nunca tinha). Como eu poderia transformá-la, fazê-la mais feliz por... ah, uma hora mais ou menos?

O telefone tocou.

— Oi, aqui é India.

Era infalível. Se me apresentassem a alguém com o nome de "India", "Paris" ou "Georgia", essa pessoa provavelmente seria da minha faixa etária. Alguma larva penetrou na psique coletiva da geração dos meus pais, inspirando-os a desprezar os monótonos "Caroline", "Elizabeth" e "Jane" em favor de nomes do mundo mais vasto para suas filhas. Era bonito, e nós — os continentes e cidades — gostamos.

India era minha agente e tinha 35 anos.

— Está sentada confortavelmente? Grandes notícias. A Trimester Productions, a companhia americana, me procurou. Viram você na revista e querem saber se faria um piloto com eles para uma possível série por lá.

— Pena — eu disse. — Estados Unidos.

— Foi o que eu disse, idiota. É cedo ainda, mas escuta. Isto é o que temos de fazer.

Contratos, programações, pagamento, publicidade, audiência prevista... era música para os meus ouvidos: os andantes e crescendos de uma carreira de sucesso.

Terminada a conversa, levantei-me e fui até o quadro de avisos onde tinha espetados meus horários, amostras de tecidos, recortes de jornais e as fotografias que precisava ter ao meu redor: Charlie e eu na lua-de-mel no Himalaia, um grupo familiar com meus pais e meu irmão, a equipe de moda da *Crystal* (agora extinta) e eu em locação na filmagem em Sydney (ficamos lá uma semana, e a diferença de fuso horário era tão grande que concluímos que tínhamos partido antes de termos chegado) e, por último, mas não menos importante, nossos amigos Lola e Bill, no seu pomar em New Hampshire, logo depois da primeira pulverização do ano.

Sabendo que Charlie e eu éramos membros de carteirinha da constrangedora brigada orgânica, Bill tinha tido o cuidado de explicar na carta anexa que não havia como cultivar maçãs com sucesso sem intervenção. "Pomar não é uma coisa natural; ele não acontece na vida silvestre", escreveu, e fiquei emocionada por ele ter se preocupado tanto com a nossa opinião. "Um pomar é um ímã para doenças e perturbações e se autocontamina, como políticos ou extremistas. Não podemos nos dar ao luxo de confiar no clima ou nas montanhas para controlar o avanço de infecções por fungo ou bactérias. Este é o preço para se ter uma fresca e bela maçã! Vigilância química."

Lola, editora de moda, e eu nos encontrávamos com freqüência no circuito, e ela e Bill se hospedavam conosco em Embankment Court. Éramos um bom quarteto: mais do que bom: éramos o tipo de amigos que você sabe, instintivamente, que será para sempre. Se eu fosse para os Estados Unidos, solicitaria humildemente uma visita ao seu refúgio no campo para ver com meus próprios olhos aquele pomar.

— Siena...

Levantei o rosto do prato de macarrão frito com gengibre e cebolinhas, que era o nosso jantar.

— Sim?

Ele sorriu para mim.

— Não faz essa cara de preocupada.

— Preocupada não, sonhando acordada apenas.

Mas eu *estava* preocupada. Como eu poderia trabalhar nos Estados Unidos? Como diria isso para Charlie?

Ele deitou a cabeça de lado e ficou me analisando com ar de quem era capaz de ver dentro de mim, e mais longe ainda.

— Você está meio trapista esta noite.

— Desculpe — eu me recompus. — Conte-me o que aconteceu hoje?

Charlie acusou o recebimento da pergunta pró-forma acenando com um dedo. Jeito de juiz (que é o que eu digo, de brincadeira, que ele gostaria de ser). Ele estava defendendo uma mulher acusada de assassinar seu bebê de seis meses. Ele e um grupo de colegas com o mesmo modo de pensar tinham montado uma Vigília pela Liberdade, um escritório especializado em violência contra os direitos humanos, discriminação e casos como este. Ele tinha feito fama defendendo os indefensáveis e lutando com as autoridades. Comparado com escritórios mais ricos, o Vigília pela Liberdade operava quase sem recursos, em parte porque Charlie, entre outros, insistia em aceitar uma quantidade de casos gratuitos que consumia as nossas noites e fins de semana. "Sou uma pessoa de sorte", explicou, quando o conheci. "Minha vida tem sido limpa, ordenada e confortável. Tenho de retribuir de algum modo." Era uma equação pela qual eu o amava.

Neste caso em particular, o bebê tinha sido encontrado no berço, e a autópsia revelara contusões pelo seu corpo.

— Mas as marcas — agora Charlie observava — são coerentes com as possíveis contusões que talvez tenham acontecido quando os paramédicos tentaram ressuscitá-lo.

Esquecendo o macarrão, ele se debruçou sobre a mesa.

— Se Jackie, a mãe, tivesse matado o bebê, acho que confessaria. Ela demonstra uma certa honestidade.

— Então você acredita que ela não é culpada.

Era uma afirmativa, não uma pergunta.

Charlie ficou tenso.

— Com certeza — ele falou, brincando com um pedaço de macarrão. — Jackie Woodrufft não matou o bebê.

Eu baixei os pauzinhos. Ao contrário da fachada que ele armava, a reputação de Charlie de defesas brilhantes e excesso de profissionalismo não tinha sido fácil de conquistar, e quem o admirava (e odiava) por sua braveza e integridade talvez tivesse se surpreendido. Uma guerra constante era travada dentro de Charlie, entre sua crença instintiva na bondade essencial dos seres humanos, a perfectibilidade da natureza humana (com uma pequena ajuda da assistência social, educação e agências desse tipo), e a evidência do contrário, apresentada diariamente no tribunal.

Ele fez um dos seus desvios relâmpago.

— O melhor que posso fazer por Jackie... — fez uma pausa. Charlie tinha a sua cota justa do ator *manqué* — ...é subornar o oficial do tribunal para fraudar o júri.

— Piada velha.

— São as melhores.

— São. Come — adverti-o com carinho. — O macarrão vai esfriar.

— Implicante. — Ele sorriu para mim com tanto amor que meu coração saltitou mais leve.

Minutos depois retirei as tigelas. Eram brancas e satisfatoriamente grossas, e eu tinha passado dois fins de semana tentando encontrar as louças corretas. Era importante para nós que tudo fosse assim no nosso apartamento, no nosso lar, e eu adorava manusear as suas curvas arredondadas, grávidas, e sentir o peso de tais tigelas se aninhando entre as minhas mãos.

Arrumei-as na lava-louças e tirei uma travessa de frutas da geladeira — cachos perfeitos de mirtilos e framboesas avulsas, cercados de rodelas de abacaxi fresco e damascos cortados em quartos. O efeito delas na travessa, que era de um branco mais puro e deslumbrante ainda do que o das tigelas de macarrão, era agradável.

Charlie se serviu. Um fio de suco de abacaxi escorreu pelo seu queixo, e estendi a mão para secá-lo com meu guardanapo. Pretexto? Estávamos casados havia apenas cinco anos e a novidade ainda era tão doce e encantadora. Para mim, Charlie era uma fonte de eterno fascínio e, sim, de orgulho; tocá-lo por qualquer motivo me enchia de prazer. Às vezes eu fazia questão de esbarrar nele. Ou me oferecia para lhe massagear as costas depois de horas debruçado sobre uma escrivaninha. Ou simplesmente o beijava, pura e simplesmente, na boca.

— *Ei, pra que isso?*
— *Pra nada.*
— *Me diz.*
— *Não quero deixar você mais convencido do que já é...*

Saíamos para jantar freqüentemente, a trabalho ou com bons amigos, o que era divertido. Mas também era divertido ficarmos aqui juntos, cumprindo as nossas rotinas. Ceia, sempre bem apresentada. O noticiário das dez, uma discussão sobre o que cada um ia fazer no dia seguinte e quem estava escalado para as compras.

Depois, cama. Não era nada tão previsível, nem certamente uma rotina. O segredo do sexo — e eu imagino que haja muitos mistérios a esse respeito, inclusive que ele acontece com menos freqüência do que se pensa — bem, o meu segredo é que cama é o único lugar onde as políticas sexuais *não* se aplicam. Ali uma mulher pode ser totalmente submissa, e um homem totalmente exigente, e cada um fica plenamente satisfeito com o outro. Charlie e eu estávamos plenamente satisfeitos um com o outro.

Hoje, no noticiário, vimos uma tropa de políticos de ternos cinza entrando com toda a pompa na sede da União Européia, em Bruxelas, numa missão para resolver o problema das minas terrestres.

— Aposto que estão pensando no almoço — eu disse.

Mais tarde, Charlie bufou com os resultados do campeonato de críquete.

— Por que não podemos vencer, pelo amor de Deus?

— Dê-lhes uma chance.

— Siena, em que planeta você está?

Afundei no sofá grande, recheado de plumas e forrado com tecido Bennison.

— Estamos falando do time inglês de críquete — disse ele, e encerrou o assunto. — Saiu no noticiário esportivo.

Virei a cabeça na sua direção:

— Charlie... você está feliz? Comigo?

Eu sabia que era arriscado perguntar essas coisas, pois os fantasmas de nossos casamentos anteriores estavam ali, um ruído de fundo, se você prefere.

Ele se voltou para mim, apanhando-me numa quase gravata.

— Já lhe disse que você tem os maiores olhos azuis que eu já vi?

— Hoje não.

— Quando olho dentro deles, vejo um mar ensolarado e...

— E...

— Calma. Paz. Felicidade.

Estava tudo certo, então.

— Charlie — eu estava sentada na cama, recostada nos travesseiros, vendo-o se despir —, quer saber a notícia boa?

— Conta.

Ele andou até o guarda-roupa e pendurou o terno.

— India ligou. Fui convidada para fazer um piloto para uma série de televisão.

Charlie fechou a porta do armário.

— Brilhante. E a má notícia? — Ele se sentou na cama. — O que tem de ruim em a minha esperta mulher receber os louvores que merece? — ele olhava firme para mim. — É bom, Siena. Estou contente.

— Espera aí... Espera aí. É nos Estados Unidos. Não está nada decidido, e pode não acontecer, mas talvez eu tenha de ir até lá e fazer algumas acrobacias e quem sabe...

— Isso é a má notícia? Vai ter de fazer mais do que isso.

— Um bocado de dinheiro.

— Isso é terrível.

— É uma ótima oportunidade, que eu nunca imaginei que aconteceria.

Ele hesitou.

— Eu sei.

Depois de um minuto, Charlie levantou-se e entrou no banheiro, onde eu pude escutar os seus movimentos de um lado para o outro. Escutei o barulho da água caindo, o som da escova de dentes elétrica, depois o silêncio enquanto ele escovava os cabelos. Ele saiu e sorriu para mim.

— Mas ainda é cedo.

— É.

Ele pegou o seu robe e amarrou a faixa na cintura.

— Você vai dormir. Tenho de conferir uma coisa que não pode esperar.

— Charlie, você está cansado. Vem para a cama.

Ele estava concluindo o caso de um romeno acusado de imigração ilegal.

— Não estou tão cansado assim. Não se preocupe. Não vou acordar você.

Charlie desapareceu, e escutei quando ele acendeu a luz, abriu a maleta e se acomodou para trabalhar.

Ele tinha o hábito de trabalhar até tarde da noite quando estava preocupado, zangado, aborrecido. Era o seu jeito de lidar com isso.

Capítulo 2

Siena

Devo ter pegado no sono, porque me vi assistindo a um documentário onírico sobre o pomar de Bill e Lola, na televisão. Ele tinha sido transformado no campo de uma fábrica, patrulhado por dragões mecânicos. Eu estava ocupada anotando títulos no meu caderno. Sob "Pássaros cantando", registrei "Nenhum". Sob "Borboletas", "Nenhuma". E acrescentei: "Nenhuma vida em movimento na grama." Quando olhei para cima, das árvores pendiam maçãs em ordem, obedientes, bem coloridas e todas do mesmo tamanho.

Confusa, acordei, rolei para o lado de Charlie e escorreguei o meu braço, ah, tão gentilmente, sobre a sua cintura. Percebi no mesmo instante que ele estava acordado.

— Acho que estava tendo um pesadelo com as maçãs GM — falei. — Elas pareciam todas iguais.

Silêncio.

— Os Estados Unidos são a minha grande chance — eu disse baixinho. — Talvez não tenha outra. Vai ser uma vez só.

— Se der certo — Charlie murmurou —, não será uma vez só.

Moças sonham. Primeira série, terceira série... *ensino médio*. Clube e primeira classe, fins de semanas nos Hamptons, gente interessante, idéias interessantes, uma nova visão num cenário diferente... Tantas possibilidades lutavam para se fixar na minha cabeça.

— É difícil recusar uma oferta dessas.

— É — concordou ele, com a mesma articulação controlada, mas não estava concordando.

— *Você* não deixaria passar.

— Ok, Siena — disse ele com calma. — Como vamos resolver isso?

Mais silêncio.

Charlie tinha aprendido a arte de ficar em silêncio no tribunal, silêncios com mais significados do que qualquer discurso, mas eu não era tão boa nisso.

— *Quando vamos ter filhos, Siena, quando você acha?*

— *Charlie, assim que abrir um espaço na minha programação, então podemos tentar. Sinto muito, mas apareceu um livro, uma idéia, um programa, um projeto... A revista quer uma coluna semanal, não mensal... Preciso me concentrar nisso.*

— *Siena, o tempo está passando...*

— Prometo pensar a respeito.

Ele acreditava em mim? É provável que não, porque eu havia me esquivado e dado voltas por entre as moitas já mencionadas.

Charlie sentou-se na cama, acendeu a luz e segurou o meu rosto na palma da mão.

— Fica zangada comigo se eu observar que você vai fazer 36 anos?

— Ai.

Ele pegou o copo ao lado da cama e deu um gole. Eu imaginei a água escorrendo pela sua garganta até um estômago embrulhado pela nossa conversa no meio da noite.

— Charlie, não quero perder tudo o que já conquistei.

— Mas você vai ganhar — disse, e alisou o meu rosto. — Você vai ser uma mãe linda e maravilhosa.

Um arrepio de impaciência me sacudiu. Era tão fácil dizer — e não levava em conta a minha covardia instintiva. Respirei fundo.

— Estou assustada, Charlie.

— Mas eu estou aqui.

Ele largou o copo e me deu um sorriso: tão torto, quase amargo, decididamente debochado e... infantil. Como o filho que desejava. Tudo que eu queria era fazer Charlie feliz, o que parecia bastante simples. Exceto que não era.

Ele debruçou-se por cima de mim, tentando pela centésima vez descobrir o que me segurava, tentando compreender.

— Sabe o que penso, Siena?

— Você vai me dizer.

— Penso que os homens são as novas mulheres. É um dos subprodutos e ironias do feminismo.

Piada.

Minha mão tremia um pouco quando apaguei a luz. O quarto mergulhou na escuridão. Charlie tocou no meu quadril.

— Considere...

(Sempre que Charlie dizia, "Considere", eu fazia uma imagem mental dele com sua beca e peruca, inclinando-se sobre o atril do tribunal com seu maço de documentos, cada item importante do argumento marcado com um Post-it de cor diferente.)

— ...você quer ficar no topo da carreira. Eu quero um casamento feliz e dois a quatro filhos sentados à mesa comendo cereal nas tigelas, uma gaveta cheia de fraldas e um gato dormindo sobre o aquecedor. Então eu devo ser uma nova mulher.

Jay, meu primeiro marido, tinha sido ótimo por não adiar as coisas.

Ele não esperou para se casar comigo — "Por que esperar, querida?" — nem para se divorciar de mim — "Por que esperar, Siena?". Ele tinha um objetivo: vivia segundo o princípio de que todos nós podemos ser atropelados por um ônibus a qualquer momento. Ele não notava a fria transição antes do alvorecer, ou o ambíguo crepúsculo da tarde. Com Jay, era dia ou era noite. Charlie era muito mais inteligente, mais sutil, infinitamente mais compreensivo com as nuances da mente e do espírito.

Eu estava incomodada demais com a nossa conversa para dormir, o que vinha acontecendo muito ultimamente. O resultado: olheiras terríveis sob os olhos e fartas aplicações de corretivo (dica de beleza: nenhuma garota deve dispensar isso).

A escuridão não era o preto Guinness macio aveludado como acontecia de ser às vezes, mas preto jato de tinta. A experiência havia me ensinado que teria de esperar com paciência, os olhos ardendo, até o amanhecer diluí-la em cinza.

— O tempo está se esgotando.

A voz de Charlie no meu ouvido me assustou.

— É...

Ele estava colocando seu dedo de advogado na minha condição dos "35 (mas quase 36), que são 25, hoje em dia, na verdade".

— Eu sei.

— Nossos filhos seriam lindos... perfeitos.

— Eles não são acessórios — retruquei.

— Talvez fosse melhor assim — ele retornou, com a minha rapidez. — Você dedica muita energia e atenção aos acessórios.

Couro de bezerro ou crocodilo? Plástico ou lona?

— Não mereço isso, Charlie.

— Tem razão. Desculpe.

Abruptamente ele se sentou na cama, acendeu a luz.

— Siena. Abra esses seus grandes olhos azuis e veja. Você precisa pensar.

Ele olhou dentro deles, procurando a Siena que ele queria.

— Por favor, por favor, vamos prestar atenção para não cometermos um erro.

O problema de enxergar é que isso significava ter de fazer alguma coisa a respeito.

Estendi o braço e afastei os cabelos dele da testa.

— Vamos dormir, Charlie, por favor?

Sem dizer mais nada, ele apagou a luz, deitou-se e virou de costas.

Charlie estava certo, mas a única coisa que eu conseguia ver eram os guarda-roupas de Lucy Thwaite e de suas irmãs num beco sem saída, esperando para me aprisionarem em seus tristes cheiros e infinitas tristezas.

Não demorou muito e a respiração ritmada de Charlie indicou que ele estava dormindo, e eu fiquei contente — ele precisava. Regulei a minha respiração com a dele, um hábito tolo mas que me fazia sentir mais próxima, correndo lado a lado, de um modo que era impossível durante o dia.

Ali estávamos nós, respirando em harmonia, os cabeças de uma casa onde moravam duas pessoas.

Graças a Deus, dormi.

Quando Charlie acordou com o despertador fazendo a sua aeróbica matinal, eu estava pronta, com uma xícara de chá para ele.

Ele lutou para ficar na vertical, gemeu e deixou cair a cabeça nas duas mãos.

— Você foi enfermeira-chefe na outra encarnação? Que horas são?

— Hora de levantar. — Sentei na cama e esperei que ele viesse à tona adequadamente. — Espero que hoje corra tudo bem.

Ele soprou o chá:

— Eu também.

Observei-o armar-se para o dia: clareando a mente, esticando braços e pernas. Hoje a morte de um bebê teria de ser explicada. O caso iria ser demorado, e as sombras lançadas por ele eram longas e muito tristes. Eu sabia que Charlie sofreria se: (a) sua cliente fosse considerada culpada, (b) se ela tivesse feito isso. Os dois pontos não estavam necessariamente ligados, e vice-versa.

Eu detestava pensar em Charlie sofrendo, portanto mudei de assunto.

— Vou falar com India.

— Esperava que você fizesse isso.

Ao fundo, o telefone tocou no meu escritório. Fiquei tensa, como se pronta a alçar vôo. Seria o primeiro de muitos telefonemas e poderia ser importante, talvez algo que eu devesse resolver agora, neste minuto.

Charlie leu meus pensamentos.

— Isso pode esperar, Siena.

— Talvez não.

Como resposta, ele pegou minha mão e esticou dedo por dedo.

— Às vezes acho que você é *viciada* em trabalho.

A secretária eletrônica atendeu.

Charlie levantou-se da cama — pernas longas, fortes, masculinas, pés plantados firmes no chão — e caminhou sem ruído até o banheiro. O rádio estava ligado, a água corria, e notei que a chuva batia na janela. Eu tinha esquecido de calçar os chinelos, e meus pés estavam congelados. Examinei-os. As unhas estavam pintadas de rosa-claro, mas precisava de uma pedicure — o verniz tinha lascado. A agenda eletrônica estava sobre a mesinha-de-cabeceira, e repassei as "folhas". Talvez eu conseguisse uma hora entre o almoço e a visita semanal a *Fashion, This Week?*

De novo o telefone tocou no meu escritório. A secretária atendeu. Com um esforço, me contive para não correr até lá e fechar a porta para as perguntas sem respostas.

Nu, Charlie voltou para o quarto e se vestiu de costas para mim.

— Vai ficar aí o dia inteiro?

O celofane estalou quando ele tirou a camisa da embalagem da lavanderia.

— Não.

Era a minha vez no banheiro, que estava cheio de vapor; o ar-condicionado gemia como um velho excêntrico. Entrei no chuveiro e aumentei a temperatura ao máximo suportável, depois esfriei. Bom para celulite, circulação e pele.

Um Charlie totalmente vestido apareceu na porta.

— Até logo, querida.

Ele acertou os punhos. Sua aparência era a de um homem de banho tomado, cabelos escovados, inteligente e astuto. O Charlie que se via no tribunal.

O outro Charlie, o doce, carinhoso, que me dizia que era meu, morava aqui.

Eu não conseguia me despedir dele com nossas diferenças ainda por se revolver. Agarrei uma toalha e o beijei, e meus cabelos molhados pingaram no seu terno.

Ele me apertou forte e me beijou de volta.

— Vou chegar tarde.

A porta da frente bateu.

Eu adorava ficar sozinha no apartamento. A solidão me dava segurança. Aqui, eu podia me esticar e acomodar como um gato. Eu gostava de viajar — quem não gosta? —, mas depois de um pouco, em Roma, Sydney ou Índia, o chamado do lugar ao qual eu pertencia soava no meu ouvido. Perdido no Bosque Selvagem, Mole em *As Aventuras de*

Ichabod e Sr. Sapo, levantou o rosto e farejou o ar: "Lar ..." E eu também.

Embankment Court era um bloco de apartamentos na margem do rio, com um ginásio e uma piscina, necessidades do nosso estilo de vida. O nosso tinha dois quartos. "Um para as noites emburradas", eu disse quando fizemos a primeira visita.

"Nas noites emburradas você vai estar na nossa cama comigo, porque, se tivermos alguma divergência, vamos conversar sobre isso", Charlie retrucou e correu o dedo pela minha coluna (o que suspendia as discussões de ordem prática). A cozinha era pequena, o que não era bom, mas a sala de estar era enorme, clara e arejada — uma condição — e meu escritório dava para o rio.

Era, claro, caro demais, e Charlie hesitou no último minuto, achando que era muita opulência, mas eu o convenci de que poderíamos nos dar esse luxo.

— Vamos dar um jeito — prometi. — Vou receber um bom dinheiro.

— Nós não *precisamos* de um apartamento tão elegante.

— Você tem direito de morar num lugar bonito — eu lhe disse. — Leia os meus lábios.

Ele exclamou, rindo:

— Prefiro beijá-los.

Então estava tudo bem.

Por mais misterioso que Charlie fosse, não pude deixar de notar que ele gostava de morar no apartamento — quase mais do que eu.

O rio era um teatro diário. Às vezes a água estava sombria e enrugada. Outras, refletia luzes e movimentos numa estonteante explosão de estrelas. Os adjetivos clicavam no meu ábaco descritivo: cativante, instável, inconstante, perigoso, mimado. Hoje ele estava calmo, indescritível, benigno.

Meu primeiro telefonema foi para India.

— Ia ligar para você — ela falou. — Está com a agenda?

Eu adorava India, éramos amigas, mas contar-lhe os meus problemas com Charlie estava fora de questão. Peguei o palm-top.

— Pode falar.

— Respire fundo, Siena...

Juntas esboçamos os planos para *Fashion, This Week*, umas duas apresentações em programas de televisão no horário da tarde e a viagem a Nova York. O ano estava traçado com uma assustadora rapidez.

— Agora — disse India —, acho que já é hora de você fazer um livro.

— Ah, meu Deus.

— Sem drama — disse India. — Muitas garotas dariam os dentes da frente para estar no seu lugar. Portanto, acorda e me deixe distribuir uns folhetos.

Eu acordei. Em seguida examinei uma pilha de revistas que chegavam todas as semanas. Era meu dever saber o que estava acontecendo na minha área, e as revistas eram as vozes — ligeiramente desfocadas, mas implacáveis; bonitas, mas muito duras — convidando para entrar numa Terra Imaginária de comidas, ambientes e roupas perfeitos. Passei os olhos pela carta que tinha espetada no quadro de avisos e consegui reler: "...nosso revestimento externo é de pouca importância comparado com o que está dentro."

Talvez, enquanto nós, os leitores da revista, mourejávamos em direção a um paraíso cobiçado de casas e jardins de aparência antiga e guarda-roupas perfumados, cheios de intenções, o autor daquela carta tivesse visto uma falha de projeto.

Folheei uma revista impressa em papel mais barato e que não se preocupava com vanguardas ou afetações, mas se concentrava na culinária tradicional — receitas com queijo para refeições rápidas, conselhos para emagrecer sem fazer dieta, 101 utilidades para recipientes de plástico — e me chamou atenção uma entrevista com uma mulher que resolvera procurar a sua mãe, que a dera em adoção havia mais de quatro décadas: "Meu nome é Kathleen, mas eu não sabia quem eu era..."

Kathleen encontrou a mãe que, pelo visto, solteira e desonrada foi obrigada a se separar de seu bebê. As fotos que acompanhavam o artigo mostravam a mãe biológica como uma adolescente, numa saia muito justa, a blusa abotoada e com um chapéu da década de 1950. Roupas muito mais adequadas a uma mulher adulta do que a uma garota na qual elas não caíam bem. Eram peças que impunham certos requisitos inflexíveis sobre quem as vestia: um rigor de cintas-ligas, barbatanas e recato.

Toquei o rosto jovem, assustado, confuso, com a ponta do dedo. Tive tantas escolhas, e a ela tão poucas foram permitidas.

Olhei o relógio.

Estava atrasada.

As salas de *Fashion, This Week* estavam agitadas. Um frota de mensageiros passava rápida pela recepção, e as garotas manobravam araras com roupas, entrando e saindo dos elevadores. Jornalistas sérios de preto falavam nos seus celulares. A brigada da moda parecia gelada nas suas calças pescador, e fotógrafos vestiam uniforme de couro. A menina contratada para cuidar das plantas no pátio interno limpava as folhas do fícus uma por uma.

No terceiro andar, passei por cima de pilhas de roupas, esquivei-me de prateleiras e descobri Jenni desabafando ao telefone.

— Por que diabos temos de usar freelancers? Eles só causam mais problemas, mais trabalho, e podemos fazer isso muito bem nós mesmos, muito melhor, na verdade. — Ela ergueu o olhar, me viu e corou.

— Nos falamos mais tarde — murmurou, encerrando a conversa.

Dizer que Jenni desaprovava freelancers era pouco. Freelancers eram uma ameaça, um aborrecimento e um desprezo pela criatividade da equipe interna.

— Oi — eu disse, achando graça.

Jenni recuperou a compostura.

— Lucy Thwaite ligou. Ela quer desistir.

— Droga. Por quê?

Jenni examinou uma cutícula.

— Você é quem vai saber. O que quer fazer sobre o fotógrafo? E quem você quer usar como reserva? Isto é uma perda de tempo, Siena.

Ela tinha razão.

Claro, a deserção de Lucy poderia ter sido culpa minha, era o que Jenni sugeria. Sua ansiedade era contagiosa (e fácil de pegar): ela estava preocupada com a possibilidade de que um vacilo como esse repercutisse mal em sua imagem, e não era preciso errar muito na *Fashion, This Week* para um colaborador externo se transformar num colaborador externo desempregado.

— Vou ligar para ela — disquei o número. — Lucy? Oi, aqui é Siena Grant.

No fundo escutei duas crianças gritando uma com a outra.

— Desculpe — disse Lucy, e levantou a voz a um decibel profissional acima das crianças. — Parem, vocês dois. — E voltou para o telefone. — Olhe, não acho que isso vá fazer bem para mim, nem para você.

Respirei fundo.

— Lucy, se você vai voltar a trabalhar, será bom receber algumas sugestões para melhorar o visual. Vai fazer bem, *sim*, prometo, e tenho boas idéias que acho que serão perfeitas.

Jenni me escutou enquanto eu a elogiava e tentava persuadi-la. Minutos depois, senti uma descontração do outro lado da linha e, ao desligar, Lucy tinha concordado em honrar o compromisso com o estúdio do fotógrafo no dia seguinte.

— Tudo certo — relatei a Jenni. — Ela aceitou.

— Muito bem — ela falou, presa entre o desejo de evitar uma crise e a sua decepção por ter sido espoliada da alegria que sentira pelo infortúnio alheio, seu pequeno *Schadenfreude*.

Retornamos ao problema de Lucy Thwaite e passamos uma hora, ou mais, tentando descobrir como vencer as barreiras que, como mãe de três filhos explorada, ela havia erguido, e vesti-la de modo a realçar sua pele bonita e seu colo, disfarçando ao mesmo tempo a barriga e os quadris. Conseguido isso, qual seria o próximo passo de Lucy Thwaite?

Em seguida, Jenni e eu analisamos na caixa de luz as fotos da vítima da próxima semana, fizemos as marcações e liberamos para a produção.

Comentei com Jenni que ela estava fantástica de calças pretas e top de jérsei justo cruzado na frente, e ela sorriu para mim quando saí.

Sei que tenho bom gosto, mas o crédito não é meu, porque o herdei de meus pais. Eles vieram de famílias que, durante várias gerações, tiveram tempo e dinheiro para desenvolver e curtir esse talento; as residências familiares e seus conteúdos foram famosos até recentemente, quando tudo desapareceu: quadros, tapeçarias, fundos de reserva, terras.

Minha mãe nunca fala sobre sua família, mas meu irmão Richard e eu fomos criados num pequeno chalé perto da casa dos ancestrais do nosso pai, uma bela mansão no estilo Queen Anne, que ele havia vendido a um principezinho de um lugar qualquer.

Mamãe se divertia demais com os aspectos cômicos da situação e disparava boletins em cartões-postais para mim na sua letra exageradamente grande. "As laranjeiras morreram na última geada, querida. Ninguém as levou para dentro." Ou, "A Sra. Fleet me disse que os suportes de papel higiênico são de ouro puro". Ou ainda, "Imagina, Siena! Largaram um Porsche no pátio".

Meu pai ignorava a comédia. A ferida de perder a casa da família jamais cicatrizou. Desde o início, percebi que ele fazia tudo para evitar a casa grande: nas suas caminhadas diárias dava uma volta a mais para não vê-la. Quando o censurei por essa atitude, ele se mostrou sinceramente surpreso. "Eu faço isso, Siena? Não é a minha intenção."

É intrigante analisar o que temos e o que não temos a intenção de fazer. E a reação inconsciente de meu pai a sua perda me fazia pensar se teríamos algum controle sobre nós mesmos.

Considere (palavra de Charlie). E amo Charlie. Quero passar a minha vida com ele e fazer o que for necessário para que isso seja possível. Estas são as minhas aspirações e desejos. Mas quais são os temores — de esquecimento e obliteração? — os desejos caprichosos, os duendes de egoísmo e ego que rondam o meu subconsciente para me impedirem de fazer isto?

"Eu costumava procurar o meu bebê", disse a mãe de Kathleen, no artigo da revista. Olhava dentro dos carrinhos, olhava os bebês no ônibus. Às vezes ficava na calçada do pátio da escola, e pensava: Essa podia ser a minha filha. Aonde quer que eu fosse, a sua sombra estava lá. Disseram-me para esquecer que um dia tive uma filha, mas isso é impossível. Impossível."

Capítulo 3

Barbara

Minha Querida [escreveu Ryder, em janeiro de 1941],
Você me perdoou? Brigamos por um motivo tão bobo. Você pode dizer que foram os nervos — o que eu não gosto de admitir, mas eles existem e me fazem dizer coisas idiotas.

Estou escrevendo isto no refeitório, depois de tomar uma cerveja com Johnny, que é o nosso jeito de não pensar no amanhã. Dizem que vai acontecer alguma coisa, e eu queria estar preparado fazendo as pazes com você.

Foi muito difícil deixar você, e sinto uma parte de mim sendo arrancada quando faço isso. Mas é só assim que funciono.

Esta carta fala só de mim. Devia na verdade falar só de você. Mas eu queria que você soubesse que tenho pensado em você com amor e gratidão. Quero que você se lembre disso, aconteça o que acontecer. Por favor, acredite, sou o seu marido dedicado.

Ryder expressava-se melhor no papel do que pessoalmente, e ele me escreveu esta carta há 18 anos.

— E este — disse Bunty Andrews, minha amiga, com uma expressão de veja-só-que-boa-anfitriã-eu-sou — é Alexander Liberty, nosso novo inquilino, e está aqui com a gente por uns tempos porque... — Bunty revirou os olhos, nos quais havia aplicado uma sombra azul sem seguir o formato das pálpebras — ...está estudando... Como se chama? Psicanálise. Entendi direito, Alexander? Precisa ser alimentado, mas é muito educado. Alexander, esta é a minha grande amiga Barbara Beeching.

Alexander estendeu a mão e eu a apertei. Ele tinha, acho eu 23 ou 24 anos.

Ela não esperou pela resposta do rapaz.

— Quanto a Barbara, bem, não tem melhor parceira de bridge. Um demônio no feltro verde. Seus amigos a amam e odeiam porque ela faz tudo muito bem, e seus filhos são educados, também. Claro, o seu Roy foi embora e arrumou uma namorada séria, o que deixou as minhas meninas muito contrariadas.

Isto foi no coquetel de primavera dos Andrews e Bunty, cigarro na mão, estava febril e cansada. Ela estendeu uma travessa na minha direção.

— Prove. É um novo tipo de queijo para passar no pão, mas acho nojento.

Não obstante, estava curtindo o seu momento de triunfo social e, graças ao gim, a festa estava animada. Ela desapareceu, deixando um resíduo de fumaça.

— Sinto muito — dirigi-me a Alexander Liberty —, você deveria estar conversando com as garotas... Tenho certeza de que preferiria.

Havia pelo menos seis garotas, incluindo minha filha Amy e as de Bunty, Sylvia e Mary, aglomeradas em torno do carrinho de bebidas.

— Deveria mesmo — disse ele e, por um segundo de surpresa, pensei que estivesse falando sério. Então, percebi que ele possuía senso de humor. — Falar com alguém como a senhora, Sra. Beeching, será um sacrifício enorme para mim.

Alexander Liberty era alto e magro, com a esbeltez enxuta do jovem que ainda não teve tempo de adquirir a corpulência do homem adulto. Ligeiramente bronzeado (onde ele esteve?), com os cabelos da cor do milho pouco antes de colher, parecia esperto, interessante e apenas um pouquinho vulnerável. Tinha uma aparência um tanto surrada também: seu paletó de tweed tinha visto anos de serviço. Como dona-de-casa, eu sabia dessas coisas sem precisar pensar. Ele se cortara fazendo a barba: havia um pequeno talho recente sob a orelha. Mas possuía uma pureza de perfil, uma maciez de pele que me lembrou a de uma estátua grega que vi no Museu Britânico. Ou era romana? Não sendo muito instruída nestas coisas, eu não tinha certeza.

Devolvendo o meu olhar, ele ergueu uma sobrancelha, como se dissesse: "Pode me analisar como quiser. Em troca, eu olharei para a senhora."

Mas ele era educado também: estava esperando que eu iniciasse a conversa. Ou talvez estivesse decidindo o que pensar sobre o que via. Para o arquivo, era uma mulher de 42 anos, num vestido verde de saia rodada, sapatos sociais pretos e batom vermelho.

— Um nome interessante, Liberty. — Eu rolava o copo entre os dedos.

— É uma corruptela do polonês. Minha família veio se refugiar aqui depois de cair em desgraça com um rei qualquer. Não lembro qual. Foi há séculos. — Ele tocou com o nó do dedo na testa. — Na verdade, eu lembro, mas não é importante.

— Fico feliz por vocês não terem estado lá durante a guerra — falei.

Houve um ligeiro, difícil, silêncio.

— Sim, escapamos disso. Minha família teve sorte de se estabelecer por aqui.

Meu gim-tônica há muito perdera o gelo. Dei um gole, estava ao mesmo tempo amargo e doce demais. O álcool nunca me agradou muito, só as sensações que o acompanhavam. Não que eu costumasse exagerar, mas Ryder trazia sempre uísque, gim e licores exóticos dos seus vôos, e tínhamos desenvolvido preferências — ou melhor, aprendemos a discriminar, e o gim da festa dos Andrews era de marca inferior.

— Psicanálise — eu disse. — Isso quer dizer que você é médico?

— Mais ou menos. Serei. Estudei em Londres e na Suíça, e agora estou fazendo um período na St. Bede.

Notei que seus olhos eram cor de avelã, com longos cílios. Eu estava curiosa.

— Os psiquiatras tentam ver dentro de nós.

— Não "ver" exatamente. Ninguém pode fazer isso.

Ainda bem, pensei. Vamos tão fundo em nossas vidas e pensamentos secretos que é melhor guardar para nós mesmos.

Num tom desconcertante, ele sugeriu:

— Talvez a senhora esteja achando que precisamos manter a privacidade do que pensamos. *Temos* de guardar em segredo uma boa parte de nossos pensamentos, mas é bom colocar em ordem o queremos dizer com eles.

Devo ter corado, ou parecido surpresa, porque um sorriso torceu os seus lábios.

— Principalmente quando precisamos compreender um problema.

O olhar dele escorregou pela sala de estar de Bunty, espaçosa mas decorada com espalhafato. As meninas perto do carrinho de bebidas tagarelavam como avezinhas recém-emplumadas, e suas saias compunham um jardim de Constance Fry em tons pastel. A não ser isso, os convidados eram na sua maioria de meia-idade, tranqüilos e estabelecidos, bastante inócuos. Perto da janela, um major Blunt de terno de tweed, discutia bulbos de narcisos com Ryder, meu marido há 24 anos. E aí ele continuou:

— A senhora está pensando que não tenho idade suficiente para saber do que estou falando.

— Não, nada disso. Estou pensando que deve ser maravilhoso ser capaz de reagir a problemas de uma nova forma. Antes... de se tornar... bem, aborrecida e alterada pelas próprias experiências.

Sua resposta demorou um certo tempo e, quando veio, me surpreendeu.

— Eu estava pensando como deve ser interessante ter experiência.

Pensei nos anos, onde os segundos, minutos e horas eram registrados em ordem. Como eu os havia acariciado e cuidado com rotina e tranqüila aplicação.

— Sim, é interessante — concordei.

Desta vez corei de verdade. Controlei-me e tentei de novo.

— Você tem esperanças de descobrir o que nos motiva?

— *Sim* — ele disse com entusiasmo, e vi que tinha tocado numa ferida —, porque ajuda a curar e a compreender. A doença do corpo não é apenas física. Precisamos saber que papel a mente representa e como reagimos a situações traumáticas. Ou simplesmente ao passado. — Ele ergueu uma das mãos. — Mas, por favor, não quero aborrecê-la.

Mais do que tudo, eu desejava poder dizer alguma coisa inteligente, algo original, em que ele pudesse pensar mais tarde.

— Por favor... continue. Precisamos compreender o nosso passado? Sem dúvida, em alguns casos é melhor esquecer.

Sem se abalar, ele estudou meu rosto, e eu sabia que estava tentando me entender.

— Veja a criança. Como ela soluciona os seus conflitos com os pais e cresce como um adulto saudável? Não sabemos. Freud, por exemplo, acreditava que a criança deseja possuir o pai do sexo oposto, e excluir, matar, até, o do mesmo sexo.

— Muito... muito inconveniente.
— Está rindo de mim, Sra. Beeching?
— Não, eu não faria isso... bem, só um pouco.
Ele ergueu a mão fingindo derrota.
— Acredito que Freud e suas teorias conseguiram mudar a maneira como nos vemos.
— Sinto muito. Não quis ser implicante... sempre achei que a vida familiar não pode ser categorizada facilmente. Mas prometo pensar a respeito — acrescentei. — Por favor, me chame de Barbara, e eu *gostaria* de saber mais.
Seus olhos se arregalaram um pouco com esta chocante intimidade.
— Adoraria tentar explicar, mas levaria muito tempo.
Ele mudou de assunto, e tive consciência de uma reprovação, um leve retraimento.
— A Sra. Andrews comentou que a senhora é uma fera na mesa de bridge?
— Detesto a maioria dos jogos, principalmente os materiais. Convide-me para jogar Banco imobiliário, Conseqüências ou, pior ainda, Perfil, e desapareço numa nuvem de tédio e horror. Mas com o baralho, me dê as cartas e posso adivinhar a intenção do meu inimigo, a queda da próxima carta. Ryder, meu marido, diz que quando eu morrer, vão me abrir e encontrar os naipes gravados no meu coração.
— Então, a senhora *é* uma vigilante. Uma observadora.
Ele pronunciou a última palavra num tom como se estivesse considerando o que e quem eu era há algum tempo.
E eu me senti absurdamente lisonjeada por ser levada tão a sério.

— Ah, eu não tenho medo de jogar para valer. Perco toda a delicadeza e duplico a minha malícia.

— Estou aterrorizado. — Ele deu um sorriso, ao mesmo tempo tímido e um pouco malicioso. — A senhora joga a favor ou contra o seu marido?

— Às vezes eu o deixo vencer — respondi.

O diálogo era vazio, quase sem sentido. Mas eu tinha gostado. Muito.

A esta altura Ryder se desligou do major Blunt e veio para perto de mim.

— Querida, vamos embora?

Eu o apresentei a Alexander e expliquei o que ele fazia, e Ryder disse, no seu jeito entusiasmado, que usava quando não se sentia seguro do terreno onde estava pisando.

— Um truque-ciclista? Sempre quis saber o que eles *fazem*.

— Você sabe perfeitamente o que eles fazem — eu disse, e me virei para Alexander. — Ryder está só fingindo que não entende e não tem paciência com este tipo de coisa. De fato, ele sabe mais a respeito disso do que eu.

Senti impaciência da parte de Alexander Liberty, e quis protestar: *Não, não, meu marido não é assim realmente.*

Foi com alívio que vi Bunty aproximar-se de nós.

— Alexander, sinto muito, mas o dever chama.

Ela se dirigiu para Ryder e para mim:

— Este jovem está fazendo a gentileza de acompanhar as meninas ao cinema, e elas estão ansiosas para sair.

Coloquei a mão no braço do meu marido.

— Não devemos prendê-lo, então.

Os dois homens se olharam. Um dia, Ryder tinha sido o tipo de... bem, de *beleza* com a qual Alexander Liberty fora dotado — cintilante, sem marcas e impecável.

— Até logo, então. Foi interessante conhecê-lo — disse Ryder.

Sem graça por causa de Ryder — o que não acontecia com freqüência — tive o cuidado de cumprimentar Alexander Liberty e ele apertou a minha mão como se dissesse, "Gostei da nossa conversa".

— Graças a Deus — Ryder murmurou ao meu ouvido. Ele colocou a mão na minha cintura e me guiou para fora da sala. — Quero ir para casa.

Acordei cedo — com o nascimento de Roy e Amy, o hábito de ficar na cama desapareceu para sempre. Agora, quando eu abria os olhos, não havia um escorregar voluptuoso para a inconsciência, mas uma descarga de luz, de sentido e propósito.

Era terça-feira, quatro dias depois de eu ter conhecido Alexander Liberty.

Em algum momento na noite anterior, Ryder teria retornado da sua viagem mais recente e, sem querer me perturbar, dormira no quarto de vestir que dava para o nosso. Estas eram as suas noites "de serviço", como ele dizia. Ele preferia ter um pouco de solidão e espaço para aliviar as preocupações e responsabilidades de pilotar o enorme Sratocruiser. Isso, ou os seus pesadelos o estavam atormentando, o que acontecia de tempos em tempos, e ele saía para não me acordar.

Eu admirava muito Ryder. Sempre admirei. É preciso coragem e frieza para dominar um avião trêmulo e gemendo, e guiá-lo até um lugar seguro. Perguntei-lhe se não achava insuportável o peso de tantas vidas sob sua responsabilidade.

— É diferente do vôo solo e não tem a excitação da caça. Mas não tenho um inimigo atrás de mim e não há nenhuma terrível sensação de incerteza. — Ele me deu um beijo no topo da cabeça. — Tento não complicar as coisas.

A observação não tinha como objetivo uma censura, mas era um resumo claro das nossas diferentes personalidades. Ryder era, basicamente, decidido e rápido nas suas ações. Eu demorava: moldando, aparando e dobrando, rolando alguma coisa na minha cabeça até sentir que tinha feito uma forma com a qual podia trabalhar.

— Não se preocupe — eu o tranqüilizei, quando fiz esta observação. — Nossas diferenças tornam o nosso casamento mais interessante.

Levantei-me e vesti o robe de cetim acolchoado, azul cor de casca de ovo de pato e escolhido, com o incentivo de Bunty, para favorecer meu tom de pele. Olhei de viés pela fresta da porta para o quarto de vestir de Ryder e me tranqüilizei ao ver o seu uniforme dobrado sobre a cadeira. Como muitos homens, ele ficava bem de uniforme. Um olhar artístico no quartel-general tinha escolhido o azul-marinho e os alamares dourado da British Overseas Airways Corporation que realçava a aparência tipicamente inglesa de Ryder e, agora que ele era capitão, o seu ar de autoridade. Atualmente ele fazia o percurso da Nigéria: Frankfurt,

Roma, Trípoli, depois a grande perna até Kano e, finalmente, o descanso em Lagos. Eram 24 horas de viagem, e a tripulação descansava duas noites num hotel antes de voltar para casa.

— Conte-me sobre estes lugares — implorei ao meu viajado marido, mais de uma vez.

Ele fazia o possível. Frankfurt tinha um zoológico famoso no mundo inteiro. Roma era grande e barulhenta. Trípoli, bem — Ryder dava uma de suas tossidas características — em Trípoli é preciso ter cuidado.

— E Kano? — eu insistia.

Aparentemente, Kano ficava na margem norte do deserto, e as tribos do deserto, os belos falanis e tuaregues, iam até a cidade para negociar mantas e selas para cavalos. Lagos era úmido, e as árvores floriam em tons fortes de vermelho e laranja, as esposas yoruba dirigiam os mercados, e Ryder bebia suco de laranja em garrafas de vidro verde no café-da-manhã.

— Só isso?

— O que mais você quer saber?

— Não sei.

Ryder parecia impaciente.

— Então como posso responder, querida?

— Tudo bem, então. Qual é a *sensação* de estar na África? O sol queima a pele? A primavera tem um cheiro diferente da nossa aqui, úmida e com flores de castanha-da-índia? Onde as cobras vivem? Como os africanos reagem aos rostos brancos?

— Bobagem, Babs. Não há estações do ano nos trópicos.

Ryder tendia a ficar parado nos hotéis: portanto muitos insetos aguardavam para atacar o anglo-saxão incauto, e ele tinha de estar em excelentes condições. (Lembro de uma foto da bactéria da tuberculose na *National Geographic*. Uma forma luminosa, alongada, como uma vareta, que parecia interessante demais para ser o que era.)

Ryder acrescentou:

— Na África, todo cuidado é pouco. Coisas assustadoras podem acontecer na floresta tropical, ou em estradas solitárias. Escutei histórias... Uma família contratou um guarda que eles pensavam ser uma pessoa de confiança para vigiar a casa de noite e ele os matou.

O que jamais confessei a Ryder foi que gostava das minhas noites de "serviço" — só que eu as chamava de noites de "folga", quando ficava isenta das intimidades de me lavar, dormir e vestir na presença de outro ser humano. Quando, imprudentemente, comentei com Bunty o quanto valorizava a minha solidão, ela ficou escandalizada.

— Você está parecendo uma solteirona histérica — disse. — Não está falando sério, querida.

Não toquei mais no assunto.

Agora eu descia de mansinho até o banheiro. A água estaria fria — Ryder tinha usado o resto da quente quando chegou — e meus pés descalços no linóleo me davam cãibras. Deixei cair uma pequena quantidade de água na pia e esfreguei o rosto com sabão. Minha pele reagiu esticando-se sobre os malares. O rosto, segundo a revista *Good Housekeeping*, tinha de estar sempre escrupulosamente limpo.

O frio pinicava a minha pele arrepiada e eu me vesti o mais rápido possível. Calcinhas, sutiã e a liga que apertava a minha barriga no lugar. Por cima deles ia a saia de tweed feita pela Sra. Fellowes, na Quarry Street, o meu *twin-set* coral e, por fim, as meias.

Enrolei os cabelos para cima num coque — eu tinha sorte de ser uma loura autêntica com sobrancelhas escuras e olhos castanhos. Nenhum fio branco ainda, mesmo assim... "Aos 40", a infeliz revista tinha observado também, "a mulher está casada e não pode esperar grandes arrebatamentos ou manter a boa aparência esfuziante da juventude..."

Não?

Aparentemente, não.

Lá embaixo, o quepe debruado de Ryder estava sobre a mesa do corredor, e eu o pendurei na chapeleira, presente do tio Vitor, caçador de animais de grande porte. Era uma peça de mau gosto com uma pata de elefante servindo de base. Mas Ryder gostava, portanto, livrar-me dele estava fora de questão.

Eu tremia. Sentir frio era muito desgastante. *Deprimente*, porque não se podia pensar em mais nada. Gostaria que tivéssemos aquecimento central como os Sidney, cujo chalé era envolto por um calor delicioso. Mas ainda que pudéssemos arcar com a despesa de um sistema de calefação, nossa casa era uma grande *villa* Vitoriana, com sótãos e porões que consumiriam todo o combustível.

A cozinha ainda cheirava levemente à minha sessão de geléias, o que não era desagradável. Desci até o porão com o balde que ficava ao lado do fogão Rayburn, que aquecia a água e no qual eu cozinhava, enchi-o com antracito e me aqueci assim.

O Rayburn estava preguiçoso esta manhã — eu não o culpava —, e insisti até que ele me recompensou com uma centelha. Enfiei a chaleira na parte de cima, peguei meu casaco de jardinagem do armário, saí pela porta dos fundos e fui cuidar das galinhas.

Um mestre doceiro tinha trabalhado durante a noite, decorando o pátio, as árvores e o banco do jardim com uma espuma de gelo. Ela cintilava branca e preta, bela e áspera, embrulhando o jardim silencioso. Meus pés deixaram marcas escuras quando passei pela quadra de tênis e pelo minúsculo pomar ao lado. Não era realmente um pomar, porque havia apenas cinco árvores, mas eram boas produtoras. Um poema dizia — e eu não lembro quem o escreveu — que o gelo era bom para as maçãs.

> Fique frio, jovem pomar. Adeus e fique frio.
> Tema cinqüenta acima mais do que cinqüenta abaixo.

Desci os degraus até a horta onde a terra recém-cavada tinha congelado em torrões entre as fileiras de repolhos e couves-de-bruxelas — obra de *Herr* Schlinker, que vinha duas vezes por semana trabalhar ali. Meus pés escorregavam nas pedras do calçamento e meu hálito me acompanhava em nuvens. Um cacarejar abafado vinha do galinheiro, mas as galinhas também não estavam muito ansiosas para começar o dia quando as deixei sair, e tive de colocá-las para correr. Os caixotes estavam quentes do calor dos seus corpos, e ácidos de excrementos, mas era um cheiro bom de natureza. Afastei a palha e procurei os ovos. Havia quatro: dois branco-alabastro, tingidos de verde, e dois marrons-amarelados, manchados e decorados com as penugens delicadas da barriga das aves.

Com as bochechas coradas, levei-os para a cozinha onde encontrei Ryder, com ar de desamparo.

— Não sabia o que você pretendia fazer para o café-da-manhã, Babs.

— O que comemos normalmente de manhã?

— Ovos com bacon.

Olhei para ele confirmando e estendi a mão para pegar a frigideira.

Sempre tomávamos o café-da-manhã na sala de jantar, e o bacon estava frio quando acabei de levar os pratos até lá. Comecei a comer.

— O seu bacon está frio, Ryder?

— Um pouco.

— Querido, porque não compramos uma mesa para a cozinha e tomamos o café lá? Todo mundo faz isso, e o bacon estaria quente.

Era um assunto do qual volta e meia eu retornava, pois tinha planejado a minha estratégia para a mesa. Com Ryder, era melhor jogar uma pedra no lago e esperar pelas ondinhas. Com mais freqüência do que ele sabia, e uma campanha às vezes levava um ano ou mais, eu saía vitoriosa. As melhores e mais produtivas foram aquelas em que Ryder acabava convencido de que minha idéia tinha saído da cabeça dele.

— Não quero baixar o nível — disse. — Cozinha é para cozinhar.

— É o que você diz. — Inclinei-me para a frente. — Eu prometo, não vamos baixar o nível. Mas se você não quer... É bom para diminuir a minha barriga, ficar levantando e carregando coisas, e agora que Amy fica tanto tempo fora, não me sinto tão cansada.

— Barbara, espero que você não esteja exagerando.

Satisfeita com o meu progresso, terminei o meu bacon, sabendo que num futuro não muito distante teríamos uma mesa para tomar o café-da-manhã na cozinha.

Enquanto Ryder lia o *Times*, tentei sem sucesso ler a primeira página, desisti, peguei o meu bloco de anotações e escrevi: "Queijo, manteiga, bacon. Bolo — nozes?"

O dia foi se desenrolando — normal, tranqüilo, ocupado.

Ryder me passou o *Times*. Estiquei as páginas: 26 de fevereiro de 1959. Hoje. Mais tarde eu o leria do princípio ao fim, pois estava ansiosa para saber o que se passava pelo mundo. Por enquanto, eu me contentaria com as palavras cruzadas. Era ao mesmo tempo um prazer e uma irritação: com freqüência elas me deixavam frustradas com a minha falta de... bem, a minha falta.

Primeira pista: "Bárbaros montando."

Estalei a língua com impaciência, e Ryder levantou o olhar.

— Pelo amor de Deus, por que você insiste em fazer isso?

— Para melhorar.

— Não poderia melhorar em silêncio, querida?

O telefone tocou e eu me levantei para atender. Uma voz disse:

— Meio indisposta hoje, Sra. Beeching. Não vou.

— Tudo bem, Sra. Storr.

Mas não estava tudo bem. A ausência de Sra. Storr, cuja perda do filho único na guerra da Coréia a deixara um tanto perturbada e excêntrica, significava que eu ia cozinhar duas vezes.

Inclinei-me contra a chapeleira. Terça-feira era dia de rissoles de carne. (Segunda foi carne fria com picles e purê de batatas.) Quarta... Se a Sra. Storr viesse, eu lhe pediria para fazer uma torta com os restos da carne.

— A Sra. Storr não vem — informe a Ryder.

Ele não olhou para mim.

— Acho que ela não vai se recuperar jamais do que aconteceu com o Kevin.

Agora ele olhou.

— Você precisa de mais ajuda? Devemos nos livrar dela? Se você *está* se sentindo cansada demais...

— Não. — Sentei-me e peguei o último pedaço de torrada. — Acho que as mulheres deveriam governar nações.

— As guerras são um mal necessário — disse Ryder, sem muito entusiasmo.

Passei a geléia para o meu prato com a colher e a examinei.

— Isso não é ser muito derrotista?

— Se você quiser — respondeu ele, ainda calmo e paciente —, mas realista. Eu não duvido da habilidade das mulheres para a negociação. E não duvido da sua. — Ele sorriu amorosamente para mim. — Mas você tem coisas mais importantes com que se preocupar.

Eu precisava pensar nas compras.

Coloquei meu chapéu preto com a pluma e meu casaco com o arremate estreito de pele de coelho, apanhei minha cesta de compras e disse até logo para Ryder.

— Não demore. — Ele se inclinou sobre a balaustrada no patamar da escada. — Ou vou sentir saudades de você.

— Bobo. — E lhe mandei um beijo.

A Edgeborough Road era íngreme, e fui a pé até lá em cima com os tornozelos formigando, virei à direita e desci a ladeira, passando pelo Hospital Mount Alvernia até a rua Epsom, onde virei à esquerda. Este era o caminho que eu fazia antes de estar carregada de compras. Na volta, eu pegava o mais curto, pela estrada principal.

Passei pelo Odeon à minha esquerda. Alexander e as garotas teriam sentado na sala escura e abafada, rindo e comendo pipocas. Antes de partir para Londres no domingo de noite, Amy tinha revelado de má vontade que Alexander fora uma companhia agradável e que ela gostara do filme.

Atravessei a rua até a biblioteca e devolvi um livro sobre a história do bridge. Enquanto a bibliotecária procurava meu cartão, remexi ociosamente os volumes sobre a prateleira de "devolução" enquanto decidia o que ler em seguida.

Uma voz falou ao meu ouvido, a voz de Alexander Liberty: "...uma vigilante. Uma observadora." E "...é bom saber o que se quer dizer com eles".

Então, de repente, eu estava excitada, impaciente, *ansiosa* para saber mais. Eu lambia os beiços, metaforicamente falando, pronta para dar uma mordida no conhecimento.

— Sra. Beeching. — A bibliotecária me entregava os cartões. — Sra. Beeching? Posso ajudá-la?

Sorri calmamente para ela.

— Não, obrigada. — Fui procurar nas prateleiras de livros de não-ficção um de Freud, que tinha idéias muito curiosas sobre pais e filhos.

Capítulo 4

Barbara

GUILDFORD ESTAVA MUDANDO RÁPIDO. Todos nós víamos isso acontecendo, farejávamos as mudanças e comentávamos. Os ânimos estavam excitados... As ruas eram um ímã para lojas e consumidores. Havia um fluxo de dinheiro novo e disponível entrando, uma agitação civil erguendo a cidade do seu passado sonolento à força.

Eu gostava disso.

Eram apenas dez e meia quando cheguei na rua principal, mas ela já estava cheia de gente.

Recentemente, e causando um grande alvoroço, tinham inaugurado em frente à Igreja da Santíssima Trindade uma lojinha que vendia discos de gramofone em envelopes de papel pardo, e uma maior, ao lado, especializada em lâmpadas elétricas. Bunty e eu examinávamos a vitrina nos seus mínimos detalhes.

— Tenho de comprar uma — ela anunciou.

— Mas você não precisa de uma lâmpada.
— Eu sei, querida, mas é tão excitante ter opção.
Durante a guerra não havia muita coisa além de uísque e cigarros. Tínhamos de economizar e remendar furiosamente, patrioticamente, e não nos permitíamos pensar em cores, variedades, no prazer de decidir o que queríamos. O apetite por essas coisas retornou depois, na paz enfadonha, sombria, carente de tudo, quando não havia nada para ver e nada para comprar. Agora era diferente.

Como sempre, tinha fila na Sainsbury's, e eu me divertia substituindo mentalmente os pacotes marrons de chá pelos sacos azuis de açúcar na prateleira. Mulheres com turbantes muçulmanos cortavam duas bolas de Cheddar e um monte de manteiga. Amarelo, sedoso, gorduroso, exuberante... os pintores tinham usado essas cores de queijos e manteigas — os pintores franceses, que queriam transmitir uma nova impressão do que viam. Durante a guerra, minha mãe usou um lenço de cabeça nesse exato tom de manteiga, porque os judeus europeus eram obrigados a usar estrelas amarelas e ela dizia que a solidariedade precisava começar em algum lugar. Ocupada com meus filhos e concentrada em sobreviver ao racionamento e às bombas enquanto Ryder estava longe, em operações de vôo, eu enxaguava meus cabelos com camomila para ficarem mais dourados e brilhantes. Sobreviver era só o que eu conseguia fazer. "Está certo, querida", minha mãe dizia. "Ter princípios só é possível com a idade."

Na loja ao lado, no balcão da casa de chá Fuller's, podia-se escolher entre bolo de nozes médio ou grande. Ah, o luxo de ficar em dúvida, de pesar os prós e os contras. Eu esperava nunca me acostumar com isso.

A vendedora da loja fez muita cerimônia para embrulhar e colocar o bolo (grande) numa caixa, e eu já sentia a textura da cobertura fina e doce e, por baixo, o pão-de-ló leve e farelento. Com uma certa impaciência, sentindo calor com meu casaco amarrado firme na cintura, olhei na direção das mesas. A sala de chá estava cheia. Facas tilintavam sobre os pratos, ouvia-se o zunzum de pessoas conversando e uma fila esperava um lugar nas mesas. Então eu o vi.

Alexander Liberty estava sentado perto da janela, falando firme com um companheiro, um rapaz de cabelos escuros da sua idade. Os dois estavam de paletós de tweed, gravatas e pulôveres da Fair Isle, e com um prato de bolos pela metade entre eles.

— Madame — a vendedora me deu a caixa com o bolo.

Enquanto eu entregava o dinheiro a ela, Alexander me viu. Levantou-se na mesma hora.

— Barbara. — Ele estendeu a mão. — Esperava vê-la de novo. Fui grosseiro com você na festa da Sra. Andrew? Ou, pior, eu a *matei* de tédio? Se isso aconteceu, peço perdão.

— Não, não — protestei —, de jeito nenhum. Você me deu no que pensar.

— Bom.

Ele me olhou com uma expressão atenta, penetrante, para ver se eu estava sendo sincera e — Deus me ajude — foi como se as formas, os objetos e as pessoas desse ambiente familiar mudassem de lugar e se reacomodassem, como o chão depois de um terremoto.

— Amy me contou que você a acompanhou até em casa, depois do cinema na outra noite. Obrigada.

Brinquei com a caixa de bolo; o perfume de açúcar queimado e nozes me dava água na boca.

— Bolo de nozes. — Eu o equilibrei sobre as mãos. — Nós gostamos muito. Eu como demais, e não devia.

— Por que não?

— Por nada — falei. — Hábitos frugais dos tempos da guerra, suponho.

— Claro — ele falou polidamente, e eu desejei não ter mencionado a guerra. Era um assunto tão enfadonho, e me fazia sentir uma velha.

— Vem sentar conosco? — ele convidou. E indicou o seu companheiro à mesa. — Meu colega, Harry, ficaria encantado em conhecê-la, principalmente...

— Principalmente?

— Principalmente porque acho que você se interessaria por algumas idéias que estamos discutindo.

Eu me interessaria. Que delícia, e que novidade, ser incluída numa conversa desse tipo. Intrigada, baixei os olhos para a insignificante caixa de bolo e lutei com a minha consciência — havia tarefas a cumprir em casa. "Não demore", Ryder dissera. Notei a intrincada bainha da minhas luvas de couro marrom, mas também o meu surto de excitação, e que não me sentia mais nem um tantinho velha.

— Obrigada — respondi —, mas não, não tenho tempo. Preciso ir para casa.

Ele pareceu desapontado, mas não surpreso.

— Harry e eu estávamos discutindo a teoria de Freud sobre os lapsos de memória e poderíamos usá-la como cobaia. Você poderia nos dar informações valiosas.

Eu não pude resistir.

— Que tipo de informações?

— A teoria tenta explicar por que esquecemos os nomes ou intenções de pessoas e acontecimentos que são muito importantes para nós.

— Com licença — uma mulher pediu passagem.

Alexander olhou de novo para Harry.

— Demora um pouco para explicar.

— Então, por que não vem almoçar conosco no domingo? Amy está vindo de Londres e eu... quero dizer, tenho certeza de que *ela* gostaria de revê-lo.

Encontrei uma bolsa de toalete feminina certa vez, na praia em Teignmouth. Foi há muitos anos, quando as crianças ainda eram pequenas. Passávamos as férias de verão lá todos os anos e, muitas vezes, levávamos Sophie, sobrinha de Ryder. Sophie era filha do irmão dele, filha única, e os pais, Ian e Antonia, não eram felizes juntos. "Acho que seria bom para ela passar uns tempos conosco." Ryder nunca se referia diretamente à situação conjugal do irmão, mas eu compreendia muito bem.

Uma criança doce, corajosa, não tinha medo de nada, mas estava sempre se acidentando. "Sophie se cortou"; "Sophie levou um tombo"; "Sophie caiu", eram gritos diários, e eu me tornei especialista em cuidar de seus machucados.

"*Tia Babs*", ela chorava de dor depois de se cortar brincando nas poças de água represada entre as pedras, "*Tia Babs, quando eu crescer quero ser igualzinha a você*".

O anti-séptico que eu passava nos seus joelhos doía mais do que o corte, e eu me debrucei e a abracei forte. "*Essa é a coisa mais linda que alguém poderia me dizer.*"

Roy, Amy e Sophie eram adultos agora, mas Ryder e eu ainda passávamos as férias em Teignmouth todos os anos. Às vezes eles vinham também, mas não com tanta freqüência como eu gostaria. Ryder gostava da cidade, e ela satisfazia às suas necessidades. Ele viajava tanto, dizia, que não suportava a confusão extra das viagens complicadas. Só queria paz e sossego.

Em nossa primeira visita descobrimos o Blatchford's, um hotel no alto do rochedo, e reservávamos o mesmo quarto ano após ano. Dava para a praia, que tinha uma curva ampla e bastante areia segura, e adormecíamos e acordávamos ao som de uma serenata de ondas e gaivotas. Quase todas as manhãs, descíamos os degraus escavados na pedra vermelha do rochedo, conferíamos se não vinha nenhum trem, cruzávamos a linha e curtíamos o resto do dia.

Eu também era especialista em administrar a estada. Nos primeiros tempos, aprendi a embrulhar bem os sanduíches em papel manteiga para a areia não entrar. Eu sabia que Roy faria questão do balde verde, e Amy teria de se contentar com o cinza. Na cesta, eu colocava esparadrapo para joelhos e dedos dos pés, um pacote de balas para subornos e garantia que houvesse meias, roupas e toalhas extras para corpinhos molhados, e um livro da biblioteca para Ryder.

Eu tinha de ser boa na administração. Era minha tarefa. Mas, com o passar dos anos, cansei de usar essa palavra. Homens, eu notei, eram um tanto traiçoeiros tratando-se de mulheres e tarefas. Ser boa nas minhas "tarefas", entretanto, me dava em troca um pouco de tempo e espaço, de que eu precisava. Se Ryder estava ocupado com o livro, e as crianças com os castelos de areia, eu ficava livre para pensar — como os japoneses que, diziam, tinham tão pouco espaço no seu país abarrotado de gente que a sua única fonte de verdadeira privacidade estava dentro de suas cabeças.

Naquela manhã eu estava inquieta. Tínhamos tido um temporal uns dois dias antes, e o mar ainda estava revolto. Conferi as três crianças, que estavam ocupadas com seus castelos de areia, abotoei o meu cardigã sobre a roupa de banho e anunciei:

— Vou dar uma volta. Você vigia os meninos?

Ryder mal levantou os olhos do livro.

— Não demore muito.

Apertei a sua bochecha com o dedo.

— E se eu nunca mais voltar?

— Não diga isso. Nem de brincadeira.

Contornando a marca da maré alta, solitária e deliciosamente livre, saí andando pela praia. O tempo estava melhorando e havia até uma sugestão de sol nas minhas costas. Areia, veludo úmido sob os meus pés... algas marinhas enroscadas nas pedras, restos de madeira incrustados de sal. Meu pé bateu num objeto duro, olhei para baixo e vi uma xícara e um pires de porcelana branca simples e, ao lado deles, uma meia de homem. Mais adiante, pousada acima da linha da maré, estava uma mala pequena: marrom com fechos metálicos, bem surrada e manchada de água.

As barbatanas da minha roupa de banho espetaram minha carne quando me ajoelhei e abri a mala. Dentro havia uma bolsinha de toalete de fazenda estampada de raminhos cor-de-rosa, um archote pequeno e um par de tesouras. Hesitei. Alguém tinha morrido? Enfiei o indicador e o polegar dentro da bolsa encharcada e tirei de lá uma caixa. Senti que alguém, uma mulher, *estava* morta. Eu sabia o que havia naquela caixa — abobadada e rígida. Eu tinha uma também.

— Barbara!

O grito de Ryder ecoou pela praia. Levantei os olhos. Ele estava de pé, acenando e apontando para Roy, que pulava sem sair do lugar, evidentemente chorando. Rapidamente, cavei a areia com as mãos e enterrei a caixa, um enterro decente para uma coisa íntima, e voltei correndo para perto das crianças.

Roy tinha pisado num peixe-aranha.

— O que faço? — Ryder estava tentado acalmar a criança frenética. — Tem alguma coisa que a gente possa fazer?

Enfiei a mão dentro da cesta de piquenique, desatarraxei com força a tampa da garrafa térmica e derramei o máximo que pude sobre o ferimento de Roy — o chá quente faria sair o veneno. Em poucos minutos a dor tinha desaparecido.

— É isso que a gente faz com a ferroada de um peixe-aranha — informei a Ryder.

Naquela noite perguntei ao Sr. Ellis, o dono do hotel, se tinha havido algum acidente. "Um iate afundou", ele confirmou, "a 16 quilômetros da costa, durante o temporal. Levou com ele o comandante, o seu companheiro e uma mulher."

Ela era loura ou morena? Casada ou tinha um amante? Teria sentido que a sua vida valera a pena enquanto lutava na água fria para não morrer (pois deve ter lutado)? Seja lá o que ela possa ou não ter sido, que coisa irônica, triste, inevitável, o fato de só ter sobrevivido a sua morte aquilo que provava a sua fertilidade. A sua feminilidade.

Sem ser esperado, Roy chegou de carro com Amy, vindo de Londres, na sexta-feira de noite.

— Espero não estar incomodando você, mãe — disse, ao me beijar. — Convidei Victoria para almoçar no domingo.

Eu tinha me afastado para olhar para ele. Roy já era o homem que seria pelo resto da vida. Grave, sério e gentil, o tipo de pessoa que não queria se arriscar, mas mudaria de rumo de uma hora para outra. Esta era uma espécie de avaliação? Culpada, dei-lhe dois beijos e o abracei forte.

— Tudo bem, mãe! — Ele deu um passo para trás. — Você me viu na semana passada.

Ryder havia me surpreendido censurando-o por não me avisar com antecedência. "Telefone para sua mãe da próxima vez", ele dissera. "Não se pode querer que ela tire mais comida do nada, num passe de mágica." Roy pareceu constrangido.

Mais tarde, ele veio falar comigo.

— Eu abuso de você, mãe? — quis saber. — Você precisa *dizer*.

Acordei cedo no domingo de manhã, acendi o fogão e alimentei as galinhas. Lá fora, o tempo derretia-se num humor mais cálido, com um toque implicante de primavera nas nuvens de creme Chantilly e a atmosfera mais branda.

Tirei o pó da sala de estar. Grande e espaçosa, ela dava para a porta da frente e tinha uma grande lareira e uma janela projetada para fora, para a qual eu tinha escolhido cortinas num tom de azul-claro, a cor de um céu de início de verão.

O relógio de bronze dourado sobre a lareira bateu oito horas, uma linda ondulação sonora que deslizava pelos segundos, minutos e horas. Era um relógio austríaco e eu o amava de paixão, não apenas por sua elegância, mas porque pertencera aos meus pais.

Dois querubins de bronze ladeavam a face, inclinando-se felizes e à vontade contra a caixa. Com o dedo, toquei naquele que apontava para o mostrador. *Você* não se preocupa com o tempo, eu lhe disse em silêncio. *Não realmente*, a data na frente do relógio marcava 1781, o ano em que Mozart esteve em Viena, e nas costas estava gravado "*Ich spüre nur die Zeit*", que significa, segundo o major Blunt, que traduzira para mim, "Sinto apenas o tempo". (Major Blunt falava alemão porque tinha trabalhado no serviço secreto em Berlim depois da guerra, portanto acho que ele entendeu direito.)

O relógio sempre me deixava de bom humor: ele transpirava mentes refinadas, elegâncias luxuriantes, fantasias e imaginações exaltadas, e um mundo onde o tempo era importante — é claro — mas não tanto.

— Bom dia, mãe.

Amy, de roupão, enfiou a cabeça no vão da porta.

Espanador na mão, dei um giro.

— Bom dia, querida.

Seus cabelos estavam desgrenhados, a pele lustrosa de creme de limpeza, e ela parecia exausta de uma longa semana na sala de datilografia do ministério.

— Querida, Sra. Trant permitiria que você descesse de roupão?

A Sra. Trant era a senhoria de Amy. Depois de Ryder e eu discutirmos muito, ansiosos, sobre até que ponto Amy poderia ter liberdade, cedemos quando ela observou zangada, "Com 21 anos posso fazer o que quiser".

"Não se preocupe", Ryder tinha me tranqüilizado, "ela amansa quando se casar".

Amy avançou para a sala de estar.

— O que a Sra. Trant tem a ver com isso? Quando o pessoal chega?

Afastei o cabelo rebelde do seu rosto.

— Na hora de sempre. Corra e vista-se; preciso de ajuda.

— Por que Roy não pode ajudar você? — O olhar de Amy era brilhante e duro de sentimentos reprimidos.

— Está tudo bem com você, Amy?

— Você não respondeu a minha pergunta, mãe. — Ela parecia bastante calma, mas estava zangada. — Por que não acorda Roy?

— Não seja tola.

Ela balançou a cabeça.

— Tola, não. Roy é tão capaz de ajudar você quanto eu.

Ela saiu da sala e subiu as escadas. Dei a última passada com o espanador no relógio. Uma nova, e desconcertante, obstinação havia se depositado sobre minha filha. Desaparecera a menina risonha que voltava do colégio confidenciando com inocência e uma espécie de alegria sincera os acontecimentos do dia. Passados eram os tempos em que eu tinha escutado, extasiada, as batalhas e viagens da estudante — substituída pela jovem mulher que fechara uma cortina e não aceitava perguntas.

Mais tarde, tendo servido o café-da-manhã e preparado o almoço, subi. Ryder abrira a janela do quarto de dormir, e o ar abafado da noite fora varrido para longe. Eu a fechei. Havia um leve cheiro de naftalina que vinha do guarda-roupa aberto, um toque de vinagre onde a Sra. Storr tinha limpado a janela, o resíduo de fritura no meu suéter sobre a cadeira, que eu estava vestindo enquanto cozinhava. Eu o dobrei para guardar: pois durante uma grande parte do dia as minhas energias eram gastas mantendo ao largo o suor, os cheiros, a evidência de vida.

Sentei-me diante da penteadeira e arrumei meu cabelo. Passei perfume no pescoço — a sua essência doce, quente, era uma lembrança de que havia alternativas para a espuma da água de lavar pratos, para o rastejar do mofo no porão, para o miasma de corpos humanos. Música, especulação, aventura e... conhecimento. Num impulso, passei perfume nos punhos, bem ali onde a veia passava.

Embora resolvesse vestir a saia e a blusa que usava no escritório, em vez do vestido que comprei, Amy fizera um esforço para arrumar os cabelos, que escovou para trás, longe da testa. Caía-lhe melhor do que a franja, de que ela gostava mais. Mesmo assim, ao lado das filhas de Bunty, Amy parecia uma figura desajeitada, sólida; minha ansiedade por ela aumentava.

À mesa de almoço, Alexander sentou-se entre ela e Mary, e a toda hora o trio caía na gargalhada. Victoria, que chegou mais cedo com um ramo de cravos e uma caixa de Black Magic para mim, sentou na cadeira em frente a Roy, que estava bem escovado e elegante num terno com colete. Volta e meia Victoria lhe mandava um olhar derretido. Seus cabelos eram muito curtos e bem frisados, e ela estava envolta num estampado cor-de-rosa — uma bonequinha bonita a quem Roy evidentemente admirava.

O marido de Bunty, Peter, foi colocado, é claro, ao meu lado.

— Coisa horrível o acidente no desvio. — Ele colocou mais uma garfada de carne na boca e mastigou com imponência. — O que eu digo sempre sobre esse desvio?

Fixei o olhar em Peter, de quem gostava muito, e não escutei nada. *Acabe com isso*, eu queria dizer. *Não podemos falar de alguma coisa importante?*

Ouvi Alexander dizer:

— ...e aí eu me forcei a voltar para a faculdade pulando o muro e empalei um pé numa estaca.

— Peter, que acidente?

— O motorista apostando corrida na A3. A toda a velocidade.

Mas eu queria saber o que tinha acontecido com o pé de Alexander — de fato, parecia vital descobrir se a pele macia, dourada e os ossos cheios de seiva eram agora menos perfeitos.

Peter insistia no seu árduo ofício de prender minha atenção.

— Ryder gostaria de uma partida de golfe?

Tentei ao máximo me concentrar nele.

— Acho que sim. Deixe-me ver. Na semana que vem ele vai estar voando todos os dias. Que tal na outra?

Rosadas no centro e castanhas por fora, as fatias de carne ainda estavam em meu prato. Eu não conseguia comer.

Peter tirou a agenda do bolso interno do paletó e conferiu.

— Ótimo.

— Conte mais!

A voz de Amy se alteou, sonora e divertida. Ela tinha virado as costas para Roy, que estava a sua direita. Ele discutia aquecimento central com Bunty, que tinha a expressão de coelho assustado com os faróis no meio da estrada.

— Amy — levantei-me; era o sinal para ela fazer o mesmo.

Ela fingiu me ignorar, e foi Victoria quem saltou num grito de satisfação:

— Permita-me, Sra. Beeching...

Victoria era organizada e eficiente, e agradeci sua ajuda.

— Torta de maçã, que bom.

Ela disparou pela cozinha, raspando e empilhando pratos. Emitia uma energia em ondas, energia direcionada para que eu gostasse dela.

— Precisa me dar a receita — disse. — Adoro colecionar receitas de geléias, *chutneys*, tortas...

Entreguei a Victoria os pratos de sobremesa.

— Leve para mim, por favor?

— Barbara — ela examinava a torta e disse, com irritante intenção de ser prestativa —, a massa ficou um pouco queimada.

Ela saiu correndo da cozinha e a ouvi anunciar:

— Só um momento. Uma pequena emergência.

Faca na mão, cerrei os dentes e avaliei a cozinha. Escombros por todos os lados: louça suja empilhada, uma travessa de gordura fria no aparador, a mesa salpicada de farinha e pedacinhos de carne. A pia tinha adquirido um friso de repolho. Ia levar muitas horas para colocar tudo em ordem.

Raspei a parte queimada da torta e a levei triunfante para a sala de jantar. Quando entrei, Alexander ergueu o olhar, e o brilho e mistério do seu sorriso arrepiaram cada osso da minha coluna.

— Quando o tempo esquentar — Roy passou um braço sobre os ombros de Alexander — você precisa vir jogar tênis.

Deixando Bunty, Peter e Ryder numa conversa ao pé da lareira, o resto do grupo tinha se transferido para o jardim, para tomar um pouco de ar fresco.

— Gostaria muito — Alexander arremedou um golpe de direita.

Roy o imitou.

— Vamos combinar.

O grupo foi caminhando em direção ao galinheiro, e as meninas embarcaram numa caça aos ovos, com gritinhos e exclamações.

— O que tem ali? — perguntou Alexander, apontando para a casa de maçãs apenas visível por trás das árvores.

Expliquei o que era e fomos até lá.

— Ah, a torta de maçã — ele falou.

— A torta de maçã *queimada*.

Alexander achou graça.

— Não tão queimada assim.

— Mas, verdade seja dita, as tortas de maçã de Bunty são melhores do que as minhas.

Ele vacilou um pouco e não pude deixar de rir, o que o fez corar.

— Torta de maçã simboliza as virtudes que consideramos boas numa família.

— E elas são boas? Essas virtudes?

— Bem, é isso aí — ele disse. — Não sei ao certo se elas servem para todo mundo. Somos todos tão diferentes.

Estremeci.

A casa das maçãs não era bonita. Não tinha janelas e fora construída com um tipo de tijolo vermelho mais barato do que a casa, mas, por dentro, ainda estava decorada com as bandejas de ripas originais empilhadas até o teto. Cheirava a mosto, e muitas bandejas mais no alto estavam quebradas.

Puxei uma para fora e exibi as fileiras de Bramleys e das vermelhas.

— Leva horas para colocá-las nas prateleiras — escolhi uma, equilibrei-a na palma da mão e estendi para ele —, mas é um trabalho bastante agradável. Experimente.

Alexander pegou a maçã e deu uma mordida.

— Boa.

Conferi a bandeja, separei duas frutas estragadas e as deixei cair no balde que ficava do lado de fora exatamente para isso. Mais tarde, eu esvaziaria a massa apodrecida no monte de adubo composto.

Apontei para as prateleiras quebradas.

— Sinto-me culpada por ter deixado as crianças usá-la como esconderijo, mas elas adoravam.

Alexander correu as ripas com a mão.

— Adultos, fora. Proibido. — Ele se virou e sorriu para mim. — Você não se lembra de como era governar um reino sem adultos por perto? Eu lembro.

Desviei o olhar.

— Acho que não. — Inclinei-me e tirei outra maçã podre. — Nos sentimos mais poderosos como adultos?

Ele deixou cair o miolo da maçã no balde e limpou a boca.

— Depende de quem você é e se você sente que a sua vida está indo bem.

— A sua está? — A pergunta fugiu da minha boca antes que eu pudesse pensar. — Indo bem?

— Espero que sim — respondeu ele. — E, pelo que vejo, marido, filhos, casa, a sua também deve estar.

Sorri para ele.

— As mulheres não são poderosas. Elas têm de se contentar com umas migalhinhas aqui, outras ali.

— Ah, mas elas são — Alexander me contradisse —, muito, muito mais do que elas pensam. Elas exercem um poder incrível.

— É mesmo? — pensei na frase, nas suas agradáveis, irritantes, implicações.

Virei-me para empurrar a bandeja de maçãs de volta no lugar. Alexander teve a mesma idéia. Nossas mãos se esbarraram. A dele pousou sobre a minha.

Sob o seu toque, meus pensamentos dissolveram-se, incoerentes.

— Alexander...

— Barbara? — Com um pequeno suspiro, ele agarrou a minha mão e a beijou.

Que tipo de coragem tinha sido necessária para isso eu não podia avaliar. Eu nunca tivera uma atitude dessas com ninguém, nem ninguém agira assim comigo. Mas foi engraçado, e maravilhoso.

— Que absurdo. — De novo uma risada tremeu no fundo da minha garganta. — Eu podia ser sua mãe.

Ele olhou para mim.

— Sinto muito. Não, não sinto... mas devo-lhe um pedido de desculpas.

— Não, não. Foi um elogio.

Juntos saímos do jardim. A história toda deve ter durado uns quatro minutos, talvez cinco, não mais do que isso.

Capítulo 5

Siena

— Escute. — India invadiu animada a minha manhã. — Dei uma série de telefonemas e a Caesar Books está *muito* interessada. Monte alguma coisa por escrito. OK?
Cometi o erro de consultar a minha programação.
— Para quando?
— Ontem. Simplesmente faça, queridinha. Hum?
— Lembre-me de baixar a sua porcentagem.
— E você foi convidada para *The Frocks Quiz*. Interessada?
— Não.
— Foi o que pensei.
— Que inferno — disse Charlie, quando lhe contei sobre a oferta do livro.
Ele chegara correndo do tribunal para trocar de roupa para um jantar oficial.
— Você vai se matar — ele arrancou as meias e saiu dançando nas suas cuecas Calvin Klein. — Mas acho que o dinheiro é útil, e ando um pouco apertado no momento.

Mirando o cesto de roupa suja, ele lançou uma das meias. Em seguida, perguntou, por que este era um assunto ligeiramente complicado. Não, complicado não, só não tão franco quanto parecia.

— É muito dinheiro, Siena?

Respondi com o mesmo cuidado:

— Um bocado de zeros para o nosso fundo que está sumindo.

— Nosso fundo?

— *Nosso* fundo.

Charlie sabia que eu tinha vários fundos onde ia guardando dinheiro. Eram o meu pé-de-meia, minha independência. Sem eles, eu me sentia sem forças, impotente.

Não sei exatamente quando, ou onde, uma catraca na minha mente mudou da surpresa por ter chegado a algum lugar para a determinação de manter o que eu tinha. Mas ela havia mudado. Traduzindo grosseiramente, isto significava que eu tinha de agarrar o que pudesse quando pudesse. Não era ganância, *per se*, embora eu arrisque dizer que um observador talvez se sentisse tentado a concluir que fosse, mas era mais uma desconfiança do mundo. E do destino. E dos acontecimentos. Nada disso estava predisposto a me favorecer.

Ele me olhou firme.

— Não consigo convencê-la a confiar que vou cuidar de você?

— A questão não é essa.

De repente, ele sorriu.

— Não.

— Nunca se sabe — falei, não pela primeira vez. — As coisas não dão certo. Aí você está morto. Velho demais, ultrapassado... Existe apenas um nano-segundo ao sol, depois ele se vai. Confie em mim.

Charlie errou o alvo com a segunda meia. Ele foi marcando os pontos nos dedos.

— Um livro, uma viagem para os Estados Unidos e uma possível série para a televisão. Uma coluna semanal na revista. Deus sabe quantas apresentações em programas de entrevistas etc. Isso vai ocupar muito bem os próximos seis meses. E então...

— E então eu estarei com 36 anos.

— Eu *não* ia dizer isso. Ia dizer que o nosso fundo que está sumindo vai ficar com uma aparência bastante saudável.

O assunto dos Estados Unidos veio à tona de novo quando estávamos dirigindo pela M3 no domingo de manhã. Era o nosso precioso dia de folga, mas este convite era importante.

Para sua surpresa, Charlie fora sondado pelo diretor de um escritório concorrente. Uma vaga talvez, apenas *talvez*, surgisse no futuro. Nada certo. Tinha muito tempo. Mas, se acontecesse, Charlie estaria interessado? Era um ambiente mais rico, mais elegante, e a primeira resposta de Charlie tinha sido "Não". Depois pensou melhor e me disse que eu estava sendo requisitada para o almoço.

— Não tão imune assim, então — mas eu estava implicando um pouco com ele, porque esta era uma nova conjuntura, bastante enigmática.

— Estou tentando ser razoável. — Charlie parecia sério e amoroso. — Para nós dois.

Mas seu forte nunca tinha sido a razão e a prudência no modo convencional: suas perspectivas eram mais ousadas — e menos práticas. O velho Charlie, entusiasmado por estar vivo, participante e idealista, que eu achava tão irresistível, não teria pensando em se vender.

Mas, e se eu o estivesse obrigando a fazer concessões? A idéia pesou estranha — um pouco penosa — na minha consciência.

Charlie estava no seu melhor terno cinza, e eu apertada num vestido da última coleção de Izzy Athill, que o seu relações-públicas havia tentado me dar de presente, mas pelo qual achei melhor pagar.

— Supostamente Mike e Tony não sabem sobre este almoço — citei uns dois colegas de Charlie que estavam no mesmo nível.

Charlie riu.

— Melhor ainda — falou. — Eles sabem.

Ele procurou os óculos de sol no porta-luvas e os colocou de qualquer jeito no rosto. Inclinei-me e ajeitei-os sobre seu nariz.

— Então? O que tem os Estados Unidos? — ele quis saber.

— Estou voando para Nova York para um encontro preliminar, ficarei por uns dias, no final do mês. Nada decidido, Charlie. Todos estamos apenas... vendo.

Charlie acelerou a marcha por outros dois ou três quilômetros. Depois soltou um pouco mais alto que o som do aquecimento do carro:

— Cimmie ligou ontem.
— Você não me disse nada.
— Devo ter esquecido.

Desviei o olhar para fora da minha janela. A razão de Cimmie, a primeira mulher de Charlie, tê-lo abandonado, ele contou, foi porque ele não a levava suficientemente a sério. Estava ocupado construindo sua carreira nos gabinetes, o que lhe tomava toda a energia, e Cimmie lutava para conquistar o seu espaço como decoradora de interiores. Ela o acusou de não dar valor ao que ela fazia, e de falta de apoio. Ele a acusou de estar sempre reclamando, e de não compreender como era importante ele ter tempo e espaço para se concentrar no trabalho. Deste modo, eles circulavam em torno um do outro, mas os círculos foram ficando cada vez mais amplos até que ficou impossível para eles se verem.

"Depois disso fiquei com uma sensação horrível de ter brincado de estar casado", Charlie racionalizou. "Experimentando para ver até onde ia. Uma espécie de 'satisfação garantida ou o seu dinheiro de volta'." A idéia o perturbava. "Errei muito. Nunca mais."

Eu tinha sido a beneficiária da determinação de Charlie de não cometer nunca mais os mesmos erros.

O último foi um fator importante na minha decisão de me casar com ele. Eu carregava a bagagem de um casamento fracassado também, e a declaração "nunca mais" era o que eu queria escutar. Nosso casamento seria cortado e talhado sem costuras com os restos e destroços da nossa experiência. Esse foi o cálculo.

— Concordei em almoçar com Cimmie.

— Quando?

— Esqueci.

— Oh. — Charlie era um advogado, experiente e sagaz. Em geral, não esquecia as coisas.

Charlie acelerou.

— Você não se importa, né?

Escolhi as minhas palavras com cuidado.

— Eu não sabia que vocês continuavam se falando.

Charlie desviou a atenção da estrada para olhar para mim.

— Algum dia eu disse o contrário?

Passamos por um vale à beira do rio — uma paisagem suntuosa, bem-tratada, onde se abrigavam casas ricas construídas com tijolos vermelhos no estilo elisabetano e mansões georgianas com gramados que desciam até o rio.

— Aposto que os Liversedges moram numa dessas. — Apontei para um exemplar perfeito das últimas.

Moravam.

Ao telefone Sally Liversedge tinha dito: "É só um almoço de domingo. Pequeno e íntimo. Harry está tão ocupado que grandes reuniões no fim de semana simplesmente não dão certo."

Peguei minha bolsa.

— Comportamento exemplar?

Charlie puxou o freio de mão e deu um peteleco no meu quadril.

— Comportamento exemplar.

Fomos recebidos por um jovem bonito segurando uma bandeja de bebidas, e um segundo rapaz nos acompanhou até a sala de estar que dava para o rio, decorada em cor-de-rosa e cinza.

— Uma reunião íntima, informal... — sussurrei para Charlie.

Sally Liversedge desligou-se de um grupo de umas dez pessoas e veio falar conosco. Era uma mulher bonita, por volta dos 55 anos, vestida no estilo da Timeless Elegance. Um erro. A Timeless Elegance envelhecia. Quis convencê-la a entrar num par de sapatos sensuais, ou despir a blusa de corte perfeito por baixo do paletó e substituí-la por uma camiseta.

Entre outros, ela nos apresentou a um juiz (Tribunal da Coroa) e sua esposa, a um paisagista da moda, que afetava o estilo veludo cotelê amassado, depois para um professor de jurisprudência e sua esposa. Todos eram mais velhos do que Charlie e eu — e, desconfio, nenhum teria lido a minha coluna, o que era uma vantagem. As pessoas podem franzir o nariz para a moda, mas digo que ela revela muito a nosso respeito. (Talvez não queiramos escutar, mas isso é outra história.)

Ellen, a mulher do professor, estava vestida com uma camisa masculina para dentro da saia (não a ideal para um corpo mais cheio), sapatos sociais creme e nem um pingo de maquiagem.

— E o que você faz? — perguntou.

Expliquei, e uma carranca estampou-se na sua fisionomia lavada. Depois de uma pausa, ela disse:

— Muito interessante.

Perguntei gentilmente se ela trabalhava na mesma área do marido.

— Eu apoio o meu marido — respondeu ela, agressiva. — Isso é *trabalho*, sabe, mas estou certa de que a sua geração não vê as coisas assim.

— Claro — apressei-me em dizer. — Uma das coisas boas de ser mulher hoje em dia é que existem muitas opções possíveis. As escolhas são infinitas.

— Se acredita nisso — retrucou Ellen —, então a sua geração é mais idiota do que eu supunha.

A partir daí a conversa murchou.

As janelas da sala de jantar emolduravam a vista do gramado e do rio, orlada por um ou outro salgueiro. Comemos sopa de cogumelos, lagosta e *îles flottantes* servidos por belos rapazes, que deslizavam de um convidado para o outro. No final da minha mesa, a conversa era sobre a produção de uma ópera que o juiz tinha visto em Verona, no último verão, e as recentes ações do governo para destravar o sistema da justiça criminal. Comi um almoço excelente e sem tirar os olhos de Charlie. Nada anormal, ele parecia um pouco tenso e, de vez em quando, eu lhe mandava um sorrisinho. *Você está indo bem.*

Depois, vestimos nossos casacos e enfrentamos o frio para desfilar pela grama imaculada até o rio, que estava claro e livre de ervas daninhas.

— É sílex — explicou Harry Liversedge. — Filtra a água.

— Vocês têm autorização para pesca? — Charlie perguntou e pareceu impressionado quando Harry respondeu.

— Claro.

— Parece cenário de filme — ele falou no meu ouvido, mas eu captei uma ponta de inveja.

— Menos, Rover — murmurei.

— Ei, vocês dois — reprovou a nossa anfitriã —, vocês têm todo o tempo do mundo para conversar um com o outro.

Quando retornamos para a casa, Sally levou as mulheres até a cozinha para mostrar as reformas que estivera nos descrevendo. Os empregados estavam separando os restos do almoço e limpando as bancadas.

— Claro — Sally modulava suavemente —, tivemos uma nova cozinha planejada há três anos, mas ela nunca me agradou de verdade, e insisti para que tentássemos de novo. Harry foi muito compreensivo com relação às despesas, mas fiquei muito aborrecida — ela apontou para uma reentrância na borda de madeira dos guarda-louças —, porque os construtores desobedeceram às minhas instruções. Está tudo errado.

Houve muitas interjeições e exclamações por parte das outras mulheres, mas, para minha surpresa, eu, que me importava tanto com a perfeição, senti uma ferroada de... impaciência?

— Atrevo-me a dizer — Sally talvez tenha adivinhado a minha reação — que você provavelmente acha que estou exagerando.

— De jeito nenhum — eu disse.

— Quando se está gastando milhares e milhares, espera-se que tudo fique *exatamente* certo.

— Harry falou alguma coisa com você? — perguntei a Charlie, no caminho de volta para casa.

— O bastante para ficar pensando — ele disse. — Foi persuasivo e lisonjeiro.

— E?

— Não sei. Poderia ficar tentado... depende. Mas nada vai acontecer em meses... se acontecer.

— Certamente *não*, Charlie. Você não pode se deixar convencer a desistir da sua filantropia por, bem, não por usura, mas por algo que não combina com você.

O sinal ficou vermelho, e ele parou o carro.

— Está falando sério, Siena?

— Sim, estou.

Sua expressão ficou mais suave.

— Isso é bom.

O sinal abriu e ele pisou no acelerador.

— Vou lembrar disso.

Estendi a mão e agarrei o seu braço.

— Não, não lembre disso. Fique com as suas ambições.

Charlie não retrucou, mas podia dizer que ele estava satisfeito, porque seguiu em frente assobiando baixinho.

Enfrentamos o habitual engarrafamento de domingo à noite na M3. (Uma noite perdida.) Marcando passo na mesma via expressa. Ao nosso lado na maré de tráfego vespertino havia 4X4s, os porta-malas estufados de equipamentos — carrinhos dobráveis de bebê e casacos acolchoados, edredons com capas de algodão colorido — homens com a linha dos cabelos recuando e, ao lado deles, mulheres usando casacos que traduziam a aura cult.

Comecei a compor a carta de agradecimento para os Liversedge, que devia ser redigida e colocada no correio amanhã. Um pequeno atraso seria evidência de falta de educação, o que poderia prejudicar Charlie.

Estava quase escuro. Pensei com saudades no nosso calmo apartamento iluminado pelo reflexo das luzes na água — seu espaço, sua privacidade e tranqüilidade. Estava ansiosa para chutar longe meus sapatos e saborear o jantar numa bandeja deitada no sofá. Queijo, biscoitos, uma taça de vinho.

E assim foi. Depois de termos comido, assistido aos noticiários e folheado os jornais, Charlie descascou uma maçã e me deu, pedacinho por pedacinho.

— A respeito de Cimmie — tomei coragem —, quando vocês vão almoçar?

Charlie deixou cair uma espiral de casca sobre o prato.

— Para falar a verdade, quando você estiver nos Estados Unidos.

Cimmie não era exatamente bonita.

— Oh, querida — ela dissera, quando lhe fui apresentada, no meu casamento com Charlie — estou tentada a lhe chamar de segunda Sra. Grant. — Ela estava lá porque Charlie achou que seria um gesto nobre convidá-la, e Cimmie escreveu aceitando: "Uma boa ocasião para um encerramento?"

Reprimi um desejo desprezível de observar que peitos grandes e frente-única eram a pior combinação possível. Mas havia fascínio na expressão de Cimmie, no modo como ela se portava, que dava a ilusão de beleza.

Na recepção, ela aproveitou a primeira oportunidade para chegar perto de mim. Pegou na minha mão e disse atenciosamente:

— Estou vendo por que Charlie ama você. Ele me diz que ama você, e muito.

Os brincos pingentes de pérola que Cimmie usava acompanhavam o movimento da sua cabeça. Ela estava sendo generosa, mas eu não queria sua generosidade, que me deixava envergonhada.

— Obrigada.

Um pouco do meu sentimento deve ter sido captado, porque Cimmie corou e disse, radiante:

— Eu o dou para você.

— Foi ótimo esconjurar esse fantasma — comentou minha mãe, enquanto me ajudava a vestir minha roupa de viagem — uma jaqueta Dolce and Gabbana de pele de leopardo (falsa) e saia de couro. — A gente deve sempre conhecer a primeira mulher. Aí você sabe o que vai enfrentar. Charlie conheceu Jay?

Ela se virou e abordou Manda, minha dama de honra, que estava supervisionando o cerimonial de despir e vestir até minha mãe se intrometer:

— Tem estado com Jay?

— Jay está em Hong Kong, ganhando um monte de dinheiro. Há anos não volta aqui, mas eu lhe contei que Siena estava se casando de novo. — Manda alisou a jaqueta sobre os meus ombros. — Ele achou bom. — Ela se inclinou e me beijou no rosto. — Você está linda, Siena — e me estendeu o buquê. — Agora, o que eu lhe disse para lembrar?

Acariciei as rosas brancas, tão belas, serenas e perfeitas. Breve, muito breve, eu entraria num novo futuro.
— "O passado é outro território."
Ela me beijou.
— Literalmente.
Eu a beijei de volta.
— E o que eu lhe disse?
— "A asa da amizade não muda uma pena."
— Brilhante.
Minha mãe olhava com carinho.
— Alguma chance de você voltar para os seus convidados?

Repeti para Charlie os pontos essenciais da conversa com Cimmie durante a lua-de-mel, caminhando nos Himalaias. Eu lembro bem. Fim de tarde, sombras purpúreas espalhando-se como óleo sobre a encosta da montanha, e nosso grupo dirigindo-se para Pokhara para passar a noite. Eu estava agüentando firme, mas sentia um certo desânimo porque sabia que não encontraria pela frente um chuveiro quente ou uma cama confortável, só *ghee*, arroz e um chão duro. Charlie, entretanto, estava no seu ambiente. Magro e bronzeado, ele tinha desenvolvido um passo de montanha, um misto de galope e caminhada rápida, e por isso estava sempre na frente. Sei que ele curtia essa pequenina superioridade e, porque o amava, eu também curtia.

Sentamos para descansar numa pedra antes do último trecho até Pokhara, e escolhi esse momento, alvejados pelo sol forte e o vento gelado, aconchegados pelas pedras e cores, e inexplicavelmente emocionada com a estranheza da paisagem, para informá-lo de que Cimmie o dera para mim.

Charlie tirou da mochila um damasco enrugado, parecendo estar duro, examinou-o e deu uma mordida.

— Ela deu?

Na estréia de Charlie no maior caso da sua carreira, Cimmie tinha feito as malas e combinado para que uma boa parte dos seus móveis fosse retirada da casa deles. Deixou um bilhete lamentando a inconveniência, mas como Charlie estava casado com a carreira, ela achava que estava atrapalhando. "Considero isso uma atitude altruísta da minha parte", ela escreveu, "e você vai me agradecer."

— Na verdade — acrescentei, examinando minhas pernas cheias de manchas roxas —, penso que Cimmie estava lutando pela sobrevivência.

— Para sobreviver a mim? — Charlie estava surpreso. — Acho que não.

— Ok, Lucy. Quando você estiver pronta.

No estúdio do fotógrafo, Lucy Thwaite, Jenni e eu olhávamos para o espelho triplo, que também refletia a maquiadora no ato de arrumar sua mochila e o fotógrafo consultando seu assistente. Um projetor estava armado sobre o quadrado de papel vermelho preso com fita adesiva no chão onde, em breve, Lucy posaria.

O que vi no espelho me deu um prazer enorme.

Jenni disse, "*Excelente!*"

Lucy continuou olhando para a mulher no terninho cinza-escuro, corpete de seda branca e botas de camurça de cano curto. Seus cabelos tinham sido enfiados num gorro de penas, e o rosto maquiado com um toque de sombra verde-oliva e batom da Mac's castanho-acinzentado.

— Esta sou eu? — Ela parecia espantada. — Eu?

Passei o braço pelos seus ombros e a abracei.

— Gostou?

A resposta de Lucy demorou a chegar e Jenni ajudou:

— Você está fantástica. As suas costas são *tão* estreitas.

Lucy tocou uma pena sobre a testa.

— Tem certeza de que esta cor me favorece? — ela puxou uma perna da calça. — Não estou acostumada com calças com... esse corte. Não sei o que Derek vai dizer. Ou as crianças.

Fiquei com a observação de que não importava a mínima o que eles pensavam na ponta da língua, mas eu cometeria um erro se dissesse isso. Claro que Lucy se via refletida na família. De que outro jeito ela se definiria?

Ela colocou as mãos nos quadris e torceu o corpo.

— Pareço mais magra.

Jenni e eu trocamos um olhar. Apesar das nossas diferenças, gostávamos deste momento, quando a borboleta saía do casulo.

Lucy começou a chorar. Rápido, Jenni a afastou do espelho e a colocou sentada na cadeira mais próxima.

— Lucy, Lucy... você vai estragar a maquiagem.

A maquiadora inverteu as operações e começou a tirar da mala seus petrechos. Debrucei-me sobre Lucy, que levantou os olhos para mim.

— Estou tão cansada — ela soluçava. — Acho que não vou agüentar.

A maquiadora veio correndo, me tirou da frente e secou o rosto de Lucy com um lenço de papel.

— Desculpe — disse Lucy. — Desculpe, desculpe.

— Se você não parar de chorar, não posso consertar. É só um minuto.

A voz da maquiadora era tranqüilizadora, seus movimentos, profissionais.

Lucy acabou relaxando. O fotógrafo deu uma ordem ao assistente, que ajustou as luzes. Apoderei-me de uma segunda cadeira, levei-a até Lucy e me sentei ao seu lado.

— Tem alguma coisa que eu possa fazer para ajudar?

Presa e imobilizada, Lucy murmurou:

— Está bem. É só... tive uma noite ruim com uma das crianças. Mas estou bem agora.

A sessão seguiu sem mais obstáculos e Lucy foi colocada dentro de um táxi para pegar o trem de volta para casa. O fotógrafo, Jenni e eu nos curvamos sobre as polaróides.

— Por pouco — disse Jenni. — Achei que não íamos conseguir.

A maquiadora guardou os pincéis no estojo.

— Acontece. As pessoas se acostumam a se ver de um determinado jeito, e é um choque. Ou lembram de como costumam ser, e isso também é um choque.

A fotografia de Lucy publicada na revista foi um sucesso. Longe da mulher desleixada, exausta e abatida que ela temia, Lucy destacava-se na página: forte, vistosa e elegantemente vestida.

"Como posso lhe agradecer?", ela me escreveu. "Você me transformou."

Espetei a carta no meu quadro de notícias e pensei na sandália romana feita de cola e papelão. Eu tinha sentido a mesma emoção.

Capítulo 6

Siena

QUANDO ME APRESENTOU A MANDA, Jay, meu primeiro marido, disse do seu jeito descontraído:

— Esta é a garota mais doida do nosso ano. Dançou todas as noites. Bebeu todas as noites. Escreveu as dissertações mais longas e teve as notas mais altas.

Manda ergueu a mão, exibindo um anel na forma de uma caveira. Estava vestida num jeans apertado e um suéter habilmente rasgado, onde a palavra "Cadela" estava bordada com lantejoulas.

— Jay exagera — disse ela. — Foi ele quem bebeu todas as noites.

— Não lembro — falou Jay.

— Exatamente.

O sorriso de Manda me deu as boas-vindas ao estreito círculo de amigos de Jay na universidade que, para o bem dele, estavam preparados a conceder o benefício da dúvida, e fiquei agradecida por isso.

Àquela época (na fase pós-universidade), Manda gostava de espalhar que poderia ter trabalhado na City, mas preferia um emprego que significasse alguma coisa para as pessoas. O dinheiro não deveria ditar um estilo de vida, ela declarava, uma filosofia de cujos princípios ela nem pensava em se desviar. Mas se desviou. Hoje em dia, Manda estava mais propensa a soltar numa conversa que, "Imagine que eu *poderia* estar ganhando números de telefone!"

Ao contrário de Manda, Jay tinha escolhido a City e se transformara numa das feras mais bem-vestidas da selva corporativa. Saíram de cena as calças de combate e os blusões amassados, o saco de retalhos das suas idéias e princípios que compunham sua paisagem mental de estudante, e entraram os ternos feitos sob medida, os sapatos caros de couro, a pilha de camisas e um palm-top apitando a cada intervalo do dia para lembrá-lo de onde estava, mais um novo conjunto de atitudes para combinar.

— Existem fases na vida — ele dizia quando conversávamos sobre a metamorfose de cético e socialista para capitalista desvairado. — Só passei para a seguinte. — Ele sondava a minha expressão. — Não me olhe assim, docinho. Não podemos ficar parados. Ninguém pode.

Casamos — vestido branco e véu, champanhe, toldo, serviço completo — assim que ele recebeu a primeira promoção. Fomos passar a lua-de-mel em Nova York. Essa foi a última vez que vi Jay por qualquer espaço de tempo. Eu me importava, e não me importava, porque estava ocupada cuidando da minha própria carreira. Mas suas ausências tornavam os nossos fins de semana estranhos, porque, tendo perdido contato nesse meio-tempo, tínhamos dificuldade para nos encontrar novamente. E, depois de um pouco, não havia mais encontros de mentes ou corpos, e tudo que poderia lhe dizer sobre Jay era um catálogo das suas roupas, que eu separava e arrumava todas as semanas.

Casei-me com Charlie e fiz um voto de vigilância — vigiar a mim mesma, ficar atenta a espaços e silêncios esgueirando-se na parceria ah-tão-unida, para costurá-los bem firme quando (e se) os visse. Fiz Charlie ficar ao meu lado, e desenhei um círculo imaginário a nossa volta e outro interconectado, de modo a formar a figura de um oito.

— Isto somos nós no círculo. Neste aqui, colocamos todas as nossas experiências ruins e erros. Agora vou pegar uma tesoura imaginária e cortar os círculos onde eles se unem.

— E? — perguntou um Charlie atônito.

— Jogamos fora o círculo ruim, lá para o céu, e o observamos desaparecer de vista.

— Você é maluca — ele falou.

O plano era Charlie e eu nos encontrarmos com Manda e o marido dela, Dick, num restaurante à beira do rio. Depois iríamos a um clube de salsa. (Dançar era a coisa mais importante da vida, o que elevava os espíritos etc. etc.)

Dick e Manda estavam atrasados.

— Desculpe... desculpe... — Manda caiu sentada ofegante na banqueta. — A babá...

— ...demorou a chegar — completou Duck. — E ficamos meio preocupados achando que ela tinha bebido.

— Você perguntaram isso para ela? — Charlie já estava no caso.

Manda e Dick trocaram um olhar.

— O pior é que queríamos tanto sair... ver vocês dois, quero dizer, que resolvemos lhe dar o benefício da dúvida — disse Manda, e acrescentou, um segundo depois: — Tenho certeza de ter sentido o cheiro. — Ela brincou com o guardanapo. — Ou, quem sabe, não senti. — E virou-se para o marido.

Estava a cargo de Charlie consertar a ansiedade que ele havia ajudado a provocar e foi o que ele fez.

— Existe um mercado para kits de bafômetros domésticos?

Manda deu um sorriso relutante.

— O jantar nos espera — eu disse rapidamente. — Sem discussões. — E os vi relaxar.

Com o rio correndo escuro lá fora, comemos bacalhau assado com lentilhas e pontas de aspargos e bebemos vinho branco. Dick conversava com Charlie, mas a conversa com Manda se arrastava e, de vez em quando, ela parava, descansava o garfo ou a colher como se estivesse escutando alguma coisa.

— Tudo bem, Manda?

Ela buscou a resposta adequada para provar que estava curtindo a ocasião e satisfeita por ter saído de casa.

— Sem dúvida.

— Mas?

Ela passou os dedos pelos cabelos.

— Um ninho de rato, mas é isso. Não tive tempo. — Então ela desmontou. — As coisas têm estado um pouco difíceis ultimamente. A babá ficou doente, e Hetty pegou sei lá o que e passou para Patrick. É claro. O pai de Dick está no hospital e... o trabalho está se acumulando. Tenho corrido de Pilatos a Herodes. Menti para meu chefe dizendo que estava doente para poder cuidar das crianças. *Não* pense que ele acreditou em mim. *Eu* não teria acreditado.

Manda e Dick trabalhavam para editoras. Dick era diretor de vendas.

— Infelizmente, ao contrário do sabão em pó, o mercado de livros é pequeno, não é uma base de consumo.

Manda era responsável por uma editoria de ficção popular de uma editora em decadência, mas não tinha coragem de procurar outro emprego.

— Tenho que marcar tempo enquanto as crianças são pequenas.

A notícia do convite da Caesar Books foi recebida com a quantidade necessária de parabéns e um (heroicamente mascarado) grau de inveja.

— Quanto eles estão oferecendo de adiantamento? — Manda assumia sua expressão profissional e eu podia escutar os zeros tilintando na sua cabeça. Eu disse e ela sorriu para mim. — Você merece.

De tempos em tempos, devo me confessar culpada pela troca de uma ou duas penas na dita asa da amizade, provocada por (pequenos) ciúmes e uma sensação de estar sendo menos amada do que os outros. Não era bonito, eu sei. Mas isso não era verdade com Manda, que lutava para contornar sentimentos negativos. Mesmo desejando desesperadamente que um montão de dinheiro entrasse voando na sua conta bancária, ela me dava atenção.

— Não parece muito. India não pode aumentar isso? Vamos, insista com ela. Faça-a merecer os seus dez por cento.

— Ei, de que lado você está? — Dick aparteou.

— Não vou receber direitos autorais, se vender?

— Sim.

Manda olhava para mim como se dissesse: "Você está se saindo tão melhor do que eu. Muito, muito melhor do que eu." Mas — e foi aí que a nossa amizade descambou para uma fase confusa — Manda mudou depois de ter filhos. Ou melhor, sua paisagem interior mudou e seus pontos de referência não combinavam mais com os meus. Ela não me amava menos (nem eu a ela), mas havia uma reserva na qual eu não poderia colocar o meu dedo de unha bem-feita, a sugestão de que ela possuía um conhecimento privado, uma nutrição secreta, que me faltavam.

Passamos a discutir novidades no mundo dos livros, e como alguma coisa tão pequena e individual como uma lista de editoras havia sido seqüestrada por contadores e enormes grupos varejistas.

— Temos de acompanhar a onda. — A visão prática de Dick tinha lhe garantido o sucesso no emprego. — Não há como voltar aos dias ruins quando publicar livros era uma indústria artesanal.

— Acabaram as lojas de esquina. — Charlie, que sempre defendia o oprimido, tinha um ar nostálgico.

Dick cutucou o seu braço:

— Ei, em que século você vive?

A conversa continuou e Dick perguntou a Charlie se ele estava trabalhando num caso ou (há-há) "descansando".

— Morte de um bebê — disse Charlie, apertando os lábios. — Mãe acusada de assassinato.

— Oh, Deus! — exclamou Manda. — *Não!* — Ela empurrou o prato da sua frente e olhou para Dick. — Telefono?

Dick balançou a cabeça, colocou a mão sobre a da mulher e articulou cada palavra com cuidado:

— Pare de se preocupar. Está tudo bem.

— Como você agüenta, Charlie? — Manda desviou toda a intensidade da sua preocupação para Charlie.

Olhei firme para o meu marido. Era uma pergunta que ele se fazia com freqüência. Como alguém era capaz de suportar, dia após dia, a proximidade de tanta fragilidade, violência e trevas? "Não tem resposta", ele tinha tido, "exceto que repugnância não é resposta. Morda esse lábio e não olhe para o vazio. Processo encerrado. Frio distanciamento.

— Quero dizer — Manda continuou —, como você pode tomar a decisão de defendê-la se acha que é culpada?

— Essa é a minha parte — disse Charlie, e o brilho profissional no seu olhar se acendeu. — Não posso escrever a trama, ou o roteiro, mas posso garantir que o seu caso seja apresentado da melhor maneira possível.

Mas Manda tinha encontrado um motivo para se preocupar.

— Charlie, se você *soubesse* que ela era culpada, você a defenderia?

Charlei bateu com as mãos na mesa.

— Ela *não* é culpada — ele balançou a cabeça. — Ela *não* é culpada.

Comecei a me sentir desconfortável.

— Charlie...

— Concordo. Ela *não teria* feito isso — Manda me interrompeu. — Não teria. Nenhuma mulher faria isso. Não se tivesse tido um filho.

— Não seja tola, querida — Dick falou.

Manda apontou para ele:

— Como você sabe?

E mais uma vez me ocorreu a intensidade e certeza da paixão de Manda, e o seu espírito de renúncia — do qual eu não podia compartilhar.

Nem Dick nem Manda pediram mais detalhes sobre o caso de Jackie Woodruff — sabiam que Charlie não o discutiria. Não antes que ele chegasse aos tribunais, pelo menos.

O garçom apareceu para tirar os pratos e, por mútuo consentimento, o assunto foi esquecido. Procuramos outro menos difícil, menos constrangedor.

— Que história é essa de mudanças nos tribunais de justiça? — perguntou Dick, e ele e Charlie se acalmaram numa discussão entusiasmada, leve e agradável, sobre casos jurídicos.

Preocupada, notei os olhos fundos de Manda.

— O que vocês vão fazer nas férias este ano?

— Nada. Acho que vou curtir ficar em casa — acrescentou ela veemente. — Londres é *tão* divertida em agosto.

Este não era o momento para falar da viagem ao Vietnã pela qual Charlie e eu estávamos ansiosos.

— Conte-me sobre as crianças.

Manda bufou audivelmente, e parecia prestes a desmaiar.

— Adoro Hetty e Patrick — ela falou. — Isso é o principal. — Uma breve pausa. — Espero que a babá esteja bem — ela cruzou os dedos. — Devia ter pedido a Janey, nossa vizinha. Ela teria ficado, mas nós sempre a incomodamos.

— Bons vizinhos.

— Encantadores — Manda concordou. — Você têm algum vizinho novo?

Aninhei o queixo nas minhas mãos.

— Os escoceses moram em frente, mas não pagam impostos e não ficam muito tempo em Londres. Jenna Glossop vive com um astro da música pop no andar de cima. Nos cumprimentamos sempre que nos vemos na academia de ginástica. Às vezes conversamos tomando um suco de frutas... Fora isso... Eu ainda não conheço bem nenhum deles — admiti. — Não é um lugar para isso.

— Você está perdendo. — Manda procurou na bolsa o brilho para os lábios e passou sem olhar. — Realmente.

Estava? Mas o que exatamente eu estava perdendo? Pela minha experiência, fofocas chatas e café ruim.

Debrucei-me para a frente e limpei o excesso de brilho escorrendo no canto da sua boca.

— Manda, você gostaria de uma mudança de visual? É fácil de arranjar, e a gente ia se divertir.

Por alguns instantes terríveis, os traços de Manda registraram repugnância e, até, humilhação. Depois ela se recuperou.

— Você acha que eu preciso mudar de visual? — Ela franziu o nariz para mim. — Não, eu não acho. Fiz um pacto comigo mesma. Não vou me olhar no espelho pelos próximos cinco anos, até as crianças virarem gente e aí, *bang*, você não vai me ver para uma reforma geral. — Devo ter parecido desapontada, e ela acrescentou baixinho: — Faz sentido se eu disser que não tenho disposição para isso?

— Tem certeza?

O gesto de Manda abrangeu a mesa de jantar cara.

— O mote é: "Marchem, queridos."

Embarcamos numa *panna cotta* com *coulis* de framboesa. Manda cavava o seu com golpes em *stacatto* com a colher. Mas parecia prestar atenção àquela outra esfera. Finalmente, não agüentou mais.

— Vou ver como estão as coisas — e saiu para telefonar.

Minutos depois, reapareceu.

— Está tudo bem — e disparou um olhar na direção de Dick, que sacudiu os ombros e continuou a conversa com Charlie.

— Na verdade — disse Manda —, acho que vamos dispensar a salsa. Vocês se importam?

Dick cooperou:

— Acho melhor a gente ir para casa.

Quando nos despedimos na frente do restaurante, abracei Amanda bem apertado. Com o brilho forte das luzes da rua, os círculos sob os seus olhos pareciam ainda mais escuros, e ela, mais assombrada.

— Cuide-se. Estou preocupada com você.

— Você também — ela falou. — Você parece ligeiramente solitária.

— Deixa de ser boba. Tenho Charlie.

— Sim. — Ela arqueou as sobrancelhas. — Confúcio disse...

Eu interferi:

— "Casamento é um botão num cós. Ele pode se soltar. Costurá-lo de volta pode resultar em derramamento de sangue."

— Isso foi *terrível*, Siena.

— Foi. Cada palavra.

Ufa. Mas ambas rimos e nos sentimos melhor.

Assim que voltamos para o apartamento, Charlie foi pegar sua pasta, mas eu o agarrei pelo colarinho.

— Charlie. Não.

— "Ri-se o roto do esfarrapado?"

Coloquei as mãos contra o seu peito, tentando encontrar o seu coração batendo sem conseguir.

— Charlie, você não está se envolvendo demais neste caso, está?

Lá fora, o rio cintilava iluminado e os prédios da margem oposta refletiam um brilho alaranjado de luzes néon. Pensei nos séculos de aperfeiçoamento dedicados ao sistema, à ordem e calma de suas cláusulas, destinadas a punir o terror, as confusões e paixões mal direcionadas.

— Charlie, é possível que Jackie Woodruff seja culpada?

Ele se afastou num movimento rápido e virou as costas.

— Ah, pelo amor de Deus, Siena, o que você entende disso?

Dias depois eu estava esfregando mexilhões na pia, comprados no mercado do produtor na volta para casa. A água fria tinha deixado meus dedos murchos como passas. Sal e ozônio... À medida que o montinho preto azulado e lustroso crescia no escorredor, eu ia lembrando das férias de família em Whitby, dos dias tiritantes de frio passados catando bichinhos nas poças no meio das pedras e comendo peixe com batatas fritas embrulhados numa folha de jornal, enquanto o vento soprava areia nos nossos rostos.

Os mexilhões eram duros, gordos e lisos entre os meus dedos. Atualmente, eu tinha de mergulhar com determinação nas camadas de memória para evocar a textura da areia presa entre os dedos dos pés e as coxas, o retesamento salgado das minhas bochechas, a armadura molhada da minha roupa de banho.

Quando criança, eu não prestava atenção às fissuras e distâncias na nossa família. Só mais tarde, adolescente, foi que a infelicidade de meus pais se tornou óbvia. Primeiro, eles nunca se falavam diretamente, a não ser que fosse preciso; falavam por nosso intermédio. Segundo, em casa, tinham um ar que eu não compreendia até ir morar fora: a expressão de gente preparada para suportar tudo a qualquer custo até o amargo fim.

— Oi — disse Charlie, chegando sorrateiramente e colocando os braços em volta da minha cintura. — Oi, olhos azuis. Estou perdoado?

Ele parecia exausto e desanimado.

— Claro.

Peguei um pano de prato, um francês caro estilo casa de abelha, sequei as mãos, em seguida passei os braços pelo seu pescoço. Eu queria tanto que tudo desse certo, sem sombras entre nós dois.

— O que foi?

Ele enterrou a cabeça nos meus cabelos:

— Nada, é só o cansaço do final do dia.

— A verdade, Charlie.

— Não foi nada.

Eu sabia que não era só isso, mas também estava cansada. Para ser sincera, eu queria jantar. Dei-lhe um beijo no nariz, depois na testa e, para completar, nos lábios.

— Por que você não cozinha os *mexilhões*?

Ele me soltou, em seguida pegou a panela e o vinho branco; ficamos desviando um do outro no limitado espaço da cozinha. Charlie adorava cozinhar, e foi a melhor tática de distração que me ocorreu.

Antes de comermos, coloquei Enya para tocar no CD-player e, depois de mastigarmos um pouco, Charlie se animou. Discutimos nossos planos para o Vietnã, e ficou claro que nenhum de nós dois teria uma semana livre até o mês de outubro.

— Outubro, então — disse Charlie. — Daqui a cem anos.

Não adiantava evitar o caso de Jackie Woodruff por mais tempo, então perguntei com cuidado:

— O que aconteceu hoje?

O dar de ombros de Charlie sugeria pouco caso, mas não me enganou. Seu olhar se iluminou.

— Entrevistei Jackie e tentei fazer com que ela entendesse o que a acusação provavelmente vai forçá-la a fazer. O que eles provavelmente vão fazer com ela.

— E?

— Acho que ela não se importa mais. Ficam assim às vezes.

— Ela deve se importar com a sua inocência.

Charlie deixou cair a última casca na tigela sobre a mesa entre nós dois.

— A única coisa importante para ela é que seu bebê está morto.

Tiramos a mesa do jantar e enchemos a lava-louças. Por fim, a cozinha está limpa, as bancadas brilhando.

— Acho que vou para a cama — disse Charlie.

— São só dez e meia

Ele me jogou um beijo:

— Estou cansado.

— Eu já vou. Quero só acabar um artigo.

Uma hora depois, entrei no quarto na ponta dos pés, mas Charlie não estava dormindo. Tinha se apossado de todos os travesseiros e estava sentado na cama lendo documentos.

Tratei da minha pele e tirei da sacola uma jaqueta de bombardeiro prateada. Uma aquisição que pesava na consciência, mas irresistível. Sem um corpo por dentro, parecia ridícula.

— O que você acha?

Ele franziu o nariz.

— As palavras "perua" e "pata" estão passando pela minha cabeça. Não sei por quê.

Isso me fez olhar ansiosa para o espelho.

— *Obrigada*.

— Por nada. Para você, a minha consultoria é gratuita.

Peguei a camisa que ele havia tirado e notei que os punhos estavam puídos.

— Quer que eu arrume uma nova?

— Se quiser — ele respondeu, indiferente. — Mas ninguém nota essas coisas, e você não tem tempo.

— Obrigado pelo voto de confiança no meu trabalho.

Fez-se um segundo de silêncio.

— Sem dúvida.

Subi na cama.

— Agora dorme, estou mandando — eu disse e apaguei a luz.

Depois de um momento, Charlie fez uma pergunta no escuro:

— Você gostaria de se mudar daqui?

— Não — eu me surpreendi. — Você não está contente com o apartamento?

Charlie ignorou a pergunta.

— Você não gostaria de um jardim?

— Temos vasos no balcão.

O silêncio dele me recriminou.

— Cavoucar a terra não é o meu forte, Charlie.

— Um cachorro? Um gato? Alguma coisa normal?

— Idem, mas substituindo, "pêlos em toda a mobília não é o meu forte".

Outra pausa.

— Charlie, desde quando você se interessa por cães e gatos?

Ao meu lado, Charlie estava tenso.

— Não podemos ficar num lugar só para sempre, Siena.

— Alguma lei contra isso?

Eu sabia perfeitamente que Charlie estava dando voltas, o perseguidor profissional delimitando o seu objetivo. Depois de colocar um marco a distância, ele se aproximava devagar e o verdadeiro motivo desta conversa viria — finalmente — à luz.

— Em breve faremos quarenta anos.

Ele pronunciou "quarenta", não tanto como o soar da trompeta do juízo final ou um mau presságio, mas com surpresa.

De novo, não.

— Quarenta é o novo trinta — eu disse animada, mas senti vergonha da minha animação.

— É — ele concordou. — É.

Eu o abracei apertado. O relógio sobre a mesinha-de-cabeceira batia digitalmente, registrando os segundos, minutos... que seguiriam engrossando em dias e meses. No útero, a vida do bebê vai sendo contada em semanas, em meses até ele nascer e, finalmente, é claro, em anos.

Charlie estava quente e firme nos meus braços. Fechei os olhos e meus pulsos se aceleraram com a idéia da viagem para os Estados Unidos e o que isso poderia acarretar.

— Dorme, Charlie.

No meio da noite, acordei com um grito. Eu tinha sonhado que estava caminhando pela praia, com o mar e o vento uivando nos meus ouvidos. Não tinha idéia para onde estava indo, e meu passos iam ficando cada vez mais pesados.

Meus pés afundavam nas pedras, que eram sugadas para dentro dos meus sapatos vermelhos de saltos altos, e eu era sacudida por uma terrível sensação de medo. Aí o vento e o mar se acalmaram, uma suspensão de sons e movimentos, e olhei para cima. No alto do rochedo, Lucy Thwaite gesticulava para mim.

Levei a mão ao rosto e senti lágrimas. Mas por que eu não tinha idéia — só sabia que elas tinham brotado de uma sombria e dolorosa ansiedade.

Fui me encostando em Charlie, passei os braços ao seu redor e coloquei meu lábios sobre sua boca. Ele tinha gosto de vinho e estava quente e inconsciente. Beijei seu pescoço, e o ponto atrás da orelha que eu adorava.

— Acorde, Charlie — gritei, desesperada pelo seu conforto.

Ele acordou e protestou, com força no início, depois sem convicção. Estendeu a mão para mim.

— Eu te amo — falei.

De manhã foi como se esse interlúdio sussurrado, apaixonado, nunca tivesse acontecido. Um constrangimento tinha se enroscado a nossa volta, estrangulando palavras e congelando o ar.

— Veja... — Charlie, que estava comendo uma torrada de pé, quebrou o silêncio. — Quero acertar umas coisas.

Umas coisas?

— Pode falar, estou ouvindo.

Ele olhou para o relógio.

— Vamos combinar ter uma conversa quando você voltar dos Estados Unidos — ele disse.

Mexi o meu müsli caseiro, cheio de nozes, e a fadiga me fez dizer algo que não pretendia.

— Você não está desejando que ainda estivesse casado com Cimmie, está?

Charlie pareceu atordoado.

— Espera aí. O que Cimmie tem a ver com isso? Estamos falando de nós dois, e do nosso futuro.

Levantei-me e ajeitei sua gravata, um gesto sem sentido.

— Desculpe — sentei-me de novo e peguei a minha colher.

O telefone tocou no meu escritório.

— Sei o que quer dizer com "umas coisas", Charlie, e vou tentar pensar a respeito, prometo. — Mergulhei a colher na minha tigela e a ergui até a boca.

— Gostaria de poder acreditar em você.

A colher caiu tinindo sobre a mesa, provocando uma chuvarada de leite e aveia úmida.

— Que observação infeliz.

Ele deu um passo atrás e para longe de mim.

— Eu estou infeliz.

Andei distraída pelo apartamento. Rio? Sujo mas calmo hoje, correndo forte para o mar. Peso? Ótimo, segundo a balança. Trabalho? Acumulando-se agradavelmente. Amigos? Em boa forma (eu esperava). Fiquei tentada a telefonar para Manda e consultá-la sobre o mau humor pouco característico de Charlie, mas eu sabia que naquela hora do dia sua programação incluía façanhas heróicas de alimentação e transporte, e fazer isso seria fracassar na categoria amizade. Guarda-roupa? Talvez a jaqueta de aviador tivesse sido uma reverência excessiva à juventude. (Até consultoras de moda erram.)

Casamento? Meu índice de acertos não tinha sido de cem por cento mas, com Charlie, as chances tinham virado a meu favor.

Num medo repentino, fui para a sala de estar e afundei no sofá. *Por favor, que eu encontre uma saída.*

Eu estava com raiva de Charlie por ser forçada a pensar assim e desesperada para não *ter* de fazer isso. Então lembrei de Jackie Woodruff e percebi que o meu desespero era insignificante comparado com o dela. Tentei imaginar como ela seria, como passava os dias. Como conseguia vencer todos aqueles segundos, minutos e horas?

Recostei-me nas almofadas. Os fios frouxos do tecido roçaram o meu rosto, e eu fechei os olhos. O que eu nunca percebera antes era que a felicidade tem um efeito segregador. Eu havia me retraído na minha felicidade porque ela era impossível de compartilhar. A infelicidade e a dúvida colocam uma pessoa em contato com todas as outras.

Abri os olhos, vi uns farelos de pão espalhados pelo tapete, levantei-me depressa, peguei pá e vassoura e varri tudo.

Capítulo 7

Barbara

Os dias passavam. Graças a Deus, em breve seria primavera de verdade. Mesmo assim, fazia frio no quarto, cujo aquecimento a gás só ligávamos em situações de emergência. Eu cumpria minhas rotinas noturnas o mais rápido possível. Roupas íntimas na cesta de roupas sujas, meu vestido de noite preto cuidadosamente pendurado, cabelos escovados cem vezes, tarefas fáceis e automáticas. Rituais noturnos que não me passava pela cabeça dispensar.

— O livro é bom?
— Muito. É sobre Suez — Ryder respondeu.
— Ah, sim — eu disse.

Enquanto eu terminava as cem escovadelas, Ryder resumiu os argumentos do autor, e acrescentou:

— Desastroso, a história toda. Para todo mundo. Para o império.

O ex-piloto de combate que existia em Ryder não podia ver uma campanha militar sem acompanhar e analisar. Era uma segunda natureza nele. Recolhi meus grampos num prato de porcelana que Amy me dera de presente de aniversário e fiz um comentário dizendo que todos os impérios têm de acabar um dia.

— Querida, vem para a cama — falou Ryder.

O desenho no prato eram umas florezinhas azuis com um fita transparente entrelaçada. Não era o gosto de Amy, mas eu o tratava com carinho porque ela achou que fosse o meu. Os grampos tilintaram de leve ao baterem na louça. Sacudi a cabeça, deixei meus cabelos caírem sobre os ombros e me enfiei na cama.

Os lençóis estavam frios e eu estremeci, estendendo a mão para pegar meu livro.

— O que *você* está lendo, Barbara?

— É sobre Freud e suas idéias — levantei o livro para Ryder ver. — Escute isto: "Existem três níveis de consciência: o consciente, o inconsciente e o pré-consciente."

— Eu voto pelo inconsciente — disse ele, abandonando o seu livro. — Apago as luzes?

Ajeitei o travesseiro e me certifiquei de estar com o lenço enfiado por baixo dele.

— Talvez você gostasse de saber que o princípio do prazer comanda o inconsciente, que para ele significava fugir da dor e das emoções fortes.

— Está tentando me dizer alguma coisa, querida? — murmurou Ryder. — É uma das suas campanhas?

— Que campanhas, querido?

— Você sabe exatamente o que estou querendo dizer.

Ele não estava provocando. Havia tensão nesta conversa, por causa do assunto.

Abotoei o punho da minha camisola Viyella — prática e quente, mas deselegante.

— Freud também diz que esquecemos as coisas intencionalmente quando queremos encobri-las.

— Não na minha experiência.

Não havia chance de Ryder esquecer. Quando a guerra acabou, ele disse, os aviões estavam cheios de fantasmas. Eram tantos amontoados nas cabines de comando — jovens, brincalhões, belos, corajosos e tão mortos — que era difícil se sentar na frente dos controles.

Nós bebemos juntos, lutamos juntos e confiamos uns nos outros. Éramos muito unidos. Unidos como dedos cruzados.

Apaguei a luz e me deitei. Ouviam-se os pequenos ruídos de corpos se ajeitando para dormir. Um escorregar do lençol, um ranger de molas do colchão. Um suspiro. Ryder estendeu o braço para o último gole de água.

— Estou pregado — disse ele no escuro.

— "Estou pregado." Mais uma para Amy.

Ryder copiava a gíria de outras tripulações de vôo, principalmente dos americanos. Amy implicava com ele por causa disso. Eu podia ouvir a voz dela agora. "Papai está pregado."

— Às vezes penso em me aposentar.

— Parar de voar?

O travesseiro farfalhou quando ele virou a cabeça na minha direção.

— Isso acontece, querida.

— Não vão lhe oferecer um serviço burocrático na sede quando você parar de voar? Não é isso que acontece?

— Se eu quisesse, mas gosto mais da idéia de ficar em casa, jogando golfe e bridge.

— Oh.

Ele não era bobo, percebeu logo meu desconforto.

— Não se preocupe. Não pretendo ficar no caminho. Estive pensando. Viajar pode ser uma coisa que as pessoas farão mais no futuro. Agora seria o momento de montar algum tipo de negócio para atender a essa demanda. De fato, Peter Andrews e eu estivemos fazendo uns cálculos.

— Você nunca disse nada.

— Digamos que esqueci?

Eu ri.

Sua mão pousou no meu quadril. Este era o estilo habitual. Ryder sempre tomava a iniciativa e era assim que lidávamos com esse setor de nosso casamento.

— Acho que não...

Ele sempre pedia, jamais exigia. Era polido nas suas imposições. Uma leve dor de cabeça latejava por trás dos meus olhos, mas me levantei e fui até o banheiro, peguei o diafragma e fiz o que era necessário.

Era sempre uma lembrança de como mente e corpo estão *separados*, e seus poderes alocados sempre me intrigavam. Às vezes, quando minha mente divagava, eu me preocupava se não estaria sendo falsa, *infiel* quase. Em outras ocasiões, eu me surpreendia com o prazer que acompanhava as trajetórias do vôo de Ryder pelo meu corpo, e o desejo que retesava meus músculos.

Mas houve épocas, quando as crianças eram pequenas, em que eu ficava rígida de aversão — não por Ryder, jamais por ele, mas pela atividade, que me parecia sem sentido. Naqueles dias, a fadiga me deixava tonta e quase histérica. Aí, em vez do Ryder vivo, respirando por cima de mim, eu via apenas o capitão do avião, dirigindo operações de quepe e alamares dourados.

Fechei os olhos e cerrei a mão que Alexander tinha beijado. Ela não parecia mais me pertencer, e certamente o seu lugar não era na cama conjugal.

Eu não tinha intenção de ir a Fuller's. Não tinha intenção de esbarrar com Alexander Liberty. Mas na manhã seguinte, na minha ida às compras, fiz as duas coisas.

— Olá, 'de novo.

Ele parecia satisfeito de me ver de uma forma tão lisonjeira, e parecia tão jovem e esperançoso, a sua leve aparência maltrapilha tão cativante, que um nó ameaçou apertar minha garganta.

— Barbara, que coincidência — disse ele, vi logo que não era e fiquei imaginando há quanto tempo ele estaria ali e quantas xícaras de café teria se forçado a beber. — Posso lhe oferecer um café?

— Não está trabalhando no hospital?

Seu olhar deslocou-se para o relógio.

— Não exatamente.

Acomodamo-nos numa mesa perto da janela e por alguns instantes ficamos em silêncio. Eu me ocupava tirando as luvas e estudando que explicações seriam exigidas de mim mais tarde se alguém visse esse interessante dueto. *Nós nos encontramos por acaso. Alexander queria me agradecer pelo almoço. Ele estava fazendo uma pesquisa.*

— Você sempre parece tão calma e tranqüila — ele falou. — Admiro isso.

— Obrigada. Que elogio agradável.

Ele me agradeceu de novo pelo almoço e não parecia perturbado com qualquer lembrança do que acontecera na casa das maçãs. Talvez, sendo um pouco estrangeiro, ele considerasse beijar a mão de uma mulher mais velha parte da etiqueta. Ou, quem sabe, achou que eu *precisava* que minha mão fosse beijada. Seja qual for a explicação, percebi que o efeito do gesto não era diferente da pedra que eu jogava no lago quando me lançava em campanha. Ele havia criado ondulações.

O café chegou em grossas xícaras de louça branca; estava um pouco fraco. Alexander me fez um monte de perguntas. Há quanto tempo Ryder e eu estávamos casados? Onde nos conhecemos e havia quanto tempo morávamos na casa?

— Por que quer saber? — protestei.

— Estou interessado.

— Mas não tem muito coisa *para* saber.

— Pelo contrário. Tem muita coisa para saber... na vida de qualquer pessoa. De todos nós.

Não sei por que, mas achei isso comovente.

Respondi da melhor maneira possível — eu tinha conhecido Ryder num clube de tênis, tinha 18 anos quando me casei com ele...

— Está praticando comigo? — indaguei por fim. — O médico em embrião. Como a forma no bloco de mármore.

Ele apoiou o queixo nas mãos. De repente parecia mais velho, mais seguro e confiante.

— Você se importa?

— De forma alguma. Mas agora é a minha vez.

Ele respondeu a cada uma das minhas perguntas plena e conscientemente.

— Meu pai morreu na guerra, na França. Eu tinha 8 anos. Ele se ofereceu como voluntário para descer de pára-quedas por trás das linhas do inimigo enquanto os aliados avançavam. O problema foi que as autoridades insistiam para que homens como meu pai vestissem uniforme porque achavam que isso organizaria a resistência mais rápido, mas o uniforme o identificou como um alvo fácil. Muitos deles morreram em conseqüência dessa decisão.

— Sinto muito.

Minha mão descansava sobre a mesa, a que ele tinha beijado.

— Acho que não me daria muito bem com ele. Minha mãe me contou que ele era o tipo de homem que acreditava em morrer pelo país.

— E você não?

Alexander deu de ombros:

— Não é para todo mundo.

— Nós acreditamos nisso — observei, com uma desconfortável sensação de estar fora do ritmo — justamente para que a sua geração pudesse comprar bananas e açúcar livremente. E para dar a vocês a liberdade de nos chamar de chatos.

Ele olhou para mim. Muito sério e veemente.

— E estou me servindo dessa liberdade para lhe dizer que você está longe de ser chata. — Ele parou e ambos baixamos o olhar para mão que estava sobre a mesa. — De fato, você é uma das mulheres mais interessantes que já conheci.

Cada pulsar no meu corpo batia em resposta. Uma estranha, selvagem e inominável cacofonia que era totalmente desconhecida.

— É verdade — disse ele.

Retirei minha mão com tendências traiçoeiras e coloquei-a sobre o colo.

— Você está sendo lisonjeiro.

— Não, não estou.

Tive a estranhíssima sensação de que uma parte de mim havia se libertado, um bloco solto do iceberg, uma Barbara Beeching separada, e estava flutuando em direção a uma outra existência.

— Barbara...

Num chapéu de feltro e um casaco de pele de jaguatirica que deveria ter se aposentado junto com a arca de Noé, Bunty nos observava atenta e curiosa.

Alexander ficou logo de pé.

— Olá, Sra. Andrews. Que bom. Senta conosco?

Ele a ajudou a tirar o casaco e puxou mais uma cadeira. Seus modos, registrei, eram perfeitos. Bunty descalçou as luvas de camurça. As unhas estavam pintadas de vermelho vivo, mas a do dedo mindinho estava lascada. Do outro lado da mesa, ela ergueu uma das sobrancelhas na minha direção.

A garçonete trouxe café fresco e encheu as xícaras.

— Você não deveria estar no hospital? — Bunty era polida e neutra, só que não estava sendo.

— Sim — Alexander não se deu por vencido. — Deveria, mas encontrei a Sra. Beeching e quis lhe agradecer o almoço tão gostoso do outro dia.

Na saída, ele parou no caixa e entregou uma nota de dez *shillings*.

— Acho que ele pagou a conta — murmurei para Bunty.
— Tão gentil. Tenho certeza de que ele não tem dinheiro para isso.

Ele desapareceu porta afora.

— Querida, você está com uma aparência ótima — disse Bunty.

Eu não estava certa se poderia devolver o elogio: Bunty estava magra e exausta.

— Novidades?

Bunty tagarelou sobre algumas coisas, mas seus olhos vagavam pela sala. A conta do telefone deles foi altíssima... seu pai viúvo estava lhe dando problemas.

— A questão — disse ela — é que ele não quer aceitar que sou eu que estou no controle agora, não ele, pobrezinho.

Tomamos o nosso café. Bunty baixou a xícara com um retinir decidido de louça.

— Barbara, querida, isso foi prudente? — Ela abriu a bolsa, tirou a cigarreira e acendeu um cigarro. — A sua reputação.

Eu não precisava de esclarecimentos.

— Eu não estaria sentada na janela, à vista de todos, se planejasse alguma coisa.

— E o que você planejaria?

Senti um arrepio de irritação.

— Nada.

Bunty tragou fundo e tossiu.

— Não sei por que não. Eu planejaria. Qualquer mulher de sangue quente faria isso. Não é justo eu ser a senhoria dele. Tenho de ter mais cuidado. Imagine o que poderia acontecer!

Trocamos um sorriso de conspiração. Bunty e eu éramos ambas mulheres-do-mundo casadas, dignas de confiança, e ela não falou a sério uma palavra do que disse.

— Por falar nisso, eu lhe contei sobre a tolinha da Tilly Field, que fugiu com o sócio do marido?

— Não.

— Está proibida, pelo juiz do divórcio, de ver os três filhos. Diana Warburton, sabe a Diana?, disse que tomou coragem e foi vê-la. Encontrou-a encolhida num apartamento alugado em Dorking. Estava cadavérica. Um fantasma — Bunty examinou o esmalte lascado na sua unha. — Ryder está viajando?

— Vai ficar fora uma semana.

Segundos depois, Bunty falou:

— E Peter *nunca* viaja.

Trocamos um olhar de perfeita harmonia, terminamos o bule de café e conversamos sobre aspiradores de pó, carpetes montados e máquinas de lavar roupas com rolos de passar automáticos, tudo que estava em primeiro lugar na nossa lista de desejos.

Bunty deixou cair a cigarreira de volta dentro da bolsa e o fecho grande de latão trancou com um estalido.

Debrucei-me para pegar minha bolsa também e olhei para a rua. Lá estava Alexander, recostado com um cigarro e um jornal perto da janela da excitante loja de eletricidade.

Uma incontrável, terna, explosão de riso que estava se tornando familiar subiu até minha garganta. Era ridículo demais. Quem Alexander pensava que era? E o que achava que estava fazendo?

Tirei as luvas de dentro da bolsa.

— Bonitas — disse Bunty, de olho nelas. — De onde?

— Ryder trouxe da Nigéria. É píton. Os comerciantes vendem muita coisa pelas ruas e na porta dos hotéis.

Eu estava pensando rápido. Devia me livrar de Bunty? Tomar resolutamente o caminho de casa? Ou atravessar a rua, bater no ombro de Alexander e dizer, *Você precisa parar com isso, agora*?

Ou eu diria: "Oi de novo"?

Conheci Ryder no clube de tênis. Minha mãe me inscrevera num campeonato, e despachou uma Barbara encolhida numa roupa de tenista mal-cortada com a instrução de "conhecer pessoas bem-educadas". Era maio de 1935, uma primavera fria, e eu tinha 18 anos. Ryder estava com 22 e tinha ingressado recentemente na RAF, depois que o primeiro-ministro Stanley Baldwin resolveu triplicar a sua força aérea.

Desde o início, Ryder me impressionou. Até seus erros pareciam ser vantagens. "Sou um terror na aterrissagem", ele reconhecia, tomando uma caneca de cidra. "Deixo meu instrutor maluco. 'Beeching, não agarra esta desgraçada dessa alavanca como se ela fosse sair andando. Ela não vai a lugar algum e, se não importa que eu diga, nem você vai se não fizer um esforço para melhorar.'"

Ele era tão engraçado, tão instruído, tão corajoso. Ryder havia feito a transição do estado de ignorância e pressentimentos no qual eu ainda patinhava para um mundo adulto, maduro e sedutor. Ele era tão doce com a minha timidez e falava sem parar comigo sobre a experiência de voar, a camaradagem no refeitório e o prazer de dirigir pelas estradas rurais no seu carro conversível.

Eu apreciava sua bondade e sua disposição para explicar. "Gosto dessa carinha fechada quando você está tentando se concentrar." Satisfazia ambos os lados: ele gostava de ensinar e eu de aprender. "É tão fácil agradar você", disse ele, e era verdade, porque eu era fascinada por passeios de carro, drinques despreocupados nos pubs, o modo como ele me apertava dançando.

Uma tarde ele veio me pegar de carro. Estava pálido, estranhamente calado, e havia no seu rosto uma expressão que eu só poderia chamar de "júbilo".

— Consegui — disse ele. — Fiz um solo. Eu estava lá em cima, lutando com o turbilhão da hélice, escutando os cabos rangendo. Eu, Ryder Beeching, estava no comando. — Ele apontou para o céu com o dedo em riste. — Lá em cima. — E agarrou minhas mãos. — Você não acredita como é — o poder, estar mais perto... de alguma coisa.

Eu ergui o rosto.

— Ryder...

O sol apareceu e inundou o carro. Quando ele me beijou, fechei os olhos e a luz dançou numa explosão de estrelas atrás das minhas pálpebras.

Minhas amigas ficaram com inveja, meu status subiu e meus pais aprovaram. Com rumores de uma nova guerra, havia possibilidade de perigo pela frente, mas guardei bem dentro de mim esses pensamentos. Amar Ryder incluía isso, e não questionei. Não hesitei nem por um segundo quando ele me pediu em casamento.

Duas noites antes da cerimônia, bateram na minha porta.

— Barbara...

Minha mãe entrou devagar no quarto, de penhoar, e sentou-se na cama.

O quarto estava atulhado de roupas e papel de seda — cheirava a *Muguet* da Coty, a roupas recém-chegadas da lavanderia, a sabão e pó-de-arroz e, levemente, a naftalina, colocada dentro das malas na estante de bagagens. Havia uma caixa com uma camisola nova de cetim e uma escova de cabelos nova com fundo de prata na cômoda, e quatro garrafas de vidro com tampas de prata, presente de casamento da minha tia.

Minha mãe estava estranhamente agitada. Enrolava o lenços entre os dedos inquietos.

— Querida, preciso falar com você. Não queria... mas... — sua voz silenciou.

Em seguida ela deu um ligeiro suspiro e disse:

— Dever.

Procurei um jeito de me livrar desta conversa — tinha um pressentimento de que seria uma tortura para nós duas.

— Não se preocupe — falei. — Acho que já sei.

Minha mãe se endireitou.

— Sabe? — perguntou num tom brusco. — Como?

Ela me olhava, firme e questionadora.

— Acho que as moças conversam entre si.

Ela voltou a atacar e bateu de leve no espaço ao seu lado na cama.

— Sente-se, querida. Acho que você não sabe.

Pensei no beijo e na luz por trás dos meus olhos fechados, no modo como meu corpo tremeu.

— Você pode não gostar... do que os homens... fazem — alertou minha mãe. — Mas é melhor não criar muito caso. Algumas coisas não são exatamente agradáveis, mas elas passam, e aí se tem os benefícios dos filhos para compensar. — Ela sorriu com ironia. — Você pode pensar em outra coisa, sabe. Funciona... funcionou... — Ela não foi capaz de terminar a frase.

Eu tremia de nervoso e expectativa... e um pouco de medo. Sem saber para onde olhar, parei na caixa da camisola de cetim e desejei poder evocar o humor e a segurança de Ryder para me dar ânimo.

— Obrigada, mãe. Vou lembrar disso.

Estávamos no início de setembro e fazia calor no dia do nosso casamento. Eu segurava um buquê de flores brancas e folhas verdes e, espetado no meu vestido de organza, o broche de diamantes da força aérea — presente de casamento de Ryder. Ele vestia seu uniforme e fez um discurso sobre esse ser o dia mais feliz da sua vida, que me fez chorar.

Quanto ao que os homens faziam? Não devo negar que foi desajeitado e constrangedor, mas eu amava Ryder e a sua estranheza tornou-se docemente familiar. Aos poucos, fui me acostumando com a vida de casada, mais experiente, disposta a rir. Encaixei-me na rotina que me deram, e tratei de ser, citando Ryder, operacional.

— Oi, de novo — disse, de olho nas costas de Bunty afastando-se.

Alexander baixou o jornal e apagou o cigarro com o pé.

— Sei que parece bobagem...

— Bobagem, não, mas... imprudência?

As implicações não estavam exatamente precisas, mas existiam.

Ele mostrou uma lâmpada cor de terracota no formato de uma ânfora clássica na vitrine da loja. Comparada com as curvas mais suaves e as linhas retas das outras, era bonita.

— Eu estava pensando em comprar isso. — Ele parecia em dúvida. — O que tem de imprudente nisso?

— Se você está planejando dá-la para Bunty, ela vai ter cinqüenta ataques.

— Claro que vai — concordou ele, com uma cara séria. — O estilo é *muito* peculiar. Libertino, pagão e, certamente, não britânico. Não se pode confiar em nada ou ninguém de fora, os porcos nojentos.

Eu ri, mas fiquei ligeiramente chocada:

— Nós não somos preconceituosos assim, somos?

— De qualquer maneira, foi imprudência da sua parte vir dizer "Oi, de novo".

— Sim, foi, não foi? Olhe...

— Estou olhando — Alexander chegou mais perto de mim. — Estou olhando bem para você.

— Por favor... quero dizer, *não*. — Sorri. — Não é educado.

— Tudo bem, não olho. Estou olhando para outro lado agora, mas isso não quer dizer que não esteja vendo. Se isso deixa você mais tranqüila, não voltei para vê-la. Fui pegar uns livros na biblioteca. Foi só quando vi você e a Sra. Andrews ainda na janela que resolvi esperar. — Ele examinou o meu rosto. — Você se importa? Queria me ver de novo?

Eu seria uma idiota se fingisse.

— Um pouco.

— Então eu quis voltar para vê-la.

— Você é sempre assim tão direto?

— Tento ser. Você é sempre assim tão honesta?

— Só ultimamente.

Alexander me olhava fixamente.

— Isso é um elogio? Espero que sim.

— Sim.

Ele continuou me olhando fixo, ávido e questionador.

— Adeus — eu disse, por fim. — Obrigada pelo café.

Saí depressa, os saltos martelando a calçada, e não olhei para trás.

Na cozinha, em Edgeborough Road, o relógio tiquetaqueava na parede em cima do Rayburn. Pendurei o casaco, guardei as compras e subi para me lavar no banheiro. Mergulhei as mãos na água fria e borrifei com ela meu rosto em brasa, consciente das minhas roupas de baixo apertadas, aprisionando as partes íntimas do meu corpo. Lavei debaixo dos braços com sabonete de lavanda. A água estava fria e limpa, e o sabonete tinha um cheiro normal, reconfortante.

A Sra. Storr tinha vindo nesta manhã, e fui de quarto em quarto conferindo. As colchas tinham de estar bem esticadas, com os edredons colocados exatamente por cima. Os peitoris das janelas, espanados. O chão, esfregado e encerado.

Um espanador largado no chão do meu quarto, onde a Sra. Storr deve tê-lo deixado cair. Eu o ignorei e sentei-me na cama. A porta do armário estava entreaberta. Limpas e em ordem, minhas roupas pendiam dos cabides. Meu costume de flanela cinza, um casaco Jaeger (tão extravagante), o vestido de noite preto... nada muito frívolo, mas também não muito deselegante. A mulher que os vestia compreendia os limites e restrições da sua existência, e os aceitava com gratidão. Ela sabia dos terrenos áridos, da rotina doméstica dos problemas com a lavanderia, das roupas para cerzir, das chaminés entupidas, da incansável marcha das refeições, da necessidade de polir as placas de vidro nas portas. Ela podia alcançar um nível excelente de qualidade em todos esses requisitos e, enquanto seus dedos estavam ocupados, seus pensamentos também estavam. Eles a sustentavam e distraíam. Às vezes ela ria sozinha. Os trejeitos dos outros *eram* engraçados. Assim como as galinhas quando estavam chocando. Em outras ocasiões, ela parava para pensar em temas imponentes, vastos — Deus, as origens do universo, e por que a alma se chamava alma. Tentava decifrar palavras cruzadas e lia romances e biografias condensados que pegava na biblioteca. Ela amava a sua família e sentia prazer em servi-la.

Depois de um pouco, levantei e fechei a porta do armário, peguei o espanador caído no chão.

Fiquei pensando naquela mulher.

Capítulo 8

Barbara

Quando finalmente o frio acabou e as campânulas brancas, junto com os narcisos, tinham brotado e desaparecido debaixo da faia, a Sra. Storr e eu partimos para a faxina anual da primavera. Arrastamos os tapetes para o jardim e batemos. A Sra. Storr poliu as maçanetas das portas e as janelas com jornal mergulhado em vinagre. Eu revirei os guarda-roupas, troquei o papel do fundo das gavetas e limpei manchas na pintura.

Tudo isso era muito normal, familiar e nada ameaçador. Mas e se eu empunhasse uma vassoura contra mim mesma, escovando quartos escuros, alcovas negligenciadas, prateleiras fora do alcance, extraindo pelotas de poeira escondidas em lugares inexplorados? O que eu encontraria? A Barbara flutuante? Eu não poderia dizer "a verdadeira Barbara", pois o que eu apresentava para meu marido e minha família era bastante real e perfeitamente satisfatório.

Mas digamos, só para argumentar, que eu quisesse sair e procurar essa outra Barbara?

E aí?

Os brotos nas árvores incharam e estavam grudentos. As tulipas de Herr Schlinker floriam numa profusão de tons de rosa e branco; trouxe uma braçada delas para dentro de casa e distribuí pelos vasos.

A Sra. Storr nunca estava na sua melhor forma na primavera. A estação a fazia pensar em morte, mais exatamente na morte de Kevin, seu filho. Como ela dizia, a morte tinha furado a fila. "A bicha gananciosa, se me perdoa a palavra, Sra. Beeching. Ela devia ter me levado. Eu teria morrido feliz por Kevin."

Eu escutava a Sra. Storr falar e contemplava o estranho e maravilhoso processo da vida. Os minúsculos maços de células que Kevin tinha sido um dia haviam se alvoroçado e multiplicado num jovem de pele dolorosamente clara que marchara para sofrer o terror, brotoejas e furúnculos antes de morrer na selva, sem ter tido tempo de viver direito.

— É algum consolo saber que ele morreu pelo seu país? — perguntei.

— Nenhum.

Eu dobrava e voltava a dobrar anáguas, sutiãs e ligas, remendava lençóis, cerzia meias longas e soquetes, esvaziava a cômoda das roupas brancas. Conferia os vidros de geléia e *chutney* no porão. Esvaziava e lavava potes e renovava meus preciosos estoques de passas, melado, farinha e aveia.

Fiz as listas: "Arrumar a copa. Arrumar a cesta de costura. Arrumar o guarda-roupa do quarto de hóspedes."

Dependurei os meus "Arrumar" como roupa lavada numa corda mental.

No dia do aniversário de Ryder dei uma festa com jogo de bridge, seguido de jantar, que teve como conseqüência um trabalho fenomenal limpando, cozinhando e engomando. Talvez fosse o efeito da primavera, mas quando entrei no meu vestido preto de seda e apertei o cinto, estava fervilhante de expectativas e energia revitalizada.

A estufa varrida e espanada, as mesas de bridge foram para lá. Do lado de fora, caía uma noite de primavera, e a beleza rígida e formal dos vasos de tulipas em cada extremidade me encantava.

Não foi dificuldade nenhuma derrotar Bunty e seu parceiro.

— Meu Deus — disse ela —, o demônio *está* solto hoje.

O clima na nossa mesa era de polidez, mas um pouco áspero.

Sentado do outro lado da mesa, Ryder ergueu uma sobrancelha na minha direção. *Melhor não ser esperta demais, querida.*

Minhas cartas seguintes foram ruins — um dois, dois cincos, oitos demais, uma rainha e um valete de ouros que não serviam para nada. Normalmente, eu poderia ter feito alguma coisa com elas. Hoje, fiz algo inusitado: moderei o jogo, permiti que Bunty e seu parceiro ganhassem e fui recompensada com uma explosão de sincera cordialidade.

— Não sei se estou compreendendo o que vocês pretendem — Bunty sussurrou ao meu ouvido, quando subi com as senhoras para empoarem seus narizes. — Foi muito óbvio.

No jantar, coloquei Fitzgerald Adams, um juiz, a minha direita e Tony McEwan, dono de umas duas agências de notícias da cidade, a minha esquerda. Esse último estava de muito bom humor.

— Uma nova era no comércio varejista está começando, e vou abrir uma cadeia — ele explicou. — Vou estocar as lojas com outros artigos também. Você sabe, leite e açúcar, o tipo de coisas que as pessoas esquecem e querem comprar no último minuto, e pretendo ampliar o horário de atendimento.

Cheio de energia com a sua visão, ocupado com a idéia de prosperidade, Tony falou sem parar, durante toda a sopa de cogumelos e o rosbife, sobre armários refrigerados e prateleiras para jornais. De mim, só era exigido dizer "Sim" de vez em quando, em tons variantes de apreço.

— Admiro os seus planos — aventurei-me finalmente, e Tony me lançou um olhar rápido, voluptuoso.

O juiz Adams confessou apreciar a torta de maçã que eu tinha feito (depois de consultar vários livros de culinária) no estilo francês, com fatias sobrepostas numa fina base de massa. O dever de um convidado é elogiar a comida, mas notei que ele deixou o que a receita chamava de "frangipane" no canto do prato. Perguntei polidamente se ele estava julgando um caso interessante.

Ele descansou a colher e o garfo.

— Temo não poder falar sobre isso.

Seguiu-se uma lasca de silêncio enquanto eu lhe dava chance de fazer algumas perguntas a meu respeito, mas elas não aconteceram. Continuei arando com uma velha e confiável ferramenta.

— Onde o senhor cresceu?
— Perto de Oxford.

Aha, eu tinha batido numa mina de ouro. Só precisava agora ficar escutando um jorrar de reminiscências sobre o jovem Fitzgerald Adams e sua família, e ficar de olho atento nos meus outros convidados.

Você é uma das mulheres mais interessantes que já conheci.

A idéia me entusiasmava. Mantendo o olhar atrelado — como minha mãe me ensinara — ao juiz, eu bebia o vinho. Ele não tinha idéia de como eu era interessante, nem imaginava como eu o pesava e examinava.

Mais tarde, Ryder e eu nos despíamos num quarto que estava, para variar, relativamente quente e aconchegante.

— Por que você acha que os homens nunca perguntam às mulheres sobre elas mesmas? É porque são preguiçosos? Ou a culpa é da mãe que não os ensinou a fazer isso?

Ryder lutava com as botões da sua camisa de peitilho engomado.

— Adam deve ser difícil de aturar. Você *parecia* estar se divertindo. Estava?

— Fitzgerald Adams é apenas um entre muitos homens.

Ele jogou a camisa no cesto de roupas sujas.

— Você nunca se aborreceu com isso.

A resposta de Ryder me irritou, e eu disse, mais ríspida do que intencionava:

— Não é estranho que um homem na posição dele não queira saber *nada* sobre ninguém mais? Ele questiona alguma vez as suas suposições? Não, não questiona.

Ryder gemeu, subiu na cama e deitou com o rosto enfiado intencionalmente no travesseiro.

— Podemos discutir isso outra hora?

Olhei para ele com sinistra indignação.

— Você podia pelo menos escutar. Você é igual ao juiz.

— Quem se importa com o que ele pensa? — murmurou Ryder.

— Eu. E você deveria se importar, também, com o que as outras pessoas pensam de mim. Você deveria se importar se elas se dão o trabalho, ou não, de perguntar se eu estou bem, sem falar das minhas opiniões.

Ryder abriu os olhos por uma fração de segundo e fechou.

— Elas não precisam. Você é bonita demais.

— Me escuta, querido. Isso *não* acontece com você.

Coloque Ryder no seu uniforme — não, nem isso era necessário, Ryder de calças de veludo cotelê velhas e uma camisa xadrez era o suficiente para evocar uma espécie de deferência vidrada no rosto das pessoas.

— É importante — eu disse.

Diante disso, Ryder se sentou.

— Desculpe, desculpe, desculpe. Isso basta? — de novo ele se acomodou. — Pelo amor de Deus, durma, Babs.

Para puni-lo, fui buscar o meu estojo de manicure e lixei as unhas, bem devagar. Aí, então, apaguei a luz.

Era uma pequena vingança, e não muito satisfatória, um desperdício também, pois a respiração de Ryder indicava que ele estava dormindo.

Não me ressenti com o seu sono fácil porque, tratando-se de Ryder, não era fácil nem previsível. Os padrões do seu sono tinham se fragmentado com a guerra e os vôos.

Pergunte à maioria das pessoas vivas naquela época e elas lhe dirão que o sono era racionado como tudo mais. Os pilotos de combate aguardavam em tendas de dispersão, ou precipitavam-se em formação sobre a linha da costa, mergulhavam na batalha com um matraquear de armas de fogo e perseguiam a sua presa sobre o mar. As esposas, namoradas e mães apertavam os cintos, amarravam os lenços na cabeça e iam tratar das suas vidas. *Agüenta. Agüenta firme. Sorria.* Mas, no fundo, sofríamos, preocupadas com as crianças, as bombas, o estado dos nossos dentes e a falta de comida.

— Durma bem — murmurei, para a corcova na cama...

Eu tinha ficado acordada no campo de aviação, esperando para levar Ryder para casa. O oficial de serviço me animava.

— Volta a qualquer minuto — disse ele, e colocou a mão na orelha para escutar melhor. — Tome uma xícara de chá enquanto espera, Sra. Beeching.

O chá era forte o bastante para dissolver os dentes, e o leite estava quase azedando, mas era quente e confortador. Fora das tendas, a equipe de manutenção trabalhava num avião, e o campo se estendia plano e sem nada de extraordinário.

Ouviu-se um ruído de avião chegando — os motores em plena aceleração, um som zangado, perigoso.

— Cristo! — disse o oficial de serviço, quando o telefone começou a tocar estridente. — Aviões inimigos. Stukas. Abaixe-se.

O som de bombas caindo arranca os corações do peito. Um barulho monótono, enjoativo. Eu me vi de quatro debaixo da mesa, joelhos arranhados, mãos apertadas.

Crump.

A tenda sacudiu. Vidros quebraram. Os Stukas guinchavam estridentes. Bem lá em cima, um par de Spitfires retornando dispararam a sua artilharia.

Crump. Torrões de terra salpicaram a janela da cabana.

O medo, nauseante e repulsivo, coagulava nas minhas veias. Meus braços não me sustentavam, e me estendi por inteiro no chão e agarrei a minha cabeça. Como eu ia sobreviver a isso? "M de maçã", murmurei desesperada, "redonda e vermelha. B de bebê", meus bebês em casa... E de Eva, que comeu a infeliz maçã... R de Ryder..." Onde ele está? Está seguro?

A poeira enchia minha boca, e o chá derramado ensopava minha saia. Tive ânsia de vômito.

E aí, de repente, fez-se um doce silêncio.

— A senhora está bem?

O oficial de serviço tocou no meu ombro. Devagar, bem devagar, levantei-me e sacudi a poeira das minhas roupas.

— Estou bem — respondi, e meu sorriso era falso como o de Judas porque minhas entranhas tinham se liquefeito, e eu queria gritar como uma histérica. Mas arrumei ligeiramente os cabelos com a mão e disse:

— Pena que não trouxe a minha escova.

O oficial de serviço pegou o telefone e falou rápido algumas frases.

— Descarregando bombas a caminho de casa. Tá. Serve. Sem dúvida. — Ele sorriu para mim — Está todo mundo bem — e bateu o telefone. — Só uma pequena avaria — disse animado. — Uma cratera no campo de aviação e os lavatórios externos sumiram. Nada que não se possa dar um jeito.

Dez minutos depois, Ryder chegou com o esquadrão. Eu os vi aterrissar, dar um solavanco e derrapar em direção às cabanas. Ryder saltou da sua cabina e correu para onde eu estava esperando por ele, ainda suja de poeira, as meias rasgadas nos joelhos, a saia molhada, as mãos tremendo.

— Oh, Deus — falou —, eu podia ter perdido você.

De um modo estranho, as duas bombas lançadas daqueles Stukas a caminho de casa me fizeram um serviço. Depois disso, nunca subestimei o medo. Eu conhecia a sua cara e forma. O seu gosto rançoso. A sua capacidade de mudar uma pessoa. Eu sabia pelo que Ryder tinha passado.

— Como você agüenta isso? — Eu quis saber. — Como você fica inteiro?

— Não tenho certeza, mas se fico é devido à beleza — respondeu ele, e foi aí que notei novas rugas traçadas ao redor dos seus olhos. — Porque quando subo no Spit, alço-me até o infinito, até Deus, se você quiser. E sou livre.

O propósito de Ryder tinha sido claro e definido, mas terrivelmente perigoso. Se um dos seus colegas morria, os outros ocultavam a sua dor com zombarias e rezavam para que Leslie, Pat ou Jack não tivessem sentido nada e que o fim tivesse sido rápido e indolor.

Mas, permita-me usar a minha recém-descoberta honestidade. O fim deles era horrível.

O meu propósito de guerra — alimentar e proteger as crianças — estivera recheado de trabalhos enfadonhos, mas não tinha sido perigoso assim. Eu escutava as risadas, as brincadeiras, as reminiscências dos campos de batalha e dos refeitórios, envergonhada e confusa pela inveja que sentia da pureza de propósitos do meu marido.

Umas duas semanas depois, Ryder voltou para casa de uma viagem queixando-se de não estar se sentindo bem.
Medi sua temperatura: 38 graus e meio.
— Para a cama. — Eu o levei para cima, dei-lhe uma aspirina e uma limonada fria. — Você tomou o remédio contra malária?
Ele estava corado e tremendo.
— Não se preocupe. Só estou cansado. Entramos em turbulência na saída, e foi bastante difícil por uma hora ou mais. Mas foi cansativo e estava quente demais em Lagos para dormir.
Fiquei do lado da cama para observá-lo direito.
— Vou ligar para o Dr. O'Donnell. — Eu esperava que Ryder recusasse, mas não.
Dr. O'Donnell disse que estava contente por ter sido chamado porque nunca se sabia o que podia acontecer com esses vírus tropicais. Ele examinou com muita atenção um Ryder atipicamente imóvel e decretou que ele teria de ir para o hospital se não melhorasse em três dias.
— Mas deve ser apenas uma gripe. Descansar bastante e beber muito líquido vai colocá-lo de pé novamente.
Passei a manhã reorganizando os cardápios: peixe cozido, purê de batata e — um luxo — canja de galinha. Liguei para o açougueiro para perguntar se ele tinha uma galinha,

mas não tive sorte, o que foi uma pena, porque isso queria dizer que Amelia, que vinha agindo mal ultimamente, era a primeira da lista para o sacrifício.

Herr Schlinker estava plantando alfaces e batatas no quintal quando saí para dar a ordem. Vestia o uniforme de calças e colete com o boné azul-marinho que não tirava nunca da cabeça. Trabalhava com a sua usual precisão e delicadeza. Na sua vida anterior, antes de fazer as malas e fugir da Áustria com a família, *Herr* Schlinker tinha sido mestre tipógrafo.

— Bom dia, *Frau* Beeching — depois de mais de vinte anos na Inglaterra, seu sotaque ainda era forte. — Um dia lindo. — E olhou para um céu azul-claro com fofas nuvens brancas.

— O Sr. Beeching não está bem, e eu gostaria de preparar para ele um caldo de galinha. — Eu hesitava, o que talvez fosse um excesso de escrúpulo. Mas tendo fugido de um regime assassino, *Herr* Schlinker podia não gostar de agir como carrasco de galinhas.

Ele enterrou o ancinho na terra preta adubada.

— Amelia? Eu resolvo isso.

— Desculpe pedir isso para o senhor. É um trabalho bestial.

Ele balançou a cabeça.

— Não se preocupe, *Frau* Beeching, eu não penso nisso.

O sacrifício de Amelia não foi em vão. Fiz uma quantidade enorme de caldo com o seu corpinho magricela, e Ryder subsistiu com praticamente nada mais do que isso durante três dias. Eu estava arrancando os últimos fiapos de carne da carcaça quando o telefone tocou.

— Barbara... estou incomodando?

— Claro que não. Estou com Ryder doente lá em cima, mas...

— Gostaria de vir para uma palestra sobre Freud na hora do almoço? Quem vai falar é o professor Handley e é aberta ao público. É uma autoridade notória, e conseguimos atraí-lo até aqui. Na St. Bede, amanhã às 12h30? Pensei que seria interessante para você e quero saber o que você acha.

— Tenho uma consulta marcada com o dentista, mas depois...

— Estou com duas entradas, e guardo o lugar para você.

Voltei para a cozinha, coloquei a chaleira no fogo para o chá de Ryder, preparei e subi com a bandeja. Ele tinha cochilado. Afofei os travesseiros e lhe dei o chá.

— Obrigado — ele disse, agradecido. — Você faz um sujeito se sentir confortável.

Sua testa estava fria pela primeira vez em dias.

— O'Donnell diz que você pode se levantar amanhã depois do almoço. Vou acender a lareira e você pode se sentar perto do fogo.

— Não me lembro de ter me sentido tão fraco assim em toda a minha vida. — Ele estendeu o braço e pegou na minha mão. — Volto à infância.

— Não consigo imaginar você pequeno — acariciei seu rosto, a barba por fazer pinicou meus dedos. — Joelhos ralados e castanhas-da-índia nos bolsos.

Seu roupão — grosso, de lã e amarrado com um cordão — estava caído no chão, eu o peguei e alisei com a mão. O tecido estava compacto e duro de anos de uso. O roupão — e o seu uniforme — simbolizavam Ryder. Às vezes, quando estava fora numa viagem longa e eu estava preocupada ou tinha me aborrecido, ou simplesmente sentia a falta dele, enterrava o rosto no roupão: era a maneira mais fácil de trazê-lo de volta.

— Leia para mim, querida — pediu ele.

Uma onda de ternura pelo meu marido doente tomou conta de mim.

— Você é um bebê — murmurei e, sentando-me numa cadeira perto da janela, peguei o jornal e comecei a ler as manchetes.

Exceto pela minha voz, o quarto estava em silêncio, não fosse o pipocar ocasional do aquecedor a gás e um carro passando na rua lá fora. Ryder bebeu o chá, recostou-se nos travesseiros e fechou os olhos. De vez em quando, eu ajustava a minha posição e até esse gesto mundano parecia para mim estar cheio de significado. Cruzei as pernas: minhas coxas escorregaram sobre o nylon macio e descansaram na pose recatada que eu estava tão acostumada a assumir.

— Pode abrir a boca, por favor, Sra. Beeching? — Dr. Lester, o dentista, como muitos torturadores, era irritantemente polido. — E então poderei ver qual é o problema.

Eu acordara cedo para servir o café-da-manhã para Ryder, depois troquei os lençóis e refiz a cama enquanto ele tomava um banho. Eu tinha lavado os lençóis na água mais quente que a tina elétrica era capaz, tirei-os para fora e passei pelo cilindro para espremer o excesso de água. Agora eles estavam pendurados na corda, úmidos e desanimados.

Preparando a descida de Ryder, eu tinha acendido o fogo, espanado a sala de estar e dado um polimento no relógio, que bateu as horas enquanto eu fazia isso.

Fui recebida na sala de espera do Dr. Lester faltando poucos minutos para as dez horas e folheei exemplares da *Punch*. Havia um arranjo de flores secas na lareira; deve ter sido bonito, mas agora estava duro de poeira. A fotografia de uma menina vestida com uma túnica de seda estava pendurada sobre a lareira com um tom curiosamente esverdeado na pele. Ocorreu-me ser uma idéia infeliz para a sala de espera de um dentista.

— É o superior da direita — expliquei ao Dr. Lester — De repente começou a latejar.

— Não tem feito nada de diferente, Sra. Beeching, com relação a comida, quero dizer? Está mais ansiosa por algum motivo? A ansiedade afeta os dentes, a senhora sabe.

Eu não sabia.

Ele começou o trabalho com a sonda.

— De fato, Sra. Beeching, o problema não é um dente superior mas um inferior. A senhora vem sentindo o que chamamos de dor refletida. É muito comum. Vou ter de usar a broca.

Não demorou para o suor arder em minhas axilas e cobrir minhas mãos. A broca perfurava o meu queixo, enviando espirais de dor pelo maxilar e uma torrente de lágrimas aos meus olhos. Tentei não me mexer.

— Vou ser o mais rápido possível, Sra. Beeching.

Mas o processo parecia levar horas, e eu me perguntava se os dentistas eram o tipo de gente que gostava de provocar dor. Eu tinha lido a respeito *delas*. E então achei que eu estava me submetendo a esta (reconhecidamente) pequena agonia com avidez, e eu tinha lido sobre este tipo de pessoas também.

Depois de um tempo, senti gosto de cárie, quando o Dr. Lester a extraiu da parte saudável do meu dente.

— Só mais uns minutinhos — disse ele. Mas a dor aumentou, e eu gritei. — Quieta.

Ele deu um passo atrás.

— Pode enxaguar.

Partículas mínimas de dente estragado pendiam da broca, que ele segurava diante dos meus olhos molhados. Torturador e torturado, olho no olho.

— Cuspa toda a matéria desagradável.

— Coitada, coitadinha — Alexander me acompanhou até o salão.

Caí sentada num banco na sala de palestras. As fileiras estavam se enchendo com uma mistura de alunos e médicos. Havia uma ou outra mulher de expressão determinada, com saia de lã e blusa, segurando blocos de notas.

— Meu rosto está inchado?

— Um pouco. Doeu muito?

Eu passava a língua no dente machucado.

— Quando Dr. Lester começa a trabalhar eu sempre procuro pensar em alguma experiência pior que já tive.

— Tal como?

— Ter um filho é bem ruim. — Corei.

— Creio que sim. — Alexander nem piscou. — Acho que a natureza não distribuiu bem as coisas.

— Não — e coloquei a minha bolsa no chão. — Na verdade, perdi dois depois de Amy. — Era raro eu confessar isso.

— Sinto muito — disse ele, rapidamente. — Sinto muito.

— Eu me sinto culpada por eles, porque, apesar de adorar Amy e Roy, eu tinha pavor de ter mais filhos. O trabalho cansativo e tudo mais... era desanimador. Depois, quando os perdia, eu os queria de volta.

Alexander baixou os olhos para as suas mãos entrelaçadas.

— Claro que eu não posso compreender bem isso. Gostaria de poder. E a tristeza é uma coisa muito solitária.

A sua simpatia causou em mim um poderoso efeito.

— Ryder ficou decepcionado. Ele queria outro filho. Tentamos de novo, e desta vez fiquei agradecida e cheia de esperanças, e fiz o máximo para dar certo. Mas não deu, e passei muito mal durante um bom tempo depois disso. E aí concordamos em deixar as coisas como estavam.

— Você se arrepende da decisão?

— Não é assim tão simples — respondi, olhando nos olhos dele.

— Acho que nada importante é simples — ele falou. — Estou acabando de descobrir isso.

Nesse momento o professor Handley, um homem grande de cachimbo na mão, subiu no pódio e espalhou uma pilha de anotações. Alexander sussurrou:

— Não se assuste, ele é bom em Freud e fácil de compreender.

— Espero... Estive lendo um livro sobre Freud, mas com uma certa dificuldade.

Se o professor Handley era bom ou não, eu não estava em posição de julgar. Ele se estendeu pelos primeiros trabalhos de Freud, o desenvolvimento da sua idéia do inconsciente e seus métodos de análise. Em seguida concentrou-se na noção de sexualidade na infância, que era o caminho que Freud havia escolhido para explicar como a criança amadurecia para chegar a um ser social.

Eu oscilava entre pasma e, confesso, divertida. Verdade... Era verdade que, em certos pontos, Ryder e Roy não se entendiam, mas eu não podia aceitar que era porque Roy quisesse castrar o pai. E quanto ao rancor (aparente) de Amy pela falta de um pênis, isto me soou ridículo.

Aí pensei em Amy. Tão mal-humorada, tão ciumenta, tão determinada a não ser frivolamente feminina.

— Então? — Alexander colocou uma das mãos por baixo do meu cotovelo e me guiou para fora da sala onde havia sol.

Eu não me sentia à altura para discutir o complexo de Édipo.

— Fiquei interessada na idéia de que o indivíduo muitas vezes acha difícil viver em sociedade e ser feliz porque seus desejos com freqüência são contrários ao que a sociedade permite.

— Curioso como a maioria das pessoas se agarra a essa idéia — seu punho apertou no meu cotovelo. — Você acha difícil?

Quando ele me beijou a mão na casa das maçãs, sua boca deve ter registrado o pulso sob a pele fina no ponto onde punho e mão se juntam, sentido o seu calor, o perfume de Muguet da Coty.

— Não mais do que os outros.

No pátio, eu lhe agradeci.

— Você foi gentil e atencioso em me convidar.

Os lábios de Alexander se crisparam.

— Tem outra coisa. — Ele estendeu as mãos num gesto hesitante. — Estive falando com a Srta. Raith, a assistente social. Ela está procurando alguém para vir ajudá-la uma vez por semana.

— Por que você está *me* ajudando tanto?

Ele enfiou as mãos nos bolsos das calças e sorriu.

— Porque pensei que pudesse ser interessante. Porque espero que sejamos amigos.

Pretendo procurar a definição de "amizade" no dicionário, que está na biblioteca. O seu significado exato, de onde vem a palavra. e como... como ela não é usada.

Capítulo 9

Siena

ENTREI NO AVIÃO para Nova York e virei à esquerda.
O grupo atrás de mim virou para a direita.
Bom.
A comissária me acompanhou até a minha poltrona e me encheu de atenções. Eu gostaria disto, disso ou daquilo?
Tão bom.
Com o cinto de segurança afivelado, liguei para Charlie.
— Até agora tudo bem, ligo para você quando chegar.
Eu o peguei na sala de audiências entrevistando clientes e, no fundo, ouvia-se um murmúrio de vozes e o soar de telefones. Supostamente, do outro lado da linha, Charlie podia escutar o gemido dos motores do avião e a ladainha da comissária, "Bebida, senhor? Bebida, senhora?"
— Alguma novidade no caso Jackie Woodruff? — perguntei.
— Nada, exceto que agora sabemos que a acusação vai convocar todos os especialistas que existem na Terra.

— Charlie, estive pensando... Vocês examinaram o histórico familiar? Outros bebês morreram no passado?

— Sim, examinamos. — Charlie confirmou e, de onde eu estava sentada, a quilômetros de distância, senti o gelo. Em geral, quando as coisas estavam indo bem e eu fazia uma sugestão, Charlie agradecia. Era uma vantagem para ambos os lados. Eu queria demonstrar o quanto eu me preocupava, o quanto eu estava envolvida na vida profissional de Charlie. Ele me queria ao lado dele, mas não demais. Só o suficiente. Que a maioria das minhas sugestões fossem tranqüilamente para o lixo também era normal.

"Mas a idéia foi boa. — Sua voz crepitava de impaciência e meu coração desfaleceu. — Gentil da sua parte pensar nisso.

— *Charlie*, o que você está querendo dizer?

— Nada, Siena.

Mas ele queria, e lá estávamos nós, lutando com não-significados quando significados deveriam estar claros. Charlie estava zangado comigo. Ou, melhor, estava se esforçando para não ficar zangado comigo porque ele acreditava que todos tinham direitos iguais. Ninguém deveria obrigar ninguém a fazer nada. Mas ele queria decretar como um bom patriarca vitoriano à moda antiga: *Siena, é hora de ter filhos*.

E eu estava dizendo: *Ainda não, ainda não*. E, na verdade, *Talvez não*.

— Cuide-se, Siena.

— Te amo — falei, e cada palavra queimava dentro de mim. *Eu amo Charlie: coração, mente e alma.*

Charlie não respondeu "eu te amo", como deveria ter feito, mas repetiu:

— Cuide-se.

Fechei os olhos, depois abri e olhei assustada para o homem que tinha se sentado na poltrona ao lado. Parecia um tagarela.

Tirei os sapatos, coloquei as meias de brinde e pesquei minhas anotações e o itinerário que India e eu tínhamos repassado várias vezes. Com um pouco de sorte, eu teria pela frente gloriosas seis horas de silêncio, uma das vantagens pouco celebradas das viagens longas.

Meu celular estrilou.

— Siena, peguei você a tempo? — perguntou Vita, a editora de *Fashion, This Week*. Ela não perdia tempo com conversa mole: ela mal perdia tempo respirando. — Ótimo. Estávamos estudando a programação para os próximos quatro meses e estou planejando uma mudança. Eu gostaria que você "arrumasse" alguns homens. OK?

A pergunta era uma mera formalidade — o contrato seria feito sem eu me pronunciar.

— Ótimo.

Mais interessante eram as razões que haviam levado Vita a colocar homens na agenda. Ela era uma mulher que se esforçava para dar a impressão de que, como um sexo, os homens não contavam, exceto como uma espécie de verme que vivia debaixo das pedras.

— Pensei que você não faria objeção — Vita sabia perfeitamente que eu não faria. — Vai nos tornar mais... completos, e esse é o nosso objetivo. Vou colocar Jenni trabalhando nisso logo. — Ela parou de falar. — A boa notícia é que o número de leitores da sua coluna está crescendo. A má notícia é que *Brewer's* está planejando publicar uma rival.

Um tremor de ansiedade apertou meu estômago, o que era bobagem. A *Brewer's* não tinha a mesma circulação da *Fashion, This Week*.

— Não tem problema — eu disse. — Eles não têm equipe para isso.

— Sem problemas — repetiu Vita animada. — Vamos arrasar com eles. Uma boa viagem para você. Ligue para mim assim que voltar.

Ela desligou. Eu desliguei o celular e olhei pela janela os prédios cinzentos do aeroporto. Sem nunca se distanciar muito, a ansiedade baixou. Era uma sensação densa, viscosa, no fundo da garganta, que me dava vontade de roer as unhas. Qual era o *subtexto* do telefonema de Vita? Havia uma crítica implícita na sua ordem? Estaria ela dizendo "Melhore a atuação, ou..."

Fiz uma rápida avaliação das colunas das últimas semanas. A prosa tinha sido vigorosa, os julgamentos bem colocados, as fotos e as roupas de altíssimo nível. O mesmo também tinha sido o retorno, uma mistura criteriosa de elogios (69%) e como-ousa-ser-tão rude (31%); a última era necessária para dar à operação o tempero e uma baforada de perigo, e proporcionar lastro para a página (em geral) bajuladora das "Suas Cartas".

Mesmo levando em consideração que "bom" podia ser um conceito escorregadio, era tão bom quanto Vita era capaz de conseguir.

Não havia motivo lógico para a ansiedade. No entanto, ansiedade, como sardas ou cor dos olhos, *era* onipresente, uma característica da vida, uma constante e subreptícia advertência de perigo.

Eu poderia ligar de novo para Charlie? Eu teria coragem? Olhei pela janela. Os funcionários encarregados do abastecimento de combustível agitavam-se de um lado para o outro. Errado, errado. Havia muitos motivos lógicos para ficar ansiosa. Status. Sucesso. Dinheiro. Energia. Tudo era finito; tudo tendia a desenvolver pontos podres... como... como uma maçã.

O avião saiu se arrastando do terminal e eu estava indo embora.

Olhei para o relógio e aceitei um segundo copo de suco de laranja.

Pense na atividade do lado esquerdo do cérebro, tal como separar a roupa para lavar — que era tão necessária depois de trabalhar por longos períodos com o lado direito. O psicólogo da televisão, Taju Bindi ("Suas consultas custam uma fortuna"), ao lado de quem me sentei num dos jantares para editores de Dick e Amanda, tinha me dado a dica. De graça. "É vital para a saúde interior, Siena, exercitar ambos os lados do cérebro...", ele tinha colocado uma das mãos de leve sobre o meu braço nu, "...dar tempo para o subconsciente trabalhar em paz". Pelo visto, o subconsciente só ressuscitava enquanto o seu dono está ocupado fazendo algo mundano, como passar a ferro ou limpar a geladeira.

Na época passou pela minha cabeça que o conselho de Taj pudesse ter sido uma maneira esperta de garantir que as mulheres se encaixassem no trabalho doméstico junto com tudo mais. No entanto, Taj Bindi sabia do que estava falando. Essas tarefas enfadonhas, repetitivas, eram tranqüilizantes. Elas permitiam espaço, respirar melhor. Portanto, sim, quanto a mim, se o subconsciente precisava de momentos lavando roupa com o lado esquerdo do cérebro para funcionar, então ele teria.

"Conhece-te a ti mesmo", disse o pregador — ou foi o filósofo? A vida não examinada não valia a pena viver. (Também não sei que disse isso.) Lá estávamos nós, Dick, Manda, Charlie, eu e os outros do nosso círculo, todos correndo de um lado para o outro na tentativa de fazer exatamente isso.

— Uma carreira de sucesso — arrisquei, numa das minhas discussões com Charlie altas horas da noite — está tão associada ao conhecimento "interior" quanto a fatores externos.

— Verdade — ele concordou. — Dominar o eu é a chave. Entre o *de facto* e o *de jure*.

— Uma vez advogado, sempre advogado.

— Venha com esse velho clichê desgastado de novo, Sra. Grant, e não me responsabilizo pelo que acontecer.

Nunca terminamos aquela conversa.

Os motores do avião roncaram no modo levantar vôo. Charlie, eu lhe disse em silêncio, o *de facto* é o que eu carrego em mim, os instintos não escritos, não quantificáveis aos quais apelo. O *de jure*, que é o que está escrito na lei, é aquilo com o qual eu trabalho.

Então, como a mente fixa a imagem corporal? Eu que o diga. Por que ela faz você ver o que vê num reflexo de si mesma no espelho? *Quadris grandes, olhos pequenos. Ugh.* Claro, deveria ser... *Olhos enormes, quadris estreitos. Linda.* Eu poderia explicar esse erro de visão, também. Mas essa é a minha profissão.

Quando vejo uma pessoa pela primeira vez, eu sei, em trinta segundos mais ou menos, certos aspectos dela. *Ela é triste. Ele está mentindo.* Gostaria de alegar inteligência ou superioridade, mas nasci com essa facilidade, e estou no tipo de trabalho onde ela é aguçada com o uso diário.

Mas aqui eu deveria me corrigir. Lucy Thwaite não tinha sido tratada com tanta inteligência. Ou, no caso, o meu primeiro marido.

Minha mãe também tinha esse dom. "Não confie em Jay", ela havia me avisado. Mas não lhe dei ouvidos.

O avião ergueu-se no ar, inclinou-se de lado e rumou para os Estados Unidos. O homem ao meu lado esvaziou o seu copo e pegou um amendoim da tigela de cortesia.

— Meu nome é Daniel — disse ele —, presidente da Easy Flex Systems. O que você faz? Vai ficar em Nova York?

Ele está satisfeito consigo mesmo. Pensa que provavelmente arrumou um caso passageiro fácil.

Arregalei bem os olhos.

— Sou uma dona-de-casa — respondi, doce e tímida —, com quatro filhos — e fiquei olhando a sua expressão executar um *volte-face* relâmpago do interesse para a indiferença e o tédio.

Estava muito frio em Nova York. O vapor escapava das grades de ventilação, e congelava, pingentes de gelo escorriam das cercas. Eu estava protegida desse frio porque a Trimester Productions tinha mandado um carro me buscar no aeroporto para me levar até o hotel e, no dia seguinte, até o estúdio; mas não do bloqueio na Lexington e na Broadway onde um exército de caminhões de entrega parados em fila dupla estavam muito satisfeitos atravancando o trânsito.

Fui apresentada à equipe e ao set, em seguida informada de que a audiência seria de donas-de-casa e estudantes. O horário era apertado — tão apertado que não havia uma fresta de luz em lugar algum.

No primeiro dia filmamos oito horas seguidas para o piloto, com uma sessão semelhante encaixada para o dia seguinte. Voltei ao hotel com a diferença de fuso horário me irritando, pedi alguma coisa para comer no quarto e um filme, e caí no sono.

Durante a noite acordei, o corpo tenso por causa do colchão diferente e coberta de suor. Virei para o outro lado. O latejar dos dias passando rápido soava nos meus ouvidos. No escuro, os terrores e ansiedades se acumulavam e multiplicavam.

O telefone tocou às seis da manhã. Era o produtor querendo discutir duas abordagens diferentes. Às oito horas, quando cheguei ao estúdio no centro da cidade, Fersen, o consultor de guarda-roupa, já havia encontrado por acaso um par de opções "encantadoras" para as roupas que eu tinha selecionado para a minha matéria. Ele se apresentou perguntando se eu me importava.

Vai devagar, India tinha me aconselhado. Seja adulta.

Fersen, magro e esbelto, estava vestido com uma calça justa de pele de leopardo e uma jaqueta de veludo com capuz. Ele queria que Carole, uma florista negra de meia-idade, vestisse uma roupa igual. Ela o fazia se sentir tão liberado, nem um pouco "idoso".

O eu interior e o eu exterior de Fersen tinham se encontrado nas calças de pele de leopardo, mas isto valeria também para Carole? Consultei as minhas instruções a seu respeito e sugeri com tato:

— Estas roupas são muito chamativas.

— Como? — disse ele. — Não entendi. O seu sotaque...

— Estas roupas são muito chamativas.

— Exatamente, Siena — ele falou, o seu antagonismo aparente, e sua audição perfeita. — Acho que Carole gostaria de chamar um pouco de atenção.

Silêncio, enquanto absorvíamos as implicações do diálogo. Fersen falou primeiro:

— E o que você faz na Inglaterra?

Eu disparei a artilharia:

— Tenho a consultoria, uma coluna de revista, uma... distribuidora de livros...

Ele interrompeu esta recitação.

— Parabéns... uma multi-hifenizada.

— Ok, ok, Siena... estou com você agora... — a maquiadora me arrastou até uma mesa e um espelho. — Não vai demorar. — Ela dava pancadinhas e pinceladas. — Boa aparência, boa aparência, Siena... — e aí parou. — Oh, meu Deus. Suas sobrancelhas são *tão* inglesas. Você se importa se eu arrumar um pouco?

Se eu me importava? Tinha algum problema com as sobrancelhas inglesas?

— Não — disse ela, desanimada.

E eu pensei, "Outra bobagem para me preocupar".

Carole chegou com dois buquês que tinha feito naquela manhã e deu um para mim e outro para Fersen. O dele tinha cores e formas dramáticas; o meu era de rosas vermelho-escuras com uma gardênia branca espetada no centro. O perfume era de veludo, luxo e beleza, e eu vi logo que Carole não era mulher para calças de pele de leopardo.

— Ok — eu me dirigi a Fersen. Esta era a minha primeira negociação transatlântica. — Vamos experimentar a minha versão primeiro, a sua em seguida.

Emergi desses poucos dias frenéticos exausta de aturar o nervosismo de todo mundo, inclusive o meu.

— Sou uma multi-hifenizada — informei a Charlie, quando telefonei.

— Uma multi-hifenizada prepara o jantar quando está em casa?

Essa foi boa. Charlie estava brincando.

— Não sei. Acho que é muita pretensão.

Esperei que Charlie iniciasse uma descrição do seu dia — quem ele tinha visto, o progresso do caso. Mas, não. Havia uma barreira de não-informação.

— Queria dizer alguma coisa em especial, Siena?

— Não, realmente. Só passando informação. Alguns probleminhas desagradáveis por aqui. Nada que eu não possa resolver.

Do outro lado da linha, um interesse não muito grande.

— Não tenho dúvidas de que você resolverá. Escute, Siena, preciso desligar. A gente se fala.

Inquieta, eu andava de um lado para o outro no quarto de hotel. Uma travessa cheia de frutas tinha sido colocada sobre a mesa, um roupão de toalha branco quentinho pendurado num gancho, e travesseiros gorduchos de pena de ganso debruados de rendas em destaque na cama. Não havia um apenas, mas dois fichários encadernados em couro na escrivaninha repletos de instruções sobre como se entender na cidade. Meu olhar pousou no requintado buquê de Carole e parou.

Afinal de contas, eu estava num fuso horário diferente e tinha trabalho para fazer.

Morando em Londres, eu não tinha lembrança do frio de verdade, do tipo agressivo que pinica o rosto que nos saudou, a Lola e a mim, quando descemos do trem em Franconia, no sábado de manhã.

— Não se preocupe — disse Lola, enquanto esperávamos que Bill viesse nos pegar. — Tenho uma quantidade enorme de roupas de reserva para idiotas como você.

Éramos amigas há bastante tempo para nos chamarmos de "idiotas". Lola era editora de moda da *Chic* e trabalhava no sistema 24/7, e Bill era arquiteto. Ele morava em tempo integral na casa de Franconia, e Lola preferia se alojar num quarto em TriBeCa durante a semana. "É um casamento meio separado", ela explicou. "Gostamos assim. Deu um certo trabalho, mas chegamos lá."

Agasalhado num casaco grosso e um chapéu enterrado até as orelhas, Bill me deu um beijo carinhoso e outro demorado na mulher.

— Seu velho caipira — ela falou, afetuosa.

Nos amontoamos no carro aquecido de Bill e saímos da cidade seguindo pela estrada uns três quilômetros, depois viramos para uma pista onde, no final, eu vi uma casa simples de madeira dando para um vale plantado com árvores frutíferas.

No quarto de hóspedes, decorado com tapetes e móveis antigos, Lola (ou foi Bill?) tinha deixado um volume de poesias de Robert Frost sobre a mesinha-de-cabeceira. Eu peguei e passei os olhos na introdução. O poeta tinha vivido aqui, em Franconia.

Olhei pela janela. Podia-se *ver* o frio lá fora, e a quietude, e a paisagem era o que se podia chamar de antiquada. Tinha nitidez, precisão, como uma amostra de bordado à mão ou xilogravura.

— É difícil descrever — eu disse a Charlie quando, depois de muito refletir comigo mesma, tinha agarrado o celular e apertado a tecla "casa". — É meio melancólico, mas limpo.

— Aqui está chovendo — Charlie contrapôs. — E os lixeiros entraram em greve.

Um cobertor branco estava dobrado sobre a linha das colinas e a depressão do vale. Minha respiração embaçou o vidro da janela e eu limpei.

— Estou olhando para árvores e pomares de maçãs.

— Bem... — Charlie pronunciou a palavra devagar — ...aqui houve uma explosão de cones de trânsito, mas a maioria no final da nossa rua, e a Circle Line circulou uma vez, um evento para ser comemorado com uma Placa Azul.

— Escute — insisti, ansiosa para que Charlie participasse do que eu estava vendo —, tem algo de especial aqui. É tão branco, tão quieto. Tão afastado. Você precisa vir comigo da próxima vez.

— Desde quando você é Miss Paraíso Rural?

Lola tinha estendido sobre a cama algumas roupas para caminhada, e eu as vesti: calças de veludo cotelê, camisa xadrez e suéter de tricô ponto trança, que cheirava levemente a fogueira. Ela assobiou quando apareci lá embaixo, e notei que tinha conservado as calças pretas e o suéter de caxemira.

— Não vai sair, Lola?

— Tenho o almoço e alguns telefonemas para resolver — e passou os dedos pelos cabelos rajados. — Preciso de uns minutos para me acostumar. Você sabe, tirar uma pele e vestir outra.

Bill me emprestou um par de botas. Tinha um debrum de couro macio, biqueira flexível e cordões encerados. Eram um tantinho grandes demais, mas meus pés sentiram-se bem dentro delas.

— Enrole isso no rosto — ele me entregou um cachecol e um chapéu. — Mantenha a cabeça coberta.

Saímos para um mundo luminoso, cortante, e sufoquei um grito — o frio parecia descascar a pele do meu rosto.

Bill achou graça:

— As pessoas sempre se surpreendem.

— Eu devia ter vindo preparada.

— Não se sabe até experimentar — disse ele, olhando para mim.

Isso era bem o Bill. Você queria caçoar da sua sabedoria folclórica e, ao mesmo tempo, não queria: você queria acreditar nele.

Ele não era um homem grande, e eu sou bastante alta. Mesmo assim, tive dificuldade em acompanhá-lo, porque ele era veloz, com bom condicionamento físico, e estava familiarizado com o terreno. Esmagamos a neve congelada com os pés e subimos a rampa para emergir na crista que dá para o vale, em seguida descemos para os pomares.

— Comprei cerca de dois acres do fazendeiro ali, com macieiras. — Ele acenou na direção de uma casa rosa de tijolos mais embaixo no vale. — Vou levar algumas estações para conseguir colocá-las em ordem porque ficaram muito abandonadas. Mas não se pode podar as macieiras com muito vigor porque elas entram em choque.

A grama estava crescida, rígida com a geada. Passamos entre as macieiras, suspensas em formol invernal, cada rebento, cada nódulo do galho delineado em branco geada.

— Estas são as que crescem sozinhas. Não gosto de nanicas. Quero árvores de verdade. Para mim, o objetivo é esse. A sua grandeza. Desde que a forma primitiva seja boa.

O seu falatório era confortante, quase hipnótico. Parei e fiquei olhando por uma treliça de galhos para um céu duro, congelado.

— O que você quer dizer com forma primitiva?

Bill bateu num galho com um dedo enluvado, e cristais de gelo caíram no chão.

— As maçãs não se desenvolvem bem na sua própria forma original, portanto elas são enxertadas. — Ele mandou outro caco de cristal para o chão. — Plantei Jonogold, que é uma maçã moderna, e Katy, que veio originalmente da Suécia. Ela tem bochechas rosadas, como uma bonita donzela sueca. Seus pais foram a sua Worcester Pearmain inglesa.

Jantamos cedo um cozido de vegetais, bolo e sorvete de morango numa cozinha perfumada com o cheiro do pão caseiro de Bill.

Quando acordei no domingo de manhã, uma neve ligeira havia caído durante a noite, mascarando as nossas pegadas do dia anterior pelo caminho.

No andar de baixo, Lola espiava pela janela da sala de estar.

— Este é o teste. Eu sempre imagino que desejo estar lá fora, em comunhão com a Grande Força Vital, mas quando chega a 15 abaixo de zero, recuo. Por que a gente não acende a lareira, simplesmente?

— Vou sair — disse Bill.

— Eu também — falei.

— São dois malucos — observou Lola, atirando-se no sofá. — Pensando melhor, talvez não sejam. O almoço sobra para mim.

Desta vez, Bill pegou um caminho diferente, e seguimos para uma clareira perto de uma turfeira de amieiros, onde alguns coelhos tinham vindo curtir o sol. Eles estavam em grupo, coçando e penteando seus casacos de inverno.

Ficamos um certo tempo olhando — o jogo de músculos sob a pelagem, o brilho nos olhos. Os mais jovens dançavam de um lado para o outro cheios de energia, traçando desenhos na neve. Os pais observando. Com indulgência? Afeto?

Ficamos nisso até o frio começar a apertar, em seguida atravessamos o pântano em cuja margem o gelo havia derretido numa poça de água escura, gelada.

— Parece borra de café — observei.

— A moça da cidade — disse ele.

— Ah, Deus. Tola, fútil e mimada? É isso?

Ele explodiu numa risada.

— Não, só diferente. Diferentes pontos de comparação.

Ele parou, chegou mais perto e arrumou o meu cachecol para cobrir a boca.

— Charlie vai ficar zangado comigo se eu deixar você congelar — continuou — Como está ele?

— A mesma coisa. Muito trabalho. — Seguimos em frente. — Ele quer ter uma família.

— E?

— Não sei. Eu queria ser um coelho, e não ter de pensar nisso. Simplesmente acontece, ou não.

Chegamos na margem da clareira e caminhamos pela borda mais elevada.

— Lola e eu nunca quisemos ter filhos — Bill acabou dizendo. — Nossas famílias não gostaram muito... ela provavelmente lhe contou.

Lola tinha contado. Ela e Bill foram atacados de ambos os lados: ter filhos era um dever cívico, um prazer pessoal, uma função de homens e mulheres.

— Pelo menos vocês sabiam — eu disse. — E eu *deveria* saber. E tenho... oh, quantos?... Trinta e dois tipos diferentes de celular para escolher, 48 variedades de jeans, 12 companhias aéreas, 120 mil livros, centenas de óleos para colocar na minha banheira... eu poderia continuar a lista. Eu deveria saber me decidir.

— Isso não é escolha — Bill passou um braço sobre os meus ombros, parecia intrigado —, isso é consumismo. Ter tudo, pelo menos. Escolher é diferente.

Para minha surpresa, Charlie estava me esperando no aeroporto quando cheguei. Pendurei-me no seu pescoço e beijei seus lábios.

— Que lindo.

Ele me beijou de volta.

— Estava ansioso para ver você.

Dei um suspiro de alívio.

Quando entramos no apartamento, senti um cheiro de ar confinado, uma sugestão de rio sujo, um torvelinho de poeira da cidade. Automaticamente procurei pela correspondência na mesa ao lado da porta.

— Primeira coisa que você faz — Charlie implicou. — Não se preocupe, ninguém terá esquecido de você em uma semana. Vem ver como estou, em vez disso.

E foi o que fiz.

Mais tarde eu me levantei e, de camisola, andei pela sala de estar e notei logo os dois copos sobre a mesinha, um prato de azeitonas e algumas sementes no cinzeiro. Gritei:

— Você andou recebendo visitas.

Um Charlie semivestido apareceu na porta.

— É. Cimmie veio aqui.

— Cimmie?

Charlie pegou os copos e as azeitonas.

— Acabou sendo mais conveniente. E ela queria ver o apartamento. — Ele olhou para mim. — Não fique assim, Siena. Foi só um drinque.

Capítulo 10

Siena

Cimmie estivera na nossa casa. Precisei pensar um pouco. Mas não havia nada inerentemente traiçoeiro no fato de meu marido tomar um drinque inocente com sua ex-mulher. Nada para me preocupar.

— Claro, tudo bem.
— Então?

Agarrei o primeiro pensamento disponível.

— De que cor está o cabelo dela?

Aparentemente Cimmie mudava conforme as estações do ano — era uma piada entre suas amigas. (Estava numa fase loura quando eu e Charlie nos casamos.)

Sem nem piscar ele respondeu:

— Natural.
— Que cor é essa, exatamente?
— Rato. — E acrescentou: — Ela está resplandecente, e combina com ela.

— Ah.

Charlie carregou a minha mala abandonada do corredor para o quarto. Só então ele deixou escapar a informação:

— Cimmie desistiu de pintar os cabelos, beber e fumar porque está grávida. Era isso que ela queria me contar.

Entreguei a Charlie o seu presente, que eram duas camisas caras da Brooks Brothers, do tipo que ele gostava.

— Obrigado, querida. — Ele as colocou sobre a cama.

— Sei que você não teve muito tempo.

Desfiz a mala. Camisas no cesto de roupas sujas, sapatos em caixas transparentes. Escovar, pendurar e ensacar saias e calças no armário. Guardar roupas de baixo em gavetas forradas de papel com perfume de lavanda e jasmim.

Cimmie ia ter um filho.

Fizemos uma refeição de sopa e queijo. Charlie tinha arrumado o queijo sobre uma camada de folhas de videira; as suas cores branco e creme ficavam lindas contra o verde forte. Lá fora, o rio corria veloz, inchado com as chuvas de inverno. Conversamos sobre vôos, aeroportos e o estilo constrangedor do pessoal da alfândega, e hotéis.

— Consegui que eles trocassem o meu quarto — falei. — Com muita gentileza, é claro. Disse ao gerente que eu morava num lugar muito especial e que era importante para mim ter um quarto especial, isso é, não o que eles tinham reservado, que dava para a rua. Ele concordou comigo, e imediatamente me deram um quarto nos fundos.

Era o tipo de truque que eu tinha aprendido com anos de viagens a negócio. Charlie revirou os olhos.

Eu lhe contei sobre Bill e Lola, e a casa em Franconia, e descrevi a paisagem branca, misteriosa, congelada, as macieiras esperando pacientemente nas suas fileiras pela primavera. Relatei as anedotas sobre a filmagem para o piloto e deixei escapar casualmente a informação de que a Trimester Productions havia anunciado o fim da minha transmissão com ruídos encorajadores.

— Eu sabia que devia estar tudo certo quando Dwayne, o produtor, disse que o presidente da rede tinha aprovado o slogan "O visual de Siena para gente de verdade", e me levou para jantar no Four Seasons.

Os cabelos de Charlie caíam na sua testa.

— Four Seasons, é?

— Eu estava cansada demais para curtir. Tínhamos passado a tarde tentando encontrar o vestido de casamento certo para uma mulher manequim 46, uma ruiva. Ela gostou do cameraman e não se concentrava.

— Sim — disse Charlie.

Nossa conversa foi se apagando. Estávamos falando dos assuntos errados, dos quais o mais premente estava representado por meio prato de azeitonas verdes acetinadas e duas taças.

Do outro lado da mesa, Charlie levantou os olhos:

— Continue — disse ele —, vamos colocar tudo para fora.

Engoli em seco:

— Você tinha de convidar Cimmie para vir aqui?

Ele deu de ombros:

— Por que não? Ela queria falar comigo.

— Disso eu sei.

Charlie fez uma cara séria.

— Ela sugeriu que eu me divorciasse de você e a tornasse uma mulher honesta.

Brincadeira.

Tentei um sorriso, mas sem muito sucesso.

— Bruce é o pai, imagino.

— Sim. Eles partem para a Austrália assim que puderem se casar, e já trataram dos papéis.

— Quando... quando o bebê vai nascer?

— No início do outono.

— Estação da doce fertilidade. — Minha mão pairava sobre a tábua de queijo, mas eu não queria comer mais nada. Se Cimmie estava casada, ou não, era irrelevante. Ela estava grávida e eu não. Pior, Charlie estava se importando terrivelmente.

— Às vezes acho que Cimmie mora aqui com a gente.

— Jay não está exatamente ausente dos seus pensamentos, está?

Recolhi meu prato.

— Só como uma lembrança do que deu errado.

— Tem gente demais nesse casamento.

Trocamos um longo olhar no qual o afeto e a compreensão eram mínimos. Isso me assustou, e me afastei para tomar um banho de chuveiro.

Depois de voar, a pele precisa de uma cuidadosa limpeza e hidratação. Para o dia seguinte eu tinha marcado pé e mão, em seguida uma sessão com o aromaterapeuta. Isso era rotina para uma profissional de destaque ativa e bem-sucedida.

Charlie entrou e sentou-se na cama. Dei as costas para o guarda-roupa e olhei bem para ele. Eu precisava tentar entender para quem, e para o que, eu estava olhando. Vê-lo sob a pele.

— Gostaria de ler uma coisa para você — disse ele, com a expressão pesada, e mostrou uma carta.

Querido Sr. Grant, desejo agradecer o que está fazendo por mim. Ninguém acredita que eu seja inocente e, de um modo estranho, isso não tem mais tanta importância. Nem me preocupo mais com a idéia de ir para a prisão, mas talvez sinta diferente daqui a alguns meses. Mas se não posso ter Rob, e ele faria um ano hoje, e não posso por que ele está morto, então não me importo mais em viver.

Provavelmente serei surrada se for mesmo para a prisão. Eles fazem isso, não fazem?

Sentei-me ao seu lado e tirei a carta das suas mãos.

Quando eu era jovem, morávamos perto do rio e havia um grande amieiro onde meu irmão e eu costumávamos subir. Nós nos arriscávamos rastejando pelo galho que pendia sobre a água até onde pudéssemos ir sem cair. Com freqüência eu acabava molhada. Sempre pensei que meu Rob faria isso quando crescesse e eu ficaria debaixo da árvore observando.

O senhor acha que fantasmas crescem? Eu não sei. Mas penso que o fantasminha dele estará ali, subindo na árvore.

Peguei na mão de Charlie e a acariciei.

— É inimaginável. — A morte de um bebê era inimaginável, e eu não tinha direito de invadir, ou fingir, qualquer sombra dessa dor. — Sinto muito.

— Isso ainda vai me dar muito trabalho — Charlie esfregou os olhos.

— Como você acha que o bebê morreu?

Sua resposta me surpreendeu.

— Não sei ao certo. A babá, é claro, jura de pés juntos que nunca foi agressiva com ele. O menino dormia mal, gritava muito. Jackie tinha estado doente e acabara de voltar para o trabalho. Ainda não estava totalmente recuperada.

Eu considerei a informação.

— Deve ter sido tão... tão assustador — falei. — Você está tão cansada, e cheia de trabalho, e pressionada, e tem este bebê que não quer dormir, que não deixa você em paz. Quem sabe, quem sabe... você é levada à beira... Quem sabe... você faz alguma coisa terrível sem pensar.

— E quem sabe, não — disse Charlie.

No banheiro, olhei com a expressão cansada da viagem para o espelho e passei creme no rosto e no peito — *não esquecer o lugar entre os seios. É um ponto relevador inegável.*

Nossos corpos ligavam Charlie e eu, mas o meu também era motivo de desavenças entre nós dois, porque seria o meu corpo, não o dele, que aceitaria as tarefas da gestação, do parto e... o que viria depois.

Assustada e incomodada com isso, abaixei bem a cabeça e escovei os cabelos até o couro protestar.

Eu gostaria de me compreender.

Eu ainda estava casada com Jay quando marquei uma consulta com Ingrid Broadhurst, Conselheira Pessoal, Terapeuta, com vários conjuntos de letras depois do seu nome.

Seu consultório, perto do canal em Little Venice, era inundado de luz, mas o lugar que ela me apontou para sentar ficava de costas para a janela e olhando para um par de vasos de plantas murchas por falta de água ou atenção. Para o cliente, não era uma posição muito inspiradora.

Ingrid estava com um jeans de etiqueta e uma jaqueta de couro, ambos caindo muito bem nela. Ela escreveu meu nome numa ficha, anotou detalhes sobre a minha saúde e ciclo menstrual, ergueu uma sobrancelha impecavelmente depilada e perguntou:

— Por quê?

— Por quê?

— Por que você está aqui?

Tentei explicar que ao acordar de manhã eu tinha consciência de uma tristeza persistente, latente, que não passava, e que isso eu não podia compreender. Era como uma peça de roupa continuamente usada — como a camiseta de frio dentro da qual se costumava costurar as crianças para passar todo o inverno, igualmente sarnenta e malcheirosa.

— É perda? É medo? Pode ser mais específica?

— Ok, ok... vou tentar. Tenho 27 anos, a minha carreira está indo bem, a do meu marido está indo bem. Estamos casados há dois anos. Moramos numa casa bonita em Chelsea...

Em resumo, a vida havia me dado o que eu queria. Mas a contabilidade dos últimos dois anos, os números no resultado final, mostravam um débito.

— Por que — perguntei à conselheira pessoal, terapeuta — a soma disso tudo não é a felicidade?

A expressão de Ingrid era severa olhando atentamente nos meus olhos.

— Ninguém pode se permitir ser infeliz. Iremos fundo nisso.

Eu não tinha idéia do alívio que é ter alguém tomando conta da gente. Não iam me *permitir* ser infeliz.

— Ele sabe que você é infeliz?

— Acho que não.

— Vocês não conversaram a respeito disso?

— Não.

Ingrid ficou mais carrancuda.

— Siena — ela falou —, o amor digno desse nome, entre dois adultos, significa falar a verdade. Significa pegar os problemas pelo cangote e sacudi-los. Você precisa marcar uma sessão com o seu marido.

— Não sei — recuei rápido — se quero tomar alguma atitude. Eu só queria conversar com alguém que pudesse identificar o que está acontecendo.

Ingrid ficou uns dois minutos anotando na minha ficha. Fosse eu menos escrupulosa (ou covarde?), talvez me sentisse tentada a ler suas conclusões, pois eu era perita em ler de cabeça para baixo. Finalmente, ela descansou a caneta e olhou para o relógio sobre a escrivaninha.

— Você sabe qual é a raiz do mal, Siena?

Fiquei pensando.

— Os sete pecados capitais devem estar metidos nisso.

Ingrid aprovou a minha resposta.

— Mas o maior deles é a indolência. O mal vem da preguiça. Uma preguiça interior que se recusa a lidar com os problemas.

Voltei para casa carregando o peso da minha íntima proximidade com o mal e o pecado da não-verbalização. Com respeito ao nosso casamento, isto era meio irônico: Jay e eu funcionávamos na base de jogos de palavras tolos. "Dá o fora", Jay falava, quando queria dizer "Vem me dar um beijo".

Jay estava matriculado na escola do "não deixar para amanhã o que pode fazer hoje". "É agora", ele costumava dizer. "Basta um terremoto, uma bomba terrorista, e o sistema entra em colapso e nós perdemos a vez. Temos dinheiro, gostamos de estar juntos e dedicamos um tempo para nós dois."

Esse era o Grande Plano.

No entanto, conforme Jay ascendia no banco e seu contracheque triplicava, eu escutava falar menos no Grande Plano e muito mais em ser uma fera na selva corporativa. Se eu mencionava o Grande Plano durante um dos nossos cada vez mais raros jantares juntos, ele sorria enigmaticamente e falava de opções de ações.

— Meus dois anos de casamento parecem ter se passado numa luta.

Em minha segunda consulta com Ingrid, me vi falando para os vasos de planta enquanto Ingrid tomava notas.

— Numa luta para agradar a Jay e fazer todas as outras coisas, como manter a casa funcionando e, é claro, cuidar da minha carreira. — E acrescentei com um certo orgulho:

— Acabo de ser contratada como consultora de moda da seção de cartas dos leitores por uma revista.

— Então? Suas conclusões, Siena?

— Vesti meu casamento com as roupas erradas.

Sim, essa foi a melhor maneira de expressar. Eu tinha vestido o meu casamento de acordo com as cores da esperança, da excitação e da novidade do arco-íris de Jay.

— Tire essas roupas, Siena, e olhe bem para o que está por baixo.

— E se eu não gostar?

Ingrid cruzou as mãos.

— Tem muitas coisas que precisamos experimentar para ver se o tamanho serve, nesta vida — observou ela, sem se perturbar com minha explosão de emoções e carência. — Talvez o casamento seja uma delas. Se alguma coisa não serve em *você*, deve ser honesta e devolvê-la para a loja.

A fria certeza da sua receita me tirou o fôlego e os dias seguintes se passaram na confusão e no clamor de um debate interior. O que ia dizer a Jay? O que eu queria? Eu estava tão ocupada ouvindo a orquestra de vozes que Ingrid havia feito surgir num passe de mágica, tão fascinada e absorta, que esqueci de iniciar o debate real.

Jay fez isso por mim. Logo depois da minha quarta consulta com Ingrid (uma sessão difícil, quando trabalhamos o meu "bloqueio"), Jay anunciou no café-da-manhã que haviam lhe oferecido uma terceira promoção.

— Mas o acordo é, eu tenho de morar em Hong Kong.

— *Morar* em *Hong Kong*?

— Não é uma mina de sal, Siena. É uma cidade civilizada.

Mordi o lábio.

— Mas não é a minha cidade. E eu não vou abandonar o meu trabalho.

Terei detectado, ou imaginado, uma expressão de alívio no rosto de Jay?

— Você poderia fazer alguma coisa nessa mesma linha. Pense. Seria uma boa experiência a acrescentar no currículo.

— Não acho — falei.

Jay ficou de pé e ajeitou a gravata.

— Se é assim que você sente.

Era o momento para a coragem e o desbloqueio, e qualquer outro termo ridículo que Ingrid empregava.

— Você deve ter notado que não temos nos dado bem ultimamente, Jay. Acho que deveríamos fazer alguma coisa a respeito.

Ele estendeu o braço para pegar a sua pasta.

— Não comece, Siena. Tenho energia suficiente para agüentar só isso. — Ele bateu com o punho na alça. — Ok? A gente discute Hong Kong mais tarde.

— Não estou feliz, Jay. Não sei por quê, e estou certa de que a culpa não é sua. Mas acho que você não vai poder contar comigo para ir para Hong Kong.

Uma autêntica batalha parecia estar sendo travada no peito de Jay — entre o imperativo de chegar no trabalho na hora e as exigências da sua mulher. Uma batalha que englobava a transformação que havia ocorrido dentro dele durante o nosso casamento, do velho, charmoso, encantador Jay para o quase estranho que estava na minha frente na cozinha, impaciente, com a pasta nas mãos.

— Então — disse ele, num arroubo de irritação e impaciência — é melhor você dar o fora.

Tenho certeza de que Jay se arrependeu de ter pronunciado essas palavras no clima tenso, de urgência, de um café-da-manhã tomado às pressas. E, da minha parte, eu estava cheia de dúvidas se seria sensato seguir o conselho de Ingrid. O próprio conceito de responsabilidade sugeria que uma pessoa deve tomar as próprias decisões, e não permitir que outras imponham as delas.

Mas era tarde demais.

Pela primeira e última vez, Jay e eu aceitamos que "dar o fora" significava exatamente o que dizia.

— *Que bom* ver você.

O rosto de Manda se contorcia com o esforço de equilibrar Patrick num quadril e tentar colocar os pratos na mesa com a outra mão.

— Conte-me *tudo*.

Era sábado. Charlie estava trabalhando no caso Woodruff, e Dick tinha saído para uma conferência de livreiros. Manda tinha de cuidar das crianças. Havia uma pilha de manuscritos sobre a mesa da cozinha, e o de cima tinha sido salpicado com suco de laranja. Hetty estava engatinhando pelo chão, cantando para si mesma. Vestia meias descombinadas e uma faixa de cabelos cor-de-rosa.

— Não ligue para Het — a mãe cutucou-a com o pé. — Está fingindo que é uma princesa indiana. Agora, conta.

Disparei numa descrição das frescuras de Fersen, a amostra grátis de Crème de la Mer no hotel, a casa de madeira em Franconia, a agitação de Nova York... e fui me calando. Manda não ouvia. Não que é não quisesse, mas era impossível com Patrick e Hetty aborrecidos e disputando a atenção da mãe.

— Acho que eles não gostam de Olga — Manda admitiu, depois de, finalmente, colocar um quiche no forno e bater a porta. — Eles não ficavam quietos.

— Ei — arranquei Patrick do colo da mãe e me sentei —, não explora a sua mãe. — E brinquei de cavalinho com ele nos meus joelhos. — Upa, upa, cavalinho. É assim que o fazendeiro faz. É assim que o bispo faz...

Patrick me deu um olhar submisso e enfiou o dedo na boca.

— Devo despedir Olga? — Manda caiu sentada na cadeira. — Eu não tenho nenhum motivo real... e é preciso muito dinheiro para pagar uma babá.

— E assim que o homem pobre faz... clip-clop, clip-clop...

Patrick deu uma risadinha e tirou o dedo da boca. Virou-se todo para olhar para a mãe.

— Gosta de cavalos.

A curva da cabeça de menino, inteligente, os longos cílios, a imperiosa expressão de criança começando a andar me... me fizeram respirar fundo. Era assim que os garotinhos eram na sua idade... no ápice de se tornarem masculinos, de deixarem de ser bonitinhos. Esse momento de transição, eu supunha, era o tipo de coisa que a mãe notaria.

— Obrigada — Manda enterrou o rosto numa das mãos. — Estou tão cansada que estou pensando em me matar para ter um pouco de paz. É a melhor opção que me passa pela cabeça.

Depois do quiche, insisti em levar as crianças para o parque por uma hora para Manda descansar um pouco.

Essa única (finita) hora, estendeu-se indefinidamente num mês.

A cada seis metros mais ou menos, Hetty deixava cair as luvas. Que tinham de ser recuperadas enquanto eu ficava de olho em Patrick, que insistia em andar. A toda hora ele caía e chorava, e era colocado de pé e limpo. Ele me olhava com desconfiança e desagrado.

— Quero minha mamãe.

Seus gemidos eram contrapostos por Hetty:

— Minhas lubs, minhas lubs.

Soprava um vento que vinha da Sibéria e nossos olhos escorriam. Hetty queria andar de balanço, então fomos andando com dificuldade até lá. Eu a empurrei para a frente e para trás, até ela se cansar, com Patrick gritando no carrinho. Depois Patrick quis descer no escorregador, mas entrou em pânico no último instante. Ambos exigiram sorvete.

Manda, mais calma, abriu a porta.

— Mamãe! — Patrick atirou-se nos seus braços. — Mamãe, eu fiquei triste.

— Patrick Coker Scott! Que mal-agradecido! Você estava se divertindo muito com Siena.

— Minha mãezinha. — Patrick passou os braços ao redor do pescoço de Manda e se virou para me dar um sorriso exultante.

Manda riu, um som claro, alegre e esfregou a ponta do nariz no dele.

— O que eu faria sem vocês dois? — disse ela, e por cima da cabeça do filho, seus olhos, brilhando de ternura, encontraram os meus. — Eu não *poderia* viver sem o meu Patrick e a minha Hetty.

Charlie estava na academia de ginástica quando cheguei em casa. "Jantar pronto", ele tinha rabiscado num bilhete. Sorri. Era a minha vez, a rigor, mas Charlie deve ter achado que eu ainda estava cansada (uma semana depois) com a variação de fusos horários. Ele estava certo, mas sempre gostou de assumir a cozinha. "Os homens têm poucas chances de extravasar sua criatividade", era a desculpa quando ele me dava um "chega pra lá". Quando eu observava (com relutância) que a maioria dos grandes artistas, escritores e músicos eram homens, ele respondia: "Estou falando do macho padrão medíocre, não do gênio."

Entrei no escritório e conferi a secretária eletrônica. Havia três mensagens, e estendi a mão para apertar a tecla.

Chega.

Eu não *precisava* escutar as mensagens. Ouvir mensagens era um vício. Uma desculpa para preencher cada minuto do dia com trabalho... e preencher cada minuto do dia com trabalho significava... que eu não precisaria pensar em outras coisas.

Mas esse era o meu segredo.

Sentei-me no chão e comecei a tarefa anual de limpeza de arquivo — papéis, artigos, programas de teatro nos quais eu havia rabiscado anotações sobre as roupas, uma quantidade de coisas. Passando os olhos pelos detritos do ano, eu não podia lembrar por que tinha escolhido guardar a maior parte deles.

"Elegância é saber quando parar..."

"Eu pinto sonhos", declarou Ziggy Patterson, costureira das estrelas.

"Como vestir a sua identidade..."

Charlie enfiou a cabeça no vão da porta.

— Oi. — Estava com os cabelos úmidos penteados para trás e a cara lavada.

Acenei com um recorte na sua direção:

— O seu guarda-roupa tem foco?

Ele balançou a cabeça molhada.

— Essa deve ser a pergunta mais chata do mundo. Jantar em meia hora.

O artigo "Guarda-roupa com foco" foi parar na pilha de coisas inúteis. Juntei tudo e joguei na lata de lixo, depois notei que meus álbuns de fotografias estavam fora de ordem. Havia uma prateleira inteira de fotos, as mais recentes em pastas de plástico lustrosas, as mais antigas em grossos volumes entremeados de papel de seda.

"Meu Álbum de Fotografias, Casa e Escola" estava escrito no primeiro, em lápis prateado, e cada foto tem legenda. O grão do papel estava tão marcado que interrompia a linha da escrita. Na primeira página eu havia colado uma foto de grupo da quinta série. Eu estava no fim da fila entre "Ginger" Rodgers e Kelvin, que eu tinha beijado atrás da escola de música. Eu parecia desarrumada, de mau humor e com frio.

Poucas páginas adiante havia um grupo familiar ampliado. Uma cadeia de montanhas enchia o fundo de cena e, em primeiro plano, minha mãe e meu pai sentados com um tapete estendido entre eles e uma caixa de gelo cercada de sanduíches, frutas e pacotes de biscoitos. A legenda dizia: "Piquenique familiar perto de Chatsworth, 1978". Eu devia estar com 10 anos, e Richard, 12.

As cores da fotografia tinham sumido, dando ao verde das montanhas uma textura curiosamente apagada; o azul e vermelho do tapete escocês estavam quase totalmente obliterados. Richard prestava atenção ao seu biscoito. Eu examinava o conteúdo de um sanduíche com aparente nojo e impaciência. Meus pais olhavam em direções opostas.

Fiquei imaginando quem teria tirado a fotografia e, por mais que tentasse, não conseguia me lembrar daquela ocasião. Isto não era de surpreender, porque eu não curti a minha infância. No meu livro, ser jovem era ser impotente, e sem muitos risos e conforto. Eu não desejaria isso para ninguém.

Charlie voltou e eu mostrei para ele.

— Lembre-me de perguntar para sua mãe quando nos encontrarmos de novo se você sorria.

Capítulo 11

Siena

— Este é Charlie Grant — disse minha anfitriã na sua festa à luz de velas, barulhenta, cheia de gente falando. Eu mal conhecia ela e o marido, muito menos os convidados — esta desconexão combinando totalmente com o meu novo status. Eu estava nervosa, também, porque tinha perdido o hábito de estar solteira.

— Oi, Charlie.

Ele era alto, moreno, e com o tipo de cabelo liso que devia ser um sofrimento. Ele parecia uma boa pessoa, mas não extraordinária ou importante — coisas que sempre aparecem.

Nossa anfitriã passou adiante, ele ergueu uma sobrancelha.

— Acho que somos a boa causa da noite — disse ele —, mas de repente estou totalmente de acordo com a idéia.

A mesa de jantar era pequena demais para o número de convidados, não que isso tivesse importância, e Charlie e eu ficamos comprimidos um contra o outro e conversamos com nossos narizes quase se tocando por cima da salada de peras e *pecorino* e macarrão com frutos do mar.

Ele me pareceu de imediato ser um homem com uma melancolia secreta, mas a mascarava com um bom papo divertido. Mas eu sentia que ela estava ali — sabia que estava ali porque combinava com a minha.

Serviram as bebidas e eu aceitei.

— Você parece triste — eu disse, com o incentivo do conhaque — Está?

Sua mão retesou-se segurando o copo.

— Estou me divorciando.

— Eu também. De fato, já estou divorciada. — Olhei dentro dos olhos dele — Ainda não tinha dito isso antes. Estou divorciada. Três dias e oito horas.

Não trocamos mais informações além disso, e a conversa entre nós seguiu em frente, mas registrei o eco de coincidência e sentimento compartilhado.

Lá pelo final do jantar, Charlie sussurrou ao meu ouvido:

— Por que o nosso anfitrião raspou a cabeça? Tem apenas dois dias que o vi, e ele estava cheio de cabelo.

— Pergunte para ele — eu ri.

Charlie gritou:

— Por que a skinhead, Sherwood?

E Sherwood respondeu.

— Eu queria autoridade. Careca é respeitado.

— Bobagem — gritou a mulher. — As crianças pegaram piolho e Sherwood foi radical.

Esse jantar aconteceu numa terça-feira, e Charlie eu nos encontramos de novo na quinta. Foi o início de nosso caso, mas o progresso não foi direto. Não, nem um pouco automático e fácil. Levou tempo, e hesitação.

— Conseguir um divórcio parece tão fácil quanto solicitar um passaporte — eu disse (ou bufei) enquanto corríamos juntos no parque. — Mas não é.

Ele colocou uma das mãos suadas no meu braço suado.

— Concordo. Sinto como se tivesse pegado no sono numa viagem de trem e acordado na estação errada, a quilômetros de distância de qualquer lugar. Está escuro, não tenho dinheiro e, também não há táxis.

Lembrei-me de mim no consultório de Ingrid:

— Estou achando difícil continuar... não consigo parar de pensar no meu fracasso com Jay... o meu *fracasso*, Ingrid.

— Ninguém fracassa — ela respondeu. — Não reconhecemos essa palavra.

Ela havia assumido a sua expressão de "professora", que empregava para sugerir que um cliente estava sendo obtuso ou voluntarioso.

— O que você quer, Siena? Sangue no chão? Você conseguiu o encerramento, não basta?

Ela folheou as anotações a meu respeito, cuja escassez, considerando a quantidade de consultas que tivemos, me pareceu um insulto.

— Pode-se dizer que o primeiro casamento é uma curva de aprendizado.

Fiquei olhando para ela.

— Acho que você não está me ajudando em nada. — As palavras saíram de repente da minha boca, com a alegria de um viajante que chega em casa de uma longa e árdua jornada. — De fato, cheguei à conclusão de que você é destrutiva.

Pela primeira vez desde que me lembrava, os lábios de Ingrid se abriram num sorriso encantado.

— Mas isto é brilhante — ela gritou. — Você aprendeu bem a lição e triunfou sobre a sua preguiça interior.

Como sempre, Ingrid fazia questão de ter a última palavra. No seu livro, nem infelicidade nem fracasso eram admissíveis. Mas eu havia fracassado, e eu *estava* infeliz.

— Então? — disse Charlie. — Por que não dizer isso? Seja honesta com você mesma.

Acupuntura foi a próxima da lista, mas deitar num colchonete com agulhas espetadas pelo corpo todo não adiantou nada para mim. Nem a yoga. Meus pensamentos estavam caóticos demais, uma mistura crua de tristeza e insegurança, para eu me concentrar nos meus chakras. Isso incomodou o meu professor, que levou para o lado pessoal. Eu simpatizava, mas, como expliquei a Charlie — com quem estava me encontrando cada vez mais —, terapias alternativas não eram para gente tímida. Como a velhice, elas eram para os duros e fortes. Além do mais, eu sentia que a simples e velha resignação — ir vivendo cada dia do jeito que desse — parecia o plano mais promissor para o momento.

Em vez disso, mudei o corte dos cabelos e fiz uma incursão na Prada, onde esbanjei dinheiro numa bolsa de nylon preto brilhante e sapatos pretos de bico fino.

— Muito pontudos — Charlie observou, quando o encontrei no cinema na noite em que os usei pela primeira vez. — A pergunta é: são sádicos ou masoquistas?

Na verdade, eu estava padecendo de morte lenta com as feridas que eles me causavam, mas o meu prazer com objetos tão desejáveis combinavam com a dor dando uma perfeita idéia do meu estado interior.

Querida Siena,

Pode me ajudar? Um dos últimos insultos que minha ex-companheira me lançou, antes de ir embora, foi dizer que eu parecia comida de cachorro. Eu sou apenas um homem simples. A barriga crescendo um pouco — tudo bem, mais do que isso — entradas na testa. Ela me deixou há seis meses, e só agora estou criando coragem para sair de casa. Poderia achar um jeito de reinventar a minha imagem, do cara relaxado que eu sou para um homem confiante e sofisticado?

Atenciosamente, Joe Whattley

PS.: *Eu não seria honesto se não reconhecesse um desejo de vingança.*

PS.: *Sei que esta carta parece bastante irônica, mas não sei explicar o que sinto realmente.*

Regra geral, eu nunca revelava os pedidos dos meus clientes para ninguém sem que eles autorizassem. Mas abri uma exceção e mostrei a carta a Charlie no nosso 12º encontro (anotado na minha agenda).

— Sei como ele se sente — ele me devolveu a carta.

Avancei com cuidado:

— O que você teria feito diferente com Cimmie?

A resposta murchou as minhas velas.

— Eu não teria deixado as nossas diferenças se inflamarem tanto a ponto de me fazerem odiá-la.

A minha cara era de quem não estava acreditando, pois a idéia de Charlie odiando alguém era difícil de engolir. Ele acrescentou:

— Eu sabia, teoricamente, que todo mundo é capaz de sentir ódio. E cometer violências, e assassinar. Lido com isso o tempo todo. Mas se *eu* estou sendo honesto, o que choca é enfrentar isso em você mesmo.

— Então como conseguimos, Charlie?

— Eu finjo inocência. Ou, melhor, tento acreditar no melhor. Apesar do meu ódio, eu amava Cimmie também e não a teria deixado. E ela estava errada dizendo que eu não a levava a sério.

Ele estava um pouco pálido. Estendi a mão e toquei no seu rosto.

— Ei.

— E você? — ele quis saber. — As últimas notícias em Vida Depois de Jay.

Contrário. Intrigante.

Respirei fundo, um suspiro que guardava dentro dele mais do que um toque de cura e libertação.

— Profundamente ferida por ele ter desistido de mim tão facilmente... Tudo bem, eu fiquei muito angustiada por ele preferir uma execução rápida a uma luta sangrenta para ficar comigo. Eu não compreendo, Charlie. Eu estava infeliz, no entanto queria que Jay lutasse para não me perder.

Estávamos caminhando com muito cuidado, os dois. Como Charlie disse:

— Não vou apressar as coisas entre nós dois. Você se importa?

— Não.

— Somos amigos.

Havia uma leve interrogação na frase, mas eu não ia discutir a natureza da amizade.

Eu ainda estava magoada e, para falar a verdade, com muito trabalho. A consultoria estava engrenando e eu tinha sido procurada pela *Fashion, This Week*. Eu preferia ver Charlie como o irmão que segurava na minha mão para sairmos das águas profundas. Eu não pretendia amá-lo, só gostar dele, e gostava muito.

O mistério era não esperar felicidade. Eu tinha cometido esse erro com Jay — de achar que a felicidade preenche a gente, e volta preencher, automaticamente, como um lençol d'água subterrâneo.

Nove meses depois, Charlie me levou para jantar no Nobu. Discutimos o seu último caso comendo feijões-verdes com vinagre balsâmico: por que um homem de negócios condenado por perjúrio recebera uma sentença mais longa do que um motorista bêbado que matou o passageiro.

— A lei é assim — disse Charlie.

— E você não se importa que seja uma burrice?

— Sim e não. Mas me pergunto, numa sociedade onde não existem mais restrições morais ou religiosas, o que aconteceria se não respeitássemos as leis?

Pensei nas minhas terapias alternativas, e na igreja perto de onde eu morava num apartamento alugado em Hoxton, que ficava virtualmente vazia aos domingos.

— Entendo o que você quer dizer.

Durante o prato principal, atum ressecado (quase), a conversa descambou para o lado íntimo.

— Você está se sentindo melhor? — perguntei, surpresa com o surto de ternura.

— Estou. Entendi que o desastre do meu casamento não era inevitável, porque homens e mulheres estão sempre prontos para brigar. Foi simplesmente... não simplesmente, mas você sabe o que eu quero dizer... o resultado de equívocos e um crescente ressentimento entre duas pessoas.

Observei as várias expressões passando pelo seu rosto. Eu tinha errado achando que ele não tinha nada de extraordinário. Ao contrário, ele era inteligente e sensível. Fiquei surpresa por não ter notado isso.

Charlie estendeu o braço por cima da mesa, pegou a minha mão num gesto doce e acariciou o meu polegar. Naquela manhã, eu tinha arrumado tempo para a manicure, e minhas unhas estavam pintadas num tom de vermelho otimista, confiante. (Dica de Beleza: Vermelho vivo só deve ser usado por mulheres mais jovens, porque reflete mal sobre a pele perdendo o viço.)

Olhei para cima. A tez de Charlie brilhava jovem e saudável, e seus olhos, um intrigante verde, estavam úmidos de emoção.

— Você *está* melhor, Charlie. Isso é muito bom.

Ele continuou segurando a minha mão.

— Siena, *é* possível decidir ser feliz.

— Ah?

— Li isso em algum lugar, e fez sentido.

Os garçons passavam apressados de um lado para o outro. O pessoal da mesa ao nosso lado levantou-se e saiu. A sala estava agitada com conversas e ruídos de gente comendo, uma gargalhada.

Minhas sobrancelhas subiram.

— É uma idéia... atraente.

— Então? Vamos decidir ser felizes... juntos, quero dizer?

A antigas feridas ameaçaram abrir, os temores e a tristeza do últimos anos reuniram-se no fundo da minha mente, mas eu os afastei. Lembrei do brilho, do otimismo e da selvageria dos contos de fadas infantis — os Príncipes Encantados, as Rainhas do Gelo, o Imperador sem as suas roupas novas, e a Sereiazinha, que enfrentou grandes dificuldades por amor ao seu príncipe. Nem todos viveram felizes para sempre.

— Siena?

Charlie não estava sugerindo que revisitássemos fantasias da infância, mas algo bem diferente. Era um estado mental menos absoluto, mais experimental.

A fome aumentou — da sensação de me sentir completa que eu temia ter morrido, fome que, na presença de Charlie, estava provando ser quase mais urgente do que as minhas dúvidas e os meus medos. Retribuí a pressão dos dedos dele, mas, ainda meio inconsciente, eu disse:

— Não sei, Charlie.

Ele me surpreendeu:

— Nem eu, na verdade. A questão não é essa?
— Não tinha pensado.
— Eu pensei, por nós dois.
— Mandão, você.
— Brincadeira.
— De mau gosto.
— Pela segunda vez? — ele me lembrou. — Você compreende que é isso o que eu quero dizer?
— Sim, compreendo. — Meus dedos com suas unhas vermelho brilhante repousaram confiantes nos de Charlie.
— Tem certeza?
— Não... sim. Claro que tenho.
— Está disposta a passar por tudo isso outra vez?
Pense rápido, Siena. Pense bem.
Entrelacei meus dedos nos dele.
— Por que não? — E, porque não pude resistir, continuei: — A gente está sempre mais bem-vestida no segundo casamento.
Por uma fração de segundo, Charlie pareceu perplexo. Aí jogou a cabeça para trás e deu uma sonora gargalhada.
— Se é este o caso, vou levá-la na Harvey Nichols amanhã quando o sol raiar.

O telefonema veio dos Estados Unidos na segunda-feira, no início de maio.
— Dez programas — disse India, animada, ao dar a notícia de que a Trimester Productions queria ir adiante com *Siena's Prime Time Fashion*. — Para ser filmado em duas fornadas nos próximos seis meses. Estou para entrar

em negociações sérias a respeito de contrato e dinheiro, mas preciso do seu ok. Escute, estes são detalhes até agora.

Sentei-me no meu escritório, iluminada pelos reflexos do sol de maio no rio e absorta no desfilar de números — porcentagens e cortes nos lucros — que me mostravam. Claro, eles estavam envoltos em cláusulas rígidas, associados a minha disponibilidade, a minha disposição de entrar num mercado novo, de suportar a publicidade e passar várias semanas em Nova York de cada vez.

— Você me permite ir em frente? — India queria saber.

— Sim — ouvi-me dizer. — Não, deixe-me falar com Charlie.

— Resposta rapidíssima — India era severa. — Estou falando sério.

Liguei para Charlie, mas era impossível conversar, então combinamos um almoço ligeiro num café perto do seu escritório.

Ele chegou correndo. Eu já havia pedido um sanduíche de pão torrado para ele e ovos com bacon (sem carboidratos) para mim. O sanduíche chegou primeiro, o que foi um teste cruel — eu teria dado tudo para enfiar meus dentes nele.

— Olhe — disse Charlie —, vamos deixar isso bem claro. Eu não quero atrapalhar. — Ele deu uma mordida e disse, com a boca cheia: — Se eu pudesse ter o bebê eu teria. O problema estava resolvido. Mas não posso, e ponto final. Mas acho que deveríamos decidir para onde estamos indo.

A sua túnica preta e a camisa branca faziam-no parecer mais velho e carrancudo, o que era, suponho, o objetivo.

— O contrato é só por seis meses.

— E se houver mais ofertas depois disso? E se for um sucesso?

— Eu poderia recusar.

A expressão de Charlie era inescrutável.

— Isso não seria sensato. — Ele terminou o sanduíche. — Siena, chegou a hora da absoluta honestidade. Não vamos deixar nenhum mal-entendido entre nós dois.

— Diga.

Mas Charlie parecia ter mudado de idéia.

— Ah, eu não sei.

Ele olhava para mim, quase como se estivesse me vendo pela primeira vez. Odiei a sugestão de um sentimento latente de frustração e tristeza.

— Cristo Todo-poderoso! — disse ele, por fim. — Antigamente era mais fácil. O homem trabalhava, a mulher ficava em casa.

Fechei os olhos.

— Nunca pensei que um dia eu ia ouvir isso de você.

— Não.

— Charlie, você não está sendo honesto. Vamos, diga o que quer.

— Tudo bem, Siena. É a hora da decisão.

O subordinado de Charlie entrou no café, carregando uma pasta pesada.

— Podemos conversar, Sr. Grant?

Charlie conferiu as horas no relógio.

— Me dá dez minutos, Roger.

Roger parecia nervoso.

— Desculpe. É urgente.

Charlie deu um olhar fulminante. Eu olhei para o meu relógio.

— Tenho de ir também, Charlie.

— Não me espere para jantar hoje — falou Charlie. — Muito trabalho.

— Gostaria que você viesse para casa.

Ele abrandou:

— Eu também.

— Charlie, eu vou aceitar.

Ele se levantou da mesa.

— Sem dúvida — falou. — Eu não esperava outra coisa.

Ele parecia tão triste e decepcionado que quase chorei. Quase gritei, *Não, não vou fazer isso*. Mas não gritei.

— Você vai me apoiar?

Ele não olhou para mim.

— Claro.

— Não vai realmente — eu disse.

— O que eu penso parece ser irrelevante. — Ele se inclinou e me beijou no rosto. Leve e distante. Em seguida murmurou: — Não se preocupe com isso.

Observei-o sair do café, e ele não olhou para trás nem acenou.

O meu encontro era com India, que estava me esperando. Ela subiu comigo até a sua sala, que era dominada por uma enorme mesa vazia. Quando vi pela primeira vez seu cenário, duvidei de alguém que fazia negócios sem um único pedaço de papel à vista, mas não precisava ter me preocupado. O talento de India era estratégico, e os negócios eram conduzidos quase todos na sua cabeça.

Hoje ela estava vestida num Armani risca de alfinete. ("Você pagou por ele", ela observou quando exclamei admirada.) Expliquei a situação entre Charlie e mim. Ela escutou atenta, mas sem muita simpatia.

— Como lhe disse, Siena, a Trimester quer uma resposta, rápido. Eles não esperam.

Conversamos sobre o livro para a Caesar Books, e India imprimiu uma tabela que tinha montado mostrando (a) a minha programação e renda se o acordo com os Estados Unidos fosse feito e (b) a minha programação e renda se não fosse.

— Então, como se sente, Siena?
— Num beco sem saída.

Ela balançou a cabeça.

— Não, não está. Você só tem de se decidir. É muito simples.

India também, não.

Fora dos meus hábitos, resolvi caminhar a maior parte do percurso até em casa. Era final da primavera e já tínhamos passado a época de desânimo quando, enjoados e cansados do frio e da chuva, era impossível imaginar sol e calor.

Os músculos das minhas pernas se contraíam e alongavam. Minha respiração ficou mais rápida e acelerei o passo, curtindo o exercício. Parei para que uma mulher numa cadeira de rodas pudesse passar por uma lata transbordando de lixo na calçada, e ergui os olhos para um cartaz colado no tapume de um terreno em obras. Ele mostrava uma foto de crianças famintas na África, pequeninas, com cabeças enormes e olhar suplicante.

Na metade do caminho, eu tremia pensando nas implicações da minha conversa com Charlie. Que peça Deus —

ou quem quer que seja — tinha pregado nas mulheres. Ele lhes dera cérebros, astúcia social, longevidade e, com um pouquinho de sorte, beleza. Ele também lhes dera um útero. Essa foi uma piada de humor negro.

    De novo no meu escritório, eu estava segura e controlada. Este era o meu refúgio tranqüilo, meu templo, decorado para combinar comigo. Havia, para não dizer coisa pior, uma centena de coisas para fazer. *Anotações. Telefonemas. Pesquisa.* Dentro da minha malha de ginástica, senti cãibra num dos pés. Este era um território familiar no qual tudo que eu tinha a fazer era transpor com calma e constância e, de tempos em tempos, apertar o pé para aliviar o espasmo.

Na verdade, foi Voltaire quem declarou que era possível decidir ser feliz. Depois do que Charlie propôs, fui procurar num dicionário de citações. Mas notei também que Voltaire acreditava em tirar o melhor partido de todos os mundos possíveis, porém nunca comentei isso com Charlie. Preferi pensar numa citação de Virgílio na página oposta. "O amor coloca tudo na sua frente: nós também devemos ceder ao Amor."

    Mas se eu acreditava mesmo nisso, por que estava fazendo o que eu estava fazendo?

Capítulo 12

Barbara

Pensei muito em amizade, mas a única coisa que podia dizer com certeza era que Bunty era uma amiga, um boa amiga, e que o irmão de Ryder, Ian, e a sua mulher, Antonia, não eram amigos, mas parentes. Havia uma diferença.

No início de maio, eles se convidaram para passar o domingo em Edgeborough Road. Tinham o hábito de fazer isso: Antonia detestava cozinhar, mas ficava muito satisfeita, ansiosa mesmo, em comer o esforço de outras mulheres.

Radiante e rindo, Sophie entrou dançando na minha cozinha e me flagrou de avental.

— Para fora — ordenou ela, e amarrou-o em sua própria cintura. — Coloque-me para trabalhar, tia Babs.

Ela usava uma saia rodada, uma blusa de linho e um cardigã estampado, e tinha prendido os cabelos num rabo-de-cavalo.

— Você está linda, Sophie.

Ela esfregou o nariz no meu rosto como costumava fazer quando menina.

— *Você* tem um cheiro maravilhoso. E está tão bem. Achou um novo creme para o rosto? Vai me contar qual é?

Seja lá que deus esteve presente na concepção de Sophie, foi pródigo nos seus talentos. Quando criança, seus cabelos eram louro-escuro, mas tinham clareado com a idade, e eram acompanhados por enormes olhos azuis, um corpo esguio, quase esguio demais. E ela possuía também uma inteligência que a ajudara a se esquivar habilmente de todas as objeções paternas ir para Oxford e tirar boas notas.

— Ela vai ficar solteirona — gemia Antonia. — Uma dessas temíveis harpias.

Mas não havia como a linda e risonha Sophie ser rotulada de sabichona e ficar esquecida na prateleira.

— Às vezes — comentou Bunty, em seu tom afiado —, desconfio que você gosta mais de Sophie do que de Amy.

— Não é verdade — protestei. — Mas acho que compreendo Sophie melhor.

— Hum... — Bunty parecia cética. — Mulheres mais velhas *não* compreendem as mais jovens. Principalmente filhas.

Entendido. Nas duas últimas semanas eu tinha convidado Amy para ir ao cabeleireiro comigo, fazer compras na cidade, ir ao teatro, almoçarmos juntas. E as respostas foram: "estou muito ocupada", "tenho outro compromisso", "não" e "não".

— Sophie é sempre tão amorosa, e isso faz a diferença.

— Sophie se preocupa em ser amorosa.

Parafraseando Alexander, eu podia "ver" dentro de Sophie, sentir a direção de seus pensamentos e humores. Sophie era como água num rio de calcário — clara e efervescente —, enquanto Amy era um lago escondido, rodeado de juncos e moitas fechadas de salgueiros.

— Onde está Amy? — perguntou Sophie.

— Lá em cima, acho. A água quente acabou mais cedo e ela teve de esperar para tomar banho.

Naquela época das férias em Teignmouth, Sophie tinha formado uma aliança com Roy, que era exatamente da sua idade. Mais tarde, quando a puberdade se afirmou, e ignorando a tragédia de Amy ser 18 meses mais nova, as meninas formaram um quadro feminino — não forte a ponto de Roy se incomodar em afirmar seus direitos de menino, mas sólido o suficiente. A aliança tinha resistido, apesar de Sophie ir para a universidade e Amy não. ("Fico feliz por ela" — disse Amy, teimosa, chorando, ao saber da notícia. "Feliz, feliz.")

— O que você vai fazer no momento? — eu hesitava em fazer a pergunta seguinte, crua, mas fiz assim mesmo. — Namorados?

— Montes — Sophie tocou um fio de cabelo brilhante.

— Alguém especial?

— Céus, não. — De novo, um fio enroscado nos seus dedos finos. — Você sabe que Amy e eu não aprovamos ficar amarradas. Não pretendemos colocar nossas cabeças no laço.

Empurrei uma tigela de folhas de couve na sua direção.

— Corte-as, eis uma boa menina — eu a observei começar. — Você vai mudar de idéia.

— Pouco provável — um sorriso passou pelo canto dos seus lábios.

Eu apontei a minha faca para o peito de Sophie.

— Eu lhe dou um ano, e quando você mudar vai ter de vir aqui implorar misericórdia.

Ela riu e levantou a sua faca, e cruzamos (de brincadeira) as espadas.

— Prometo, mas você vai ficar esperando muito, muito tempo.

— Isso dá azar. Parem com isso.

Amy apareceu na porta, e sufoquei um suspiro, porque ela estava vestida com uma saia de algodão que caía sobre os quadris, uma blusa amarela sem graça e tinha prendido os cabelos com um grampo enfeitado. Seus olhos se estreitaram.

— Estou interrompendo alguma coisa entre vocês duas?

Sophie se virou:

— *Onde* você estava?

Amy passou esbarrando em mim na sua pressa de beijar a prima. Consciente de que a colisão tinha sido intencional, fui chamar os outros para comer.

— Ian, querido — exagerou Antonia, quando Ian aceitou mais uma dose de gim-tônica para acompanhar o almoço —, o médico disse.

A tez de Ian sugeria que ele levava uma vida saudável, ao ar livre, mas nada poderia estar mais longe da verdade. Ele era um gerente de banco que passava seus dias atrás de uma mesa enorme, e sua tez era a conquista de muitos lautos almoços.

— Cala a boca, Antonia — disse ele.

— Sophie — perguntou Ryder no almoço —, tem tido sorte procurando emprego?

— Ainda não, tio Ryder — ela presenteou a mesa com um dos seus olhares radiantes —, mas estou numa lista das pessoas mais prováveis para um lugar de locutora de televisão, que acho que seria muito interessante, e divertido.

O pai franziu a testa.

— Eu não devia ter deixado que ela fosse para a universidade. Para quê?

Antonia sibilou ao meu ouvido:

— O que faço com ela? — Seu tom se aguçou: — É ridículo, Sophie. Uma coisa ridícula para alguém querer ser.

Depois do almoço, as mulheres subiram para dar um jeito nos cabelos, na maquiagem. Sophie desapareceu no quarto de Amy, e fui obrigada a escutar a litania dos infortúnios de Antonia, entre eles uma filha que queria se misturar com gente devassa e se recusava a arrumar um emprego decente de secretária.

Antonia passou o batom com golpes zangados e desceu de novo. No quarto de Amy, as meninas estavam absortas na sua conversa. Sophie tinha soltado os cabelos e Amy o escovava (por que não podia ter sido o contrário?). Trocavam fofocas e confidências que não eram para os meus ouvidos.

Sophie levantou os olhos e me viu pelo espelho, parada no vão da porta. Sorriu para mim com ar de conspiração.

— Você não desaprova, não é mesmo tia Barbara? — ela chamou. — O negócio da televisão? Você não acha que é tolice?

No mesmo instante o olhar de Amy fixou-se em mim como uma armadilha.

— Não entendo nada disso — falei.

— Ah, mãe, você é tão *covarde* — disse Amy.

Limpar a casa das maçãs era um ritual anual que Ryder e eu compartilhávamos. Ambos detestávamos fazer isso, mas, igualmente, nenhum dos dois estava preparado para deixar o outro assumir. Ryder porque não confiava que eu — ou, por assim dizer, *Herr* Schlinker, que estava condenado (e não vai aí nenhuma grosseria) a ter uma atitude de refugiado com relação a desperdícios — me livrasse das frutas podres. Eu queria ter certeza de que nenhuma maçã fosse descartada desnecessariamente.

Com certeza, os argumentos eram os mesmos todos os anos.

— Devíamos cortar fora os pedaços bons e usá-los.

— Temos bastante o que fazer — Ryder retrucava. — Não temos maçãs suficientes? Não quero minha mulher descascando maçãs.

Ele puxou fora a primeira ripa de madeira; selecionei as frutas e esvaziei as bandejas. Logo os baldes de lata estavam cheios de maçãs podres; roxo esverdeado, castanho quase preto e roxo bem escuro.

Ryder mergulhou a escova numa mistura de água quente e desinfetante e esfregou as ripas. As cerdas raspavam decididamente a madeira. Olhei para o teto da casa das maçãs, onde a caiação estava esfarelando e teias de aranha aglomeravam-se nos cantos. Pelo vão da porta o jardim aparecia emoldurado como uma pintura e, nele, a primavera trabalhava avivando cores, espalhando flores e folhas e atenuando contornos — em contraste com o ar pesado, bolorento, de coisa morta na casa das maçãs.

— Você anda muito quieta estes dias. — O comentário de Ryder interrompeu a minha contemplação. — Está preocupada com alguma coisa?

— Não. Trabalhando, só isso.

— Não mais do que o usual. — Ele mergulhou a escova na água e retomou o seu esfregar metódico, uma ripa de cada vez. — Eu ficaria aborrecido se você não me contasse se alguma coisa não está bem.

Os baldes agora estavam cheios e eu os agarrei e fui andando pelo jardim até o monte de composto. Tinha chovido mais cedo, uma chuva leve, alegre, de primavera, e meus pés deixavam marcas no caminho. As cebolas e beterrabas de *Herr* Schlinker já haviam rompido a terra — um cartão de amostras colorido de esmeralda e verde-oliva. Eu sempre pensei que as verduras novas do ano tinham uma característica *gorda*, inchadas como eram pelos nutrientes do solo. Ciscando de um lado para o outro na pista, as galinhas cacarejavam contentes e, para meu encanto, havia um tímido lampejo de uma violeta púrpura sob a faia.

Debrucei-me para ver melhor, afastando as camadas de folhas usadas como adubo vegetal e a terra crispou-se sob minhas unhas. Eu cheirei, e o perfume era de vida e vegetação. Era um cheiro bom, otimista, e me deixou feliz.

Ryder tinha trabalhado muito. Quando retornei, ele estava terminando a última bandeja.

— Vamos deixar secando.

Ele a guardou encostada nas outras. E então, perguntou de estalo:

— Você não está doente. Ou... ou grávida, Babs, está?

A pergunta me surpreendeu tanto que, por um momento, fiquei sem palavras. O que... quando? Certamente eu não me enganara. Contei as semanas mentalmente, traçando o calendário de alvoroço e desconforto, seguido de alívio.

— Não. Não para ambas as coisas, graças a Deus. — Fui enfática. — Não na nossa idade, Ryder. — Passei o braço pela sua cintura e beijei o rosto dele. — Seria constrangedor. Antonia dizendo, "*Querida!*" e Ian levantando uma sobrancelha naquele modo irritante, sugestivo. Quanto a Roy e Amy, ora, quem sabia o que eles pensariam?

Ryder deixou cair a escova no balde com um som metálico.

— Outro filho seria bom.

— Ah, Ryder, gostaria de poder lhe dar um.

Ele estava aborrecido consigo mesmo por ter — quem sabe — me magoado.

— Barbara, você me deu dois filhos, e muito mais. Mas chega. Me passa as bandejas ali, sim, querida?

Não falamos sobre o assunto.

Quando terminamos de almoçar, o sol tinha desaparecido, e acendi o fogo a gás na sala de jantar. Era dia de fazer as contas, e espalhamos nossos papéis sobre a mesa. Ryder reabasteceu sua caneta-tinteiro e a manteve a postos sobre as colunas do seu livro-caixa.

Eu peguei o meu bloco de notas — de couro marroquino com folhas de bordas douradas: eu comprava um todos os anos na Biddle da rua principal. Nele, eu fazia o registro dos meus gastos com a casa, uma tarefa enfadonha, mas, paradoxalmente, confortante.

Trabalhávamos em parceria, conferindo e voltando a conferir.

— Gastamos mesmo tudo isso em combustível?

— Não lembra que encomendamos mais depois da onda de frio?

— Nunca sei se é verão ou inverno.

Era um comentário perfeitamente razoável para um homem que viajava entrando e saindo de fusos horários como alguém que sai todos os dias para trabalhar.

— Armazém, cinco libras e três pence. Material de limpeza, duas libras. Conserto do carro, quatro libras. — Então admiti — Chapéu novo. Dois guinéus.

— Eu o vi?

— É para o verão. Flores cor-de-rosa, muito chique.

Ryder transcreveu os números em "Saídas".

— Precisa de mais dinheiro? Devo aumentar sua mesada?

— É muito generoso da sua parte, querido, mas não tem necessidade.

Ele me deu um olhar penetrante.

— Tem certeza de que não está sem dinheiro?

Fiz que não. Nunca me agradou, jamais, tirar proveito da generosidade do meu marido. Isto ocasionalmente gerava uma certa carência, mas era uma situação que eu aceitava.

— É só pedir.

Escutei o tiquetaque do relógio na sala ao lado. Com um ouvido interior eu me esforçava para captar a calma da tarde lá fora, o fluir dos segundos e minutos da vida de Ryder e da minha. A tranqüilidade entre nós, a troca de informações murmuradas, era normal, perfeitamente normal.

— Ryder... — fui até a sua cadeira e passei os meus braços ao redor dele. — O que você diria se eu trabalhasse para o St. Bede? No departamento de caridade. Pelo visto eles precisam de ajuda para organizar os convalescentes, providenciando transporte e coisas assim. Um dia só por semana. Seria um bom trabalho e muito útil.

Ele acariciou a minha mão:

— Desde que você não receba por isso, por que não?

— E se eu receber?

Dentro do círculo dos meus braços, ele ficou tenso.

— Suponho que terá importância, mas não gostaria que as pessoas soubessem. Não quero que pensem que não posso sustentá-la.

— Querido, isto não está fora de moda?

— Talvez, mas é como me sinto.

— Todos sabem que você ganha bem, capitão.

Peguei a tampa do tinteiro e fechei o frasco.

Ele sorriu com a brincadeira.

— Volte aqui, Babs — e me pegou pela cintura puxando-me para perto dele.

Baixei os olhos para o líder da família. Eu sabia o que se passava dentro dele e, no entanto, não sabia. Será que quanto mais se vivia com alguém, mais coisas havia das quais não se tinha certeza? Fiquei pensando, também, se Ryder estaria desparecendo da minha perspectiva interna. Ele estava ali, e não estava, uma presença constante porém cada vez mais sombria. É como se tivéssemos saltado todos os obstáculos exigidos de um longo relacionamento — uma guerra e todas aquelas tristezas e terrores, filhos e se comeríamos ou não na cozinha. Tínhamos explorado nosso amor um pelo outro, e o aceitado.

— Ryder, prometo que o hospital não vai me pagar.

Naquela noite, na reunião de bridge na casa de Bunty, deixei que Ryder derrotasse a mim e ao meu parceiro, Jimmy Peters. Jimmy foi gentil. Não obstante, captei o seu olhar de aborrecimento. Poderia argumentar-se que Jimmy triunfava no campo de golfe com tanta freqüência que uma derrota nas cartas talvez fosse uma compensação necessária, mas homens como ele não vêem as coisas desse jeito.

— Não tem importância, Barbara — Jimmy me ajudava a vestir o casaco no final da noite. — Foi um jogo complicado, e difícil de sustentar.

Eu rezava para Ryder ir embora. Eu queria a casa vazia de família e da agitação de refeições e louças lavadas. Eu queria o ar da primavera entrando pelos quartos, purificando e adoçando. Ansiava pela solidão dos quartos silenciosos onde eu podia escutar os pássaros cantando e ouvir meus próprios pensamentos.

Amy vinha e voltava nos fins de semana, vestindo a blusa amarela e a saia horrorosa, que nada a convencia a trocar. Eu a pressionava com bolo de frutas, meias e creme para o rosto.

— Você precisa prestar atenção ao seu rosto, querida — eu lhe dizia.

Ela dava de ombros.

— Medo de que nenhum homem me queira, mãe?

Ryder saiu no sábado de tarde, e eu me despedi dele na porta de casa. No domingo acordei assim que amanheceu, para um dia que parecia cheio de promessas, com luz e sol.

Eu me lavei, passei talco sob os braços, vesti o meu tailleur cinza-claro com o casaco combinando, e minhas botinas sem salto com borlas de couro nos cordões, apanhei uma boina e parti para a Edgeborough Road.

— Bom dia, Barbara — quase colidi com Phyllis Thomas, minha vizinha. — Está indo para a igreja?

— Pensei em caminhar até St. Martha. Está um dia tão bonito.

Phyllis olhou para as minhas botinas e a minha cabeça descoberta, e havia uma reprovação implícita no escrutínio.

— Cuide-se — ela falou, na sua voz cuidadosamente modulada.

A St. Martha's on the Hill era uma igreja de peregrinos. Séculos atrás, a caminho de Canterbury, os grupos tinham parado ali para rezar e implorar sustento. Não era o melhor lugar para provisões, pois fora construída bem na crista do morro, mas tinha se tornado um sinalizador da sua fé.

Segui pela Warren Road, em seguida virei para subir por entre as árvores que cresciam ao pé da colina. O terreno era macio, e o solo, entremeado de raízes. De ambos os lados do caminho havia densas moitas de samambaias novas e os arcos folhosos de rosas-de-cão.

Estava quente, a temida umidade brotava sob os meus braços, e meus sapatos logo ficaram com uma camada de solo arenoso. No meio do caminho parei, e usei um lenço para secar meu rosto e axilas, mas, continuando a subida, os músculos flexionando nas minhas panturrilhas, o peito pesado sob o casaco, era impossível não apreciar a sensação de estar em movimento.

Venci de um salto os últimos metros até o topo e parei para recuperar o fôlego. Era um trajeto conhecido e caminhantes com bastões, mochilas e cachorros tinham saído para desfrutar do clima e do exercício.

Ainda ia demorar um pouco para a missa começar, então sentei no muro e vesti a boina. Lá em cima, as tímidas flores silvestres estavam livres para crescerem onde quisessem agrupadas em tons pastel. Embaixo ficava o suave e confiante declive da colina, marcado de afloramentos de calcário e sílex. E a brisa no meu rosto dava uma sensação... não se poderia chamar de solidão e isolamento, mas algo parecido.

Conferi as horas. Quem marcava as missas nas igrejas não pensava nas esposas. Ou você era devota e assistia às matinas, ou ímpia e preparava um almoço de domingo decente.

Eu havia medido a minha vida em almoços de domingo, nos estalidos e chiados da gordura assando... nos cheiros quentes do cordeiro e da carne de vaca regados... nos odores mais sem graça do repolho e da couve-de-bruxelas fervendo, na arquitetura visual da pilha de creme de leite batido numa tigela de prata, e do colorido brilhante das frutas em conserva. Eu era uma especialista em arrumar cadeiras em volta de uma mesa, em passar a ferro guardanapos, em alojar hóspedes que vinham e iam — e meu poder estava na minha habilidade para matar a fome deles.

A congregação na igreja era modesta, para falar o mínimo, mas eu sentia prazer na minha anonimidade e no culto honesto, impecavelmente anglicano. Tão seguro, tão sensível, tão inimigo de impulsos delirantes de fervor apaixonado, extático.

Na escola, tive uma amiga católica, e ela me fascinava com suas explicações sobre as práticas e crenças da sua fé, que pareciam incrivelmente exóticas — e a veneração da Virgem, uma compensação pelo mau tratamento dado às mulheres. Perdemos o contato, mas vagas lembranças passam pela minha cabeça enquanto o vigário embarca no seu sermão. O que Maria sentiu quando foi apresentada com o *fait accompli* da gravidez e seu subseqüente aproveitamento como ícone divino da maternidade? Algum dia a mais leve idéia de rebelião fez estremecer a sua inocência? Ou a sua santidade foi perfeita desde a primeira palpitação do seu corpo surpreso?

O vigário me deu um "Bom-dia" polido quando saí da igreja. "Tão bom ver um rosto novo", ele murmurou.

Tirei a minha boina e refiz com o passo leve o meu trajeto descendo a colina. Um cadarço do sapato desamarrou e me abaixei para refazer o laço. Quando olhei para cima, Alexander Liberty vinha na minha direção.

Criei raízes na hora.

Eles estava vestido com calças de veludo cotelê e um suéter, mas sem casaco ou gravata, e sua expressão registrava surpresa e prazer.

— Oi, Barbara.

Não adiantava negar. Não houve santidade que sufocasse o tranco nos meus sentidos.

— Alexander, o que você está fazendo aqui?

Ele fez um gesto na direção dos caminhantes.

— O mesmo que eles. Aproveitando um domingo bonito; e este é um lugar famoso. Pensei em vir dar uma olhada.

— Espero que tenha recebido a minha carta agradecendo pela palestra.

— Recebi. — Agora ele parecia totalmente tranqüilo e controlado. — Já que nos encontramos, vem comigo?

— Para onde?

— Isso tem importância? Newlands Corner. Podíamos almoçar em algum lugar.

— Coloquei meu dinheiro na caixa de coleta.

Alexander procurou nos bolsos.

— Também não tenho muito. Não importa. Ficamos sem almoço.

— Tenho de voltar para casa.

— Tem?

Mas ele ficou firme no caminho que levava para casa, bloqueando-o, e disse:

— Vem comigo, em vez disso.

E eu fui.

Ele foi na frente pela trilha. Caminhamos ritmados, bem rápido, e não falamos muito. Depois de um pouco, o sol saiu e fui obrigada a tirar o casaco, consciente de que a minha blusa estava grudada na pele. Alexander enrolou as mangas da camisa. Contornamos a borda da crista do morro e mergulhamos por um caminho de calcário até chegarmos a um banco, colocado para aproveitar a vista.

Eu caí sentada. Alexander continuou de pé, protegendo os olhos e observando o cenário lá embaixo.

— Terminou de ler o livro sobre Freud?

— Não totalmente. — O suor formava gotas no meu lábio superior, e me desviei do sol. Estava com calor e incomodada na minha saia e blusa pesados demais. — Não compreendo muito o que ele diz, e algumas coisas... algumas coisas são tão pessoais que ficam difíceis de se ler. Mas queria perguntar para você até que ponto concorda com ele?

Alexander sentou-se ao meu lado. Corado pelo exercício, a pele lustrosa de saúde e juventude, a sua beleza me golpeou como uma faca.

— Existe uma razão para se dizer que as suas teorias se comprovam, que qualquer ataque a elas mostra que são verdadeiras, porque essa agressividade é resultante da repressão.

— Mas você *acredita* nelas?

— Não sei — respondeu ele, simplesmente. — É isso que estou tentando descobrir. Ainda não sei o bastante. Tenho um longo e difícil aprendizado pela frente, e espero chegar até o fim.

Ele curvou as costas e descansou os cotovelos nos joelhos.

— Freud e seus colegas nos fizeram questionar as antigas hipóteses, e eu acredito que isso está certo.

Pelo canto do olho, eu roubava relances do seu perfil tão parecido com a estátua, absorvia o frescor da sua pele e tenteava em direção à coerência de idéias.

— Isso não vai resultar em caos?

Ele ficou pensativo.

— Talvez, e é arriscado, porque podemos acabar destruindo algo que valorizamos. Regras são úteis. Mas *por que* elas existem? Nós realmente sabemos, ou apenas as aceitamos porque somos preguiçosos demais para questioná-las?

— Você tem a vida inteira para fazer essas perguntas — eu disse. — Eu gostaria de ter. Eu gostaria de ter tempo para aprender.

— Mas você aprendeu. E tem tempo.

Fez-se um silêncio, mas não aquele confortável entre velhos amigos que se conhecem muito para precisarem falar. Não era um silêncio tipo Bunty-Barbara. Um fogo corria por baixo da minha pele.

Quebrei-o dizendo.

— Esta é uma conversa peculiar.

— Está querendo dizer, "Esta é uma *situação* peculiar"?

Aqui estava novamente: a capacidade de Alexander de captar alguns pensamentos meus me confundia.

Ele se virou para me olhar.

— Vamos fazer uma brincadeira.

— Não fique tão bravo — protestei, rindo.

— Pensando em regras.

— Quais em particular? — Um resquício de autopreservação me fez acrescentar: — você não deveria parar por aí?

Respirei fundo, saboreando o impacto no meu corpo. O momento estava carregado com tensão sonhadora e o meu assombro. A qualquer segundo agora, tudo voltaria ao normal. Eu secaria o meu lábio superior, tocaria os cabelos atrás da orelha para conferir que estivessem no lugar, e me sentaria no banco, e continuaria a discutir a paisagem com um conhecido agradável.

Alexander mudou de posição. Os olhos arregalados no esforço de disciplinar — nervos? Coragem? Despreocupação? — Barbara, se eu *fosse* desobedecer às regras, perguntaria se posso ser seu amante.

Capítulo 13

Barbara

— Está chocada?

Fiquei sem respiração.

— Teoricamente... um pouco.

Eu estava ficando zangada (comigo e com ele também) porque a pergunta havia alterado tudo, até perceber que Alexander tremia, e pensei: Querido, querido, isto é novidade para você. A sua juventude e absurda coragem provocavam risos e lágrimas ao mesmo tempo.

— Seu tolo... seu tolinho... maravilhoso... mas eu *vou* lhe dizer para ficar quieto.

Eu procurava o meu lenço.

— Eu sei — disse ele. — Mas eu queria perguntar. Eu *tinha* de perguntar. Barbara querida, por que está chorando?

Fechei os dedos com as mãos juntas e senti as unhas enterrando-se nas palmas.

— Você não estava se arriscando agora mesmo? E na casa das maçãs? Eu poderia ter lhe causado problemas.

— Eu não estava pensando nas conseqüências, simplesmente fiz... e se houvesse alguma teria valido a pena.

Pensar na confusão que teria resultado me deixou tonta.

— Mas você se arriscou. Se eu tivesse reagido mal, você poderia ter sido eliminado da relação de médicos ou outra coisa. Ou, pelo menos, eu poderia ter causado um problema terrível.

— Mesmo assim, fico contente de ter dito o que disse... Ficou tudo às claras.

O fogo corria acelerado sob minha pele.

— Compreende que foi apenas uma pergunta *teórica*.

— Sim.

— Foi apenas um exemplo de como questionar as normas — eu disse. — Agora vamos esquecer isso.

Ele não estava fingindo que eu era irresistível, ou de uma beleza magnética, e eu gostei da simplicidade dessa abordagem. Era honesta e corajosa. De qualquer maneira, num encontro anterior Alexander tinha confessado algo muito mais sedutor. Ele havia me dito que *eu era interessante*.

De repente eu estava tomada por uma sensação incrível de liberdade, quase insuportável. Eu *estava* aqui, ao sol e sentindo a brisa e o cheiro da primavera, e Alexander também estava e eu não podia pensar, *considerar*, mais nada.

— Foi uma linda e lisonjeira pergunta teórica, Alexander, e eu agradeço a você por isso, mas não é possível.

— Tudo é possível. Trata-se de você *querer* ou não fazer alguma coisa. Sair de férias, mudar de casa, seja lá o que lhe passar pela cabeça. Mas eu compreendo, Barbara, e se quiser que eu vá embora, eu vou. Mesmo assim — ele se inclinou para mim —, acho você... uma mulher notável.

— Está enganado. Eu sou uma mulher convencional. Eu gosto de uma vida convencional. Olhe para mim. — Estendi as mãos, com a aliança e o anel de noivado. — Nada de especial.

— Não concordo.

— Como posso fazer isso? — sussurrei. — Não posso fazer nada para magoar Ryder.

— Não tenho resposta para isso.

Mordi o lábio e coloquei uma distância entre nós dois no banco.

— Perdoe-me, Alexander... sei que você estuda o comportamento humano, mas acho que não sabe... Acho que você não tem muita experiência nessa área — desviei o olhar. — Estou certa?

Ele suspirou.

— Bordéis são lugares horríveis, e a donzela inglesa em geral é uma fortaleza inexpugnável. Sim, você tem razão.

A sua confissão um tanto titubeante alterou o equilíbrio. Sobre esse assunto, eu sabia mais do que ele.

— Eu não poderia fazer isso com Ryder, mesmo que... mesmo que eu desejasse ir além da teoria.

— Claro — ele falou. — Compreendo...

Mas eu não achei que ele compreendesse, e o interrompi:

— Você não *sabe* como vivi minha vida. Ela tem sido feliz e tranqüila, e tenho sorte.

Esta era a deixa para Alexander ficar de pé e salvar a situação. Ele aproveitou.

— Sinto muito. Você me desculpa?

Acertei as pregas da saia com dedos que não queriam me obedecer.

— Não tem nada para se desculpar. Como eu poderia me ofender com um elogio tão encantador? De muitos modos, ele me fez sentir bem melhor a respeito de mim mesma. Mas eu não poderia esconder nada de Ryder.

Alexander enviesou o olhar para um grupo de árvores mais distantes ao longo do caminho.

— Todos nós temos segredos, e não deveríamos sentir culpa nem nos afligir por causa disso, se é o que desejamos, de outra forma eles nos enlouquecem. — Ele deu de ombros. — Ou então é aí que entra o psiquiatra. Nós morreremos de exposição se não pudermos ter privacidade dentro de nós mesmos.

— Mas não... isto — eu disse.

Ele virou a cabeça e sorriu para mim. Eu olhei para outro lado.

— Para mim... Não me parece que fidelidade e fidelidade sexual sejam a mesma coisa. O corpo é diferente da intimidade da mente. Mas isso é teoria.

Achei engraçado.

— É um modo de ver o adultério.

— Não brinque, Barbara. Por favor.

— Tudo bem.

Fiquei de pé e refizemos nossos passos pelo caminho de pedra e calcário com a paisagem verde faiscante lá embaixo.

Alexander desdobrou as mangas da camisa e abotoou os punhos. Fiquei olhando a pele macia dos seus braços desaparecer e disse, em tom de conversa:

— Freud diz que a satisfação sexual é a chave da felicidade e do equilíbrio emocional.

Ousada, porque não confiava em mim mesma, pousei a minha mão no seu braço.

— Você deve procurar alguém da sua idade. Você deve procurar alguém para se casar.

— Isso é maluquice. Você não deve se casar com a primeira pessoa que consegue convencer. — Sua risada era triste e um tanto maliciosa. — Harry e eu passamos um bocado de tempo na faculdade tentando levar meninas para a cama. Foi um pesadelo. Você achava que as coisas estavam indo muito bem e aí a cortina de ferro descia — exatamente na região da cintura.

A terra era macia sob os pés, e escorregadia. Mais acima no barranco, as prímulas floriam.

— Mesmo assim, você deve procurar alguém da sua idade.

Alexander parou e eu contive os meus passos, hesitante.

— Eu não quero uma *garota*. Não quero ficar preso a essas normas.

A tentação de me aproximar, de tocar no seu pescoço, no seu rosto, de traçar com meus dedos a sua forma, era quase irresistível.

Permaneci com as mãos firmes ao lado do meu corpo, enquanto Alexander tentava me convencer.

— Posso lhe emprestar uma porção de livros... e podemos conversar sobre várias coisas também

Como fui para casa? Não sei. Acho que voei, e cheguei sem fôlego, com o estômago roncando.

Andei pela casa de um lado para o outro. Caí sentada numa cadeira e levantei de novo. Levei o jornal para ler na estufa, mas estava muito quente. Passei rapidamente pelo jardim, notando o verde fresco das folhas novas, a sílica branco-cinza cintilante nos muros do jardim, a terra amontoada sobre as valas de *Herr* Schlinker.

Sem sossego, sem conseguir comer, fui para a cama cedo e tentei ler um romance, mas isso também não adiantou. No meio da noite, acordei com uma sede furiosa, joguei sobre os ombros o robe, e atravessei o corredor. Parei na porta do quarto das crianças.

Quantas vezes fiquei ali no passado, escutando atenta para me certificar de que meus filhos estavam respirando? Mais do que posso contar. Meus sentidos exaltados e perturbados, eu espiei pelo funil daqueles anos a sombra do meu antigo eu — uma presença maternal protetora, eternamente vigiando e esperando.

Na cozinha, enchi um copo com água fria e bebi. Os gases do Rayburn fizeram os meus olhos arderem no escuro. Bebi um segundo copo, esperando baixar a febre que crescia dentro de mim.

Claro, eu poderia dizer a Ryder num tom sofisticado: "Está na hora de mudar. Eu nunca indaguei sobre as suas ausências, nem sonharia em fazer isso. Não... seria nada sério, uma pequena diversão e eu prometo agir com elegância." Mas não soava verdadeiro. O argumento estava errado.

Subi de volta a escada de mansinho. Na porta do quarto das crianças, a sombra maternal branca tremeluziu, mas a cada segundo que se passava ela ficava mais fraca.

Uns dois dias depois Ryder voltou para casa.

— Presente — disse ele e depositou uma caixa de ráfia decorada com conchas de cauri no meu colo. — Cauris são usadas como moeda em algumas partes da Nigéria. Achei que gostaria de guardar seus grampos nela, Barbara. Ou seus batons.

A caixa era redonda e compacta, solidamente construída. Agradeci e fiquei imaginando quem a teria afagado, dobrado e moldado, e se essa pessoa teria pensando a quem ela acabaria pertencendo.

Eu a ergui:

— Gostei muito.

Durante um jantar de carne e cenouras, perguntei a Ryder o que as pessoas comiam na Nigéria. Nossas vozes ecoavam de leve na sala de jantar.

— Depende de quem você é — respondeu ele. — Mas tem uma coisa chamada cozido de nozes moídas. E cabrito assado. Eles fazem com os dedos uma bola de arroz e mergulham no caldo. É uma arte.

Baixei os olhos para as facas e garfos de prata que Ryder e eu empunhávamos.

— Vou tentar imaginar.

Mais tarde, enquanto atacava a torta de ruibarbo com creme, Ryder falou:

— Estava pensando que deveríamos organizar Teignmounth.

Afastei um caroço no creme para o canto do prato.

— Por que não vamos para outro lugar, para variar?

Ele pareceu surpreso:

— Para quê?

— Nunca viajei para o exterior e gostaria de ir a algum lugar diferente.

Ryder franziu as sobrancelhas, mas sem desaprovar.

— Para ser sincera, estou meio cansada do mesmo lugar sempre, anos após ano.

— Não sabia.

Eu nunca gostei muito de ruibarbo e o abandonei no prato.

— Com as crianças fora, é uma chance para explorarmos. Poderíamos usá-la para olhar em volta, principalmente se você está pensando em abrir uma agência de viagens. Eu adoraria ir à França ou à Itália. Poderíamos levar o carro e ir para onde quisermos.

— Seria caro, mas não impossível — Ryder estava sendo perfeitamente razoável e atencioso. — Mas um bocado de trabalho.

— Ryder, nunca saí do país. Já não é hora?

Observei sua reação com cuidado. Estudar meu marido de um modo distanciado e analítico era novidade e bastante excitante. Ah, a preguiça e o hábito de um longo casamento! Eu me habituara a acreditar que estava sempre pensando em Ryder mas, na verdade, eu não vinha fazendo nada disso.

Ele suspirou, tirou da sua frente o prato de ruibarbo com creme pela metade. Não era a melhor prenda da Sra. Storr.

— Está me avisando de que estamos ficando acomodados?

— Sim... um pouco.

— Minha mulher está me dizendo que eu sou inútil? Ou antiquado?

— Não, nada disso. Só que quero mudar um pouco.

De novo, ele suspirou, um som cansado, e minha consciência apertou. Ele olhou para mim e sorriu.

— Por que não? Deixa eu pensar.

— Enquanto você pensa — engrenei —, eu vi uma mesa muito bonita no Antiquário da McEwan.

— Mesa? — Ryder não entendeu.

Eu me debrucei e sorri para o meu marido.

— Para a cozinha, querido. Não lembra?

Por um ou dois segundos, ele ficou desnorteado. E então a sua expressão clareou:

— *Barbara!*

Repeti a essência da conversa com Bunty na hora do chá. Ela havia me cumprimentado com um "Querida, você parece mais jovem cada vez que a vejo" e me levou para a sua sala de estar cheia de detalhes. "Como estou?", ela perguntou. "Vestido novo."

Era um chemisier com a saia reta e cinto largo. Os cabelos recém-frisados e a maquiagem bem-feita com base e batom vermelho, mas eu fiquei preocupada ao ver que ela tinha emagrecido e estava tossindo mais.

— Elegante.

— Era a intenção.

Por cima da minha xícara de chá, observei Bunty, que brincava com a louça na bandeja, arrumando o açucareiro e o bule de leite. Há quanto tempo eu a conhecia? Vinte anos?

Um pouco mais. Fiquei olhando os dedos inquietos e me perguntei se algum dia eu havia pensado em Bunty como devia.

— Estamos ficando chatas? — perguntei.

— Mais uma? — Ela acenou com o bule de chá na minha direção, e eu fiz que não. — Talvez, um pouco, mas salvas, graças a Deus. Pense na guerra. Não, não pense na guerra. — Ela estremeceu dramaticamente. — A idéia de passar por tudo isso de novo com filhos pequenos! Se fôssemos solteiras e pudéssemos nos divertir, talvez tivesse sido diferente.

— Acho que a guerra nos deixou medrosas.

— Ah, pára com isso, Barbara — Bunty exclamou impaciente. — Acho que temos de aceitar o que temos. E agradecer pelo teto sobre nossas cabeças, e comida na mesa.

Ela se levantou e tirou um cigarro da caixa de couro em cima da mesa. Acendeu-o e esvaziou o cinzeiro na lareira.

— Barbara... não estamos numa menopausa precoce, estamos?

— Não, não — eu me apressei a dizer, feliz por ela estar de costas. Mudei de assunto. — Fale-me das meninas.

— As meninas. — Bunty endireitou as costas e os nós da sua coluna ficaram visíveis por baixo do vestido. — Filhas... — e deu uma tragada pensativa. — São diferentes de nós, você e eu, nessa idade. Ou de mim, pelo menos. Eu *certamente* não as compreendo mais.

— Aconteceu alguma coisa?

— Sylvia não sai da cafeteria, e Mary diz que está apaixonada por Elvis Presley.

— Não *tão* diferentes.

— Ah, mas você está enganada. São diferentes aqui em cima. — A fumaça fez uma coroa na cabeça frisada de Bunty quando ela bateu impaciente com os dedos na testa.

Em outubro de 1941, embrulhada num casaco e cachecol, eu estava de pé, na extremidade do jardim de uma casa alugada, na beira do campo de aviação, olhando atenta para o céu. Anoitecera, a temperatura era revigorante, e fazia três horas que o esquadrão havia levantado vôo às pressas para interceptar aviões inimigos.

Como outras esposas desconfortavelmente acampadas em alojamentos próximos, eu esperava que os rapazes voltassem. Mas desde o bombardeio do aeroporto, pediram às mulheres que não viessem buscá-los.

De manhã cedo, tinha havido um combate aéreo encarniçado a leste. Judy Budwell e eu estávamos passeando com as crianças, e escutamos o rugir dos Spitfires, a vibração da artilharia, e vimos a nuvem de fumaça crescer e se espalhar na horizontal de um ponto a outro do céu.

Judy contou-me uma brincadeira a respeito de remendar meias. Eu disse que lhe daria uma receita para geléia de amoras pretas, e as duas rimos cinicamente porque não havia açúcar para fazer geléia. Ela me perguntou a respeito de babadores. Eu lhe perguntei onde a sua família vivia.

Nenhuma de nós duas fez as perguntas importantes. Quem deles voltaria cambaleante para casa com furos na fuselagem, e a inclinação reveladora de uma aeronave ferida? Faltaria alguém desta vez? Ted? Bob?

Ryder?

Judy veio para o jardim. Estava pálida e ansiosa, ainda fraca do parto.

— Chá?

— Por que não?

Tínhamos combinado ficar esperando juntas dessa vez e fomos para dentro, onde bati com a chaleira no fogão e lutei para acender o queimador a gás. Nos quartos do andar de cima, nossos filhos dormiam.

Todas as manhãs, eu acordava e me lembrava de que meu dever era ser normal. Total, totalmente normal. Era disso que Ryder precisava. Normalidade significava uma refeição, um banho (tanta economia e planejamento para ter água quente), roupas recém-lavadas e uma esposa esperando.

Eu sorri para Judy na janela, tentando não olhar para fora. Nenhuma de nós duas jamais admitiria o esforço que era manter as coisas funcionando. Escondíamos nossas mãos rachadas, fazíamos piada nas filas intermináveis das lojas, e apertávamos os cintos conforme as rações iam diminuindo.

Não é nada. Bobagem.

Em vez disso, eu armazenava as banalidades para contar para Ryder, para lembrar a ele de como era a vida na terra. O açougueiro fora flagrado vendendo carne ilicitamente, tinham assaltado o pub, alguém surrupiara a seda para fazer pára-quedas e diziam que Nellie e Elsie Mottram estavam usando calçolas francesas de seda.

Era importante que nossos maridos voltassem para as barracas saciados de normalidade.

— Barbara — Judy estava de pé, uma figura trêmula de tensão —, acho que os ouço chegando.

Desliguei o gás e voltamos correndo para o jardim para sondar um céu opalino. As aviões rugiam e mergulhavam por cima de nós, caindo como graciosos mas irados pássaros no campo de pouso.

Um, dois, três... Cinco aviões para uma esquadrilha, então faltavam dois até agora. Talvez tivessem ficado sem combustível. Talvez saltaram de pára-quedas no mar.

Judy ficou ainda mais pálida.

— Preciso ir para casa — disse ela. — Preciso estar lá.

Ela entrou correndo em casa, e pegou Rudy, seu bebê, e carregou a criança protestando para a casa do outro lado da rua.

A intuição de Judy estava certa. Nessas horas, era melhor estar sozinha.

Eu vaguei pela casa, afofando uma almofada aqui, soprando uma poeira ali. Às vezes, depois de retornar para um turno de serviço, Ryder escrevia para me contar como ele e os rapazes esperavam nas barracas.

Ele havia dito como era bonito lá em cima.

Eu pensava que devia ser uma coisa maravilhosa dominar esse espaço e essa solidão.

Numa carta ele tinha escrito: "Você sabe que não existem segundas chances. Eu receio que meus instrumentos não sejam confiáveis, e temo não ter coragem para voar em direção a um bando de 109s. Tenho medo de, quando chegar a minha hora, não ter uma boa morte..."

Ouviram-se o som de um carro parando em frente de casa, uma porta batendo, uma alegre despedida tocada a cerveja, e passos se aproximando no caminho.

— Barbara! — Ryder entrou de repente em casa, trazendo como ele o cheiro de combustível de avião, suor e sobrevivência.

Corri para abraçá-lo.

— Graças a Deus. — *Não foi desta vez.* — Deixe-me conferir. Está machucado?

— Só um arranhão na cabeça onde bati na capota.

Ele capturou minhas mãos e prendeu meus braços nas minhas costas, de pé, tão perto de mim que eu sentia cada linha do seu corpo.

— Esta não foi tão ruim. Um morto. Um provável. — Ele beijou meus lábios e eu senti o gosto de cerveja. — Vista a sua melhor roupa. Tem festa no refeitório. A mulher do sargento de vôo ofereceu-se para cuidar das crianças.

Subi voando e coloquei meu vestido de noite, preto com decote em forma de coração, e pintei a boca com o meu batom de reserva. Fazia parte da minha função ter uma boa aparência, conversar com os pilotos mais jovens que precisavam de autoconfiança e um pouco de atenção maternal, de rir e brincar.

A sala do refeitório estava cheia de gente e fumaça. Quase imediatamente, Ryder foi puxado para um grupo onde uma discussão animada prosseguia a respeito de quantas canecas de cerveja eles conseguiam beber. Tendo conferido os personagens no bar atrás de alguma alma perdida, escolhi Bill Droitwich (18) e o chamei com um gritinho. Ele parecia agitado e ansioso, mas depois de um pouco acalmou-se e discutimos animados o que ele via como sendo as vantagens do Hurricane sobre o Spitfire.

— O Hurricane é uma plataforma de tiro voadora — disse ele — melhor do que o Spit.

— Cuidado — falei, olhando em volta. — Você vai ser linchado.

Ninguém mencionou que Dickie Rose (20) tinha morrido. Tinha sido seu terceiro vôo.

Melhor não. Normas implícitas.

Uma barulheira de vozes aos berros e de gargalhadas vinha do grupo em volta de Ryder. Colei no rosto um sorriso permanente e ignorei os músculos doloridos. Às vezes eu me lembrava da história da Menina dos Fósforos que comprimia o nariz na vidraça e olhava para uma cena de felicidade e afeto, enquanto seus pés congelavam na calçada. Era assim que eu me sentia quando Ryder saía de casa e entrava na sua vida no refeitório, no céu, na batalha. Então ele ficava totalmente separado e desligado, e não havia chance de eu dividir isso com ele.

Eu sempre tinha pensado que ciúme é algo que uma pessoa sente necessariamente por *alguém*. Mas não é. A verdade era que os sentimentos doloridos, irrequietos, *indignos* que eu experimentava tinham como alvo a aconchegante camaradagem — as piadas, a gíria, a união, a tristeza compartilhada porém silenciosa pelas mortes daqueles... meninos — onde não havia espaço para mim.

Continuei conversando e fui recompensada pela expressão sorridente de Bill Droitwich. Mas a toda hora eu olhava para cima, ou ao redor, e procurava Ryder. Lá estava ele: encostado à vontade no bar, com uma mancha de iodo no corte logo abaixo da linha dos cabelos, acendendo um cigarro, escutando Jack ou Bob, e o sentimento de amor e posse me queimava por dentro.

O sucesso da minha campanha para uma viagem ao exterior me apanhou de surpresa.

— Barbara... está acordada? — Ryder escorregou mais para perto de mim na cama.

Uns dois segundos depois:

— Sim.

Ele colocou uma das mãos na minha coxa.

— Bem acordada?

Outra pausa, ligeiramente mais longa.

— Sim.

Eu contava que Ryder fosse fazer os movimentos costumeiros e solicitar as coisas de sempre do meu corpo, mas ele me surpreendeu. Passou um braço sob a minha cabeça, e a aninhou no seu ombro.

— Confortável?

— Muito — murmurei.

— Você tem razão quanto a Teignmouth. Devemos ir a outro lugar. Você me fez pensar. Precisamos avaliar e planejar.

Eu tinha previsto que ele fosse se mostrar calmamente obstinado, encantador na sua recusa, mas implacável, portanto a sua capitulação demorou um pouco para ser assimilada.

A noite tinha passado sem nada de extraordinário. Ryder escutou rádio, e eu li sem digerir nada. Só uma vez na minha vida eu tinha me sentido tão exaltada, tão viva, tão... e isso era ao mesmo tempo estranho e diferente.

Depois do noticiário, Ryder levantou-se, serviu-se de uma dose uísque e começou a fazer palavras cruzadas. Juntos, tínhamos tentado resolver as pistas, trocando suposições. Fui até a sua cadeira e debrucei-me sobre ela. Uma vez peguei a caneta da mão dele, e ele disse, "Calma, Babs".

Agora, ele dizia:

— O mundo está se abrindo, Barbara, em breve muito mais gente estará voando.

Ele falou sobre o desenvolvimento do motor a jato, a necessidade de mais e maiores aeroportos, programações diárias, o crescente mercado para mais pilotos, controladores de tráfego aéreo e bagageiros.

— Está escancarado, Babs, e eu não estou velho demais para tirar vantagem disso.

Ele puxou os travesseiros a sua volta, do jeito que gostava.

— Então, o que você acha? Não tão retrógrado?

— É fascinante — respondi. — Mas vai ser um mundo muito mais barulhento.

— É bem coisa de mulher se preocupar com isso.

— É bem coisa *minha* me preocupar com isso.

— Como coisa *sua*, Barbara?

Estendi o braço e toquei no seu rosto.

— Dorme, Ryder, se não vai atrapalhar o seu vôo.

Achei que ele havia adormecido quando o escutei resmungar:

— Você pensa nos velhos tempos?

— De vez em quando.

— Eu penso — ele reconheceu, e me passou pela cabeça que ele achava penoso falar isso.

— Não precisa mais.

— Não — ele falou. — Mas preciso saber que você não esqueceu.

Pensei em tudo que tínhamos passado juntos.

— De modo algum.

— Bom — ele disse, e já estava dormindo.

Capítulo 14

Barbara

AMY E EU ESTÁVAMOS NA COZINHA, limpando uma safra de morangos com a qual *Herr* Schlinker, à força de agrados e repreensões, havia obtido um resultado triunfante. Eu trabalhava depressa e com razoável capricho, e escolhi o momento para lhe contar a novidade.

— Vou trabalhar uma vez por semana no serviço social do St. Bede.

Recolhi uma pilha de cabinhos e joguei na lata de lixo. Se eu esperava uma resposta, ela não veio. Virei o rosto para olhar. Amy estava arrancando as frutas, grosseiramente e sem nenhum cuidado, pelo visto absorta na destruição que estava causando e fascinada com isso.

— Está zangada com alguma coisa, Amy?

Isso a fez dizer, furiosa:

— Entendo. *Agora* você pode arrumar um trabalho.

— Sim, seu pai concordou.

— *Agora* é conveniente para você, não é, mãezinha? Não era tanto quando eu estava crescendo e pensando no meu futuro.

— Acho que não sei do que estamos falando. Não havia como eu arrumar um emprego enquanto cuidava de vocês dois.

Ela balançou a cabeça.

— Não estou falando de você. Estou falando de mim. Você nunca me ajudou. Você nunca ficou do meu lado contra o papai. Papai não pode deixar de ser quem ele é — ela acrescentou, num tom maternal que era ao mesmo tempo carinhoso e engraçado, só que não era, porque eu não estava aninhada na sua misericórdia. — Eu não o culpo, mas sempre pensei, sempre esperei que você fosse solidária.

Doeu.

— Amy, quando seu pai e eu tomamos nossas decisões, pensamos que Roy teria de sustentar uma família no futuro... e você teria um marido para sustentá-la.

Amy destroçou mais um morango e o jogou na pilha.

— Sempre que ouço esse argumento tenho vontade de me suicidar. Você não pensou na injustiça? Não viu que os tempos mudaram?

Sentei-me largando todo o meu peso numa cadeira dura.

— Claro que os tempos mudaram.

— Isso não é resposta — Amy empurrou os cabelos para trás com a mão suja. — Não pensou que eu adoraria aprender todas as coisas que meu irmão estudava, em vez de me iludirem com bordadinhos. Nunca lhe ocorreu que talvez eu gostasse de saber todas aquelas coisas também, e não me sentir tão *idiota* o tempo todo?

Era um lamento — uma confissão de insegurança e... desespero.

— É por isso que está tão zangada? Porque se sente uma *idiota*?

— Ah, não sei, mãe. A questão é essa, eu não *sei*. E isso faz eu me sentir idiota.

Ela atacou outro morango, e estremeci diante do desperdício.

— Não pode fazer direito, então não faça.

— Ótimo. — Ela recuou imediatamente.

Eu avaliei as frutas mutiladas e imaginei que poderia fazer um creme de morangos em vez do flã que pretendia. Amy afastou-se da mesa e limpou as mãos no avental.

— Querida, agora vou ter de lavar.

Ela me olhou com uma expressão que beirava o desprezo.

— Eu lavo, se o problema é esse.

— Amy, poderíamos ser amigas sem tentar nos esganar?

Desajeitada, estendi os braços para abraçar a minha intrigante e difícil filha.

Amy evitou o contato.

— Você sempre faz isso quando não consegue pensar em nada razoável para dizer, mãe. Mas não vai funcionar mais.

A ameaça de lágrimas pairava por trás dos olhos amotinados de Amy, e a minha própria dor ficou esquecida num surto de piedade. Era impossível esquecer aqueles sentimentos — frustrados, em carne viva e impotentes. Eu sei, por experiência própria. Isso foi antes de Ryder ter se materializado, por assim dizer, de um raio de sol, num deslumbramento de luz e promessas, erguendo a jovem de 18 anos sem polimento e aterrorizada, e levando-a para uma vida decente.

— Tudo bem, Amy. O que posso fazer?

Ela me olhou com uma expressão tão cheia de raiva e desprezo que me vi engolindo em seco. Mas invoquei minha inteligência e a sabedoria que possuía.

— Amy, não adianta nada olhar assim. Não está me ajudando a compreendê-la.

— Como devo olhar, mãe. Como a Victoria do Roy, doida para agradar?

— *Não* — eu disse involuntariamente. — Não como Victoria.

Trocamos um sorriso relutante.

— Tudo bem, concordamos. Não como Victoria.

Respirando mais aliviada com esta ligeira fresta no muro, tirei uma tigela de creme da geladeira.

— A Sra. Trant está cuidando de você, e você está comendo direito?

No mesmo instante, a fresta se fechou.

— A Sra. Trant é uma mulher idiota, fuxiqueira — Amy quase cuspia as palavras —, que não tem o que fazer. Você conhece o tipo. O mundo está cheio de mulheres que nunca tiveram o suficiente com que ocupar suas cabeças, e ficam alimentado discórdias e intimidando os outros.

A implicação era a de que eu pertencia a essa categoria.

— Amy... — comecei a bater o creme e rezei para ter calma e juízo enquanto ele engrossava e aderia à tigela.

Quando eu estava amamentando Amy, eu apertava o seu corpinho rechonchudo e sonhava que ela cresceria e seríamos *exatamente assim*. Dois dedos cruzados. "Mãe, o que você acha...", ela diria, pedindo conselhos sobre roupas, namorados, como pentear os cabelos. E eu responderia, "Vamos fazer isto" ou Vamos fazer aquilo", e me divertiria com a nossa intimidade fechada, conspiradora. Seria fácil, automático. Mas não era. Eu tinha esquecido de fazer as perguntas mais básicas. *O que está querendo dizer? O que você deseja?*

Abandonei o batedor e empurrei para o lado a tigela.

— Sente-se, Amy.

Relutante, ela obedeceu. Puxei uma cadeira ao lado dela e peguei suas mãos nas minhas.

— Vamos tentar conversar direito, em vez de ficar dando voltas? Eu quero compreender o que *você* quer. Eu quero que sejamos honestas. Vamos deixar a pensão da Sra. Trant e procurar outro lugar?

Não resolveria o problema, mas era um começo.

Amy hesitou. Sinal de que estava refletindo. Examinei seu rosto atrás de pistas, da mínima rachadura que fosse nas suas defesas, de um vestígio de afeto.

— Sobre o que podemos conversar? Quando foi que já conversamos?

— Não é tarde. Podemos fazer alguma coisa?

Mas ela recolheu as mãos.

— Você ainda não compreendeu. "Vamos trocar a senhoria de Amy", ela imitou a minha voz, e, *puf*, tudo se conserta. Mas é tarde demais. Você fez o possível para me transformar em você, e aqui estou eu. Espero que goste.

Havia uma mancha de polpa de morango no seu rosto, onde ela havia esfregado, e a franja estava comprida demais. Eu insisti:

— Eu queria o melhor para você, dar a você um bom lar, e depois você se casaria e teria uma família. É nisso que deve aplicar suas energias e treinamento. Tem de ser bem-feito. Não é fácil.

— Ah, mãe. Tão enfiada dentro desta casa que não consegue ver nada fora dela. — Amy procurou no bolso da saia, encontrou um prendedor de cabelos e prendeu para trás a franja comprida demais. O resultado foi terrível.

Tentei outra vez.

— Compreendo que esta é uma fase difícil da sua vida, e que você não está muito segura de nada, o que é perfeitamente natural.

Amy deu um ligeiro suspiro, trêmulo.

— Fácil dizer.

Ah, Amy, Amy.

Encurvada num estado deplorável, naquela cadeira de cozinha, ela parecia tão jovem, e juventude era um misto de vulnerabilidade e promessa. Será possível que eu tenha estragado essa promessa? E era sofrimento o que anuviava a sua pele clara e enrugava a sua testa? Ou apenas a má alimentação e o cansaço? Estendi o braço e alisei as sobrancelhas franzidas com o polegar. Por um segundo, ela me permitiu o gesto. Por um segundo, ela era o bebê que ficava horas aninhado no meu colo, agarrado comigo.

Em seguida ela estragou tudo.

— O que você não entende é que não quero ser igual a você. E estou assustada... estou assustada porque é exatamente isso que serei.

Não tínhamos chegado a nenhuma conclusão quando levei Amy de carro até a estação para pegar o trem da noite. O único aspecto positivo do nosso confronto na cozinha era que tínhamos começado a falar sobre o assunto — só um pouco.

Estacionei no pátio da estação e segurei firme o volante.

— O que você me disse, Amy, me deixou muito preocupada. E quero dizer que sinto muito.

— Sente? — ela pegou a bolsa a tiracolo e torceu a alça entre os dedos. — Pelo menos você escutou — disse, e eu fiquei pateticamente agradecida pelo consolo. — Cheguei a achar, às vezes, que você ficava contra mim só por ficar, mãe. Como se fosse coisa de mãe. Depois pensei que era porque você não gostava de mim. — Ela encolheu os ombros. — Sei que não sou muito agradável.

— Isso não é verdade, Amy. *Por favor*, acredite.

Ela me beijou de leve no rosto e encerrou a conversa.

— Vejo você semana que vem.

Eu a observei atravessar o pátio. A bainha da saia torta, e nem se dera o trabalho de passar uma escova nos cabelos. Parecia solitária e teimosa, e muitíssimo insegura.

Ela desapareceu dentro da estação sem olhar para trás.

Tombei a cabeça sobre o volante e chorei.

Na manhã seguinte, no escritório da assistência social no St. Bede fiz uma avaliação da mesa para a qual me haviam encaminhado. Tinha um telefone, uns dois catálogos telefônicos grossos e uma pilha de documentos que a Srta. Raith me disse que eram para eu dar conta.

St. Bede's era um complexo de prédios baixos no outro extremo da cidade onde morávamos; na ala principal ficavam as enfermarias, e, nas externas, a administração. O dia estava claro, o céu azul, e tinha sido um alívio sair pela porta da frente e deixar para trás as minhas rotinas de sempre. O exercício tinha desanuviado minha mente, e cheguei no hospital me sentindo melhor pelo prazer físico da caminhada.

Não precisei de cinco minutos para descobrir minhas limitações e inexperiência. Foi um choque, porque eu tinha dirigido minha casa com sucesso durante muitos anos. Meio desesperada, folheei as pilhas de documentos. Alguns tinham anotado: "Falar com o departamento de saúde." "Discutir com BB." "Conferir orçamento." Era tudo grego para mim.

— A sua primeira tarefa — A Srta. Raith lançara suas instruções sobre o ombro — é organizar o transporte o Sr. Clarkson do hospital para a casa de convalescença.

A Srta. Raith, a assistente social, dirigia o seu departamento com dedicação e férreo propósito. Vestida com saia, blusa e sapatos de amarrar de aparência decidida, ela recebeu o meu vestido verde e saltos altos com ar de desaprovação. A primeira coisa que disse foi:

— Você não vai ser de muita ajuda para mim durante uns dois meses, pelo menos. Espero que esteja levando isso a sério, e preparada para ficar. Se não, estarei desperdiçando o meu tempo treinando você. Eu aviso, costumo ser um pouco impaciente às vezes, mas acho que vai se acostumar.

Li as anotações do Sr. Clarkson. Era viúvo, passando dificuldades com uma pequena pensão num porão úmido nada favorável para os seus problemas de saúde.

— O melhor que podemos fazer é lhe garantir uma convalescença prolongada — disse a Srta. Raith —, depois o mandamos para casa para morrer de umidade. Pelo menos ele terá tido um pouco de conforto.

— O que devo fazer?

Ela não parou de conferir uma linha de números.

— Pegar o telefone, claro. Falar com o departamento responsável pelo seguro social e conseguir verba.

Três horas depois larguei o telefone, exausta. Minha capacidade de negociação era um fracasso e eu não estava acostumada com gente dizendo, "Isto não é responsabilidade minha. Não posso ajudá-la".

— Ninguém decide nada? — perguntei.

A Srta. Raith estava procurando um documento no arquivo.

— Não, se puderem evitar, portanto é melhor você se acostumar com isso também.

Fechando a gaveta com estrondo ela se virou:

— Bem-vinda ao mundo real, Sra. Beeching. — E, com uma sobrancelha erguida na minha direção: — Disposta a continuar?

A sala da assistência social era escura e apertada, e lá fora o céu estava ainda mais azul. Olhei pela janela, depois arrastei o meu olhar de volta para a Srta. Raith.

— Claro.

Eu tinha perdido a hora do almoço na cantina dos funcionários, mas dei um jeito de conseguir alguma coisa para comer e beber antes de fechar. Sentei-me a uma mesa perto da janela, comi um pão velho e bebi café requentado. A sala estava abafada, cheirando a repolho cozido e fumaça de cigarro; eu a vi esvaziar-se. No balcão, o que sobrara dos pãezinhos estava sob uma cúpula de vidro ao lado de um bule gigante. O supervisor da cantina advertiu uma menina assustadoramente magra para se apressar; ela ergueu o bule pesado e sumiu de vista cambaleando.

Às cinco e meia desci a pé a pista de asfalto até a rua. Tap-tap, batiam os saltos dos meus sapatos, e fantasiei que eles transmitiam um som ativo, otimista, profissional. Aí eu vi Alexander esperando na entrada. Estava vestido mais formalmente do que de costume, de terno, e os cabelos penteados para trás.

Fumava, nervoso, um cigarro.

— Ah, bom — ele disse, ao me ver. — Você demorou.

— Como sabia que eu estava aqui?

— A Sra. Andrews deixa escapar um bocado de informações na mesa do café-da-manhã. Eu me pergunto se ela sabe o quanto. "O primeiro dia de Barbara trabalhando fora", ela disse esta manhã, "e não vai durar muito."

Eu ri.

— Posso contar com Bunty para me apoiar.

Alexander apagou o cigarro com o pé.

— Não paro de pensar em você, Barbara, e você não vai embora. Essa é a verdade, e não tenho vergonha. Portanto, é por isso que estou aqui. Quer que eu vá embora? É só dizer e eu vou. — Ele sorriu. — Você me põe correndo como um cachorro atrás de um pedaço de pau. "Senta. Passa".

Meus olhos voltaram-se rapidamente para os dele. Cada nervo do meu corpo pulsava. Ele ergueu de leve as sobrancelhas — uma minúscula mensagem de quê? Convite? Talvez compreensão? Senti o choque sedutor de ter de pensar a respeito e, sim, da minha própria reação.

Alexander tinha me dito que eu era *interessante*. Também havia feito uma pergunta teórica, que não era nada teórica. Se tivesse ficado calado, eu teria seguido o meu caminho, um pouco agitada, um pouco excitada, mas ainda essencialmente a mesma. Mas ele tinha sido corajoso e exposto diante de mim seus desejos, e ali estavam eles: exigindo uma resposta.

— Eu fico, então.

Acertamos o passo e descemos a estrada até a estação.

— Tem pensado em mim? — ele quis saber.

— Tenho. Não quero, mas tenho.

Ele mantinha os olhos fixos na sua frente.

— Se soubesse como sou grato. Como fico feliz.

Continuamos. O passo de Alexander era rápido demais para mim, e ele foi obrigado a andar mais devagar para que eu o acompanhasse. Atravessamos a ponte sobre a linha do trem e paramos.

— Preciso ir e pegar o ônibus.

As pessoas voltando do trabalho no final do dia entravam e saíam da estação e já se formara uma fila no ponto.

— Fique mais cinco minutos — ele implorou.

Não precisou muita persuasão, e caminhamos mais devagar pela ponte. Envoltos em fumaça, os trens da noite entravam e saíam das plataformas, regorgitando homens de ternos escuros e chapéus-coco. Meu ônibus encostou e partiu.

— Vai fazer um dia bonito amanhã. — Olhei para o céu.
— Barbara, você tem uma bicicleta?
— Não, mas Amy tem. Está no barracão.
— Sabe andar?
— Sei. Gostava muito, anos atrás.
— Então devemos fazer isso amanhã. É maravilhoso num dia de verão. Diga que sim.
— Não sei. Estou ocupada.
— Ocupada demais para curtir um dia bonito? Não pode dizer isso.

As portas dos trens estalaram abrindo e fechando. Observei uma mulher atravessar correndo a ponte atrás de duas crianças até a plataforma oposta.

— Diga que sim.
— Bem... sim.

Esperei um bom tempo para o próximo ônibus me levar para casa, e me distraí imaginando o que um observador ou transeunte pensaria de mim. Item: uma mulher comum de 42 anos, apoiando-se ora num pé ora no outro, cansados da espera. Mas, por dentro, aquela mulher de meia-idade era como a primavera: leve, alegre e ensolarada.

A manhã seguinte me encontrou descascando ovos cozidos; a casca e a membrana interior eram obstinadas. Fragmentos da primeira grudavam-se na segunda, a parte da clara tinha se desfeito. Larguei tudo na tigela das galinhas, depois peguei de novo. Galinhas comendo os seus próprios ovos soava a canibalismo.

Tirei o pão da lata, verde esmaltada que lascara aqui e ali com o passar dos anos. A manteiga estava amolecendo ao lado do Rayburn e passei um pouco no pão, depois o ovo amassado e fatias de pepino. Embrulhei tudo num quadrado de papel impermeável e amarrei com barbante.

O locutor no rádio dizia, "Estima-se que na África do Sul cinqüenta mil negros sul-africanos se revoltaram em protesto contra um esquema de limpeza nas favelas. Os líderes da revolta eram na sua maior parte mulheres..."

O relógio marcou 12h15.

Lá em cima, troquei a minha roupa por uma saia e blusa de mangas curtas, escovei os cabelos e os deixei soltos sobre os ombros. No último minuto, apanhei um cachecol e um cardigã e olhei no espelho. Não tinha certeza de quem estava me olhando de volta. A mulher era familiar, mas não era. Ela devia ser alguém que normalmente não agia por impulso, não esta criatura equilibrada na ponta dos pés, bem-definida e vívida à luz clara do meio-dia.

Alexander estava certo. Pedalar num belo dia de verão era glorioso. O vento soprava entre os meus cabelos. Eu oscilava, testava meus músculos, segurava firme para não cair, disparava colina abaixo... tudo com uma sensação de total desprendimento.

Alexander estava esperando na encruzilhada para Shalford. Quando me viu, montou na bicicleta e eu segui em fila atrás dele. O sol pinicava nos meus braços, e o ar era suave e fresco, a estrada bem arqueada. Depois de cinco ou seis quilômetros ele virou para a esquerda e desceu por uma alameda coberta de vegetação. Ela acabou ficando muito estreita e desmontamos.

— Vamos, Barbara.

Eu estava ofegante.

— Nunca estive aqui antes. Como foi que nunca vi isso?

— Eu descobri numa das minhas caminhadas. A trilha desce até o rio e ninguém parece saber que ela existe.

Ele estava eufórico, e eu ria enquanto ele me ajudava a colocar a bicicleta de pé, depois pegou a cesta de piquenique. Abrimos caminho por entre amoreiras silvestres e urtigas, até a trilha se abrir no rio onde ele fazia uma curva sobre si mesmo, criando um oásis de relva e junco, orlado de salgueiros e carvalhos. Era um lugar coberto de vegetação, um paraíso modesto, ignorado.

Alexander largou a cesta no chão e experimentou a grama com o pé.

— Acho que não está muita úmida.

Estávamos de frente um para o outro. Alexander descabelado e corado do exercício, e fulgurante de alegria com a sua esperteza.

— Como foi? — perguntou.

— Um prazer quase esquecido, mas amanhã vou estar toda doída.

— Você não se permite muitos prazeres, então. Se eu fosse Ryder eu a levaria por toda parte. Faria você subir montanhas, mas a mimaria também. E a encheria de presentes.

Ele se aproximou mais e eu dei um passo atrás.

— Não quero falar de Ryder.

Alexander inspirava e expirava rapidamente.

— Por que você está aqui?

— Amizade. Curiosidade. Quero saber o que você está pensando. Que perguntas está fazendo. Você me faz rir. Você faz eu me sentir... diferente.

Então ele me beijou. A luz do sol fragmentada por trás das minhas pálpebras fechadas, o rio murmurando e Alexander cheirando a suor e calor. Seus lábios moveram-se sobre os meus e eu lembrei de Ryder me beijando pela primeira vez. Conforme eu me entregava à sensação, Ryder e Alexander se fundiam e, por um ou dois segundos, vislumbrei as camadas infinitas de amor e desejo.

Não sei como, Alexander e eu estávamos no chão.

"Espere!" eu queria gritar. Mas não gritei.

Ele lutava para vencer os colchetes da minha blusa, e eu precisei ajudá-lo. Ele encontrou o meu seio, mas, no afã de alcançá-lo, perdeu o interesse e continuou.

Ele puxou a minha saia para cima, e o tecido se amontoou desajeitadamente entre nós dois.

— Deixe-me — ele murmurava insistente. — Barbara... por favor.

Eu ergui os quadris e, de novo, ajudei. Ele mergulhou dentro de mim com um grito breve, quase angustiado.

O que se seguiu não foi elegante, ou mesmo sutil, apenas sensação: pura, vívida e intensa. Uma raiz pressionando as minhas costas, um pé escorregando na grama, o peso de Alexander em cima de mim machucava: o mesmo fazia a sua extrema necessidade.

Foi muito rápido. Ele sussurrou o meu nome, estremeceu, deu um grunhido e sua cabeça caiu sobre o meu seio. Eu virei a cabeça, e um close da grama se apresentou diante do meu olhar aturdido. Uma formiga subia por uma folha e uma nuvem mascarava o sol. Minha garganta inchava e apertava com a gratidão de estar viva.

Puxei Alexander mais para perto de mim e ele murmurou:

— Desculpa. Rápido demais. Eu pretendia fazer muito melhor.

— Não tem importância.

— Mesmo? — ele se ergueu apoiado num cotovelo e olhou para mim, ansioso.

— Verdade.

Ele sentou-se e ajeitou a roupa; Minhas coxas escorregavam grudentas uma na outra, então eu me limpei e fechei a blusa. Estendi o braço para pegar meus sapatos, mas Alexander me interrompeu.

— Alguém já lhe disse como são lindos os seus pés? Tão estreitos, tão delicados.

Ele se ajoelhou e passou o dedo no arco do meu pé subindo pela perna.

— Vou lhe dizer centenas de vezes por dia. Não, centenas de milhares de vezes.

Com o canto do olho, captei um raio azul quando as libélulas cruzaram a água, velozes. Mais adiante, na margem oposta, uma galinhola fugiu em disparada pela água, com gotas como pérolas escorrendo das costas.

Meu corpo latejava, e havia um leve arranhão no meu braço onde Alexander o agarrara. Eu me sentia absurda, gloriosa, quase infantilmente feliz.

Alexander abriu os sanduíches e enfiou os dentes no ovo com pepino. Ele me olhava, os olhos acesos de satisfação, prazer e gula.

— Estou com fome. Você não?

Dei a volta com a bicicleta de Amy pela lateral da casa até o barracão, e entrei pela porta dos fundos. No vestiário, com a sua confusão de casacos, a casa me recebeu de volta. Uma aliada? Um refúgio?

Fiquei rondando pelo corredor, indecisa. Queria continuar amassada e cheirando a Alexander o máximo de tempo que a minha ousadia permitisse. Não queria perder nenhuma lembrança daqueles momentos à beira do rio. Queria reviver o sol nos meus braços e o som da água. Queria ficar meio sonolenta lembrando daqueles momentos de ilusão e luminosa sensação.

Meus pés me levaram pela escada até meu quarto e eu me despi com as mãos meio trêmulas. Largando minhas roupas empilhadas, abri a torneira da banheira.

Chocada com a mudança de temperatura, esfreguei minha pele até ficar rosada. Sequei-me e vesti-me totalmente com roupas limpas.

O telefone estava tocando quando desci de novo.

— Querida, sobre o bridge semana que vem...

Bunty tagarelava sobre datas e preparativos, e eu concordava com tudo que ela sugeria. Mais de uma vez ela tossiu: um som áspero, desagradável.

— Já procurou o médico para ver essa tosse? — perguntei

— Não, mas está me deixando louca, e eu acho que preciso fazer isso.

— Pois então faça.

— Barbara — Bunty baixou a voz —, você está estranha.

— Claro que não.

Mas eu estava.

Capítulo 15

Siena

Às 7H15 O TELEFONE TOCOU no meu escritório, e atendi. Era Charlie na câmara. Tinha saído com tanta pressa de manhã que esqueceu os papéis com o resumo dos seus argumentos básicos para o caso logo após o julgamento de Jackie Woodruff.

— Quero que Nancy dê uma olhada. Sei que você vai ver Johnny. Pode deixá-los aqui?

Nancy era uma associada júnior do grupo, mas não tinha nada de júnior na sua ambição e capacidade.

— Claro.

— Desculpe o incômodo.

Mas eu sentia prazer nisso, um mudança de roteiro, mas, de certo modo, carregada de intimidade e da minha gratidão por ser capaz de *fazer* alguma coisa por Charlie.

"Câmara" era um termo muito imponente para o bloco de escritórios velhos e desleixados na Holborn que abrigava a Freedom Watch — a arquitetura e o revestimento de concreto só poderiam ser descritos como um belo exemplo de brutalismo.

Havia uma fila na recepção e eu esperei. Dois funcionários estavam à toa fora das suas salas. Eu reconheci um, David; ele estava de costas para mim.

— Ficou meio louco com este aí — escutei-o dizer. — Exigindo um monte de coisas. Estatísticas neonatais, probabilidades genéticas; não acaba nunca.

Subi os degraus de dois em dois (bom para os músculos das coxas) com o coração agitado. Estavam falando de Charlie, e eu não tinha certeza se me importava com o tom descuidado da observação, ou com as suas implicações.

Eu o peguei no meio da digitação de um documento num computador encardido. A sala estava uma lixeira — papéis, caixas, livros largados por todo canto — e abafada.

Charlie levantou o rosto quando entrei, pálido e concentrado.

— Obrigado, querida.

Deixei o pacote sobre a sua mesa.

— Charlie, me promete que não vai exagerar neste caso. Ficar cozinhando demais.

Ele sorriu de leve:

— Como você não faz?

Coloquei as mãos sobre a mesa e me debrucei na sua direção.

— Se fico obcecada demais, eu erro.

— Não posso legislar contra erros cometidos. Mas entendi. Não se preocupe, estou no controle.

Seus olhos se desviaram para a tela e me desligaram.

— Obrigado, querida. Vejo você de noite.

Quando estava saindo, Nancy — alta, loura, esguia — passou por mim, agarrada a uma pilha grande de papéis. Parecia séria e responsável. Ela parou rapidamente, procurou um cumprimento e saiu com um que achou adequado para mim.

— Bonito casaco — disse ela.

Por alguma razão, me peguei franzindo a testa.

Johnny (contador, alto nível, caro, ternos feitos sob medida) tinha sinais positivos estampados no rosto. Até pouco tempo atrás, isto não acontecia com freqüência nas nossas discussões e eu me animei.

Cheguei ao seu escritório luxuoso na Mayfair para a minha entrevista, e o encontrei fazendo as minhas contas.

— Vamos transformá-la numa companhia limitada se continuarmos com este vento favorável. Você está quase lá.

— Quase quanto?

Ele baixou os olhos para a folhas de balanço.

— Uns dois anos. Enquanto isso, minhas projeções são para um fluxo de caixa saudável.

Meu sorriso englobava uma madura e (desculpe-me) rica apreciação deste feito.

Johnny e eu embarcamos nuns cálculos agradáveis.

— Acho que deveríamos seguir por este caminho — ele falou, mais de uma vez.

Claro que a perspectiva de honorários extras lhe agradava, mas eu acho que ele se orgulhava também de como a minha pequenina empresa tinha crescido.

— Johnny — falei com cuidado —, se os cálculos estão corretos, estou ganhando muito mais que Charlie.

Ele olhou para mim:

— Sim.

— Ah.

— Sorte do Charlie, é o que eu diria — Johnny fechou o meu arquivo. — Suponho que isto não seja um problema?

— Não. Não, claro que não. Charlie não se importa com isso. Assim ele pode fazer a sua obra de assistência jurídica, e eu quero que ele possa fazer isso.

Johnny e eu terminamos a nossa discussão com um resumo sobre planos de poupança, táticas de pensão e impostos, depois nos despedimos com um até-logo afetuoso.

De novo na rua, meu celular tocou.

— Graças a Deus — disse Manda. — Preciso falar com alguém normal. Todo mundo no escritório está se iludindo ou trabalhando feito doido, e Dick passou o fim de semana todo fora e eu achei que ia ficar maluca.

Fui falando enquanto me dirigia para um café e, usando a linguagem dos sinais, pedi um cappuccino grande. O desabafo de Manda entrava sem parar pelos meus ouvidos. *Filhos. Trabalho. Babás. Filhos. Impossível dormir, pensar, emagrecer (cansada demais). Piolhos. Filhos.*

— Você é um amor — ela disse por fim. — Está tudo bem, mas eu precisava de cinco minutos de desabafo. Sinto muito que seja sempre você. Um dia eu vou retribuir.

Desta vez, o drama de Manda me deixou um pouco impaciente:

— Você quis ter as gracinhas, Het e Patrick.

— Verdade — ela reconheceu, com a voz embargada, depois acrescentou irritada: — Sei que não, mas foi a melhor coisa que já fiz, esses pestinhas.

Eu deveria ter aproveitado a oferta de Manda para me ajudar a tomar uma decisão. Manda, por favor, ajude-me a decidir. Convença-me de que meus medos e ansiedades são idiotas, egoístas. Ensine-me onde encontrar a confiança. Ajude-me a acertar com Charlie. Ele é a pessoa a quem eu mais amo no mundo (e que mais me ama), e eu não quero lhe dar o que ele mais quer.

— Então o que *você* está fazendo, Siena?

— Acabei de falar com Johnny, e ele me disse que está tudo bem, no sentido do dinheiro, e eu estou me sentindo otimista e muito mais segura.

— Sim — ela falou, operando furiosamente como sempre no desvio negativo. — É brilhante.

— É a base de poder.

— Bem, a minha base de poder, querida Siena, é um vale para o futuro, mas me aguarde. Quando as crianças crescerem, você vai ver.

Larguei o telefone de volta dentro da bolsa — um delicioso exemplar Lulu Guinness — e olhei para o relógio. Teoricamente, eu deveria estar indo para casa para trabalhar no primeiro rascunho para a Caesar Books.

Café. Tempo. Bolsa cara. Liberdade de pensamento. Melhorar os negócios.

Bom.

Fiquei observando os carros dando a volta na Berkeley Square, e o jornaleiro da esquina havia colocado à vista na sua banca um cartaz com as últimas manchetes. "Acordo de Divórcio de Dez Milhões de Dólares para Estrela de Cinema".

Que sorte eu tinha. Podia sentar-me aqui e apreciar a extravagância e riqueza da minha cidade. Pelo tempo que eu achasse conveniente, estava livre para ficar à toa num café, sentindo o aroma e lendo um exemplar da *Vogue*.

Ah, Charlie.

Ingrid ficaria orgulhosa de mim.

Naquele fim de semana, Charlie não veio para casa — por assim dizer. Sim, ele dormia de noite na nossa cama, mas levantava de madrugada para ir para o escritório e só voltava tarde da noite. "Desculpe, mas você entende", disse ele, "tenho de deixar tudo absolutamente certo, resolvido e conferido."

O julgamento começou na terça-feira, e eu me esgueirei junto com um bando de outros espectadores para dentro da sala número três do Blackfriars Crown Court. Esperando que Charlie não me visse, fui para a última fila.

O tribunal era moderno: painéis de madeira caros, assentos confortáveis e microfones em todos os lugares certos. As cores eram claras e agradáveis, e no entanto transpiravam inexorabilidade. Dei parabéns ao responsável pela decoração por ter conseguido esse equilíbrio.

Meu olhar voltou-se para Charlie, que estava conferenciando com seu assessor. A beca tinha escorregado sobre o ombro, e a peruca estava ligeiramente de lado.

Coloque-a direito! Eu lhe mandei a mensagem telepática. Ele deve ter escutado, porque puxou a beca para cima e acertou a peruca.

Jackie, a ré, já estava no banco, ladeada por duas mulheres com uniformes de oficiais da penitenciária. Bonita, leve e desesperadamente pálida, ela parecia não fazer uma boa refeição há meses. Estava com uma saia curta (*errado, errado*: curta demais) e um blusão preto com decote canoa, mas Charlie estava certo. Ela parecia a última mulher do mundo capaz de matar seu bebê.

O juiz chegou, falou algumas palavras de advertência sobre uma questão legal e o júri entrou. Vi Charlie avaliá-lo minuciosamente e sabia que ele ia gostar que cinco fossem mulheres.

Jackie Woodruff olhou de relance, como se eles fossem apenas um interesse passageiro, depois virou o rosto para a frente. Sua expressão era a mais fria que eu já tinha visto, pois não tinha sentimento e emoção. Ela dizia: Não tem nada que vocês possam me fazer que já não tenha sido feito.

O maço de notas e documentos de Charlie estavam sobre o atril. Como sempre, marcados com Post-its de cores diferentes — evidência médica, depoimento de testemunha, depoimento de perito etc. Devido processo legal, destinado a esclarecer e explicar as trapalhadas em que os humanos se metem.

A acusação foi lida em voz alta. Robin Banstead, o promotor, ficou de pé — um veterano, Charlie tinha dito, e muito amigo de si mesmo e do clarete (em nenhuma ordem em particular). Ouvimos o relato do acontecimento, as lesões causadas ao bebê, a cena da morte, a reação da ré. Havia evidências, ele disse, sugerindo que Jackie Woodruff não tinha gostado da idéia de ser mãe, e isto estava documentado. Ele nos disse que ela teve um parto difícil, e que seriam fornecidos detalhes. Tendo engrossado mais o dossiê, ele leu uma relação dos ferimentos da criança e uma das mulheres do júri cobriu o rosto com as mãos.

Só então Charlie olhou para cima e me viu. Nem um sinal traiu que ele me conhecia.

Aí ele ficou de pé, alto e autoritário na sua beca, os cabelos desobedientes mascarados pela peruca. Jackie era uma mãe amorosa, ele começou, que tinha tido um marido que a apoiava. O bebê fora desejado, mas o parto tinha sido mesmo difícil e a convalescença de Jackie demorou mais do que a média; a parteira nos daria um relatório mais detalhado. Não havia a mínima evidência, disse ele, sugerindo que Jackie tivesse alimentado idéias assassinas ou lamentasse a maternidade, mas não era de surpreender que, após um parto que incluiu uma corrida para a sala de cirurgia, uma transfusão de sangue e uma subseqüente infecção no corte, ela se sentisse fraca. "Que mãe entre essas aqui", ele perguntou, voltando-se para o júri, "não se sentiria assustada depois de tal experiência? Charlie fez uma pausa. "Pode-se dizer que foi uma reação muito natural sentir-se sob pressão e descontrolada, principalmente se o bebê não dormia direito. Os pais aqui presentes talvez se lembrem de como um recém-nascido em casa, por mais desejado que seja, afeta o organismo de uma pessoa. O que sentiriam se, depois de uma lenta recuperação, quando a vida parece estar voltando à normalidade, os senhores subissem para o quarto do bebê e descobrissem que entre as duas e meia, quando o colocaram para dormir, e as três e quinze, quando foram ver como ele estava, a criança tinha morrido? É uma coisa impossível de imaginar. Portanto, também é o cenário subseqüente no qual, em vez de receberem compreensão e cuidado, ajuda e socorro para verem os dias e as semanas se passarem, os senhores são acusados de terem sido a pessoa que provocou esta tragédia."

No banco dos réus, Jackie escutava e perdia a batalha contra as emoções, porque tremia visivelmente. Uma das policiais ficou com pena e lhe deu um copo d'água. Mas Charlie prosseguiu, atropelando angústias e horrores — um advogado cuja perícia obrigava você a acreditar na sua versão do que tinha acontecido.

"Este *foi* um bebê desejado", ele disse, "e temos provas disso". Ele virou a cabeça, e o seu olhar pousou por uma fração de segundo em mim. Em seguida ele se virou para o júri.

A voz de Charlie se elevava e investia — um mediador para o devido processo legal convincente e (sutilmente dissimulado sob o tom de zombaria legal) apaixonado. Eu tive vontade de chorar vendo a coragem e a bravura do seu empenho em consertar o mundo.

No domingo seguinte, de manhã, assumi a direção. O dia amanhecera tão ensolarado e convidativo que eu ordenei:

— De pé. Vamos dar uma caminhada.

— Ótimo — disse ele, e entramos no carro e fomos para Henley.

— O que você foi fazer no tribunal? — ele perguntou por fim, amarrando as botas.

— Queria ver você.

— E?

— E vi você.

Digerimos este diálogo enquanto subíamos a montanha e dávamos a volta na crista por uns oito quilômetros. Era uma caminhada fácil, sem muitas exigências e ritmada.

Charlie parou para consultar o mapa. Num campo à direita tinha um chiqueiro, e as porcas aproveitavam o dia bonito para chafurdar na lama perto da gamela, os úberes rosados expostos tremelicando com o movimento de seus corpos volumosos.

— A trilha deve atravessar o campo, mas acho que o fazendeiro não é lá muito favorável.

Charlie apontou para o cartaz no portão: "Invasores serão processados." A palavra "processados" riscada e "mortos" escrito por cima.

Eu me curvei para refazer o laço das botas. Sentia-me bem — músculos e pele formigando por causa do exercício.

— Vamos comer perto da árvore caída ali — disse Charlie.

Subimos a rampa. Com o tronco meio podre servindo de apoio, abri a mochila e tirei os sanduíches de Charlie.

— Nada dessa droga de tofu, espero.

— É a nova carne.

Charlie ergueu uma sobrancelha ameaçadora:

— Se a senhora fez isso comigo, Sra. Grant, está perdida.

— Ah, Charlie, pensei que ia gostar. — E lhe passei um embrulho de papel laminado. — Me deu um trabalhão para comprar.

Meio cético, meio assustado, ele inspecionou os sanduíches:

— Siena...

— Queijo — tive pena dele.

Charlie dedicou toda a sua atenção à comida. Eu tinha perdido o apetite mas me contentava em observá-lo, sonhadora. Ele comia rápido, com voracidade.

— Cuidado, Charlie, vai ter uma indigestão.

Ele olhou para mim:

— Eu como tantas vezes correndo que já se tornou um hábito.

O sol estava quente e gostoso, sugerindo o calor denso e maduro acumulando-se para o verão. Passei um ovo cozido para Charlie, com um envelopinho de sal surrupiado do avião que me levou para os Estados Unidos, e peguei o protetor solar que passei nos braços e rosto. Charlie estava ocupado descascando o ovo, eu me deitei com a mochila servindo de travesseiro.

Depois de um ou dois segundos, percebi que ele estava calado. Virei a cabeça e olhei para ele com os olhos semicerrados. Em uma das mãos ele segurava o ovo, e na outra o envelope de sal impresso com as palavras American Airlines. Ele olhava olhando para as letras, a sua expressão ilegível.

Fechei os olhos.

Depois de um pouco, perguntei:

— O que vai acontecer no tribunal semana que vem?

— A acusação vai prosseguir, começando com a parteira, e eu vou interrogar. — Ele jogou de volta o envelope de sal. — Minhas facas estão afiadas.

— Charlie, posso perguntar de novo? Você não está se envolvendo *demais* neste caso, está?

— *Não* — ele se curvou sobre os joelhos. — Mas tenho certeza de que Jackie Woodruff não matou o filho.

Eu me aproximei mais dele e deixei minha mão cair sobre sua coxa.

Ele se inclinou e me beijou de leve nos lábios, depois com mais fervor. Um som de vozes e passos se aproximando, e ele me soltou. Uma família subia com dificuldade a rampa na nossa direção, conversando entre eles. A mãe segurava a mão do filho pequeno, e o pai carregava um bebê de chapeuzinho cor-de-rosa numa mochila. Pareciam jovens e saudáveis, e ao passarem por nós a mãe cumprimentou:

— Boa tarde.

— Boa tarde — respondi, sentindo o abraço de Charlie afrouxar. Antigamente, Charlie e eu não nos preocupávamos com quem estivesse passando, mas aqueles tempos ardentes eram coisa do passado.

Agarrei de novo a mão dele.

— Você precisa dizer a Jackie para não usar uma saia tão curta — falei. — Posso arrumar alguma coisa para ela, se for difícil.

Mas Charlie observava o progresso da família subindo pela grama. O garotinho estava tendo dificuldade, e a mãe o incentivava:

— "Vamos, Mickey."

Acho que Charlie não me escutou.

Por que voltei ao tribunal número três?

Não sei exatamente. Voyeur? Talvez. Mas eu só pensava na dura experiência pela qual Jackie Woodruff estava passando. Eu precisava saber: eu queria olhar o que havia por baixo daquele rosto branco determinado, das mãos trêmulas e dos protestos de inocência. Onde, se ela era culpada, se poderia buscar misericórdia e perdão?

Desta vez eu tinha avisado Charlie e, quando entrei, ele me enviou um sinal secreto levantando um dedo.

A Sra. Adjani era uma parteira de meia-idade, asiática e bonita, com muita experiência. Robin Banstead lhe pediu para descrever a gravidez e o parto de Jackie.

— Foram normais? — ele quis saber.

— Perfeitamente. A Sra. Woodruff ficou meio enjoada no início, e depois sentiu dores nas costas, o que também é muito normal.

— A ré em algum momento expressou sentimentos negativos?

A Sra. Adjani olhou para as mãos de unhas bem-feitas.

— Ela se mostrou um pouco preocupada querendo saber como conciliar o seu trabalho e o cuidado que teria de dedicar ao filho. De fato, numa consulta precisei acalmá-la porque estava histérica.

— E o parto?

— Foi muito difícil, na verdade. Não prevíamos nenhum problema, mas a Sra. Woodruff, depois de 12 horas de trabalho, ainda não estava com uma boa dilatação e começou a sangrar muito.

— E o resultado?

— É justo dizer que a Sra. Woodruff ficou bastante mutilada, a ferida infeccionou, e ela teve de tomar várias séries de antibióticos, que deixaram o bebê agitado.

Mais tarde, Charlie ficou de pé:

— Sra. Adjani, até que ponto é normal uma mulher se mostrar apreensiva com o fato de que vai ser mãe?

Ela hesitou:

— Bastante normal.

— Poderia ser mais específica? Uma em cem, ou uma em cinco, expressa esses temores?

— Depende das circunstâncias e do temperamento. Algumas mulheres não trabalham fora, mas entre as que trabalham notei que a metade, mais ou menos, fica preocupada, algumas ficam muito ansiosas.

— Entendo.

Charlie virou uma página das suas anotações, o que eu sabia ser desnecessário: a sua linha de ataque estava afiada na sua cabeça.

— A senhora diz que precisou acalmar a Sra. Woodruff durante uma consulta. Quanto tempo ela tinha ficado esperando pela senhora?

— Mais de duas horas, infelizmente, porque tivemos um caso difícil que precisava de atenção imediata. As outras mães tiveram de esperar.

— E isso foi um problema para a Sra. Woodruff?

— Ela falou que estava perdendo uma reunião importante e estava preocupada com a reação do chefe.

Charlie consultou suas anotações.

— E esta consulta estava marcada para uma hora da tarde. Horário de almoço, de fato. Havia por perto algum lugar onde se pudesse comer ou beber?
— Não, acho que não.
— Então seria justo dizer que uma mulher em estado avançado de gravidez, preocupada por estar perdendo uma reunião importante e que tinha sido obrigada a ficar esperando muito tempo, também não tinha onde almoçar, o que, quando se está grávida, é muito importante? A senhora concorda que uma mulher grávida ansiosa, com baixo nível de açúcar no sangue, que sem dúvida devia ser a situação da Sra. Woodruff, poderia estar chorando e exausta?
Sra. Adjani olhou firme para Charlie:
— Correto.

Escapei de volta para o meu mundo.

A vida de Jackie Woodruff estava sendo descascada — seus medos, seu comportamento, sua competência para ser mãe. Tivemos licença para espiar em cada canto da sua psique, monitorar cada estremecer de suas contrações, cada ponto no seu corpo. Suas feridas, o seu choro e exaustão... aquelas áreas que deveriam ser privadas, invisíveis e não registradas.

> Steve Matthews administra a sua própria oficina de bombeiro hidráulico. Ele passa a maior parte do seu tempo de macacão, e perdeu a autoconfiança na hora de se vestir quando não está trabalhando. Excesso de peso. A mulher se queixa de que ele é relaxado e tem vergonha de sair com ele. Ela diz que gostaria de estar casada com David Beckham. Steve diz que quer o seu amor-próprio de volta.

Steve seria o homem carregando uma daquelas sacolas de operário de casa em casa. Mãos maltratadas, porém ágeis com a graxa que os bombeiros usam, um homem da van branca, com ferramentas chacoalhando na traseira. Steve, eu creio, era um homem livre, e fiquei na dúvida se ele sabia que havia sido selecionado por *Fashion, This Week* como símbolo.

Foi uma surpresa ele aparecer como eu tinha imaginado, mas com muito charme e um corte de cabelo moderno.

— Sou bom no meu trabalho — ele informou a Jenni e a mim —, mas um fracasso socialmente, e minha mulher sai com as amigas.

— Tudo bem — dei uma volta em torno dele com a minha agenda. — Fale-me sobre as suas noites.

— Beber com os amigos. Curry na frente da televisão. Talvez levar as crianças ao parque.

O verão estava chegando, e Steve tinha o tipo de corpo que sofre com o calor. Observei com atenção a camiseta repugnante e as calças jeans de péssimo caimento.

— Você devia emagrecer um pouco, Steve.

— Eu sei — ele aceitou de bom humor. — Mas gosto da minha cervejinha.

Jenni puxou para fora o cabideiro de roupas e eu escolhi uma camisa de linho pesado, de mangas curtas, azul-clara, que poderia ser usada por fora das calças, e um par de calças cáqui de preço razoável. Para acompanhar, acrescentei um paletó de linho desestruturado que, com um pouco de uso, estava programado para ter um caimento mais favorável.

— Nada muito formal — eu andava em volta de Steve. — Está confortável?

Ele sorriu:

— Está bom.

Jenni ajustou a queda do paletó e alisou o tecido sobre os ombros.

— Você está ótimo, Steve — falei. — Endireite os ombros.

Seu sorriso aumentou.

— Há anos ninguém me diz isso.

— Acho que acertamos — olhei para Jenni para ver a sua reação.

— Sem dúvida — ela não se comprometia.

Enquanto Jon, o fotógrafo, montava o seu equipamento, continuei fazendo minhas anotações. Steve recebeu ordem de se sentar numa cadeira e não se mexer. Jenni foi buscar um copo d'água gelada para ele, e outro para ela. Observei a omissão.

— Tudo bem — Jon mostrou a Steve um papel branco pregado no chão. — Não tire as mãos dos bolsos.

Quatro horas depois saímos nos arrastando, exaustos, do prédio. Na calçada, Steve sacudiu a minha mão vigorosamente como se fosse uma alavanca.

— Estou encantado. — Ele inclinou a cabeça. — Foi bom. Muito bom. Eu não achei que ia ser, mas foi ótimo.

— Estou contente. É para isso que estou aqui.

— Não realmente. Eu ia para a guerra me sentindo

assim. E a madame vai gostar... mas, o melhor de tudo, espere até as crianças me verem.

Steve Matthews. Macho típico. Pai orgulhoso. Autoconfiança em ascensão. Satisfeitíssimo.

— Claro, não vai durar — ele acrescentou. — É só um pouco de diversão e frescura, não é mesmo? Vestir roupas elegantes e tudo isso. Como ser criança, na verdade.

Capítulo 16

Siena

FIQUEI ACORDADA QUASE A NOITE INTEIRA, tensa de nervoso e cansaço depois de arrumar tudo para a viagem.

Contei carneirinhos. Conferi e voltei a conferir o meu guarda-roupa, cochilei e acordei. Passei em revista os objetos congelados não identificados no congelador e esperei que Charlie se entendesse com eles, cochilei e acordei. Cochilei de novo.

Às seis horas da manhã, o despertador tocou e pulei da cama dando graças a Deus. Charlie resmungou e foi arrastando os pés até a cozinha.

Abri as portas do armário. Suéteres à direita nas prateleiras. Roupas de baixo à esquerda. *Noventa por cento de um guarda-roupa nunca é usado. Noventa por cento do guarda-roupa de uma mulher representa fantasias e desespero.*

Passei o dedo sobre uma pilha de camisetas brancas, que se enrugaram ao toque. Melhor levar cinco. Dois pares de calças. Dois casacos. Um vestido envelope da Diane von Furstenburg mais elegante etc. etc.

Percebi a presença de Charlie — de robe e desgrenhado — me observando na soleira da porta.

— Você vai jantar fora, então? — falou.

— Sim. — E enchi as mangas do vestido com papel de seda.

— Certo.

— E vou ver Bill e Lola.

— Certo.

— Tem muita coisa no congelador, mas não sei exatamente o quê. Não tive tempo de conferir.

— Eu sei cozinhar — disse ele.

Já eram 7h30 e o carro para o aeroporto ia chegar em uma hora, para eu pegar o vôo das 11h30.

— Parece que você vai ficar muito mais tempo — Charlie pegou um dos meus sutiãs e ficou com ele balançando num dedo. — O que aconteceu com o guarda-roupa compacto?

Seu tom era neutro, mas eu o conhecia.

— Gostaria que você pudesse vir também.

— Continua sonhando.

— Vai me manter informada sobre o julgamento?

Ele deu de ombros:

— Se quiser.

O quarto estava cheio de roupas empilhadas. A minha mala estava no chão, seus conteúdos embrulhados em papel de seda. O apartamento parecia calmo, contido e, de certo modo, isolado. Charlie andava inquieto pelo quarto. Eu estava com o horário, passaporte, bilhetes, seguro?

Quando consegui dizer alguma coisa, reconheci que tinha esquecido de ligar para o meu corretor de seguros, mas prometi fazer isso do aeroporto.

— Que falta de cabeça! O que esteve fazendo nesses últimos dias?

— Charlie, você não está no tribunal agora, sabe?

— Não nega o meu argumento?

Havia um certo sarcasmo no modo como ele se controlava, uma raiva contida.

— Alguma coisa deu errado? — perguntei.

— Eu lhe contei que o patologista forense testemunhou que é de dez milhões para uma a probabilidade de o bebê ter morrido de causas naturais?

— Contou. Ontem de noite. — Eu transferia a pilha de roupas de baixo para a cama. — Querido, dá para sair do meio do caminho?

Ele se afastou.

— Que tal uma arrumação no meu guarda-roupa? Chamaria sua atenção?

— Pare com isso.

Charlie cutucou com pé descalço um par de sapatos meus — saltos altos, sem calcanhar, bico fino.

— Parece impossível caminhar com eles.

— E é, mas são elegantíssimos.

Ele olhou para mim firme:

— Eles são realmente importantes? Eles são *realmente* importantes?

— Não — retruquei. — Eles não são *realmente* importantes, mas estão aí e fazem parte do meu trabalho.

Coloquei as últimas peças de roupa na mala e fechei. Logo em seguida a campainha tocou. O carro tinha chegado e pedi ao motorista para esperar.

— Estou saindo — eu disse sem precisar, e me aproximei para dar um beijinho no rosto de Charlie. Ele cheirava a sono com um leve traço do alho da noite anterior. Familiar e amado. — Não vai me desejar boa sorte?

Ele me beijou de leve nos lábios. Não foi um beijo frio, nem cheio de pesar pela despedida, mas distante — e neste distanciamento residia o perigo. Charlie havia se afastado do meu caso, e estava me deixando nadar ou afundar sozinha.

Furiosa, eu o sacudi e disse a primeira imprudência que me passou pela cabeça:

— Tudo bem, tudo bem, você venceu. Vou desistir de tudo e virar uma *hausfrau*. Vou ficar em casa, parir um monte de filhos, servir de criada para o meu amo e senhor.

Com isso ele acordou.

— Pare com isso.

— A questão não é *essa*?

Ele alisou os cabelos desgrenhados.

— O que estivemos fazendo todos esses anos? Lutando para solucionar a discriminação e a desigualdade. É o meu trabalho, ou não percebeu? Então por que eu desejaria infligir à minha mulher aquilo que combato?

— Isso é o que você *diz*, Charlie. Você sabe muito bem que o que as pessoas dizem não é necessariamente aquilo em que elas acreditam.

Ele riu, mas o som era de um uivo.

— Não sou o tipo que passa a vida inteira trabalhando por uma coisa e praticando outra.

— Por que não? A maioria das pessoas na vida pública faz exatamente isso.

— E que provas você tem da minha vida dupla?

Charlie tinha mudado para o tom frio e felino, e agora respondia à sua própria pergunta. *Técnica de tribunal.*

— Nenhuma.

Passei os olhos pelo quarto, ainda envolto na desordem e no sono da nossa noite juntos. Um copo d'água pela metade na mesinha-de-cabeceira, uma toalha branca grossa no chão, uma camisola posta de lado. Se eu não estivesse indo embora, estaria tudo arrumado e brilhando ao anoitecer, um lugar limpo onde, quem sabe, ele e eu poderíamos ter acertado as coisas entre nós.

Em vez disso...

Charlie tirou o robe e vestiu um par de calças e uma camiseta.

— Vou descer com as suas malas.

Sua voz era neutra e o rosto estudadamente apático.

Recuei:

— Você não vai dizer nada?

Ele subiu o fecho das calças:

— O que posso dizer, Siena? Você me acusou de viver uma mentira. Você está prestes a atravessar metade do mundo de avião para vestir um bando de palhaços arrogantes e dizer para eles que são maravilhosos, e não temos tempo para discutir isso.

— Eles *não* são palhaços arrogantes. São pessoas comuns, tentando se sentir melhores. Certo?

Charlie ficou calado. Não precisava dizer nada: o silêncio — a arte aperfeiçoada do silêncio no tribunal — dizia tudo que ele achava do meu trabalho.

Aeroportos. Aviões. Nova York. Horários... Antes mesmo de começar, minha viagem estava sendo minada pela confusão e o transtorno na minha vida particular. A discussão afetaria a nós dois, e eu fiz o possível para reparar.

— Desculpe, Charlie. Eu não deveria ter dito isso.

Ele sacudiu a cabeça.

— Não deixe o motorista esperando, Siena. Ele deve ter se matado para chegar aqui a tempo.

Ele ergueu a minha mala, passou por mim e saiu pela porta da frente.

— Adeus, Siena.

— Adeus.

Durante todo o longo percurso até o aeroporto tentei não chorar. Se eu não tivesse acusado Charlie de machismo, a frase "palhaços arrogantes" não estaria soando na minha cabeça. Por que não pudemos lidar um com o outro de um modo mais direto e como eu, supostamente especialista nisso, pude tratar Charlie tão mal? Como ele pôde ser tão arrogante? O carro subiu pela via expressa e virou à esquerda, entrando no aeroporto onde parou num engarrafamento. Eu olhei para a fila de luzes de freio, a minha tristeza aumentou.

Nunca nos despedimos um do outro assim antes.

Nova York, 3 de junho. Queridos pais, aqui estou eu novamente. Sem tempo nem para respirar. Está fazendo calor, a cidade é barulhenta e frenética. Ligo quando voltar. Amor. Siena

Nova York, 4 de junho. Manda, Hotel bem no centro. Quinta Avenida dois quarteirões adiante. Vi um vestido divino para Chloé. Agüente firme. Te amo. Sxxx

"Oi, querido", dizia a mensagem que eu tinha deixado na secretária, "você deve estar se vestindo. É só para dizer que estou pensando em você. Ligue, por favor."
Até agora Charlie não tinha respondido.

O ar-condicionado do hotel estava forte, e uma rajada de ar reciclado bateu no meu rosto quando me sentei apoiada nos travesseiros e estendi a mão grogue para pegar um copo com água. Eu me sentia horrível; ainda atordoada com a diferença de fuso horário, que parecia ter me derrubado. Nem as pílulas de arnica nem a melatonina tinham funcionado.

Afastei os lençóis e fui me arrastando até o banheiro — uma combinação elegante de mármore com ferragens douradas —, tomei um longo e frio banho de chuveiro e me senti um pouco melhor. Eram seis e meia da manhã.

Mais tarde liguei para a portaria do hotel e conferi se o meu carro estaria me esperando para me levar ao cabeleireiro, depois para os estúdios perto de Battery Park.

Enquanto eu aguardava, passei em revista os horários e o itinerário. Primeiro eu tinha de me encontrar com meus dois temas para o programa — uma mãe solteira com dois filhos chamada Pear, e Angela, uma consultora de relações públicas negra.

> Pearl tem 22 anos, é loura e está desempregada. Ela quer melhorar o visual para entrar no mercado de trabalho...

Pearl se revelou ao mesmo tempo bonita e mal-humorada, tinha problemas, e resistiu à quase todas as minhas sugestões. Não, ela não queria vestir calças e paletó.
— Não é a minha imagem.
Quando observei que estávamos tentando mudar a sua imagem para que ela pudesse ter mais sucesso na vida, ela me olhou fixo, zangada:
— Quem disse?
Percebi um Fersen rondando numas calças justíssimas de couro preto. Ele aproveitou a deixa e entrou.
— Pearl, queridinha — falou —, calma. Um pouco de calma.
Depois de um pouco, ela me perguntou:
— De onde você é?
— Londres.
— Ahn.
Passamos uma hora tentando convencer Pearl a vestir uma roupa que tínhamos escolhido, e enquanto eu a incentivava e adulava, Fersen não parava de dizer coisas como "Está de matar, Pearl", e "Mas, Pearl, você está linda".

Palhaços arrogantes?
— Pearl — falei —, vem se olhar no espelho.

Continuei com a tarefa que me cabia, mas uma voz na minha cabeça mostrava que Charlie considerava esta adulação e incentivo de Lucys e Pearls uma frivolidade, um acessório para a verdadeira existência, que era mais séria e pesada.

— É. Acho que está bom.

Pearl avançou uma perna no estilo das modelos para admirar o corte das calças.

— Siena — Fersten enrolou um cachecol no pescoço de Pearl e deu uma pirueta, um derviche vestido de couro —, não acha que fica linda?

Não ficava.

— Fersten, acho que não...

Eu sorri com ar vencedor para Pearl, parada na frente do espelho comprido e, aparentemente, animada com o que ele refletia. Ela também tinha acordado para o fato de que estava no templo de um estúdio de televisão.

— Ei, caras — ela falou. — Vou deixar o meu telefone com vocês, caso um agente ligue depois do programa.

Dwayne, o produtor, materializou-se da escuridão para o cenário iluminado.

— Siena, preciso de você para resolver umas coisinhas.

O engenheiro de luz gritou:

— Podemos repensar aquelas últimas tomadas?

Uma maquiadora avançou para mim e ajeitou meus cabelos.

Era tanta coisa para se pensar, tantas coisas mais fáceis para se lidar: esqueci Charlie, esqueci a nossa discussão e me concentrei no trabalho.

Eu havia dedicado muito tempo pensando em Angela e nas suas roupas. Ela precisava de roupas que oferecessem diversas possibilidades. Seus problemas eram insegurança e insatisfação com o próprio corpo.

— Minha bunda é colossal.

Eu já tinha visto esse filme antes.

— É um bumbum muito bonito — falei, com paciência —, e a saia lhe faz justiça.

— Olhe aqui, minha senhora, isso não tem mais jeito.

— É por isso que estou aqui, Angela.

Escutei um sussurro de uma parte da equipe do estúdio, a postos para ensaiar uma filmagem para o dia seguinte. Inexplicavelmente, Fersen escolheu este momento para dar uma palavra de apoio.

— Está bem, Angela.

Eu lhe dei um olhar de gratidão, e murmurei:

— Obrigada.

O problema seguinte foi a objeção de Angela quanto a um sueterzinho simples que eu tinha escolhido para ela.

— Vermelho me faz sentir como uma declaração política.

— Vermelho chama atenção para você — observei —, o que é útil no tipo negócio em que você está.

— Tem vermelho e vermelho — disse Angela.

— Vista-o por alguns minutos e veja se combina com você.

— Não, não concordo.

— Tudo bem, e o amarelo-claro?

Finalmente convencemos Angela a experimentar o suéter vermelho. Ficou fantástica, o que, de má vontade, ela acabou reconhecendo. A equipe de câmeras entrou em ação, mas, no exato momento em que iam filmar, uma peça vital do equipamento explodiu. Ficou todo mundo histérico correndo para encontrar outra para substituir.

Angela consultou o relógio.

— Preciso ir — disse ela. — Alguém tem de buscar meus filhos no colégio e minha mãe está doente.

No final da tarde, o pessoal não agüentava mais. Fizeram uma última conferência sobre o que ia acontecer no dia seguinte, trocaram notas, deram opiniões. A equipe estava exausta. A energia desaparecera. Estávamos todos definhando, fazia calor no estúdio, e eu estava tremendo.

Saímos do estúdio às seis e meia. Eu me encolhia dentro do meu casaco quando Fersen apareceu.

— Que tal uma pizza e uma cerveja?

Mais do que tudo, eu ansiava pelo solitário refúgio do meu quarto de hotel.

— Seria ótimo.

— Sabe — ele falou, depois que nos instalamos numa mesa na pizzaria mais próxima —, tem gente aqui que não entende por que precisamos que venha alguém do Reino Unido para fazer isso.

Inspecionei minha salada de atum, que vinha com bolinhas de massa encharcadas em manteiga de alho. Nada bom para um contato íntimo no estúdio, mas estava gostoso.

— Intercâmbio cultural. Somos uma grande e feliz família, atualmente.

Fersen colocou na boca um pedaço grande de pizza de calabresa e mastigou.

— Famílias podem ser disfuncionais. Eu que o diga. A minha é família disfuncional alfa. O pai, um bêbado, mas cheio do dinheiro. A mãe, uma profissional enlouquecida. Você está falando com a Princesa da Park Avenue original. Eu até tive as minhas iniciais gravadas no meu pônei.

— Eles ainda estão vivos?

Ele ficou me olhando:

— Não falo com eles.

Na rua, Nova York toda iluminada e roncando com a barulheira dos carros. O calor asfixiava a cidade num manto a rigor, mas dentro da pizzaria a temperatura estava um pouco acima do ponto de congelamento. Um grupo de hispânicos mamava garrafas de cerveja, duas belas moças italianas conversavam e um homem de calças cáqui e mocassins estudava um jornal financeiro. Sob a mesa, meu pé (calçado num L.K. Bennett) marcava o ritmo no chão. Era a batida da animação nesta cidade, o triunfo por ter chegado até aqui.

Fersen afastou seu prato, metade da pizza ainda por comer.

— Tenho de cuidar da minha silhueta. — Ele deu um golinho na sua cerveja. — Está tudo tranqüilo com você, Siena?

Debaixo da mesa meu pé parou.

— Sem dúvida. Perfeitamente. Só uma coisa. Poderíamos ter uma variedade maior de roupas disponíveis? Assim a escolha seria mais ampla?

Os olhos de Fersen se estreitaram desagradáveis, e eu acrescentei:

— Sem críticas, mas aprendi ao longo dos anos.

— Eu também.

A observação desnudou a ânsia de sucesso, e a luta para chegar lá.

— Quando você é gay — continuou — precisa se esforçar só um pouquinho mais.

Na manhã seguinte, quando cheguei no estúdio, Dwayne me puxou para uma sala lateral.

— Soube que está tendo problemas. Por que não me contou?

Atônita, fiquei olhando para ele e então comecei a perceber.

— Só sugeri a Fersten que tivéssemos uma variedade maior de roupas. No caso de precisar. Só isso.

— Não gosto disso. Vamos deixar bem claro, se alguma coisa a incomodar, Siena, vem me procurar. É comigo que você tem de resolver isso. Certo? Não fale com a equipe.

— Certo.

Eu tinha visto esse filme também, com Jenni.

Quando Fersten entrou sorrateiramente no escritório, de calças cargo largas e cabelos puxados para trás com uma presilha de veludo, disparei uma ofensiva:

— Você está bem — falei. — Obrigada por ontem à noite. Realmente ajudou, ouvir suas opiniões.

— Sem problemas.

— Não, realmente, foi ótimo conhecer você melhor.

Suas narinas se inflamaram. Era para valer? Ele poderia confiar em mim?

Bem, sim e não.

Mais tarde eu lhe disse, enquanto vestíamos Angela de novo:

— O que você acha do colar, Fersen?

— Esquece — ele falou.

Olhei pensativa para Angela.

— Tem razão. Esquece.

A filmagem foi exaustiva. O lado positivo foi que tanto Pearl quanto Angela atuaram muito bem, e suas transformações tiveram a característica correta de Cinderela, que deixava o espectador alvoroçado e provocava um nó na garganta. Era bom de se ver.

Depois, a equipe se reuniu outra vez para examinar as próximas duas cobaias — um motorista de caminhão do Kansas e um executivo de uma companhia de eletricidade.

— Vai ser um fracasso — confidenciou-me o executivo. — E quero estar de olho na linha de partida quando isso acontecer. De qualquer maneira, gosto do crédito de ter estado no seu programa.

"Crédito" significava ficar mais importante, e ele piscou para mim.

No final da sessão, procurei Fersen — eu tinha visto que ele não aprovara o terno que tinha escolhido para o executivo.

— Eu estava pensando — falei — que não escolhi bem o terno de Sebastian Jones. Acho que talvez um da Chuck Coates fosse melhor.

— Por que, Siena?

— O corte da Chuck é menos agressivo.

Eu apostava que Fersen fosse me contrariar, independentemente do que ele achasse na verdade.

— O Jones é muito marcado, muito óbvio.

— Mas é isso que ele *precisa*, Siena. Ele precisa aparecer.

— Me convença.

Fersen começou a citar uma lista das vantagens da Sebastian Jones, que, considerando-se não ser sua escolha, era enorme. Eu empilhava as minhas anotações, colocava-as na pasta, concordava com a cabeça de tempos em tempos.

— Talvez você tenha razão — eu disse, num determinado momento.

Pouco depois, enganchei a tira da minha pasta no ombro e reconheci:

— Você me convenceu.

Houve um toque de gratidão, de tímido prazer, de recuo, no modo como Fersen respondeu de estalo:

— Pensei que vocês, britânicos, insistissem sempre em fazer as coisas do seu jeito.

— Depende do britânico.

Toquei de leve no seu braço e nos despedimos.

Voltei para o hotel com um bolo no estômago. Nervos. Adrenalina esgotada. Medo.

Às vezes minha autoconfiança, de repente e sem avisar, me foge. E então segue-se um esforço enorme para não desanimar e controlar meus nervos. Nestas horas eu precisava de Charlie.

Mas eu não o tinha.

Talvez ele não quisesse mesmo falar comigo. Talvez eu não pudesse falar com ele; não conseguisse dizer: "Charlie, acho que você está certo... *pode* ser que tenha alguma coisa no meu trabalho que não funcione direito. Talvez eu o esteja usando como uma cortina abaixada para eu não ver o que tem do outro lado."

Fiquei andando de um lado para o outro no quarto do hotel, recolhendo objetos aqui e ali. Por que ele não tinha ligado? Tinham renovado a tigela de frutas sobre a mesa e eu mordi uma maçã. Estava meio passada, sem gosto ou textura. Joguei-a na lata de lixo.

Eu tinha ligado para meus pais mais cedo.

— Está quente — minha mãe tinha dito. — Graças a Deus.

— Quente aqui — eu disse.

Meu pai escolheu uma política diferente.

— Não estou gostando como a libra está indo com relação ao dólar.

Era o seu jeito de expressar a sua preocupação comigo.

— Está tudo certo, pai. Estão pagando as minhas despesas.

Ele bateu com os dentes desaprovando.

— Vamos descansar um pouco nas Highlands — falou.

— Ardoit. Na última vez que estivemos lá, você e o seu irmão resolveram reencenar as rebeliões jacobitas.

— Acho que me lembro que derrotamos os hanoverianos e ficamos fugidos uma semana.

— Vocês eram umas pestes — disse o meu pai. — Não sabíamos onde vocês iam parar.

Ri, e me senti mais normal.

Durante a noite, o ar-condicionado parou de funcionar e eu acordei encharcada de suor. O ar tinha um cheiro assustador, pesado, e minha boca estava seca feito pavio. O resultado foi que saí para o estúdio com uma dor de cabeça que não tinha respondido ao paracetamol.

Autoconfiança era o segundo nome da mulher moderna. Tratada com cremes, tonalizantes, colorido coordenado, criativa, eficiente, poderosa. Ganhar dinheiro era autoconfiança. Atitude era autoconfiança. Amar era autoconfiança.

Então, onde tinha ido parar a minha?

Charlie não telefonou.

Capítulo 17

Barbara

Acordei com um sobressalto, com a cabeça pesada e confusa.
— Ryder? Está tudo bem, calma, querido.
Ele se debatia na cama.
— Fim da linha... — gritava. — Preto...
Virei de lado, abracei-o e tentei acalmá-lo.
— Está tudo bem. Está tudo bem, você está em casa.
Ele resistia, agitado, e resmungava, e eu senti o cheiro do medo nele.
— Ryder... Ryder... vamos. Acorda. Querido, vamos... devagarinho.
Seus olhos se abriram. Ele engoliu em seco.
— Barbara?
— Ryder — encostei-me bem nele, querendo que minha normalidade familiar, de todos os dias, o reanimasse. — Você está em casa. Está comigo. Compreende?
— Oh, Deus — ele estava atordoado —, estou?

Eu o ninei por um bom tempo, até ter certeza de que tinha se acalmado. Mas quando, desejando a sua forma de alívio habitual, ele me procurou, eu me encolhi.

— O que aconteceu? — ele perguntou. — O que eu fiz?

— Nada, nada.

Naquele momento fiquei aborrecida comigo mesma. No entanto não podia ter dado a Ryder o que ele queria e precisava.

— Querido, vou acender a luz agora — falei, e a claridade nos ofuscou. — Ryder, vou preparar um chá para você. Fique quieto aqui, não demoro.

Quando voltei, ele olhava para o teto. Estava encharcado de suor, então eu o fiz trocar de pijama, sequei seu rosto e o coloquei de novo na cama. Sentei-me ao seu lado e lhe dei o chá.

— Desculpe, querida. — Ele ainda estava atordoado, e se recusava a olhar para mim. — Que... *praga* estes pesadelos.

— O que foi?

Ele fez uma careta.

— No Spitfire, e é uma batalha. Aí eu sinto uma dor tremenda na perna e sei que fui alvejado, os pedais travam e o Spitfire mergulha, e continua mergulhando e eu estou preparado para o impacto, mas ele não acontece... e fico desesperado para ele cair no chão e estar tudo acabado.

Aproximei-me dele e acariciei o seu rosto.

— Mau.

— Bobagem, não é? — Ele olhava para dentro da xícara de chá, sofrendo e com vergonha de estar sofrendo e, depois de tantos anos, permitir que eu fosse testemunha disso. — As imagens ainda surgem da escuridão. E foi há tanto tempo...

— Ryder... notei que eles têm piorado ultimamente. Não seria uma boa idéia procurar alguém especializado nesse tipo de coisa?

Ryder ficou tenso, depois amarrou a cara.

— O que você anda lendo, Barbara?

— Esse livro sobre Freud. Mas vale a pena pensar nisso. Você vai pensar?

— Se a companhia aérea descobrir, estou acabado.

— Então vai pensar?

— Não disse isso. Já passamos por tudo isto antes. Não gosto de psiquiatras. Meus pesadelos são apenas pesadelos. Só preciso colocar os sonhos ruins numa caixa e guardar numa prateleira na minha mente. E aí fica tudo bem. Resolvido. Descartado. Se você fica ruminando estas coisas, elas viram um problema.

— E se a prateleira quebrar?

— Detesto esse tipo de coisa.

— Sei disso, mas você pode ter uma surpresa depois.

Fez-se um longo silêncio, e Ryder bateu com a colherinha na xícara.

— Se os meus pesadelos incomodam você, Barbara, posso dormir no quarto de vestir.

— Escute — estendi a mão e aquietei a colherinha agitada —, parte de um sonho é lembrada, e outra parte é chamada de latente, o que significa que o consciente não consegue lembrar, e ela precisa ser despertada. É aí que entra o psiquiatra e resolve o problema.

Lá fora o coro do alvorecer começava, uma leve mistura de sons de início mas aumentando de volume. Eu estava avançando bem com o assunto, mas ele precisava ser administrado em pequenas doses.

— Se você estiver exagerando, Ryder, deve dizer.

— Você acha que se eu não tivesse total confiança em mim eu iria pilotar um avião cheio de passageiros?

Estávamos pegando de novo no sono quando Ryder perguntou:

— Como é possível esquecer, Barbara? Não se pode simplesmente querer esquecer uma guerra e o que aconteceu com todos nós. Não se pode apagar isso.

Ele, nem de longe, tinha dito algo parecido antes.

Tinha razão. Nada podia se comparar ao esforço para ser uma pessoa normal com as bombas caindo. Nada se comparava à estranha, desconfortável excitação de continuar viva por mais um dia. O nervosismo. As reações exaltadas. A concentração sobre-humana. No caso de Ryder, a luta para oferecer uma vida e não se importar com isso. Acordar, no meio de uma guerra, e perceber que a juventude se foi.

Mas tudo isso era passado... terminado. Afundei os travesseiros para encaixar a cabeça. O remédio era pensar no agora, e no futuro. Alexander estava certo. Era possível mudar as coisas. Éramos livres para fazer isso. Não estávamos aprisionados numa teia do tempo mental. Se ciência e medicina significavam alguma coisa, se ter uma mente queria dizer alguma coisa, Ryder e eu podíamos provar que sabíamos viver no presente.

E Alexander? Cujas palavras ousadas, valentes, e a imperícia no amor tinham despertado um misto de paixão, doçura e desejo que era — difícil de entender — bem diferente do que eu sentia pela minha família. E eu mesma? Como fui capaz de fazer o que eu fiz? Como pude não saber que seria capaz de subir numa bicicleta e pedalar por uma estrada no campo para me encontrar com Alexander?

— A respeito de Teignmouth... — Ryder soava reconfortantemente sonolento. — Cancelei, e providenciei para voarmos para a Suíça. Mas vou deixar os detalhes para você resolver, porque não tenho tempo.

— Ryder — coloquei a mão na curva das suas costas, e ele se mexeu aceitando a carícia. — Isso é maravilhoso.

— Achei que você ia gostar.

No escuro, corei de culpa e vergonha, e atônita comigo mesma... no entanto, nenhuma dessas reações era adequada.

O fim de semana ia ser agitado. Amy e Sophie iam ficar, Roy e Victoria viriam no domingo, e Sylvia e Mary trariam Alexander para o almoço.

Amy me surpreendeu entrando na cozinha na sexta-feira de noite. Tinha uma mancha de fuligem do trem no nariz e parecia exausta.

Eu preparava um bife e torta de rins, e minhas mãos estavam sujas de farinha; havia uma nuvem branca no linóleo também.

— Amy! Não esperava você hoje.

— Eu queria falar com você. — Ela me viu limpar as mãos no avental. — Mãe, você me repreendeu por fazer isso.

Eu ri:

— É mesmo. Sobre o que você quer falar?

Ela se plantou decidida na minha frente:

— Eu queria lhe dizer que sinto muito... sobre o que falei.

— Eu quase me convenci de que você não estava falando sério.

— Mas falei — ela me contradisse. — Para ser sincera, tive a intenção de dizer tudo o que disse, mas não daquele *modo*. Não com raiva e maldade. Eu a magoei, mamãe? Quero que seja honesta comigo, realmente honesta. Acho importante a gente compreender como funciona a mente uma da outra. — E acrescentou com menos confiança, e muita rigidez. — As relações ficarão melhores entre nós duas.

Era o jeito curioso de Amy se expressar. Mas esta conversa foi a mais honesta e franca que tivemos fazia muito tempo.

— Tudo bem. — Eu enfrentei a situação. — Sim, você me magoou. Muito.

Amy me olhou firme, com ar de quem ia questionar.

— Achei que sim e queria acertar as coisas.

Procurei uma cadeira da cozinha e afundei nela.

— Sinta-se à vontade.

Para minha surpresa, Amy apanhou uma pá de lixo e uma escova e varreu a farinha no chão.

— Quero deixar bem claro que pretendo levar minha vida a sério.

— Compreendo, mas antes de você continuar, cuidar de uma família *é* sério.

— Por favor, não interrompa. Cuidar de uma família não é sério o bastante. — Ela derramou o conteúdo da pá na lixeira. — Sophie e eu não aceitamos o seu jeito. Discutimos isso muitas vezes. Não estou preparada para passar minha vida numa sala de datilografia, morrendo de tédio... Portanto, me matriculei numa escola noturna, e depois vou prestar concurso público. Eles aceitam mulheres. Decidi mirar alto, e não vou deixar que você e papai me convençam do contrário. Se não der certo, o problema é meu. — Ela bateu com a tampa, fechando, decidida, a lata de lixo. — Pronto!

No domingo de tarde a pedida era um jogo de tênis, e convenceram Ryder a participar.

Como sempre, Roy assumiu o comando e organizou a caçada por bolas e raquetes, e exigiu o sorteio para ver quem jogava primeiro.

Victoria bateu as pestanas na sua direção:

— Eu opero a estação limonada, e seguro a sua toalha.

Ela e eu sentamos no banco e assistimos ao jogo.

— Roy não fica maravilhoso de branco? — ela falou.

Observei meu filho, defendendo com eficiência a linha de fundo.

— É, fica. — Sem dúvida ele estava na sua melhor forma na quadra, relaxado, sem a sua costumeira rigidez.

Para o primeiro match — três sets apenas, para ser justo, disse Roy — pai e filho jogaram contra Sophie e Alexander. Sophie rodopiava com a raquete, dançando na quadra. Alexander galopava de um lado para o outro, ágil e com bom preparo físico, via-se que era um bom jogador.

Victoria disse baixinho:

— Alexander é muito bonito, mas acho que Roy tem algo mais. Roy é tão forte e inteligente.

— Os dois são.

Victoria pareceu espantada por eu não ter corrido em defesa do meu filho — e, é claro, ela estava certa.

— Não do mesmo modo — ela se manteve corajosa, e eu lhe dei nota dez por sua lealdade.

Acomodei-me no banco.

— Vamos, pai. — Roy estava impaciente com Ryder, que não corria para a rede.

— *Bom* — gritou Sophie, quando Alexander avançou para a frente e acertou de efeito um backhand no canto da quadra.

Amy e Mary catavam as bolas, e Sylvia arbitrava.

— Quinze-trinta, não, quero dizer, trinta-quinze.

— Decida-se — Alexander gritou bem-humorado.

Seu olhar brilhou rapidamente na minha direção, e me ocupei com a jarra de limonada.

Alexander deu um saque de efeito e voltou correndo para a linha de fundo para esperar o retorno. Mas Ryder simplesmente rebateu por baixo, reduzindo a velocidade da bola e a colocou bem perto da rede.

— Bom, Sr. Beeching — gritou Sylvia. — Muito esperto.

— Sem dúvida, senhor. — Alexander não olhou para Ryder, e mudou de posição. Sophie correu para ele, colocou a mão na sua orelha e sussurrou. Alexander respondeu em voz baixa. Sophie tocou no ombro dele e disse, virando o rosto com um olhar travesso.

— Põe o tio Ryder para correr.
Eu não ousei olhar para Alexander.
Victoria gritou:
— Vamos, Roy.

Alexander fez o que pôde para colocar Ryder para correr, mas Ryder era um jogador de tênis experiente, e sabia como anular essa tática.

— Não, você não vai — ele falou, e mandou um firme backhand baixo para a linha de fundo.

— Movam-se, vocês dois.

Ele fez Alexander e Sophie correrem pela quadra ao seu comando — e o escore avançou inexoravelmente para a vantagem de pai e filho.

De novo foi a vez de Alexander sacar. Ele mandou a bola rodopiando por cima da rede.

— Fora — gritou Ryder.

— Mas, senhor, não acho... — Alexander baixou a raquete.

— Fora — repetiu Ryder.

— Acho que não — disse Alexander.

— Ele está certo — falou Roy, com um dedo no ar. — Foi fora. Quilômetros, de fato.

Alexander ficou imóvel. Por um momento, a situação ficou crítica. E aí ele deu de ombros gentilmente, sorriu e disse:

— Claro.

E voltou para o fundo da quadra.

Ryder jogou uma bola para cima, e parecia satisfeito consigo mesmo:

— O coroa está vivo ainda.

Alexander fez duas duplas faltas em seguida. Eu observava e vi que ele estava zangado, e que a raiva o fazia se esforçar muito. Depois ele fez um ace, e Ryder perdeu.

No final de três sets, eles pararam para beber alguma coisa. Victoria serviu limonada, Ryder deu a sua raquete para Amy:

— Toma, estou pregado.

— Coitadinho do papai — Amy implicou. — Tão pregado que deu uma surra no adversário.

Victoria secava o rosto de Roy com uma toalha.

— Você está tão *quente* — ela arrulhou.

— Bom jogo — o olhar de Ryder pousou pensativo em Alexander.

— Sim, senhor.

— Tática e experiência é o que garante a vitória. Não acha?

O sorriso de Alexander brilhou de leve.

O jogo continuou. Sophie perdeu uma bola. Amy acertou outra em cheio na rede. Alexander fez outro ace. Os pássaros cantavam nas árvores, e a luz do sol dava ao cenário uma característica mágica, tremeluzente — a respiração presa na minha garganta.

— Bom ver os jovens se divertindo. — Ryder estava relaxado e cordial.

Ele levantou a mão para proteger os olhos. Sob a camisa de mangas curtas, o músculo ainda estava ali, forte e marcado, mas levemente fibroso, e lembrei da beleza macia e dourada dos braços de Alexander envolvendo o meu corpo na beira do rio.

Ryder dizia:

— São tão educados e bem-sucedidos, e ambiciosos. Sabe, e eu não devia dizer isso, que sinto inveja deles? Às vezes.

O reconhecimento foi surpreendente.

— Sente mesmo?

— Não é tão estranho assim. Nossos pais devem ter sentido inveja de nós. — Ele passou um braço pela minha cintura. — Estou esperando ansioso as nossas férias.

Mais tarde, tomando chá na estufa, Ryder puxou Alexander de lado:

— Queria algumas sugestões de onde ir na Suíça. Você estudou lá, não foi? Estou levando Barbara para umas férias bem merecidas.

Ele pegou o atlas e os dois entraram em conferência. Sophie se encolheu ao meu lado:

— O que você acha dos planos de Amy?

Eu estava observando Ryder e Alexander.

— Estou me acostumando com a idéia.

O exercício na quadra tinha encaracolado os cabelos de Sophie nas têmporas. Mechinhas encantadoras.

— Aprovo tanto o que Amy está fazendo, tia Barbara. Acho que ela está sendo maravilhosa. Não estou criticando você, mas penso que as mulheres têm o direito de levarem vidas sérias, úteis...

Sophie estava usando as mesmas palavras de Amy; eu as reconheci como o seu vocabulário adotado, escolhido, a linguagem delas.

— Nós *temos* de ganhar a vida, e não nos tornarmos parasitas. Ter o nosso próprio dinheiro. — Ela colocou a mão no meu joelho. — Eu não *suportaria* viver dependendo de alguém para ter dinheiro.

Tendo feito o seu manifesto, Sophie voltou sua atenção para mim:

— Como está indo no St. Bede's?

— A Srta. Raith deixou bem claro que eu tenho muito o que aprender, mas estou gostando de ser exigida.

— Está vendo o que eu digo?

Ninguém me enganava. Sophie não estava interessada em mim e no meu trabalho, mas em observar Alexander, que tinha um dedo plantado no atlas e gesticulava com a outra mão.

— Ele é lindo demais, não é?

Ela conseguia ser melancólica, esperançosa, desajeitada, encantadora, vulnerável e irresistível, tudo ao mesmo tempo.

— Sim, ele é. Muito.

Ela puxou a cadeira mais para perto de mim e baixou o tom de voz:

— Gosto muito de Alexander. Você não? — Seus olhos azuis cintilavam. — *Acho* que ele gosta de mim.

Eu não podia olhar para Sophie. Eu não queria olhar para ela. Virei-me para conferir a bandeja de chá... qualquer coisa.

— Eu disse alguma coisa, tia Babs? — Sua voz batia fundo nos meus ouvidos. — Você está estranha.

Relutante, virei-me para ela:

— É só uma pontada... não é nada. Devo ter comido muito bolo.

— Parece magoada com alguma coisa.

— Não, não é nada — falei entre os lábios ressecados.
Depois de um pouco, ela recomeçou:
— Acha que eu tenho chance, tia Barbara? O que você pensa? — Ela sorriu confiante. — Você é a única pessoa com quem posso falar realmente.

Alexander me ligou no dia seguinte para agradecer o almoço.
— Tenho uns nomes de hotéis.
Peguei a minha agenda e anotei: Hôtel de la Montagne, Crans, e Hôtel du Lac, Montreux.
— Você os conhece?
— Fiquei no Hôtel de la Montagne. Tirei uma folga do estudo e subi para passar uma noite na montanha.
— Nunca lhe perguntei se você gostou da Suíça. O que encontrou lá?
— É abafada. Bela, e civilizada também. E o curso foi estimulante e atual. — Ele fez uma pausa. — Continuamos amigos?
— Sim. Sempre amigos.
— Boa menina.
Dei um suspiro contido.
— Dói, esta abertura da mente. Dói o que fizemos com Ryder. E tem todas as outras pessoas a quem posso estar magoando também.
— Você *quer* me ver?
Fechei os olhos e relembrei o doce ímpeto de paixão e deleite. Senti o cheiro do rio e dos juncos, senti o sol no meu rosto e a inesperada, selvagem, excitação.
— Sim, quero, mas não vou fazer isso.
— É a última palavra?

— Alexander, aconteça o que acontecer... Não, mais cedo ou mais tarde... teria de acabar. Não tenho medo disso. E por que não agora? Não tenho medo de sofrer por isso, e não vou deixar Ryder. Foi só um momento, um lindo, lindo momento. Mas estou pensando em você. Pense em outras moças ... pense em Sophie ou Mary.

— Se eu desligar este telefone e nunca mais falar com você, isso vai significar que saí da sua vida? Eu desapareceria? Seria o fim?

— Não. — Lágrimas escorriam pelo meu rosto. — *Não*. Sim, sim, seria.

— O que você quer dizer?

— Não sei, Alexander. *Não sei*.

Sentei-me na cantina do St. Bede's e obedientemente comi presunto e salada, sem sentir sabor, e analisei a conversa com Alexander, avaliando cada palavra como se fosse o mais raro caviar ou vinho de safra. Mais tarde, atravessei de volta a cidade, com os pés doloridos nos sapatos inadequados, carregando meus anseios e minha culpa, a minha reação à intensidade, à surpresa e crueza do que eu tinha feito, e pensei que morreria com a consciência pesada.

O avião inclinou-se nitidamente sobre o Lago Genebra, acertou as asas e começou a descida para o aeroporto. No assento ao meu lado, Ryder resmungou alguma coisa. Coloquei a mão no seu joelho.

— Você não está no comando — lembrei.

— Deveria estar — ele retrucou. — Foi horrível.

— Estão nervosos porque você está a bordo.

Ryder tinha se apresentado à tripulação antes de nos acomodarmos em nossos assentos.

Debaixo de nós, o lago, com cidades e aldeias espalhadas pelas margens, cintilando com uma luz pouco familiar. Que tipo de vida diferente se vivia ali? Eu observei a esteira branca de um barco movendo-se na água, o faiscar do vidro de um carro passando veloz pela estrada, o panorama de rocha e céu.

Ryder ainda estava analisando os detalhes do vôo quando saímos na estação de Sion, cheia de veranistas de shorts e camisas de mangas curtas. Ryder estava de terno, eu com um chemisier, grosso demais, e um blazer azul-marinho no qual tinha espetado o distintivo das esposas da BOAC. Gostaria de não ter feito isso.

O táxi subiu conosco a montanha até o hotel na aldeia de Crans onde ficaríamos três dias, e o gerente no acompanhou até um quarto limpo e confortável cheirando a pinho. Dava para o vale e a cadeia de montanhas do outro lado.

Ryder cutucou o edredom de penas sobre a cama:

— Esqueci que usaríamos isto aqui. Você vai se acostumar?

Segurei uma das bordas entre o indicador e o polegar. Dentro de um tecido de algodão branco, era leve e macio.

— Parece muito confortável.

Abri a janela de correr que dava para a varanda e saí para o sol e o ar fresco.

— É maravilhoso. — Voltei-me para olhar para Ryder. — *Maravilhoso.*

Ele riu.

— Você parece outra mulher, Barbara, muito diferente.

Almoçamos tarde no terraço do hotel, com aquele sol claro, duro, desconhecido, nos envolvendo, e o meu sangue se acelerou nas veias com a novidade. Escolhi uma omelete, que, ao chegar, era com um queijo que eu não conhecia, e salada, com um tempero que não reconheci. Ryder comeu presunto envolto em massa folhada, e bebemos um vinho branco leve.

Depois, vesti calças compridas e calcei sapatos de amarrar, e subimos por uma trilha que atravessava a linha de árvores na montanha. Uma hora mais tarde, saímos num campo de flores — em azuis, amarelos e rosas delicados. Mais para cima, havia uma cabana e um bando de ovelhas trepando nas paredes rochosas; o tinir dos seus sinos era doce e claro. O ar era mais rarefeito a esta altitude, mas, em contrapartida, o sol era mais forte. No topo da cadeia de montanhas em frente havia bolsões de neve e uma nítida e ondulante fieira de pinheiros escuros.

— Gosta? — Ryder apoiou-se no seu bastão. Estava ofegante, mas corado e parecendo mais jovem, como eu não o via há muitos anos.

— Gosto.

— Pensei que você ia gostar.

Ele se aproximou mais, e senti o cheiro de suor nele, fresco e familiar.

— Eu devia ter trazido você aqui há muito tempo. Desculpe, Babs, acho que tenho sido um pouco egoísta. Virou hábito.

— Não tem importância — murmurei. — Estamos aqui agora.

Capítulo 18

Barbara

Dormimos um sono tranqüilo, sem sonhos, debaixo do edredom diferente. O algodão era áspero, com um toque de lavanda, o edredom de penas de ganso nos envolvia, uma segunda pele macia e confortável. Antes de nos deitarmos, abri a janela, e o ar da montanha entrou no quarto, com um sussurro de pinheiros, neve e majestade.

Ryder me acordou ao alvorecer.

— Vamos — disse ele, mas eu o afastei.

Eu não queria isso. Eu não queria Ryder.

Fiz menção de sair da cama — *ir ao banheiro, fazer o que é necessário. Escapar ao seu toque por mais um ou dois segundos.* Mas Ryder me impediu. "Finja que estamos no começo."

Vou tentar, pensei. *Tenho de tentar. Eu lhe devo isso.*

Ryder sussurrou o meu nome.

E foi como se voltássemos ao início. Meu corpo contraindo-se cedia obediente, o mergulho na pura sensação, descartado o pensamento racional. Como Ryder havia induzido e evocado as minhas reações naquela época, do mesmo modo ele fazia agora... até eu não saber mais o que era presente, o que era passado... o que era Ryder, e o que era Alexander. Eu estava impressionada com a amplitude desta experiência, com a sua capacidade de ser tantas coisas: amorosa e falsa, desejada e, ao mesmo tempo, não. Exclusiva, mas não.

De manhã, Ryder inventou outro caminho para subir a montanha, desta vez pelo norte. O gradiente desta trilha era muito mais íngreme e mais traiçoeiro e, além do mais, estávamos de cara para o sol. Eu não estava despreparada fisicamente, mas era obrigada a parar a toda hora, com o peito arfando e os músculos das pernas reclamando.

Ryder caminhava na frente e eu estava livre para observá-lo com novos (mais aguçados?) olhos. Mais largo e volumoso, sim, mas não muito diferente do dia em que surgiu da claridade do sol e entrou na minha vida.

Era perigoso subir tanto. O ar aqui em cima na montanha pregava peças — elementar e mágico na sua clareza e nitidez, uma nitidez que funcionaria como uma janela... pois se Ryder se virasse para me olhar, eu tinha a estranha sensação de que ele teria enxergado no fundo da minha alma.

Depois de duas boas horas de caminhada, paramos para almoçar num declive sob o cume. Meus braços já estavam vermelhos, e meu rosto queimava. Eu caí derreada, dando graças a Deus, e aspirei o ar cortante.

Ryder sacudiu a mochila das costas e me ofereceu a garrafa com água.

— Da próxima vez temos de comprar botas adequadas para você. Eu devia ter pensado nisso.

Inspecionei meus sapatos.

— Estão inteiros.

— Não se deve nunca subestimar a montanha. — Ele se ajoelhou, levantou o meu queixo e disse sério: — Você daria a vida pelo par de sapatos errados. — E olhou para o cume e a cabana visível embaixo. — Na próxima vez subimos, por enquanto vamos ficar na trilha.

A água estava quente e não dava para matar a sede. Ryder sentou-se ao meu lado, e estendeu o mapa sobre os joelhos.

— Calculo que, se seguirmos para o leste daqui — ele apontou —, chegaremos a Bourges, onde podemos tomar chá, depois pegar um ônibus de volta para o hotel.

Meu sanduíche consistia no queijo desconhecido entre fatias de pão seco. Eu o provoquei um pouco:

— Você está pensando no bolo de nozes.

Ryder deu uma mordida no seu sanduíche e recostou-se na pedra.

— Se estivesse pensando em alguma coisa, certamente seria num bolo de nozes.

Olhei de esguelha para ele. Encostado na rocha, as mangas da camisa arregaçadas, ele parecia relaxado, à vontade, em paz.

Falamos preguiçosamente sobre nada importante até que Ryder tocou no assunto de Ian e Antonia.

— Eles são o mau hábito um do outro, que se recusam a transformar em bom. Pobre Sophie, apanhada bem no meio do fogo cruzado.

— Como nossa filha, Sophie é contra o casamento. Amplamente falando. Assim elas dizem. Amy me informa que o casamento foi inventado por homens para garantirem o seu conforto do berço até o túmulo.

Ryder disse preguiçoso:

— Elas vão aprender.

— Acho que Amy tem toda a razão.

Ryder cutucou a parte macia da minha coxa com o seu bastão.

— Você acha, não acha?

Um pouco depois, ele perguntou:

— Pode me imaginar montando uma agência de viagens, Barbara?

— Não vejo por que não.

— Talvez tenhamos de vender a casa para levantar capital. Não quero obrigar você a fazer alguma coisa que não deseja, portanto preciso saber como se sentiria.

Ryder estava abrindo as asas, e eu via agora o que teria de enfrentar. Numa atitude temerária, eu tinha pensado que haveria uma leve chance de mergulhar por baixo da rede e experimentar... o quê? Estudar psicologia? Ser o braço direito da Srta. Raith? Eu me imaginava vestida num tailleur elegante e de chapéu, deixando para trás a produção de geléias e os polimentos, as maçãs nas prateleiras, e entrando num escritório onde haveria uma mesa com o meu nome gravado.

Rápida correção: ao invés de precisar menos de mim com o avançar da idade, Ryder ia precisar mais. Cafés-da-manhã, lanches, jantares, camisas passadas e faxinas, apoio moral — tudo seria exigido às pazadas regulares.

Comi o sanduíche devagar, pensativa. Quando terminei deitei e fechei os olhos.

— Na verdade, acho que não quero voltar — murmurei.

— Quero ficar aqui em cima para sempre, e ser uma pastora de cabras ou guarda-florestal.

— Calma — disse Ryder, e colocou a mão na minha coxa.

O calor e o peso do seu toque na minha carne foi uma âncora — e essa era a sua intenção.

As vitrinas em Bourges eram encantadoras. Chocolates, pão — abobadados e trançados, pães caseiros de trigo, centeio e milho —, geléias, grandes rodelas de queijos, esburacados e entremeados de veios azuis, branco cremoso e amarelo-manteiga, rendas, sapatos de todas as tonalidades e descrições, as cores, as formas, profusão, *escolha*...

Ryder acabou me arrastando para uma casa de chá, e nos sentamos a uma mesa coberta com uma toalha de linho para examinar um carrinho gemendo sob o peso de bolos como eu nunca tinha visto.

Pedimos chocolate quente, e escolhi um pãozinho doce recheado de creme. Enfiei o garfo, ergui o primeiro pedaço e deixei a minha língua escorregar pelo creme.

— Maravilha.

A casa de chá estava cheia de outros caminhantes de botas e roupas coloridas, e mulheres de tailleurs bem-cortados e sapatos brilhantes.

— Esse é o tipo de botas que você precisa.

Ryder indicava um par excepcionalmente robusto que um homem pesadão usava. Por um momento achei que ele estivesse falando sério. A atmosfera fervilhava com o ruído de pessoas conversando, louças tinindo e, num canto, por cima de uma das mesas, amontoava-se a fumaça de cigarros.

— Feliz? — perguntou Ryder, que já destruíra quase todo o seu bolo.

— Perfeitamente.

O prazer de Ryder com o meu prazer nos deixava a ambos felizes, e eu pensei como era fácil estar nesta posição.

Franzi o nariz para ele:

— Você é um homem bom, Ryder. Não há muitos iguais a você.

Convenci-o de que seria divertido voltar a pé para o hotel.

— Ambiciosa — ele disse —, mas, e daí?

Chegamos, quase mudos de exaustão, tomamos banho, trocamos de roupa, jantamos olhando para o terraço e fomos para a cama cedo.

Acordei de madrugada. Ryder estava imóvel, respirando profundamente. Escorreguei para fora da cama, joguei o meu suéter sobre os ombros e saí, sem fazer barulho, para a varanda.

Em Sion, lá embaixo, uma dúzia ou mais de luzes rompiam a escuridão, e eram repetidas nas aldeias sobre a cadeia de montanhas em frente. A bandeira no mastro do hotel adejava, soando como roupa molhada no varal e, ao longe, um carro solitário descia a encosta.

O vento soprava diretamente no meu rosto, e meus pés se torciam de frio. No alto das montanhas ficavam as geleiras, lençóis de gelo — tão estranhas como eu era agora para mim mesma.

Esta extrema solidão, confusão, surpresa, era excitante, e deveria ser experimentada pelo menos uma vez na vida. "Barbara", eu me peguei murmurando, "você deixou a sua vida seguir sem prestar muita atenção, e foi um desperdício".

As palavras foram-se junto com o ar cortante.

Todo mundo pode ter segredos.

Verdade, pois eu não pertencia a Ryder, nem aos meus filhos... nem a Alexander. Eu pertencia apenas a mim mesma.

— O que você *está* fazendo, querida? — Ryder saiu na varanda. — Você vai ficar doente. Volte para a cama.

Ele colocou as mãos nos meus ombros e sorriu para mim, tentando entender o que estava acontecendo. Muda, eu me agarrei forte a ele. Depois de um pouco, ele se inclinou e beijou meu rosto.

— Seja o que for — ele disse —, não adianta se preocupar.

Pedimos café e croissants para o café-da-manhã no terraço e fomos servidos debaixo de um guarda-sol listrado — o sol já estava brilhando, forte.

— Olhe — apontei para o alto da montanha, pontilhada de sombras e rochas acinzentadas —, a neve está tão clara e limpa.

Da piscina veio o som de alguém mergulhando, e os funcionários arrastavam espreguiçadeiras para o terraço ao lado. Um trio de caminhantes matinais saía pelo portão do hotel com mochilas e bastões. O dia já parecia *en fête*, róseo e despreocupado com o verão. Ryder e eu não tínhamos nada para fazer além de nos divertir até, no devido tempo, fazermos as malas e seguirmos para Montreux.

Tornei a encher nossas xícaras de café e levei a minha à boca.

— Você está feliz? — perguntei a Ryder.

— Claro.

— Não tem nada "claro" — rebati.

O hotel em Montreux ficava à beira do lago. A cidade era um misto de prédios do século XIX, sugerindo um apogeu que não se via mais, e *villas* mais modernas. Tinha uma aspereza, um aspecto precário de algo em ruínas, um ar de depressão, mas talvez, segundo observei para Ryder, isso tivesse alguma coisa a ver com a quantidade de homens que preferiam as capas de chuvas e chapéus de feltro.

Fizemos o registro no hotel, e o porteiro disse:

— *Monsieur* Beeching, tem uma mensagem.

— Ah, meu Deus! — exclamei. — As crianças!

Ryder leu.

— É do trabalho. Precisam que eu volte. Estão com dois a menos. Doença.

— Só isso? Quando?

— Agora.

Não senti nenhuma obrigação de ser bem-educada.

— Que coisa chata. — Depois suspirei. — Pelo menos estamos com as malas prontas.

— Sim... — Ryder leu de novo a mensagem. — Mas você não vai voltar para casa.

— Claro que vou.

— Fique aqui — ele disse. — Vai ficar bem por uns dois dias. Está tudo reservado e você esperou tanto por isso. Visite as galerias de arte, compre alguma coisa, faça um passeio de barco. É uma boa pesquisa, Barbara, e você pode tomar notas, o que precisamos fazer. Olhe a sua volta. Veja o que os turistas *fazem*.

— Não, querido. Acho mesmo que tenho de ficar com você. Voltamos aqui em outra ocasião.

— Sem discussões — ele falou. Ele já estava pedindo ao porteiro para tomar as providências e, rapidíssimo, tudo estava resolvido.

Depois disso, pegamos um ônibus para dar uma volta pelo lago, observando a água, que era de um verde cristalino em alguns lugares, salpicada de espuma em outros, e exclamando, como turistas que éramos, diante do Château de Chillon. Paramos para almoçar num bistrô e pedimos costeletas de vitelo grelhadas e café. Eu fiz força para comer as minhas, e para manter Ryder entretido.

Ele notou a minha falta de apetite.

— Você não está nervosa, está, querida, porque vai ficar sozinha?

— Não, não, nem um pouco. Obrigada por me mimar — eu disse.

— Você merece.

Depois do almoço, acompanhei-o até o trem para o aeroporto, carregado de malas, porque tinha insistido em levar uma parte das minhas para eu viajar mais leve.

— Me dê todas essas frasqueiras — ele tinha dito, e coloquei na mala a colônia, a água de rosas para o rosto e a caixa de tampa abaulada semelhante à que eu tinha encontrado na praia, em Teignmouth, anos atrás.

— Suponho — ele se despediu de mim com um beijo — que você vá pensar nisto como uma aventura, mas espero que não queira ter muitas sem mim.

Voltei logo para o café à beira do lago, pedi uma xícara e fiquei observando a água enquanto decidia o que fazer.

Mais tarde, uma mulher sentou-se a uma mesa ao meu lado. Estava vestida com um guarda-pó leve, que já tinha visto dias melhores, e um chapéu de feltro azul desbotado, sob o qual seus cabelos escuros estavam ficando grisalhos. Ela colocou um par de luvas cerzidas sobre a mesa e pediu um café num francês fluente, mas com um inegável sotaque inglês.

— Com licença — inclinei-me na sua direção —, penso que a senhora talvez seja inglesa. Será que poderia me dizer quais são os melhores museus e galerias de arte em Montreux.

Ela teve um leve sobressalto, mas me falou de uma galeria pequena porém excelente, e sugeri que tomássemos o nosso café juntas.

Ela se apresentou como Anne Abercrombie: era viúva e estava morando em Montreux porque era mais barato do que na Inglaterra.

— Um exílio. Sente falta da sua família e dos amigos?

— O exílio tem suas compensações — disse ela tranqüilamente. — Gosto da minha própria companhia.

Conversamos sobre a cidade e a galeria, e ela explicou que a coleção fora doada por um homem de negócios que tinha fugido para a Suíça durante a guerra e queria demonstrar a sua gratidão. Expliquei que estava fazendo um reconhecimento para o meu marido que pensava em abrir uma pequena agência de viagens, e perguntei se ela já havia voltado à Inglaterra.

Ela ergueu o rosto para me olhar nos olhos.

— Não fui muito sincera. Não sou viúva, mas divorciada. Aconteceu faz muito tempo, mas as coisas não são fáceis para uma mulher divorciada na nossa terra, como você deve saber. É sempre muito difícil, portanto prefiro continuar aqui.

— E o que aconteceu com seu marido?

Ela pegou as luvas cerzidas.

— Meu marido se divorciou de mim, e foi mais fácil para ele. Conseguiu um emprego em outra parte do país. E uma nova mulher. Mas, pensando bem, minha vida não tem sido ruim. Uma situação complicada, mas não impossível. De fato, eu não gostaria que fosse de outro jeito. Espero que goste dos quadros.

Nós nos despedimos, e fiquei olhando enquanto ela saía do café, explicado o seu ar de mistério e hesitação.

Apesar do calor, senti um calafrio.

A galeria ficava num prédio branco com um pórtico. Uma cerca viva de murta seguia até a entrada, que tinha de um lado e do outro dois loureiros plantados em vasos. Lá dentro, havia quatro galerias, e as janelas estavam cobertas com musselina para proteger as pinturas. Eram quase todas francesas, a maioria retratando ambientes acolhedores e paisagens provincianas.

Na quarta sala, elas eram diferentes, do final do século XIX, e concentradas na narrativa. *Aguardando notícias do fronte* mostrava uma jovem mulher com duas crianças agarradas na sua saia, observando um mensageiro do telégrafo avançar em direção ao seu pitoresco chalé. *O filho pródigo* o captou exausto ao cair na rua em frente à casa do pai.

Eu nunca tinha dado muita importância a esse tipo de pintura, e muitos daqueles quadros tinham um excesso de detalhes. No entanto, um me chamou atenção. Mostrava um jovem com uma boa constituição física, de armadura, montado num cavalo branco, numa floresta. Algumas árvores estavam florindo. Coelhos brincavam na grama, e uma raposa e um texugo observavam o cavaleiro. Um castelo de contos de fadas, cheio de torres, cercado por um bosque de urzes, erguia-se ao longe. Era de William Lennox, intitulado *Em busca da Bela Adormecida*.

Eu o examinei atentamente, o toque de prímulas e violetas, as flores cor-de-rosa nas árvores, o esvoaçar da flâmula do cavaleiro e o cintilar da luz na sua armadura. Ele sabia na direção de quem estava indo? Ou era movido pela fé, rumores e esperança? Havia uma cegueira inabalável, fixa, na sua marcha, e ele não olhava para a direita nem para a esquerda, ignorando a beleza da floresta.

O artista cuidou para que a transação prestes a acontecer — em troca pelo seu resgate, a donzela dedicaria anos de serviço amplo e irrestrito — ficasse disfarçada pelo romantismo e o colorido da fuga, desse exato momento.

Agora eu compreendia por que eu não gostava de pinturas narrativas. Elas não revelam toda a história.

— Barbara.

Virei-me na hora em que estava pagando o táxi que me levou para o hotel.

— *Alexander!*

Ele estava vestido com um terno de linho e botinas claras, o que lhe dava um leve ar estrangeiro, que combinava muito bem com o ambiente.

Minha bolsa, cheia de trocados, caiu no chão e francos suíços rolaram por toda a parte. Alexander abaixou-se, recolheu-os e os colocou na minha mão.

— Ficou maluco? — perguntei.

— É possível. E gosto da sensação. — Ele sorriu. — Boa pesquisa. — E ficou sério. — Não suportei saber que você estava aqui e eu estava aqui e... então, perguntei por você no hotel. Disseram que Ryder tinha ido embora, mas você tinha ficado. Então soube que podia esperar.

Atrás de nós, o táxi se afastou, e o porteiro deu um passo à frente para nos acompanhar até o interior do hotel.

— Você precisa ir embora, neste instante. Por que está na Suíça?

Alexander ficou de lado para me deixar entrar no saguão primeiro.

— Você está num dos meus lugares preferidos no mundo, então peguei o trem. Uma viagem horrível — o carro estava quente demais, e o meu companheiro roncava.

Lutando entre a intensa alegria e a irritação, eu disse:

— Não me ocorreu que não se podia confiar em nenhum de nós dois.

— Eu não ia deixar você saber que eu estava aqui. Eu só ia olhar e ir embora. Tinha muitas coisas para fazer e, de qualquer maneira, eu queria procurar um dos meus antigos professores.

Outros hóspedes no saguão estavam ocupados com malas, reservas e preparativos de viagens. No restaurante do terraço, o almoço estava terminando e café e cigarros eram consumidos à luz do sol.

Sua mão pousou no meu braço.

— Barbara... na verdade, não estou considerando nada como certo. Tem um tempo para ficar comigo? Vamos jantar?

— Você quer dizer... eu vou para a cama com você depois?

Ele olhou firme para mim e sem fingimento.

— Sim, é isso.

— Nada de universitárias, então? — murmurei.

Alexander retirou a mão.

— Fico indócil e desesperado sem você.

Quantas pessoas estariam assistindo a esse diálogo? Carregador. Garçom. Hóspedes? Não sei.

Pela centésima vez, notei sua beleza, percebi, chocada, o quanto tinha exigido de mim mesma desde que o conheci.

Alexander estava ofegante, nervoso mas determinado, inseguro do sucesso, temeroso de uma humilhação, mas disposto a arriscar. E eu o amei por essa coragem.

— Jantar, então — eu disse.

No quarto do hotel naquela noite, tomei um banho demorado e me sequei com toalhas tão ásperas que deixaram a minha pele vermelha. Passei perfume nas dobras dos meus cotovelos e joelhos, entre as coxas e os seios. Entrei numa roupa de baixo de seda, e envolvi as pernas em meias de seda. O sussurro do tecido soava como um arpejo de desejo em surdina. Escureci os cílios, mas não demais, empoei o rosto, delineei a boca cuidadosamente com batom e pintei os lábios.

Meu vestido era preto e de saia rodada. Espetei um broche de diamantes no canto do decote e prendi os cabelos num coque.

Assim perfumada, empoada e lavada, acomodei-me na janela do saguão do hotel, que dava para o lago, e esperei Alexander.

Capítulo 19

Siena

— Ei, você parece exausta. — Lola me beijou e pegou minha mala. — Eu estou. O calor na cidade quase me matou.

Na verdade, Lola não parecia nem um pouco exausta, mas sim muito fresquinha num par de calças corsário e camiseta sem mangas.

— Está tudo esperando por você. Chuveiro, uma bebida gelada, uma comida gostosa.

Ela guardou minha mala no carro, depois saiu da estação e seguiu para casa.

— Bill está ansioso esperando você chegar. Ele acha que você se interessa mais por aquele seu pomar desgraçado do que eu.

Não havia ciúme nem ressentimento na observação, apenas afeto.

— Querida Lola. Como é ser uma santa? Quais são as novidades?

Lola não precisou que eu insistisse. Abriu a boca e lá veio uma fieira animada de fofocas e especulações. Alguns dos detalhes mais íntimos, mais sutis, me escaparam, mas compreendi o essencial. Fofocas em Nova York e em Londres eram duas ervilhas da mesma vagem.

Bill deve ter visto o carro sacolejando pela alameda porque estava esperando na entrada.

— Oi — ele abriu a porta, e o calor bateu em cheio em minha pele.

Estava de short e com um par de sandálias velhas, e os pés sujos de terra. Ele carregou a minha mala para dentro de casa até o quarto de hóspedes. Suspirei aliviada, subindo as escadas atrás dele.

— É ótimo estar aqui.

Atravessei o quarto até a janela para ver a paisagem com suas montanhas ondulantes. O sol já estava secando tudo e, no final do verão, ela estaria marrom e frágil. Mas agora o cenário ainda era essencialmente verde e preguiçoso, uma vista que fazia a gente pensar em passeios de barco e piqueniques regados a vinho debaixo dos carvalhos.

Lola arrumou às pressas um almoço de tomates e manjericão; limpamos o molho com pão fresco, depois tomamos café na varanda, as cadeiras empurradas contra a parede da casa na sombra. Ficamos à toa uma boa parte da tarde, mas às quatro horas Bill largou o jornal e disse:

— Hora de dar um passeio, Siena?

— Deixa a menina em paz — Lola protestou. — Ela vai ficar aqui tomando umas das minhas vitaminas.

— Ela pode fazer isso depois. Você decide, Siena. — Mas sinalizava autoridade com o dedo em riste, o que significava o contrário.

Era a hora quente e parada da tarde, o momento antes de o sol começar a escorregar em direção ao horizonte, antes que o ar mudasse de direção, preparando-se para a noite. Bill e eu seguimos para o pomar passando por bordos e nogueiras-amargas.

E lá estava o pomar, tão tranqüilo e paciente. Olhei e contemplei, e o que vi insinuou-se como bálsamo sobre o meu frenesi.

— O que eu mais lembro disso aqui é a paz.

Bill balançou a cabeça, no estilo de quem sabe tudo.

— Não realmente. Se você encostar sua linda e delicada orelha neste tronco, ou na grama, vai ouvir o rugir da batalha das árvores na luta pela vida.

— Rugir da batalha?

— Para iniciantes... — ele parou ao lado de uma árvore. Estava totalmente coberta de folhas, e os brotos nos rebentos terminais inchados e amadurecendo em frutas ainda bebês. — A qualquer momento, afídeos, larvas da maçã... — ele assinalava os pontos examinados — ... doenças que vêm pelo ar, mofo, qualquer coisa, esperam para atacar e pegar a sua parte. E eu estou aqui para garantir que isso não aconteça. É uma vigília dia e noite.

— Parece a batalha pela Terra Média ou uma guerra mundial.

Ele pegou na minha mão, o seu toque gentil e confortador:

— O pomar é artificial. Macieiras silvestres não crescem em fila, mas isoladas, ou talvez duas a duas. É uma boa técnica de sobrevivência. Assim, elas têm chance de criar resistência às doenças locais e micróbios. Mas o pomar — Bill largou a minha mão, me deixando curiosamente desolada —, o pomar é uma cabeça-de-ponte para doenças e insetos.

Ele separou as folhas e apontou para os brotos de maçã. Redondos e... parecendo grávidos.

— É bem possível que tenha uma larva de mariposa enroscando-se dentro de uma folha suculenta enquanto conversamos. — Ele se inclinou para examinar as folhas mais de perto. — Para elas, a macieira é um bufê de saladas permanente.

A relva crescida sob as árvores curvava-se sobre os meus tênis. Dentro deles, meus dedos fletiam-se e escorregavam nas solas suadas.

Bill passou para a árvore seguinte. Arrancou uma folha e a olhou contra a luz.

— Estou procurando doenças. — Ele se debruçou e arranhou a casca com a unha. — A sua cara é de quem está precisando de um bom descanso, Siena.

— Todo mundo que eu conheço precisa descansar.

Ele se virou e me deu um dos seus lentos sorrisos.

— Tenho sorte. Tenho tempo de sobra para isso aqui. — E bateu num broto testando. — Sim. Você está pronta para o próximo estágio — ele informou. — Vá em frente.

Enfiei meu braço no dele.

— Como vão as coisas entre você e Lola? Não tem momentos em que vocês dois estão no lugar errado, na hora errada e a tensão se revela?

— Sim — respondeu ele —, mas não tem jeito. Ou você tenta superar a situação, ou não.

Eu tinha de me contentar com isso. Bill e Lola mantinham a privacidade de sua vida.

Apressamos o passo para subir a rampa até o topo do canteiro, deixando o pomar para trás. Com calor e suando, cheguei lá em cima, parei e estendi os braços até as juntas dos cotovelos e dos dedos estalarem.

Bill parou ao meu lado e protegeu os olhos do sol.

— Por falar nisso, como está Charlie?

— Devia estar aqui. Ia adorar.

Ele *devia* estar aqui, observando esta paisagem, este mundo secreto atarefado, barulhento, incrivelmente fecundo. Minha pele pinicava de saudades dele. Eu o queria de pé ao meu lado, para sentir o seu cheiro, grudar o meu braço no dele e escutarmos juntos falar de micróbios, mofos, sementes e frutos batalhando.

Bill tocou no meu braço:

— Você não respondeu à minha pergunta.

— Ele está bem.

— Charlie ligou — Lola me informou, quando Bill e eu entramos em casa umas duas horas depois.

Eu me abaixei para tirar um talo de grama enfiado no laço do meu tênis.

— Algum recado?

— Sentiu muito não ter achado você, mas liga na semana que vem. Vai passar o resto do fim de semana fora.

— Ah.

Charlie não tinha dito que planejava viajar. Endireitei o corpo e enfrentei as sobrancelhas erguidas, questionadoras, de Lola.

— Tudo *bem* — falei.

Mais tarde, quando ela me ofereceu uma taça de Cabernet Sauvignon e estávamos acomodadas na cadeira de balanço na varanda, eu disse:

— É bom que Charlie tenha planos de última hora. Ele precisa de um pouco de descanso. Tem trabalhado muito.

Lola deu um gole no vinho:

— E?

Virei a cabeça num gesto brusco:

— E?

— Diz você, queridinha.

— É bom sair da rotina de vem em quando. Parar um pouco e vir aqui trabalhar.

— É o que você diz — falou Lola.

Antes de eu ir embora, Bill me puxou de lado.

— Estou detectando que você e Charlie estão... — sua boca se torceu — ...discutindo? O mesmo assunto que conversamos antes?

— O mesmo.

— Quem sou eu para falar, Siena, sobre as vantagens e desvantagens de se ter ou não uma família, mas serviria de alguma coisa observar que você não disse um não definitivo?

Oh! Eu estava numa situação difícil. Uma coisa era Charlie, com todo o seu amor e desejo, socar com uma luva de veludo, e outra era Bill fazendo isso — o que tornava o soco ainda mais forte.

— Isso é justo?

— Totalmente — ele respondeu e me beijou no rosto. — Dê lembranças minhas ao Charlie. Diga a ele que quero vê-lo na próxima visita.

Nunca trabalhei tanto na vida. Eu estava acostumada a exigir muito de mim, mas nestes dias a coisa era diferente. Habituei-me a acordar no quarto de hotel, sentindo-me horrível, e igualmente péssima quando me atirava de volta na cama à noite. Mas o horrível não era, curiosamente, insatisfatório. Era a conseqüência de me esforçar com a equipe para fazer alguma coisa.

No final da segunda semana de filmagem, ficou claro que precisaríamos de mais tempo. Telefonemas frenéticos cruzavam toda Nova York, e o Atlântico. Foi preciso equilibrar as programações de todo mundo, o que era quase impossível pelo fato de que a maioria das pessoas na equipe já estava agendada para fazer outras coisas.

— Ok, ok — disse Dwayne. — A gente pára e se reúne mais para o final do ano, depois que eu tiver tido uma chance de analisar melhor. Está bom para você, Siena?

Não estava.

— Claro. Sem problemas.

Na véspera da minha volta para o Reino Unido, a equipe se reuniu para examinar as cópias. Algumas estavam boas, outras partes me deixaram preocupada.

Os programas tinham uma boa variedade de elementos comoventes e produtivos: as cobaias, as Pearls e Angelas, parece que iam embora com um visual melhor e mais felizes, e para isso tinham ido lá — de algum modo, eu havia detectado uma psique tímida, tirado a poeira de cima, vestido com outras roupas e mandado para a cidade sentindo-se melhor. Isso não significava alguma coisa?

Em casa, Steve, o bombeiro, tinha dito que era só uma brincadeira — e eu vinha pensando nisso. Médicos e psiquiatras têm uma vantagem sobre a maioria de nós — isso eu reconheço. Eles costuram feridas, fazem enxertos de pele no corpo e na mente, mas nem todo mundo, graças a Deus, precisa ou deseja nada tão drástico. Alguns de nós precisam brincar um pouco. E a moda capta o momento. Imobiliza o segundo frágil. Segura um espelho, reconhecidamente pequeno, e nos mostra quem somos.

A parte ruim? Um ou dois instantâneos me pegaram no meio de uma instrução, ou dando voltas em torno do meu tema pensativa, a mão apoiada no estômago, a outra segurando o queixo. Era perfeitamente normal — era a minha pose pensativa —, mas eu não podia deixar de concluir que a Siena Grant nas cópias para a televisão parecia magra demais, vazia demais... sem substância.

Chovia na Inglaterra, e a temperatura estava dez graus abaixo da de Nova York, mas Charlie foi me esperar no aeroporto. Ele me levou de volta para o apartamento onde tinha preparado um café-da-manhã com croissants e café.

— Espero que tenha trazido um vídeo — falou, me passando o café mais forte e bem-vindo de que me lembro, e apreciei o esforço por trás do seu pedido. — Gostaria de dar uma olhada. Ver como você trabalha. Ver como foi.

— Gentil da sua parte — e lhe deu o seu presente, uma mochila para caminhadas que tinha comprado no centro da cidade.

No passado, os comentários de Charlie tinham sido às vezes críticos demais. Sendo Charlie, ele não entendia que havia crítica e crítica, e que excesso de honestidade e avaliação negativa nem sempre eram necessárias. Mas em nome da boa convivência eu ficava calada.

Ele examinou a mochila.

— Ótimo, adorei — e me puxou mais para perto dele. — Isso aqui ficou muito vazio sem você.

— Então o que você vai fazer para me dar as boas-vindas?

— Preparar outra xícara de café, é claro. De que outra forma eu poderia receber você?

— *Charlie!*

Mais tarde ele disse:

— Foi bom. Sinto como se não visse você há meses.

Descansei o rosto no seu ombro e tentei lhe falar das macieiras, e do secreto rugir da batalha, e da idéia de que uma centelha divina brilhava naquela paisagem.

— Queria que você estivesse ali para lhe mostrar.

Seu braço me apertou mais.

Mais tarde ainda, perguntei:

— Você vai se encontrar de novo com Cimmie? — Eu a imaginava, barriguda e ah-tão-generosa com a segunda esposa. *Eu lhe dou Charlie.*

— Acho que não — disse Charlie.

Eu estava ocupada desfazendo as malas quando ele deixou escapar:

— Jackie Woodruff reconheceu que não dormia havia duas noites antes de Rob morrer, e que o seu chefe tinha lhe dado um primeiro aviso de atraso.

Horrorizada, eu me virei:

— Charlie, como pude esquecer? O que mais aconteceu?

— Um dos jurados ficou doente e teve de ser hospitalizado, por pouco tempo, mas a convocação precisou ser adiada por uma semana.

— E?

— Quem sabe? O júri teve tempo para repensar as primeiras impressões. Eles esquecem o impacto do que as pessoas parecem ser e pensam nas evidências. O que é o objetivo, é claro...

— Você está preocupado?

Ele deu de ombros:

— Não mais do que de costume.

— E Jackie?

Charlie virou a cabeça de lado:

— Tento compreender como se sente uma pessoa que perdeu um filho e está sendo julgada por esta morte, mas não consigo.

Ele pegou a bandeja com as xícaras de café pela metade e foi para a cozinha. E escutei quando ele bateu a porta da lava-louças, sinal de que estava muito preocupado.

Eu o imprensei contra a pia:

— O que mais, Charlie? Tem mais alguma coisa.

Ele suspirou.

— Tudo bem. Ao conferirem os raios-X de Rob, localizaram o que pensam ter sido uma fratura anterior do seu braço.

A minha primeira escala foi em *Fashion, This Week,* onde fui convocada à sala de Vita.

Ela estava falando ao telefone, mas fez um gesto para eu me sentar. Isso queria dizer: a conversa vai ser longa. O escritório era grande e arejado, com pilhas de exemplares de revistas concorrentes. Vita estava com uma saia rodada, bem apertada na cintura (o que devia ser muito desconfortável), e sapatos de saltos altíssimos.

— Desculpe. — Ela tinha terminado a conversa e sorria afetuosamente para mim. — Bem-vinda, você é uma estrela. *Como* foi nos *States*?

Ela me interrogou sobre os mínimos detalhes e respondi da melhor forma possível. Ocorreu-me que a curiosidade de Vita tinha um segundo motivo.

— Está pensando em ir para os Estados Unidos? — perguntei.

Ela disparou um olhar furtivo pela sala.

Não, mas os editores ingleses não são desconhecidos por lá.

Trocamos um olhar de perfeito entendimento.

— A gente tem sempre de manter em forma os amortecedores. — Vita encheu um copo com água mineral e me deu. — Os críticos são um inferno e a primeira regra de sobrevivência é saber que eles nunca desistem.

Eu ri. O aviso se aplicava tanto a Vita quanto a mim.

— Como está a circulação?

— Boa, pelo que eu sei. E a sua coluna está firme. — Ela puxou para si um dossiê e abriu as páginas. Estava cheio de números e gráficos, e ela passou o dedo pela mesa. — É. Está indo bem. Mas temos de pensar no "futuro". Sempre em frente e para cima. Vamos ampliar o raio de ação um pouco, se não fica monótono. Você me entende?

Bebi um pouco de água.

— Claro.

— Talvez devamos pensar que não existe muito "futuro" na coluna. Ela tem uma vida finita.

— Verdade. — Fiz um levantamento mental relâmpago das possibilidades, tentando avaliar o que poderia acontecer em seguida, e como eu lidaria com isso.

— Queremos você a bordo, *estrela* que você é, mas queremos que pense em mudanças e no próximo sucesso. Fique alerta. Até as estrelas fazem isso. É um clichê, mas nada dura para sempre. — Ela estremeceu constrangida. — Nem mesmo eu.

Vita estava certa, mas pensar no "futuro" tem seus riscos. É preciso ter bons músculos quando se está no topo. Charlie estava pensando no futuro, Vita estava pensando no futuro... Todos estavam pensando no futuro.

Até eu.

Antes de sair da sala, procurei Jenni. Ela estava sentada diante da sua mesa, marcando provas da próxima edição.

— Oi — disse ela.

— Trouxe uma coisa para você dos Estados Unidos.

Ela olhou para o embrulho (perfume Carolina Herrera) que coloquei sobre o tampo da mesa, mas não fez menção de abrir.

— Obrigada. Estou contente porque você está aqui. Quero lhe dizer que estou indo embora. — Ela não conseguia conter a sua satisfação. — Vou trabalhar para a *Vogue*. Preciso pensar no meu futuro, e saio no mês que vem.

Charlie ligou para o meu celular.

— Olhe — sua voz estava apressada e urgente —, paramos para almoçar, mas o júri mandou dizer que chegaram a um veredicto. Você pode vir?

Olhei o relógio. Livro, revista, colocar em dia a correspondência, pesquisa, telefonar para Dwayne — as categorias de "a fazer" estavam empilhadas como as minhas camisetas no armário.

Mas Charlie precisava de mim. Eu sabia que ele precisava.

— Me dá cinco minutos, e já estou indo.

Cheguei ao tribunal número três bem na hora para me enfiar de mansinho na última fileira. Meus joelhos tremiam, e dei graças a Deus por estar sentada. É muito, muito pior ficar nervosa por alguém a quem se ama do que por nós mesmos e, pensando em Charlie, eu queria me comportar bem.

Ele estava em sua posição usual, a assistente atrás dele. Bilhetes eram trocados entre Robin Banstead e seu assistente. O escrevente murmurou no fone. O juiz chegou, e o oficial do júri fez entrar os jurados. Uma das mulheres tossiu em seco ao se sentar.

Jackie Woodruff ocupou seu lugar entre os policiais. Vestia uma blusa branca e uma saia preta, que cobria os joelhos. Parecia uma mulher comum e inofensiva. Talvez o meu conselho tenha servido de alguma coisa.

Eu não queria ficar olhando para ela de uma forma muito evidente, mas, de tempos em tempos, arriscava uma espiadela. Estava mais pálida do que eu me recordava, os lábios secos e rachados, o rosto rígido. Ela me fazia lembrar um quadro, uma crucificação expressionista moderna — um rosto imóvel em agonia e desespero vislumbrado entre a multidão.

Um ar de ameaça pairava sobre o tribunal. Um bebê tinha morrido, e alguém tinha de responder por isso. Lembro de Charlie dizendo certa vez, "A lei é cega e imperfeita, mas é o que temos".

A primeira jurada — uma mulher baixa, loura — foi convidada a ficar de pé. Quando lhe pediram o veredicto, ela apertou as mãos uma contra a outra. "Culpada", ela disse.

"Não, não, *não*!" O marido de Jackie Woodruff levantou-se de um salto.

No banco dos réus, Jackie tinha ânsias de vômito.

Robin Banstead não se permitiu sorrir. Afinal de contas, uma criança tinha morrido. Mas ele estava satisfeito, eu podia ver.

Houve um grito abafado na galeria e uma mulher agarrou a pessoa ao seu lado. Em seguida o alvoroço.

Aqui, então, terminava a jornada de Charlie, e era um final inevitável. Esta era a recompensa pelas horas extras, o trabalho até tarde da noite, o investimento na sua crença. Ele havia testado os argumentos da acusação quase ao ponto de destruí-los, mas não chegou lá.

Levei uns bons minutos para alcançá-lo, e tive de me desviar do oficial de justiça para isso. Mas precisava falar com ele.

— Charlie! — Toquei no seu braço.

Ele se virou, mas não acho que tenha registrado quem eu era:

— Só um minuto. Preciso falar com a ré.

Ele se aproximou e pousou a mão sobre a balaustrada do banco dos réus onde Jackie Woodruff ainda estava sentada.

— Eu falhei com você — disse. — Não sei como pedir desculpas.

Ela ergueu o rosto para ele:

— Oh.

— Sei que este veredicto está errado. Você deve recorrer.

Jackie olhou para o outro lado — suponho que para o seu futuro sombrio.

— Devo, não devo? — disse ela, e fiquei surpresa com o rancor na sua voz. — O que o senhor sabe, Sr. Grant? O que um *homem* bem de vida sabe sobre... sobre... isso? Estar tão cansada que se quer morrer, e o seu bebê não pára de chorar. Não, como a maioria dos homens, o senhor pensa que sabe exatamente como é. — Ela puxava o tecido da saia preta. — Agora acabou, e o senhor pode ir para casa.

Capítulo 20

Siena

Tecnicamente, o próximo caso de Charlie apelava em todos os modos possíveis para seus instintos libertários, igualitários e combativos. Um rapaz negro (várias condenações já registradas) tinha morrido nos chuveiros de um centro de detenção preventiva, e ninguém, mas ninguém, estava comentando.

Fiz o melhor que pude. "Havia uma câmera nos chuveiros?", perguntei a Charlie. Se não havia, por que não? Alguém havia admitido estar na área quando ocorreu a morte? Algum registro de um oficial da penitenciária patrulhando?

Charlie respondeu polidamente, mas não houve nenhuma centelha. Nenhum lamber metafórico dos seus lábios. Ele parecia estar padecendo sob uma profunda inércia, uma relutância em falar sobre o caso.

Ele foi bastante gentil comigo, mas distante.

— Você estava certa — reconheceu ele num determinado momento. — Eu me envolvi demais no caso Woodruff. Eu me deixei levar.

A irmã de Charlie ligou: já não estava na hora de cumprir uma promessa feita há muito tempo de levar Nat ao London Eye, à roda-gigante do milênio?

Eu disse, perfeito, e ficou combinado para o próximo sábado. Cancelei um programa com Manda, e Charlie, Nat e eu saímos numa tarde ensolarada.

Nat, os cabelos desgrenhados e os joelhos cheios de calombos, insistiu em usar a cicatriz falsa que Charlie tinha lhe mandado. Ela não parava de escorregar da sua bochecha.

— Tenho sete anos — ele me informou, e eu lhe disse que já sabia disso. Ele enfiou a mão na de Charlie e ficou tagarelando enquanto esperávamos na fila.

— Quantos anos você tinha, tio Charlie, quando subiu pela primeira vez?

— Muitos — disse Charlie.

— Mas quantos?

Charlie riu:

— Não lembro.

Nat pareceu desapontado, e a cicatriz falsa escorregou para o seu queixo. Charlie abaixou-se e a confiscou.

— Você pode assustar alguém — ele falou. — É melhor eu guardar isso no bolso.

— Quero batata frita — anunciou Nat, lançando um olhar esperto para o bar.

— Eu também — disse Charlie. — Por que não comemos depois? Se não vamos perder nosso lugar.

Nat aproveitou a chance:

— E coca-cola.

— Certo

Nat fez uma expressão um tanto marota:

— Tio Charlie, mamãe não gosta que eu tome coca-cola.

— Ah — disse Charlie. — Por que a gente não se esquece de contar para ela? Aí ela não vai precisar se aborrecer.

Nat considerou a proposta e achou aceitável.

— Obrigado, tio Charlie. Você é muito legal.

— Nat, estou do seu lado — disse Charlie. — Lembre-se disso. Nunca deixarei de estar do seu lado. Se entende o que eu quero dizer.

O rostinho de Nat era um estudo em alívio e atrevimento, e o prazer de ter o tio na palma da mão.

Eu os observei. Talvez a sombra do caso Woodruff estivesse se erguendo, pois Charlie estava feliz como eu não o via havia algum tempo. Nat, tagarela e disposto a confidências, estava totalmente à vontade.

A cápsula transcreveu o seu arco. Charlie e Nat estavam juntinhos, apreciando o panorama. E eu podia decifrar no corpinho magro, ainda não formado, matizes de como Charlie deve ter sido. E em Charlie, o que Nat se tornaria.

Eles contavam piadas e Nat dava gritinhos:

— Tio Charlie, isso é feio!

Charlie se abaixava e sussurrava:

— Não conte para a tia Siena.

— *Não* — dizia Nat, disparando na minha direção um olhar atrevido.

De novo, o braço de Charlie rodeou o sobrinho e abraçou-o... como se ele fosse a coisa mais preciosa do mundo.

A cápsula terminou de descer. Mas não registrei o rio, a rua, os prédios miniaturizados. Eu estava com os olhos fixos na intimidade e na confiança entre um homem e um menino.

> Marybelle Hammond (50) é uma importante executiva de um banco de investimentos que voltou recentemente do Extremo Oriente. O Problema: ela acha que está desatualizada com a moda na Inglaterra. Ela é <u>cheia</u> do dinheiro [Jenni sublinhou] mas sem muito tempo.

Marybelle Hammond era uma mulher magra, vestida com um terninho preto e blusa branca.

— Levei uma vida inteira para conseguir esta aparência — ela falou, minutos depois do nosso primeiro encontro. — Nem lembro da última vez que comi um carboidrato. Claro, é uma luta contra o mau-hálito causado pela acidez estomacal.

Dei um passo atrás:

— Admiro o seu controle.

Instinto (e experiência) me alertaram de que estávamos para travar uma conversa que seguiria no sentido: *"Sou tão gorda."*

"Não, não é, veja a minha barriga."

"Subi na balança ontem de noite e engordei 50 gramas."

"É mesmo? Ninguém diz."

Misericordiosamente, não entramos nisso. Eu estava errada. Marybelle Hammond não era o tipo comum de mulher. Mesmo assim, ela não deixou passar a primeira oportunidade de avaliar o estado dos meus quadris.

— É fácil, depois que a gente decide. Passa a ser um estilo de vida.

Ela mentia — e nisto eu estava certa —, pois cada linha do seu torturado corpo sugeria que ela estava envolvida numa constante e dura batalha com o seu desejo por uma boa refeição.

Empoleiradas nas cadeiras no estúdio do *Fashion, This Week*, bebemos água mineral. Pedi a Marybelle que me contasse um pouco sobre si mesma. Ela tirou um pó compacto Mac da sua bolsa Kelly de crocodilo e o abriu.

— Comecei como secretária... — ela esperou que eu respondesse com "Que interessante", e deu pancadinhas no nariz com a esponja — "... mas fui promovida em seis meses e a escalada continuou, cada vez mais para cima. — Mais pancadinhas. Eu queria estender o braço, parar aquela mão inquieta e dizer: "Chega, você está bem."

— Foi uma luta chegar no topo?

A experiência (minha) também havia me ensinado que esta era a pergunta a que mulheres de sucesso não respondiam com sinceridade. Encostei-me na cadeira e esperei. A guerra travada na expressão de Marybelle era entre o desejo desprezar o seu progresso como fácil demais devido o seu inato brilhantismo, e o desejo igualmente forte de ser admirada por sua dedicação à luta. O resultado foi um meio-termo:

— Eu tinha presença de espírito.

Conferi as minhas anotações.

— Haveria algum problema com seus chefes a respeito de publicidade? Muita gente lê a coluna. E a sua família? Às vezes eles não gostam.

A resposta veio de imediato:

— Não tenho família. Meus pais morreram faz tempo e eu quase não falo com minha irmã. — Ela deixou cair o pó compacto na bolsa Kelly. — Ela mora no norte.

"Norte" foi pronunciado de um modo que sugeria profunda alienação ou, pelo menos, profundo desprezo.

Ela alisou os cabelos:

— Então, qual é o cardápio?

— Roupas de trabalho, recepções de trabalho, lazer, nessa ordem.

— Eu não tenho lazer, portanto dessas não preciso. E não tenho amigos. — Seu sorriso continha um desafio: questione, se tiver coragem. — Mas tenho dinheiro e independência, e é o que basta.

— Tudo bem — falei, depois de uma pausa. — O que você está querendo mesmo é um guarda-roupa centrado no trabalho.

— Você entendeu. Essa é a minha vida.

Fiz Marybelle ficar de pé diante de um espelho de corpo inteiro.

— Primeiro, você deve tentar não usar preto. Envelhece.

Uma rachadura apareceu na pose de Marybelle.

— Envelhecer... envelhecer... — ela repetia. — Não me ocorreu isso. — Ela fez uma segunda e longa avaliação de si mesma no espelho. — Agora você me diz que estou envelhecendo.

O sol refletia o rio para dentro do apartamento. Hoje ele estava forte, e inclemente. Atirei minha pasta no chão da sala de estar e abri todas as janelas: a sala estava abafada.

Sentei-me no sofá. Pensar na preparação para o caso Marybelle Hammond. Pensar em cor, tamanho, situação... as considerações que agora eram automáticas, uma segunda natureza. Trama, plano, pesquisa — e percorrer, com aparente serenidade, as várias necessidades e parâmetros do trabalho que eu conhecia tão bem.

A voz na minha cabeça dizia: *Você é livre para fazer o que quiser. Não há restrições. Você tem um salário, um bom salário, que mantém Charlie nas suas camisas lavadas e passadas e você nas suas jaquetas acolchoadas. É tanto dinheiro que você está a caminho de criar a sua própria empresa. Ao contrário da sua mãe, ou da sua avó, você é livre para tomar decisões, para entrar num avião, para prestar atenção em si mesma.*

Na verdade, é sua obrigação para consigo mesma, Siena, esforçar-se e ter sucesso.

Rabisquei umas duas anotações. Depois me levantei e fui até a janela. E, pela primeira vez, desejei que fosse possível sair para um jardim. Pensei no pomar de Bill cochilando ao calor do verão.

Encostei a cabeça na vidraça.

"Não, não, *não*!", eu ainda ouvia o grito do marido de Jackie Woodruff.

Eu ainda via, tão vívida, tão nítida, a mão de Jackie voar em direção à boca, e o seu esgar na ânsia de vômito, a primeira jurada voltando a se sentar na sua cadeira, a vizinha aproximando-se e acariciando sua mão. Eu ouvia o rebuliço nas cadeiras da imprensa quando os jornalistas brigavam para sair dali.

Eu via minuciosamente a expressão chocada de meu marido.

"Você fez isso?", perguntei à figura no banco dos réus em silêncio.

Por acaso, Jackie tinha virado a cabeça e olhava na minha direção.

Não sei. Estava tão cansada. Não sei o que estava fazendo.

Passado um tempo, fui para o quarto e sentei-me na beira da cama. Minha cabeça latejava, meu estômago estava embrulhado. Eu precisava do equivalente a uma faxina de primavera, uma ida a um lava-carros. Na minha mesinha-de-cabeceira, havia frascos repletos de *echinacea* e óleos ômega 3 e 6, e Imedeen para a pele. Eu não tinha tomado nada disso há dias. Ao lado da minha cadeira, ainda na bolsa do estilista e embrulhado, estava um par de sapatos novos. Lindos, de saltos altos e tirinhas, e para mim pouco importava se não os visse nunca mais.

Para Jackie Woodruff a única coisa que importava era que o berço no segundo andar estava vazio e o pato amarelo de plástico com o bico vermelho brilhante na lateral da banheira não flutuava mais. Não havia dobrinhas no corpinho rechonchudo para passar talco, nem dedinhos para fazer cócegas. Não havia mais sussurros de: *Quem é o meu queridinho? Quem é o meu menino lindo?* Nada de embrulhar e acertar babadores e mantas. Nenhum esforço para fazer dos dias uma rotina, nenhuma troca de informações com amigas, nem ficar debruçada sobre o berço para escutar a rápida respiração de um filho adormecido. Seus braços embalavam o vazio, e seu corpo suturado, sofrido, não tinha nada para mostrar em troca de todo esse esforço, desgaste e tristeza.

Ela era culpada.

Levei a mão ao rosto... Estava molhado. De fato, lágrimas rolavam pela minha face.

Marybelle Hammond repuxava a saia do conjunto Dolce and Gabana que eu tinha escolhido. Franziu a testa, deu um passo atrás, virou a cabeça de lado.

— Combina com você, Marybelle. Coloca você firme na categoria "elegante".

Era verdade. O conjunto a deixava mais feminina, mas a favorecia. Não era Timeless Elegance, mas era mais alinhado. O violeta, a cor de um crepúsculo de verão, de nuvens púrpuras de chuva, combinava perfeitamente com o tom da sua pele.

— Não sei, Siena.

Percebi que ela estava achando difícil aceitar orientação de alguém como eu. Ou de qualquer outra pessoa.

Isso tornava Marybelle vulnerável.

— Deixa você moderna, é muito alinhado, e envelhece muito menos do que o que costuma usar.

Ela não gostou disso. Para falar a verdade, eu também não gostaria, mas, no final, eu era o cavaleiro de branco que vinha a cavalo para salvá-la, trazendo incentivo e um pouco de firmeza nas palavras na ponta da minha lança etc. etc.

Suas pálpebras, pintadas com a sombra (errada) verde, baixaram numa expressão hostil.

— Você pediu a minha ajuda.

— Não tenho de aceitá-la.

— Gostaria de levar para casa e mostrar a uma amiga?

— Eu lhe disse que não tenho amigas.

Excepcionalmente para mim, pois eu gostava de uma briguinha, recuei a tempo.

— Tudo bem. Vamos ver outra coisa.

Ela me ligou às 8h30 em ponto na manhã seguinte.

— É Siena? — Estava animada e parecia que já tinha tomado várias decisões importantes. — Olhe, sinto muito, mas não quero aparecer na sua coluna... por vários motivos. Você está certa. Bancos importantes não gostam de publicidade. Mas gostaria de contratar os seus serviços particulares. Pode vir até minha casa e fazer uma vistoria no meu guarda-roupa.

Antes que eu pudesse responder, ela falou:

— Combinado. Meio-dia, na minha casa. — Ela citou um honorário e eu corei com o valor.

Aos 15 minutos para o meio-dia, estacionei meu carro numa rua estreita em Chelsea e toquei a campainha de uma casa igualmente estreita de cidade, que deve ter custado uma fortuna. Uma mulher — faxineira? governanta? — subiu comigo as escadas até a sala de estar, onde Marybelle presidia uma bandeja de café.

— Não costumo tomar café, mas achei que você gostaria.

A sala estava decorada com simplicidade, mas com móveis caros, e não me surpreendi em observar a falta de fotografias, só um vaso de peônias perfeitamente arrumadas e uma ou duas peças de porcelana fina.

Ela parecia bastante pálida.

— Tem sido um ano e tanto, mudar de emprego e de país.

Eu não tinha muito tempo a perder, nem desejava estar ali. Tomei rápido o meu café.

— O que você quer que eu faça?

Ela pareceu surpresa.

— Me animar.

De repente, compreendi por que eu não gostei dessa tarefa. Marybelle a estava tratando como uma transação pela qual ela me pagaria um bom dinheiro, porém nada mais do que isso: não haveria prazer, nenhuma alegria nisso e, no caso, nenhum agradecimento. Talvez eu tenha sido mimada: eu queria mais do meu trabalho do que o débito e crédito nu e cru de uma transação bancária.

Seu quarto de dormir era superlimpo, superconfortável e decorado em tons de amarelo e branco, com um toque de azul-claro aqui e ali. Ela escancarou as portas duplas do armário, que era do tipo com trilhos que podiam ser arrastadas.

— Pode começar, Siena.

Fiz uma inspeção rápida dos cabides. As roupas estavam mal penduradas, e a condição não era a das melhores. Marybelle olhou com descaso para elas.

— Pertencem a uma outra vida. Vou me livrar de todas.

Não dava a mínima para o que Marybelle fizesse com elas, mas fiquei intrigada com a sugestão de que ela queria se descartar da sua vida anterior.

— Estes não. — E salvei uma saia preta de corte enviesado e uma bonita jaqueta justa na cintura.

Fui abrindo caminho pelos trilhos, e salvei cerca de um quarto do que havia ali dentro. Discutimos a respeito de um casaco de pele de carneiro, mas, no final, ela cedeu. Depois, ela insistiu em me oferecer um pouco de salada e água, que a empregada serviu numa salinha de jantar.

Nossa conversa girou basicamente em torno da fantástica carreira de Marybelle.

— É uma questão de decisão. O meu primeiro chefe cometeu o erro de achar que, sendo eu uma mulher, ele poderia passar por cima de mim. — Ela disparou um sorriso de dentes de tubarão. — No final das contas, acabei sendo a chefe dele.

Ela insistiu, colocando mais uma porção de abacate e mozzarella no meu prato, e não se serviu de nada. Mas ficou me vendo comer, e o fluxo de informações era incansável. A época em que ela sozinha tinha salvado um acordo de um colapso e evitado a perda de milhões... a equipe de feras corporativas que ela havia chefiado e que era o assunto de Hong Kong. Nem uma só vez ela perguntou sobre minha vida ou minhas opiniões, e eu me sentia incomodada com uma sensação de familiaridade. E aí eu me lembrei. Era como Jay falava e se comportava.

— E o que está esperando fazer com o novo emprego?

Marybelle pareceu surpresa:

— Dirigir o espetáculo futuramente. O que mais?

A agente de publicidade da Trimester Productions ligou:

— Oi. Sou a Carrie. Não nos encontramos quando você esteve aqui, mas fica para a próxima. Estou gostando *muito* de trabalhar neste projeto com você.

Ficamos na defensiva por mais alguns minutos, depois fomos direto ao assunto.

— Acho o seu programa muito fascinante. Preciso saber um pouco sobre você, e um pouquinho sobre o seu trabalho no Reino Unido.

Ela disparou uma série de perguntas. Onde eu tinha começado? Como eu desenvolvera a minha abordagem? Falar francamente é essencial?

— É tão importante que eu compreenda como você trabalha, Siena. Preciso entender os conceitos.

"Ela e eu também." Passei a caixa de pipocas para Charlie. Tínhamos nos encontrado no cinema do bairro para pegar a primeira sessão noturna de *Désespoir et Amour*, que eu queria ver. "Quais são os conceitos?"

Charlie mastigava uma pipoca.

— Quer beber alguma coisa?

Como sempre, o bar do cinema estava cheio de gente. Era um cruzamento de pub com bar de vinhos, e confiante o suficiente para dar conta disso. Íamos lá com freqüência, esperando a sessão começar.

Encontrei uma mesa de canto. Charlie pousou a caixa de pipoca em cima da mesa e depois a afastou com o dedo.

— Quero falar com você, Siena.

— Pede uma taça de vinho para mim antes, Charlie, por favor.

Senti o peso dos últimos meses assentando-se sobre os meus ombros — a viagem, a preocupação, os planejamentos, e pensei no pomar de Bill onde nada disso parecia ter importância.

Fiquei olhando Charlie no bar. Alto, trocando amenidades com o barman.

— Ok, ok... — e bati com a minha taça de tinto na sua de vinho branco.

Ele deu um gole, limpou a boca com a mão, deu mais um gole, debruçou-se para a frente e disse, muito sério:

— Como você se sentiria se eu desistisse da advocacia e virasse bombeiro hidráulico?

Senti a pontada de um choque elétrico:

— Charlie!

— Poderia escolher as minhas horas de trabalho, Siena, e dá um bom dinheirinho. — Está havendo uma crise nacional de bombeiros. A Inglaterra espera ...

— Charlie — olhei firme para ele.

Mais uma vez ele limpou a boca e suspirou.

— Não pense que ia saber consertar tubos em U.

— Tudo bem. O que é?

— O que você acha de eu aceitar o convite de Harry Liversedge para trabalhar no seu escritório? Depois... depois do caso Woodruff, creio que preciso de uma mudança.

Ele não poderia estar menos entusiasmado, mas eu sabia que não era uma sugestão leviana.

— Tudo bem. Questão número um. Não é o seu tipo de escritório. Dois, você estaria desistindo do trabalho no qual acredita. É a idéia de que ganhando mais não dependeríamos tanto de mim?

— Menina esperta.

— Então, se começássemos uma família, eu não precisaria me preocupar tanto com dinheiro?

— Exatamente.

— Charlie, você não entende.

Desejei não ter dito isso. Charlie piscou, e captei um lampejo de verdadeira mágoa e raiva.

— Sim, entendo — ele retrucou, sua expressão ilegível. Ele pensou por um momento. — Tem certeza, Siena, que sabe para onde está indo?

Lucy Thwaite, Marybelle Hammond... eu poderia escolher. Olhei para o relógio na parede.

— Vamos perder o filme.

A mão de Charlie se fechou sobre a minha como uma armadilha de aço.

— Esqueça o filme, Siena. Vamos resolver isso.

— Você está me intimidando.

Charlie perdeu a paciência.

— Estamos andando na ponta dos pés nesse assunto faz muito tempo.

— Um pouco mais de tempo — implorei.

— Eu ajudo você, prometo. — Ele puxava meus dedos grosseiramente, um por um. — Atualmente é uma coisa dos dois, não é mais de um só.

Mas eu estava mesmo assustada, em pânico.

— Quantos homens já disseram isso? — Retirei a mão.

— Quanto você quer apostar que basta Harry Liversedge

levantar uma sobrancelha e não tem mais essa história de voltar para casa para ver seu filho ou a sua filha na peça de Natal? Ou ajudar no dever de casa?

Havia uns dois jogos americanos sobre a mesa — trabalho rústico que parecia africano —, sem dúvida feitos por trabalhadores que recebiam o preço justo. Eles transpiravam justiça, mas sabiam, e eu sabia, que nada é justo e eqüitativo. Principalmente, não a biologia.

Abandonei o meu vinho pela metade.

— Vou para casa.

Fui empurrando as pessoas com os ombros para sair dali e deixei Charlie sozinho. A longa tarde chegava ao fim, e a luz banhando as ruas era confusa. Segui em direção ao parque, que era o caminho mais longo para casa, porém o mais agradável.

O parque estava movimentado: gente praticando skate, correndo, caminhando, e casais sentados na grama com garrafas de vinho e cerveja, todos fazendo as suas coisas num cenário que simbolizava a alegria do verão.

Parei ao lado de um grupo de loureiros, crescidos demais e emaranhados — o esconderijo perfeito e, na verdade, o chão tinha sido achatado por inúmeros pés; nele jazia um par de ovos de passarinho esmigalhados. Eram azuis e salpicados de preto. Talvez uma criança os tenha roubado do ninho e deixado cair. Talvez um predador tenha vencido as defesas da mãe, sugado o conteúdo dele e largado as cascas para ela ver.

Passos me seguiam.

— Siena...

Dei meia-volta.

Charlie abriu as mãos:

— Quero que você saiba que cheguei ao fim. Tentei todas as táticas. Pedi com jeito. Pedi com raiva e tristeza. Prometi o que pude... mas não posso... *não posso*... virar mulher. Mas, agora já cansei disso tudo. E ponto final. Acabou.

Ele girou nos calcanhares e se afastou na direção oposta. Só voltou para casa muito tarde. Eu não perguntei onde ele esteve.

Capítulo 21

Barbara

O HOTEL ESTAVA SE APRONTANDO para a noite. No bar, a coqueteleira não parava. As grades do elevador abriam e fechavam com um som metálico, descarregando hóspedes em traje a rigor. Havia um clima de expectativa, de mistério — o que a noite ofereceria na forma de prazer à mulher de vestido de seda azul, ao homem de gravata borboleta? O que eles descobririam? O ar estrangeiro de homens e mulheres — suas roupas elegantes, os cigarros de perfumes diferentes, suas peles macias, bronzeadas — me fez desejar ser um deles.

Uma sentinela, uma observadora... tinha sido o veredicto de Alexander quando me conheceu, e era assim que eu me julgava. Eu podava e dobrava, dava forma e moldava as coisas mentalmente, e não me apressava. Eu era a lâmina para Ryder. Esse era o meu papel. No entanto, aqui estava eu — vestida, perfumada, aparentemente tranqüila — e a enormidade da minha imprudência, da minha ousadia, me tirava o fôlego.

Eu me distraí folheando rapidamente os jornais da manhã, que ainda estavam sobre a mesa do saguão. Como eram em francês e alemão, tinham suas limitações. Um exemplar da *Vogue* francesa era mais atraente, e eu me refugiei numa poltrona perto da janela, e fui na mesma hora cativada pela prosa intensa, ofegante. Pelo que pude entender, havia referências à "alma" e à "confiança". (Tínhamos "alma" e "confiança" em casa?) "Uma mulher deveria ser mais importante do que as suas roupas", dizia Coco Chanel.

Levantei os olhos e Alexander estava atravessando o saguão. Não pude conter o meu prazer ao vê-lo.

Ele tocou na minha mão:

— Olá. O que estava fazendo?

Apontei para a fotografia de uma modelo esbelta, sofisticada, na *Vogue*.

— A ênfase é na juventude, nos cabelos longos. Atitudes fossilizadas não se usam mais. E a liberdade de criticar com senso de humor o passado está em moda. Pelo visto deveríamos rir mais de nós mesmos.

— Exatamente — ele me beijou no rosto. — Você está linda.

Ele havia penteado os cabelos para trás severamente, o que acentuava a estrutura óssea do seu rosto, e perguntei-me se ele sabia como era atraente. Ele não parecia estar consciente da sua aparência, pois sua atenção estava em mim.

— Você também — falei.

Por um ou dois segundos, nossos dedos se apertaram.

Alexander me entregou o meu agasalho e chamamos um táxi. Ele me disse que estava me levando ao restaurante, não muito longe do Château de Chillon, aonde seu tutor o tinha levado.

— Wolfgang estava numa missão para ensinar os ingleses a se divertirem. Ele também os achava a raça mais esnobe na face da terra, e suas mulheres ou eram donas-de-casa sem graça e malvestidas, ou metidas a intelectuais de vozes estridentes e cabelos malcuidados.

— Eu confesso ter algumas roupas sem graça.

— Você não é sem graça. Isso nunca.

Olhei a rua pela janela do táxi. Grandes e de aparência bastante desoladora, muitas das casas, construídas numa era mais otimista, tinham visto dias melhores. Pinturas descascadas, as janelas bambas e os telhados precisando de atenção. Depois de um momento, perguntei:

— Estou sonhando, Alexander?

— Se está, espero que seja um sonho bom. — Ele tocou no meu rosto. — Vamos analisá-lo?

Sorrimos uma para o outro, e o táxi parou.

O restaurante era pequeno, com cortinas até o chão e mesas arrumadas para o máximo de intimidade. Parecia caro. Pela janela, ao longe, o crepúsculo dava ao château uma (imerecida) celestialidade.

Pedimos bebidas — um martíni para Alexander, gim-tônica para mim. Olhei-o de frente.

— Preciso confessar uma coisa. Não tenho dinheiro para pagar isto. Ou, melhor, não poderia cobrar de Ryder.

— Ele se importaria de você ir a um restaurante?

— Nem um pouco. Ele é muito generoso. Ele admiraria a minha coragem de fazer isso sozinha, como pensaria, mas eu não posso usar o seu dinheiro para isso.

— Barbara... claro. Eu pago.

— Tem o suficiente?

— Sim. — Ele olhou para as outras pessoas nas mesas. — Quantos homens aqui não estão jantando com suas esposas? Muitos, desconfio. Ninguém vai ficar ansioso por causa disso, ou fazer de conta que não está vendo.

O garçom desdobrou meu guardanapo e estendeu-o no meu colo. A alvura era quase ofuscante, e a banqueta era macia, e eu estava suspensa, fora do tempo e do espaço, num mundo que reconhecia apenas dos sonhos. Era um lugar de enorme sedução, pois as regras eram diferentes: ali, você estava livre para fazer o que quisesse. Regalar-se à vontade. Não havia restrições, nem deveres.

— Freud não disse que a civilização exige dos indivíduos enormes sacrifícios?

— Algo assim.

— Porque, ele argumentava, por debaixo somos agressivos e violentos? Até as donas-de-casa sem graça?

Alexander sorriu:

— Especialmente as donas-de-casa sem graça.

— Estive pensando. Não é um sacrifício tão grande. De fato, é um modo mais fácil de existir. Se obedecermos às regras de etiqueta e bom comportamento, não precisamos pensar tanto. Mas, para você, deve ser diferente. Você tem de lidar o tempo todo com as conseqüências, com verdades e comportamentos mais desagradáveis. Espero que isso não faça você mudar muito. Espero que isso não o deixe triste demais.

— É a coisa mais bonita que alguém já me disse.

Pedimos melão e trutas, e enquanto comíamos o melão, Alexander falava sobre seus amigos na Suíça e dos seus estudos. Eu lhe contei sobre Anne Abercrombie e a pintura de William Lennox. A conversa desviou para Roy e, finalmente, para Amy e a sua luta.

— Eu não pensava que ter uma filha seria tão difícil. — Confessar isso não era fácil, mesmo sendo para Alexander. — Achei que ensinaria a Amy o que minha mãe me ensinou, e ponto final. Mas não foi assim. Amy me mostrou que eu estava errada, e tem horas... que sinto que ela me odeia.

A truta estava soberba, mas Alexander comeu pouco e pôs de lado o seu prato.

— Tenho certeza de que quando Amy descobrir o que quer fazer, não se zangará tanto. Eu fui assim. Juro. Eu acho... quando você encontra o caminho certo, vai deslizando por ele.

Não totalmente, pensei. Mesmo assim, Alexander era tranqüilizador.

— Certa vez Sophie falou algo assim.

— Sophie? — Alexander bebeu um pouco de vinho e considerou. — Sophie é muito inteligente. Ela é interessante.

O tilintar de pratos e talheres, o ambiente luxuoso e pouco familiar, o espelho liso e cintilante do lago lá fora, que refletia milhões de pontos de luz, contribuíram para a minha sensação de que estava experimentando a vida de outra mulher. Alexander estendeu o braço por cima da mesa e pegou na minha mão. Eu sorri para ele, disse alguma coisa. Ele riu e a beijou, e tudo era magia entre nós dois.

Se um dia eu fizesse uma confissão a respeito de Alexander — e a quem eu confessaria? —, enfatizaria que foram os pequenos detalhes deste encontro que deixaram uma impressão. O linho engomado no meu colo, o gosto do meu batom, a marca que ele deixava no copo, o sapato me apertando o pé esquerdo, o roçar da sua boca na minha pele.

Teriam de ser os pequenos detalhes, porque os sentimentos desvairados, a perfeição daqueles momentos, o prazer e o encanto, a surpresa do que estava acontecendo, o seu misto de exaltação e terror seriam impossíveis de descrever.

Depois do jantar, Alexander me levou de volta para o hotel. Eu estava um pouco bêbada, mas felicíssima.

Ele fechou a porta do quarto atrás de nós, encostou-se nela, puxou-me para ele e enterrou o rosto no meu pescoço.

— Não posso acreditar nisso.

— Nem eu.

Aproximei-me mais, tentando sentir as batidas do seu coração, encaixar o meu corpo no dele. Não sabia se isso era amor — era complicado demais para um único rótulo — mas o que eu sentia era apaixonado, e profundo, e irrevogável.

Alguém tinha arrumado a cama. As cortinas estavam fechadas, um copo com uma jarra com água estavam sobre a mesa. A mão invisível tinha acendido um abajur, que espalhava uma luz tênue, difusa, sobre a cama.

Depois de um momento, Alexander virou-se para mim e, um por um, abriu os botões do meu vestido, depois soltou-o dos meus ombros. Ele caiu no chão e eu saí de dentro dele.

— Antes de conhecer você — ele murmurou —, eu não me conhecia. Eu achava que conhecia. Eu não sabia o que era esperar os dias passarem porque é *preciso* tornar a ver alguém.

Ficamos deitados na cama olhando um para o outro. De repente, Alexander pareceu paralisado — pela emoção. Ansiedade? Acariciei o seu rosto.

— O que foi, Alexander?

— Não sei — ele respondeu. — Só que é muita coisa, e dói. E eu não tinha imaginado que me sentiria assim.

— Você é tão doce.

— Doce? Só isso?

— Não basta?

— Não brinque comigo, Barbara. Por favor.

Seu pedido me comoveu.

— Não. Não vou brincar.

Ele respirou fundo, um longo suspiro de alívio. Mas não se mexeu, e eu captei um vislumbre de ansiedade, de medo até, de que ele não estivesse à altura das suas expectativas. Ou das minhas.

Mordi o lábio:

— Alexander... sei que não sou perfeita. Você se importa?

Imediatamente, sua expressão clareou e ele estendeu a mão para mim.

— Bobagem, querida Barbara...

Amanhecia, eu acordei. Alexander dormia virado de lado, de costas para mim. Estendi a mão e toquei na sua coxa, delicadamente, para não acordá-lo. E então fiquei olhando para ele, contabilizando cada respiração. Pois de uma em uma... o tiquetaque do relógio... a manhã se aproximava.

Naquele momento, meio inconsciente e meio acordada, conversei com o meu eu secreto... examinei o meu estoque de alegrias e tristezas... espiei na bolsa de retalhos com os fragmentos do meu passado.

Sim, o que dizem é verdade. A luz do alvorecer é fria e clara.

Ah, Sophie, escutei Alexander dizer ao meu ouvido. *Ela é muito interessante.*

O que Sophie possuía era algo que eu nunca mais voltaria a ter.

Num dia de calor intenso antes da guerra, Ryder me levou no Tiger Moth. Meu primeiro vôo.

— Tive de passar uma conversa no oficial de vôo — disse ele —, mas finalmente eu o convenci de que era importante que as futuras noivas tivessem uma idéia...

Ele estava tão satisfeito consigo mesmo, tão excitado com a perspectiva de me mostrar o que o deixava excitado, tão bonito e confiante no seu uniforme. Só de olhar para ele — as suas mãos delicadas, capazes, a boca grande, o modo como seus cabelos cresciam na sua nuca — detonava uma reação física tão forte que eu não conseguia pensar em mais nada.

Ele nos levou em alta velocidade pela estrada no seu querido carro. Lembro das rosas-de-cão florindo nas sebes e que, depois das chuvas da primavera, a grama nos canteiros brilhava de tão verde.

— Aqui estamos. — Ele virou para um campo e estacionou ao lado de dois aviões, nos quais os mecânicos trabalhavam, e pulou para fora do carro. — Não são umas belezas?

Ele me ajudou a descer. Eu vestia calças e uma blusa fina, e ele me deu uma jaqueta de couro, me enchendo de atenções enquanto eu a vestia.

— Roubei do Johnny. Você é tão magrinha, querida, vai ficar caindo, mas faz frio lá em cima. — Ele me espiava. — Nervosa?

— Nem um pouco.

Era verdade. Normalmente tão insegura, a perspectiva de voar não me perturbava.

Um mecânico disse: "Tudo pronto, senhor." E Ryder me mostrou os controles. Manche — empurre para a frente para mergulhar, puxe para trás para subir — altímetro, leme. O mecânico me ajudou a entrar no banco traseiro; Ryder se enfiou no da frente e fez o sinal de tudo certo com o polegar erguido.

Eu não sabia o que esperar, e não tinha previsto o chacoalhar de ossos do avião, ou a sensação de estar derrapando enquanto Ryder corrigia a oscilação taxiando para a posição de levantar vôo. Eu sentia o cheiro acre do escapamento, meus dentes batiam e meu estômago saltava para a boca enquanto o nariz da aeronave empinava-se para o céu. Eu fui empurrada contra o encosto do meu assento.

Estávamos no ar, em círculos e subindo. Quase imediatamente, os ruídos baixaram e a sensação de velocidade diminuiu. Estiquei o pescoço para baixo, e vi um rio correndo pela campina, as águas tão claras que dava quase para enxergar a vegetação no fundo.

— Glorioso, não é? — A voz de Ryder vinha pelo tubo acústico.

— Glorioso!

— Segure-se, então... vou voar com você até o fim do mundo e voltar.

Estávamos perto de Deus, Ryder e eu, naquele vôo inaugural, especial? Certamente estávamos o mais perto possível um do outro. Como dedos cruzados. Levar-me com ele era o modo de Ryder cimentar a nossa parceria. Era um símbolo da sua perfeita confiança, a sua crença em mim; ao colocar a minha vida em suas mãos, eu lhe dei a minha.

Naquela tarde dourada voei com Ryder até um futuro imaculado. Ainda não existiam os pesadelos. Nenhuma carta estranha, dolorosa, tinha sido sorteada. Estamos pousados no extremo azul do infinito, transportados e embalados por forças maiores do que nós, e tudo — qualquer coisa — era prometido.

Naquele dia compreendi a felicidade. Pura, quase espiritual.

Acordei Alexander:

— Não queria dizer isso, mas acho que você precisa ir embora.

Num instante, ele estava alerta.

— Se é o que você quer, claro, mas não pense que o hotel vai criar algum problema.

Ele me envolveu nos seus braços e eu fiquei ali saboreando as sensações peculiarmente intensas — a luz das primeiras horas da manhã, o calor do corpo dele, uma sensação de estar flutuando num vasto espaço.

Sons matinais... Alguém varria o cascalho lá fora. Os carrinhos tilintavam no corredor. Veículos chegavam e partiam. Alexander encostou-se na cabeceira da cama.

— Você está linda, Sra. Beeching.

Involuntariamente, virei a cabeça para o outro lado — a luz da manhã não seria gentil.

— Obrigada.

Alexander levantou-se da cama, lavou-se e se vestiu. Calças, uma camisa agora amassada, paletó. Finalmente, uma versão sua mais antiga, mais formal, com os cabelos úmidos e a barba por fazer, sentou-se na beira da cama e pegou na minha mão.

— Serei discreto. Prometo.

— Alexander...

— Barbara, querida...

— Não devemos nos encontrar de novo assim. Por muitas razões, a maioria você já conhece.

— Está dizendo o que eu estou pensando?

— Sim, estou.

Eu o senti tenso:

— Entendo. Não esperava... não tão cedo. — Ele acariciou meus dedos pensativo. — Foi alguma coisa que aconteceu ontem de noite? — Ele evitava os meus olhos . — Não gosta de mim?

Isso me fez sorrir. Olhei para os cabelos cor de milho, e o perfil que me agradava tanto.

— Demais, para falar a verdade. Mas tenho uma vida para a qual preciso voltar.

— Eu não estava pedindo para você deixar Ryder.

— Não.

— Então, por quê?

Atirei longe o edredom, peguei o meu robe e fui até a janela. Um carrinho de leiteiro puxado a cavalo saía pelo portão do hotel.

— Você mudou a minha maneira de pensar e sentir, Alexander. — Minhas mãos tremiam e fui forçada a me segurar no balaústre para não cair. — Mas há outras coisas a serem consideradas.

— Sei o que você vai dizer.

Ousei virar o rosto para olhar. Alexander estava curvado sobre os joelhos.

— Acho que você não sabe. — Virei de novo para a janela. — Não adianta nenhum de nós dois achar que podemos levar vidas duplas. Isso não é possível.

Ele emitiu um som inarticulado de protesto e mágoa, e fui me sentar ao seu lado.

— Você precisa estar livre para encontrar outra pessoa. Não por enquanto, talvez. — Coloquei a minha mão por baixo do seu queixo e o fiz olhar para mim. — A questão é, mais cedo ou mais tarde você vai encontrar alguém, e aí as coisas vão azedar. Estou ouvindo o meu instinto, e ele é bom. Um dia, você saberá o quanto. No que me diz respeito, preciso pensar em Ryder, e tentar consertar as coisas.

— Mas se você não era feliz, você deve isso a si mesma...

— Ah, eu era feliz — retruquei. — Essa é a questão. Não me arrependo de você nem por um segundo e, espero, Ryder jamais saberá, mas vejo claramente agora que não posso ter você. Não faz parte do que sou, do que me fez, do que fez Ryder e eu.

Alexander ficou de pé.

— Acho que não estou entendendo — disse ele, zangado.

— Vai acabar entendendo. Você, de todas as pessoas, vai entender.

Ele se abaixou e catou no chão umas moedas que tinham caído do bolso das suas calças.

— Está dizendo que foi perda de tempo? Que não significou nada?

— Ah, não. Isso não — gritei. — Pelo contrário. Minha decisão não tem nada a ver com regras e convenções, as coisas que você questiona e estuda. E você estava certo, fidelidade não é necessariamente do corpo, mas da mente. *Essa*, também, é a questão.

— Certo — disse ele, e sacudiu os trocados no bolso. Tristeza e humilhação registrados no seu rosto, no modo como enfiava as mãos nos bolsos. — A culpa foi minha, não é. Eu forcei as coisas. — Ele sorria com pesar. — Eu deveria ter sabido no que estava me metendo quando Ryder me venceu no tênis.

Eu me levantei e peguei as suas mãos.

— Escute. Não foi perda de tempo. Não para mim. Vou levar comigo o que você e eu dissemos um ao outro, e nossos momentos juntos, pelo resto da minha vida. Eu pensarei neles... agradecida.

— Ah, Deus — ele falou. — "Agradecida." Eu queria mais do que *isso*.

Baixei os olhos para as nossas mãos entrelaçadas.

— Pensarei em você com amor, com grande amor.

Ao sair, Alexander se virou na porta e disse:

— Sei que tenho uma dívida com você, Barbara.

— Onde você vai? Vai ficar bem?

Ele sorriu para mim, e fez um esforço de elegância.

— O que você acha?

Olhei para ele.

— Você vai ficar bem. — Minha voz estava firme. — Sei que vai.

O sorriso dele desapareceu. E ele foi embora.

Caí sentada na cama e agucei o ouvido para escutar os seus últimos passos no corredor. Ele andava rápido, impaciente. O som sumiu.

Estendi o braço e coloquei a minha mão sobre o travesseiro dele, buscando em vão a forma da sua cabeça, algum calor residual. E aí bati com a mão no colchão.

Depois de um tempo, levantei e fui para o banheiro. Tomei um banho, vesti-me e escovei os meus cabelos emaranhados. Mas em vez de prendê-los no costumeiro coque, deixei que caíssem sobre os ombros. Em seguida, empoei o rosto, notando as marcas de exaustão sob os olhos, e passei batom.

Fiz a mala com cuidado e eficiência, colocando os sapatos nos sacos e entremeando as roupas com papel de seda. Contei o restante dos meus francos suíços... um pouco para o táxi, um pouco para uma xícara de café e um pãozinho no aeroporto. O que sobrou era para as gorjetas. Até o último centavo, tudo deveria ser — e seria — explicado e registrado no livro-caixa da casa.

Pronto, feito, e toquei a campainha para o porteiro vir pegar as minhas malas.

No saguão do aeroporto, tomei uma xícara de café e comi um sanduíche. Tinha gosto de areia, mas não fui capaz de jogá-lo fora e me forcei a engolir tudo.

Uma vez escutei a voz de Alexander chamando: "Barbara." E me levantei de repente.

Terminei o café e queria um copo d'água. Mas no meu estado exaltado eu me sentia insegura demais, visível demais, para pegar um. Sem dúvida, quem estivesse me olhando veria por baixo da minha saia, casaco e blusa de linho o meu coração batendo violentamente em contraste com a minha aparência arrumada.

"Pobre e tola Tilly Field", Bunty tinha dito, "parece uma alma penada". O marido tinha se divorciado dela por ter arrumado um amante. Era possível, se Ryder descobrisse, que eu, também, acabasse exilada em Dorking ou Montreux.

No entanto, estas reflexões não eram as verdadeiramente assustadoras.

Eu tinha de enfrentar Ryder. Voltar a ser uma mãe. Retomar uma vida normal. Tinha de me sentar com meu marido e dizer: "Conte-me os seus planos e vamos realizar alguma coisa juntos."

Observação. Fazer geléia de menta e groselhas. Colher framboesas. Engarrafar tomates e, depois, as ameixas. Falar com *Herr* Schlinker sobre as plantações do outono. Telefonar para a Srta. Raith.

Eu criava coragem para o futuro, quando teria de depender intensamente das minhas reservas. Eu seria dissimulada e pérfida, amorosa e mentirosa. Não havia outra saída.

Sei que tenho uma dívida com você, Barbara.

Teria eu detectado um *frisson* de alívio na sua voz? Talvez tenha. Talvez eu tenha desejado ouvi-lo. Mas doeu.

Capítulo 22

Barbara

A CASA EM EDGEBOROUGH ROAD tinha o ar rançoso e estático de uma vida esvaziada, a não ser pelo tiquetaque do relógio na sala de estar.

A Sra. Storr tinha vindo e saído, deixando um prato de bolinhos sobre a mesa da cozinha e um bilhete: "A Sra. Andrews vem para o chá."

Fazia calor lá fora, com a suavidade do verão. Na carreira, as galinhas tagarelavam umas com as outras. Elas cacarejaram quando me aproximei. Abaixei-me e enfiei um dedo pela tela de arame. "Oi, novamente."

Elas me observaram com olhos brilhantes, indiferentes, e descansei a cabeça contra o aramado.

Depois de um pouco, endireitei-me e entrei em casa para desfazer as malas.

— Você está ótima — disse Bunty, ao chegar, beijando-me nas bochechas. — É assim que se faz lá fora, não é?

Só de vê-la senti-me melhor. Coloquei as mãos sobre os seus ombros.

— Deixe-me olhar para você. — Muito pálida. Doentia quase. Magra demais. — Foi ver o Dr. O'Donnell?

Ela baixou a cabeça.

— Sim... Não. Não.

— Certo. — Eu a fiz dar meia-volta e caminhei com ela até o telefone. — Vou ficar do seu lado enquanto você marca a consulta. E vou com você.

Bunty obedeceu. Quando ela desligou o telefone, disse:

— Obrigada, querida. Precisava de você para me obrigar a fazer isso.

Levei a bandeja de chá para o jardim onde os pombos estavam ocupados nas árvores. Tossindo e falando ao mesmo tempo, Bunty me seguiu.

— As meninas estão na Cornualha com alguns amigos. Sophie vai também e, surpresa, Alexander vai estar com elas por uns dois dias. Foi tudo combinado no último minuto.

Eu ofereci a Bunty o prato com os bolinhos. Minha mão se manteve firme.

— Um pouco da sua geléia de morangos?

— Gulosa.

Mas notei que Bunty deu só uma mordida no bolinho e deixou o resto.

— Me passou pela cabeça que a sua Sophie está de olho no Alexander, o que deixa as minhas pobres meninas na sombra. Só algo que Sylvia deu a entender.

Derramei o leite no seu chá.

— Deus do céu, muita coisa aconteceu na minha ausência.

— "Deus do céu" não tem mais nada a ver com isso, Barbara, querida. Com os jovens, quero dizer. — Ela me olhou de repente. — Os jovens... são diferentes. Casos de amor, e eu digo casos de amor, são a regra. Deus sabe o que as minhas meninas estão tramando.

— O bule precisa ser enchido de novo, Bunty. — E entrei correndo em casa, apoiei-me na grade do fogão, e apertei com força até os meus punhos ficarem brancos.

Ryder voltou para casa carregado de pacotes com gim e uísque. Ele entrou de repente, jogou o boné sobre a mesa do vestíbulo e passou em revista a correspondência.

— Um monte de contas. — Ele me deu um beijo sonoro no rosto. — Nenhum problema para voltar para casa, então? Viajante experiente.

Ele deu um passo atrás e me questionou:

— Você está bem? Parece. Você se divertiu? Conte-me tudo.

Eu criei coragem, guardei as garrafas e lhe preparei um banho.

Ele me chamou para esfregar as suas costas, brinquei com ele sobre o seu rosto queimado e o peito branco. Ele espalhou água para todos os lados, cantou baixinho e exigiu uma toalha quente da secadora.

Almoçamos o que a Sra. Storr tinha preparado (terça-feira: rissoles de carne) e depois fiz o café, que ele tomou na estufa. Ryder se apropriou das palavras cruzadas.

— A rosa vermelha não é donzela... nove letras. A rosa vermelha?

— Belle Dame — eu disse.

Surpreso, ele levantou os olhos:

— Andou praticando?

Eu sustive o seu olhar, tranqüila.

— Não, realmente.

— Deve ter.

— Medo da concorrência?

— Não, de jeito nenhum.

Eu ri e, por um instante, tudo estava normal.

O telefone tocou e eu atendi.

— Mãe? — era Roy. — Está ocupada?

Não era hábito do Roy telefonar, muito menos durante o dia.

— Está tudo bem? — eu quis saber.

— Sim. — Ele estava meio cauteloso. — Tenho uma coisa para contar para vocês. Victoria e eu vamos nos casar.

— Céus... quero dizer... parabéns! Que... maravilha.

— Podemos ir aí ver vocês? Conversar sobre os preparativos?

— Claro, claro. Roy... você tem certeza?

— Sim, acho que sim. Não, tenho certeza, sim. Olhe, preciso desligar.

Coloquei o fone no gancho e fui contar para Ryder.

— *Casar* com Victoria — ele disse. — Oh, Deus.

— Ryder, precisamos fazer uma força para gostar dela.

Passamos o resto da tarde discutindo o que ia acontecer. Ryder e eu sentíamos a mesma coisa e discutimos ansiosos a relativa juventude de Roy e a possibilidade de Victoria ter insistido nisso.

— Ele tem só 23 e não ganha tanto assim. — Ryder ergueu uma sobrancelha. — Devemos impedir que essa história siga adiante?

— Não sei como podemos interferir.

Ryder me deu um dos seus olhares diretos.

— Desde quando isso tem sido um problema para você?

— O que você está querendo dizer?

— Barbara, a sua sutil habilidade de tramar enquanto jura inocência é uma das maravilhas do mundo moderno.

Roy tinha sugerido vir naquela noite. A sua ansiedade em garantir a nossa aprovação era comovente, e Ryder e eu fizemos o possível para dá-la com champanhe e parabéns.

Victoria estava radiante, e exibiu na mão esquerda um anel com uma esmeralda minúscula, ladeada por dois diamantes apenas ligeiramente maiores.

— Levei séculos para escolher, mas Roy foi muito compreensivo e paciente.

Ao aguçado olho materno, Roy parecia meio em estado de choque e, na primeira oportunidade, puxei-o de lado.

— Me conta. Quando, onde e como?

— Espero que esteja satisfeita, mãe. — Ele agarrou as minhas mãos. — É um passo tão importante, mas acho que é o certo. Ela é uma moça maravilhosa e vai cuidar de mim.

— Mas você a ama, realmente, de verdade?

— Sim.

— Quer algumas opiniões sobre casamento?

— Sim... não — ele riu constrangido. — Não gosto dessas pieguices, mãe.

— Casamento é como descobrir um continente. Uma boa parte está mapeada, você pode ver a linha da costa e as montanhas. Mas um bocado se compara com o que Cristóvão Colombo deve ter sentido quando estava procurando a América: ele sabia que ela estava lá, mas não tinha idéia dos detalhes a acrescentar.

Eu sondei o rosto do meu filho, mas ele parecia confuso. E eu pensei: *Ele* sabia do que eu estava falando. Em seguida: Isso não era justo.

— Vocês dois precisam estar preparados para navegar em direção ao desconhecido, e talvez se surpreendam com o que... com o que vão encontrar.

Roy sorriu.

— Não sabia que você era tão poética. — Ele deu uma palmadinha com a mão no meu ombro. — Mãezinha. Mas teria mais sucesso falando essas coisas para Victoria.

As semanas foram se passando, e o calor aumentava. O jardim tremeluzia ao sol forte, obrigando *Herr* Schlinker a tirar o casaco — era raro vê-lo em mangas de camisa.

O jardim nunca fora tão produtivo. Havia nele um intumescimento — vegetais intumescidos, as bolas verdes ácidas expandindo-se em frutos amadurecidos. Os morangos tinham dado em abundância. No viveiro das frutas, framboesas multiplicavam-se como estrelas e as groselhas vermelhas pingavam sobre as suas treliças cintilantes. Todos os dias eu desenterrava um punhado de batatas novas, e colhia cenouras e ervilhas, que comíamos com hortelã e manteiga. O sabor era de terra e coisa pura.

Ian e Antonia chegaram para passar a noite.

— Faz tanto tempo que não a vejo. — Antonia interrompeu as minhas palavras de boas-vindas. — Há anos que não falo com você. — A implicação era a de que eu a vinha ignorando.

— Parabéns para o Roy — disse Ian, sério. — Gostaria que Sophie estivesse no mesmo barco e protegida.

Ele ingressou com Ryder numa conferência secreta sobre dinheiro e fiquei para enfrentar Antonia, que estava preocupada com morte recente da mãe: ou, mais especificamente, com o testamento, que favorecia Sophie, a neta, em vez de Antonia, a filha.

— Claro, eu não poderia esperar outra coisa. — Antonia tinha uma expressão trágica, sofredora. — Mas era eu que ficava horas lendo para mamãe e organizando os serviços das enfermeiras. Sophie nem chegava perto dela. Ou não tanto quanto eu.

— Antonia. — Ian apareceu. — Não adianta, sua mãe fez o que achou melhor. Você devia ficar contente por Sophie.

— Se disser mais uma coisa, bato em você — Antônia cerrou os lábios. — Eu deveria ter permissão para dizer o que sinto quanto a isso. A verdade é que Sophie nunca ajudou, e eu sim, e ela fica com o lucro. Eu não precisava ter me incomodado.

— Ah, meu Deus — eu me ouvi dizendo. — Faz tempo que não ouço um argumento tão bom em favor da negligência.

Ian estava chocado, e Antonia me olhou com ar feroz. No rosto fino, descontente, crescera um bico, os ombros ossudos eram asas, o vestido de verão, penas. Ela era uma ave de rapina, com batom escuro demais.

— Barbara! — protestou Ryder, mas não sem um leve sorriso.

E aí Antonia virou a mesa:

— Mesmo sendo desagradável, não deixo de estar *certa*.

— Embora Antonia tivesse razão, fiquei aliviada de vê-los pelas costas — confessei a Bunty, quando nos encontramos no dia seguinte. — Mês a mês ela fica mais desagradável.

— E nós não?

Estávamos no viveiro, colhendo frutas, unhas e dedos roxos de suco. Pelo canto do olho, registrei a silhueta magra, encurvada, de Bunty. Graças a Deus por ela. Eu me regalava com a sua afetuosa, afiada, divertida espirituosidade.

— Querida — ela se endireitou e limpou as mãos no lenço —, achei que você gostaria de saber que as meninas voltaram, tendo se divertido muito, morenas como frutinhos maduros. Pelo visto, Sophie e Alexander se acertaram *finalmente*.

— Um minuto só... — estendi a mão para o último cacho de framboesas e o acrescentei na tigela. — Pronto.

— Achei que você devia ser a primeira a saber.

Eu me virei:

— Saber o quê primeiro?

Bunty olhou para mim com ar crítico:

— Só estou informando você das fofocas, querida.

— Sim. — Eu estava um pouco tonta e... enjoada. — Sim, só fofoca. — Eu me encostei na porta do viveiro.

— Está se sentindo bem, Barbara?

Consegui dar um sorriso.

— Muito bem. Ficar curvada me deixou tonta.

Não foi surpresa para mim quado Sophie ligou.

— Posso ir aí e ficar com você? Por favor, é importante.

Ela chegou no dia seguinte, os olhos azuis dançando e brilhando com uma emoção que eu nunca tinha visto nela antes. Mas eu a reconheci logo.

— Nós nos divertimos tanto na Cornualha... Um lugar tão estranho, cheio de minas em ruínas, e tantas histórias. E chuva... mas o mar estava maravilhoso.

Eu tinha preparado carne fria e salada para o almoço, e ela comeu feito um passarinho.

— Desculpe, tia Babs, não ando com muita fome ultimamente.

Ela bebia um copo de água atrás do outro.

Tomamos o nosso café no jardim, e cochilamos sob o sol da tarde, sem falar muito.

Eu sabia o que Sophie devia estar sentindo — uma intensa sensibilidade aos cantos dos pássaros, ao oscilar das folhas nas árvores, ao vívido borrifar de lobélias vermelhas e rosas brancas, ao suave contorno do gramado.

Eu sabia.

Sophie se levantou.

— Meus pais nunca deviam ter se casado, não é, tia Babs? Eles não combinam. Não como você e o tio Ryder.

— Um dia eles podem ter combinado. As pessoas mudam muito.

— É disso que Amy e eu não gostamos. — Sophie me serviu mais uma xícara de café. — Acho que homens e mulheres deveriam se amar em igualdade de termos. Não funcionando, eles deveriam poder se retirar elegantemente. Alexander diz que essa foi uma das coisas que o fizeram estudar Freud, porque Freud acreditava que as pessoas deveriam ser práticas e objetivas. — Ela sentou-se de novo na cadeira. — Na verdade, acho que Freud disse um monte de besteiras e falei isso para Alexander. Ele devia estudar Jung. Freud era muito pouco científico. — Ela sorria pensativa, com ar travesso. — Discutimos muito.

Procurei no meu bolso um lenço e o apertei contra a testa.

— Está muito quente. — Concentrei os meus cinco sentidos em Sophie. — Você teria gostado se os seus pais tivessem se separado?

Ela alisou a saia de algodão:

— Francamente, sim.

Bebi meu café. Estava amargo e embrulhou o meu estômago. Dentro de casa o relógio bateu duas horas. Sorrateiramente, fiquei olhando o belo rosto de Sophie, registrei a sua ocasional observação em *staccato*, eu a vi se calar, ficar sonhadora, ansiosa, perturbada.

Eu sinto apenas o tempo.

— Quero falar com você sobre Alexander... — ela se inclinou para a frente, desaparecida a sonolência. — Quero o seu conselho.

Baixei a xícara.

— Que conselho eu poderia lhe dar, Sophie?

Ela corou.

— Se incomodar.

— Não, não, claro que não. Por que não fala comigo enquanto coloco algumas maçãs nas prateleiras? *Herr* Schlinker jamais me perdoará se eu não fizer alguma coisa com as Worcesters.

Ele deu um salto e estendeu a mão:

— Vamos, então.

Atravessamos o gramado e entramos na casa das maçãs. O cheiro era de bolor e frutas velhas, que atingiu o fundo da minha garganta e me deu ânsia de vômito.

— Você está bem? — Sophie pousou uma mão ansiosa no meu braço. — Talvez esteja quente demais.

— Não. Está bem — *Herr* Schlinker tinha colhido dois baldes, e eu os esvaziei na grama. — Vamos selecionar por tamanho.

As maçãs estavam ligeiramente mornas ao toque, prova de que deveriam ser guardadas logo. Trabalhamos com eficiência para descartar aquelas cujas cascas estivessem rugosas, doentes ou podres, porque um verme se aninhara nas polpas.

— Veja... — Sophie equilibrava uma maçã na palma da mão. — Perfeita.

E era... com uma forma regular e sem nenhuma mancha, um brilho avermelhado espalhando-se pela casca.

— Posso comer? — ela enterrou os dentes brancos e uniformes na fruta, e mastigou. — Deliciosa. Não tem nada igual a uma maçã madura recém-colhida.

Eu continuei com a seleção, usando o sistema de Ryder — maçãs pequenas nas prateleiras altas, as para serem comidas no fundo, as que iam para a cozinha (que viriam depois), na frente. As médias ficavam nas prateleiras do meio, as grandes nas de baixo.

Sophie trouxe a escada de mão do barracão e subiu até as prateleiras no topo.

— Vai me dando.

— Cuidado para elas não encostarem umas nas outras, precisa empurrar a prateleira de volta bem devagar.

Ela trabalhava e cantava:

— O amadurecimento é tudo.

— Sobre Alexander... — eu lhe passei a carga seguinte. — O que você quer perguntar?

Sophie estava de costas para mim.

— Não sei... acho que queria perguntar a você... se o aprovava. Mas... num momento tem alguma coisa entre nós, tenho certeza de que tem. Você *sabe*, não sabe? Depois se vai... É quase como se alguma coisas estivesse bloqueando. Um obstáculo. Na Cornualha passamos muito tempo juntos, conversando, caminhando, nos divertindo. Discutindo, como eu disse, mas de uma forma positiva. Ele parecia estar me sondando, mas no final não deu em nada.

Ela examinou a última maçã, depois a colocou na posição sobre a prateleira.

Ela desceu a escada de costas.

— Tia Babs, preciso lhe pedir um favor. Você permite que eu o convide para vir aqui? Aí, então, acho que vou entender o que está acontecendo.

— Isso é sensato? — eu disse involuntariamente. — Ele não vai pensar que você está correndo atrás dele? Homens não gostam disso.

— Tia Babs, eu não *acredito* nessas coisas. Se uma moça gosta de um homem, tem todo o direito de fazer uma proposta. — Ela pegou um balde vazio. — É difícil na casa da Sra. Andrews. Tem tanta gente, e ela controla tudo. É impossível se ter uma conversa em particular. E eu *não posso* convidá-lo para ir a minha casa.

— É por isso que você veio?

Ela engoliu em seco:

— Sim.

Levantei cedo e cozinhei um presunto, que caramelei e decorei com mel e cravos. Fiz um creme de groselhas e o pão-de-ló mais leve que pude, depois juntei tudo com geléia de morangos.

Ainda estava muito quente, e Sophie tinha arrumado a mesa debaixo da árvore com uma toalha de linho branca e as minhas melhores taças de vinho.

Sophie batia palmas.

— Exatamente como eu queria — ela disse. — Como na França. Você sabe, nos quadros com mesas compridas debaixo das árvores e uma casa grande no fundo. Obrigada, tia Babs.

Eu virei de costas.

Alexander chegou pontualmente. Eu estava no andar de cima quando escutei a campainha da porta tocar, os passos de Sophie correndo, um diálogo murmurado, e o som da conversa dela animada conduzindo-o para o jardim.

Eu sentei na cama, as mãos entrelaçadas. A dor que eu estava sentindo era primitiva na sua intensidade e eu não esperava por isso. Mas era algo que tinha de ser superado, que eu tinha de suportar. E eu sabia que *ia* suportar, e depois emergir do outro lado.

No final, eu me levantei, passei a mão pelos cabelos, que estavam soltos, e água de colônia nos pulsos.

Sentia orgulho de mim mesma ao atravessar o gramado até onde estavam Sophie e Alexander: estava no meu perfeito controle. De início eles não me viram, absortos na conversa. Os olhos de Alexander fixos nela, e ela tinha baixado a cabeça, com todo charme, confiante.

— Então você entende... — ela dizia.

Alexander me viu primeiro. Levantou os olhos... e os nossos olhares se travaram por dois, três, até cinco minutos, não mais do que isso porém.

— Barbara — ele ficou de pé —, como vai?

— Bem, obrigada. Que dia lindo.

— Não sabia que você estaria aqui. Queria saber notícias da Suíça.

— Ah, foi adorável. — Olhei para Sophie. A tagarelice, os sorrisos e a confiança tinham sido substituídos por um horrível, paralisado, espanto.

— Sophie, vim ver se você precisa de alguma coisa antes de sair.

Ela pareceu estremecer.

— Sim — respondeu. — Quero dizer, não.

— Você vai sair? — Alexander indagou polidamente.

— Vou pedalando até Shalford me encontrar com uma amiga que ficará chocada com a bicicleta. Mas estou gostando de fazer isso ultimamente. Gosto do exercício. O almoço de vocês está pronto. Só precisa trazer para fora. Sophie?

Ela virou a cabeça para me olhar.

— Obrigada, tia Barbara — disse ela. Poderia estar se dirigindo a uma estranha.

Alexander se ofereceu para me ajudar a tirar a bicicleta do barracão, e levar até a Edgeborough Road. Ele se debruçou contra parede, tijolo com sílex branco acinzentado cintilando ao sol, e conferiu os pneus.

— Como você está?

— Ótima.

— Fiquei zangado com você no início. Agora não estou mais, mas sinto falta de você.

— Sim. — Segurei no guidom. Eu não tinha prática de terminar romances, mas havia, percebi fracamente, uma certa dignidade em tentar fazer isso bem. — Alexander, tenha cuidado com Sophie. Não a trate mal. E você não deve nunca mais voltar aqui.

Eu não mentira a respeito da bicicleta. Eu me habituara com a sua liberdade, e adorava o jeito como ela alongava e exercitava o meu corpo. Ela me fazia voltar à época em que eu me lançava pelo campo afora com as amigas do colégio, alguns sanduíches, uma garrafa de suco de laranja e uma bússola que não funcionava.

Pedalei até Warren Road. Meu único pensamento consciente era sobre o ar fresco, o sol, e o fôlego explodindo dentro do meu peito. No cruzamento da Shalford, virei à esquerda e, em poucos minutos, descia empurrando a bicicleta pela pista coberta de vegetação até o rio.

Não chovia há semanas, e o nível do rio tinha descido, expondo resíduos marrons de lama rachada e plantas podres e flácidas. Cheirava, também, a água estagnada e salobra.

Fui até a margem e me sentei, olhando para a água. Lembrei do brilho da pele de Alexander, a curva das suas costas. Dentro daquele corpo, o Alexandre mais velho estava começando a emergir. Um dia, ele acordaria e exigiria o seu ovo cozido em exatamente cinco minutos, uma camisa limpa e a sua própria poltrona. Seus movimentos e (provavelmente) seus pensamento teriam se consolidado no reconhecível e (provavelmente) previsível. Eu sabia disso porque tinha acontecido com Ryder, com Bunty... comigo.

Minha cabeça girava, o calor era sufocante. Eu me levantei tropeçando e caminhei pela margem, que a terra seca e dura deixava escorregadia. Pernilongos pólvora voando sobre a água e borboletinhas brancas desapareciam no meio dos juncos. Numa tentativa de me sentir normal, pois o meu corpo parecia peculiarmente leve e no entanto pesado, balancei os braços de um lado para o outro. Continuei andando, sentido o sangue formigar descendo por eles e para dentro dos meus seios.

Quando cheguei em casa, a cozinha estava como eu a havia deixado. A toalha de mesa dobrada sobre a pia, o chão varrido. Não havia vestígios de almoço, nenhuma louça esperando para ser lavada, nenhum sinal de que uma refeição havia sido compartilhada e apreciada.

Fui procurar Sophie. Ela estava sentada calmamente na sombra da árvore, as mãos entrelaçadas no colo.

— Sophie?

Ela não olhou para mim.

— Eu o mandei embora, tia Barbara.

Capítulo 23

Siena

DAKOTA PIERCE TEM 45 ANOS. Quatro filhos, entre 7 e 18 anos. É presidente do Mães pela Dignidade e Status, com muita influência nos estados do cinturão do sol e um crescente quadro de sócias. Ela precisa de um guarda-roupa compacto para suas freqüentes viagens de palestras, para servir de fachada para a face pública da organização, e para receber em casa. As palavras-chave são: simples mas elegante.

Fersen encontrou-se comigo no estúdio de televisão, seu ar mais ou menos de boas-vindas.

— Oi, boa viagem? Ótimo. Vamos. Teoricamente, esta é a típica "bochechas rosadas e torta de maçã no forno" — ele falou —, mas não se iluda.

— Pensei num conjunto de saia e casaco, um linho cinza-escuro puxando para o castanho quem sabe...

Fersen riu:

— Você não entendeu, Siena. Este "simples" quer dizer glamouroso. E um pouquinho de sofisticação.

— Ah...

— Gente, vamos só dar uma ensaiada — disse Dwayne. — Prestem atenção.

O ar-condicionado no estúdio estava no máximo, e todos mamavam garrafas de água.

— Só algumas observações, gente — Dwayne levantou a mão. — É ótimo estarmos todos juntos novamente. Vamos comemorar e terminar estas duas últimas edições.

Ele discorreu sobre pontos de programas anteriores. Gesticulando muito, Siena, querida. Procure não usar tanto as mãos. Equipe de câmera: focalizando pouco as roupas. Se a pessoa chora, focalizem nisso. *Emoção é bom.* Lembrem dos truques — má iluminação etc. — para que o "antes" e o "depois" fiquem bem distintos. *Não tenham medo da animosidade.*

Dakota Pierce tinha uma pele de boneca de porcelana, tornozelos que pareciam prestes a estalar, e um espírito que — claramente — faria tudo menos isso. Falava com uma cadência sulista e havia uma determinação de armadilha de aço nos seus olhos.

Ela abriu uma espaçosa bolsa e pulverizou o rosto com água Evian:

— Falo em defesa da maternidade, que a nossa sociedade subestima. Fizeram as mulheres acreditarem que ficando em casa com seus filhos pequenos elas não estão muito acima do cachorro da casa. Nós, minhas irmãs na maternidade e eu, queremos mudar tudo isso. Queremos dignidade para o papel, e reconhecimento do nosso esforço.

Fersen e Dakota não estavam destinados a serem aliados naturais e ela dizia para mim o que queria ele ouvisse.

— Você tem filhos? — ela perguntou. — Acho que não. Bem, como representante da família... — ela deu uma risadinha — ...a pedra fundamental da nossa sociedade, afinal de contas, tenho de tomar cuidado para não projetar a imagem errada.

Fersen cometeu o erro de insistir (através de mim) para Dakota vestir as calças justas com um top decotado. Resultado: recusa categórica.

— Acho que você não entendeu — Dakota disse para os membros da equipe atraídos, moscas e mariposas, para o epicentro desta discussão. — Eu tenho a responsabilidade de não apresentar as mulheres como objetos sexuais.

Entrei logo em ação.

— Dakota, por que não experimentamos o top com esta saia? — mostrei uma peça em jersey da DKNY.

— Ah, *sim*! — ela disse, e deu as costas para Fersen.

Fersen e eu trocamos olhares. *Às vezes você ganha, às vezes perde.*

Olhei para o meu relógio. Três horas. Em casa, Charlie teria lutado para terminar — o quê? Um dia de fim de verão na cidade, úmido talvez, com uma chuva tipicamente inglesa, um cheiro de pólen velho e frutinhas amadurecendo em moitas empoeiradas? Hoje foi dia de tribunal? Se foi, ele teria vestido a toga, enfiado a peruca, recolhido seus papéis e se lembrado — *Não estou aqui para analisar um cliente — não importa o que ele fez. Estou aqui para ser o advogado deles, não o seu juiz.*

O que mais Charlie dizia? *Se existe maldade, e eu sei que existe porque estou vendo, deve-se concluir que existe bondade e amor.*

— Siena, pode prestar atenção? — Dwayne estava aborrecido.

Igualmente aborrecida comigo mesma, pois em geral eu estava cem por cento envolvida no caso, acordei.

— Ok.

Analisei Dakota. Cerca de 1,78m de altura, 44 de busto, 42 de quadris. Pernas longas, que precisavam de ênfase. Má postura, barriga precisando de controle.

Seria necessária toda a minha habilidade, mas eu podia fazer ressaltar a sua beleza. Fora com o suéter de gola redonda sem forma definida e o terninho formal demais (antiquado). Substituir por saia na altura dos joelhos, casaco de chiffon acinturado e sapatos recortados na ponta, de saltos quadrados.

Lentamente, lentamente, uma mulher glamourosa tomava forma. A estátua dentro do bloco de mármore. A mulher dentro da mãe. A mãe como parte da mulher.

Às 21h fui levada de carro novamente para o hotel e depositada na porta. Tinha acabado de anoitecer, e a cidade estava agitada, ficando mais brilhante.

A antiga Siena teria corrido para o quarto, tomado um banho de chuveiro, vestido uma calça comprida e um top justinho e saído para o burburinho da noite. Em vez disso, eu fiquei parada na calçada, esticando o pescoço para a paisagem de arranha-céus lá em cima, a tensão enrijecendo os músculos dos ombros e da cervical.

Quando cheguei no meu quarto, tinham puxado a colcha e colocado um chocolate sobre o travesseiro. A travessa de frutas na mesa tinha sido reabastecida e duas garrafas de água mineral estavam na bandeja. Toalhas brancas limpas estavam penduradas no banheiro, mais artigos de toaletes caros, e um sabonete novo no prato sobre a banheira de mármore.

Tudo que uma mulher desejaria.

Eu tinha ligado cedo para Charlie. Seu celular estava desligado. Telefonei para o funcionário no seu escritório. "Ele não está", Michael respondeu, "mas estamos esperando por ele". O aparelho no apartamento tocou, tocou, um ruído desolado. Um hora depois, tentei outra vez. Nada.

Pedi uma salada Caesar para o serviço de quarto, entrei na cama e escolhi um vídeo. "O título não será mencionado na sua conta", era a mensagem tranqüilizadora na tela — caso eu tivesse escolhido pornografia — e assisti a uma comédia romântica com um fim sentimental meio bobo. Não me impediu de chorar, entretanto.

Às três horas liguei para Charlie. Inútil.

Às quatro, liguei para Charlie. Nenhuma resposta, nada.

Dormir? Difícil, ah, tão difícil... eu me virava de um lado para o outro e me vi, em sonho, no piquenique da fotografia.

O tapete xadrez estava puído e áspero nas minhas coxas nuas, a brisa batia gelada na carne exposta, e o gosto de margarina no sanduíche era vívido. (Só Deus sabe por que minha mãe usava margarina.) Mesmo no sonho, eu sabia que odiei ser criança.

Richard e eu sussurrávamos um para o outro. Estávamos planejando a nossa última campanha para restaurar os Stuarts, e discutíamos com todos os detalhes o problema de febres e ferimentos.

Nossos pais estavam sentados de um lado e do outro do tapete. Os dois seguravam uma caneca de plástico com um pedacinho de cereja dentro. O álcool tinha dado um ar rosado ao rosto de minha mãe. Eles não conversavam entre si nem se olhavam. Em vez disso, eles nos vigiavam. Um sorriso divertido suavizava a expressão normalmente fechada de meu pai e o olhar da minha mãe era de indulgência. "Olhe só vocês dois", ela dizia. "Que maluquice."

Foi só um momento, a exata seqüência e contexto esquecidos, mas o meu subconsciente captou, arquivou e, seja lá por que motivo, reprisou.

Acordei. Sonhos são tão ultrapassados, Ingrid tinha me informado em uma das suas consultas. Avaliar o *aqui e agora* era o que contava.

Ok, Ingrid. Aqui está. Sem problemas de dinheiro para discutir, infelizes um com o outro, sem muito o que prever para a velhice... meus pais não eram as pessoas mais resolvidas ou felizes do mundo. Mas sabiam que o objetivo de ter filhos eram o que podiam cumprir: era o que eles podiam nos dar.

Isto fazia sentido? Charlie teria uma opinião, e eu queria discuti-la com ele. Por hábito, estendi o braço para pegar o telefone, mas não o tirei do gancho. Eu sabia, sem que ninguém precisasse me dizer, que ele tinha decidido dar um tempo. Era silêncio de rádio.

Antes de partir para Nova York, encurralei Charlie. Eu tinha desligado os telefones e o rádio, e estávamos selados dentro do belo apartamento arejado.

— Não posso ir para Nova York desse jeito.

Ele me olhou, ligeiramente triste, um ar meio de troça, não era ele mesmo.

— É você que está falando, ou Ingrid?

— Pare com isso. — Eu o fiz sentar-se no sofá. — Charlie, eu quero mais do que tudo fazer você feliz.

Ele abrandou.

— E eu a você, Siena, de verdade.

Eu peguei na sua mão, e segurei. Um instante depois ele fechou a mão sobre a minha.

— Ok — ele disse. — A culpa é minha. Tenho estado muito ocupado para pensar.

— Bem, eu estive pensando. — Fechei os olhos. — Você sabe que estou com 35 anos, que na verdade são 25.

Charlie bufou.

— Charlie, os "25, na verdade" é um jogo que fazemos. Ou eu faço, porque pode ser tarde demais. E se nós tentássemos e nada acontecesse? E você me acusaria porque provavelmente sou eu. Biologia de novo. Você não se expressaria assim porque você não é assim. Mas vai pensar. E não tenho certeza se vou suportar.

Ele baixou os olhos para as nossas mãos e retirou a sua.

— Não vale a pena arriscar?

— Você arriscou com Jackie Woodruff. Acreditando nela, quero dizer, muito mais do que era necessário. E vejo como isso deixou você triste.

— Eu estava fazendo o meu trabalho.

— Estava, Charlie? Charlie, querido. Tem absoluta certeza de que não estava convencido de que uma mulher não podia assassinar o próprio filho... porque estávamos no meio desta batalha?

Ele ficou de pé.

— Golpe baixo, Siena. — E começou a andar pelo quarto. Depois se virou para me enfrentar. — Siena. Você pode ter tantos vestidos, pares de sapatos, jantares em restaurantes que quiser. E eu desejo que faça bom proveito deles. Mas eu não quero mais essas coisas. Por ter sido um idiota com Cimmie, eu mudei.

Ao ouvir a menção do nome dela, eu senti um calafrio.

— Talvez Jackie Woodruff tenha matado o seu bebê. Não sei. Mas apostei tudo porque, se existe maldade, deduz-se que exista também doçura, bondade e amor. E porque sei tanto sobre o primeiro, sei que os últimos são duplamente importantes. — Ele virou de costas para olhar pela janela. — Ok. Você está certa num ponto. Eu cometi um erro — reconheceu, lenta e sofridamente. — Eu me envolvi demais.

Eu escondi o meu rosto nas mãos.

— É por disso que eu tenho tanto medo. Se der errado. Se eu não agüentar.

O que acontece se a doçura, a bondade e o amor não estiverem disponíveis? E se alguém estiver se atrapalhando, com um bebê, desesperado para localizá-los? O que acontece então?

Resposta: acontece Jackie Woodruff.

— Não sei, Charlie — gritei. — Não sei o que fazer.

— Se não está disposta a saltar — Charlie disse —, não posso ajudá-la, Siena — ele acrescentou com amargura. — Jackie Woodruff achava que eu era um tolo. E eu sou.

Meus olhos ardiam e meus pés tinham solas de chumbo quando entrei no carro, que deu início a sua luta para chegar até o estúdio no centro da cidade. Um dia de negociações, refilmagens, pequenas rixas particulares vinha pela frente — um ziguezague de expectativas e nervos retesados.

Siena Grant, pensei, isto é o que você *queria*.

Se era possível, Dakota Pierce estava com a expressão ainda mais refrescada do que no dia anterior.

— Foi ótimo. Choveram telefonemas no hotel quando souberam que eu estava na cidade. Eu hesitei antes de atender — é a minha vida privada. Depois conversei com Deus e Ele me disse que o que é privado também é público.

Entreguei a Dakota um vestido de coquetel preto com decote em forma de coração e saia rodada.

— Tão anos cinqüenta! Que lindo, Siena! Adorei. Tenho três compromissos à noite só na semana que vem, e esse vai ficar perfeito.

— Você deve ficar cansada.

Dakota me olhou, intrigada:

— Cansada? Mas eu estou a serviço da maternidade e da família. Não sobra tempo para ficar cansada. — Ela piscou para mim. — Fui colocada nesta Terra com a preciosa tarefa de trazer a mensagem. Cansaço não entra nisso.

Na hora do almoço, fugi do estúdio e fui na direção de Battery Park. Sentei-me num banco o mais perto da água possível, comi um cachorro-quente (repugnante, mas bom) e bebi uma vitamina. Consultei o meu guia para turistas. "Agora sem teto, Castle Clinton foi construído para proteger Manhattan dos ingleses..."

O sol dançava sobre o canal, e uma névoa cinza de calor escurecia a cidade. As latas transbordavam de lixo, e as gaivotas vinham comer.

A barca entrou com um som estridente e um rastro de água branca. Consultei o relógio. *Onde estava Charlie? O que ele estava fazendo?*

Era hora de vestir Dakota Pierce e, com câmera e luzes, realizar a transformação. Debrucei-me para jogar o meu lixo na lata, e meu pé esbarrou nos sacos empilhados ao redor. Um rasgou e de dentro rolaram três maçãs, muito machucadas, polpas escuras, podres. Estavam ali havia um certo tempo: insetos rastejavam por cima, e vespas bêbadas banqueteavam-se com o suco doce escorrendo.

Estas eram as frutas que o vento derrubava, o equivalente urbano das maçãs que, no pomar de Bill, caíam cedo demais e apodreciam na relva alta sob as árvores. "Um pouco como a vida", Bill tinha brincado. "Oportunidades desperdiçadas, chances perdidas. Polpas machucadas."

O cheiro das maçãs formigou no meu nariz. Doce e ácido, quente e fermentado. Fechei os olhos e imaginei pilhas de frutos derrubados pelo vento, destilando uma substância que eu só poderia chamar de desespero.

— Você andou — exclamou Fersen, quando voltei para o estúdio. — Você *andou*? Onde estava o carro?

— Não estou em comitiva hoje — eu disse.

— Mais tola ainda — falou Fersen.

Então éramos dois, Charlie e eu.

No meio da (minha) noite, liguei para Manda.

— Só quero saber como você está.

— Muito gentil, querida. Ninguém mais faz isso.

— Muita excitação no trabalho?

Ela citou uns dois autores de quem eu nunca tinha escutado falar, o que a desapontou, eu sei.

— São muito bons — ela disse em tom acusador. — Você é um deserto cultural, Siena. Você *precisa* ler. Mas, e você? Se está ligando para a pobre de mim, deve estar com saudades de casa.

— Acertou.

— Quem diria? — Ela achou graça. — De algum modo devo concentrar minhas energias para me solidarizar com a minha melhor amiga que é um sucesso curtindo Nova York.

Eu pensei em desligar.

— Não faça isso, Manda.

— Queridinha — ela percebeu a minha aflição e, na mesma hora, ficou séria. — Não quis dizer isso. Fale.

— Estou me sentido meio estranha a respeito de tudo. Não consigo localizar Charlie, e ele está cheio de mim. A questão do bebê. Não consigo me decidir, e o estou tratando mal.

Manda estalou a língua com ar reprovador.

— Você precisa escolher — ela falou. — Só posso lhe dizer isso.

— Não é muita coisa.

— É assim que as coisas são, Siena. Querida, Siena, se serve de algum consolo, a paz vem quando se toma uma decisão. E eu nunca me arrependi da minha.

Os programas estavam terminados. Dwayne se declarou satisfeito, e a equipe fez as malas, pronta para se dispersar.

Fersen estava ocupado no seu celular, finalizando o seu próximo contrato.

— Ah, meu Deus — ele disse, gesticulando para mim para indicar que a pessoa do outro lado da linha era um absoluto perdedor. — O pesadelo...

Dakota olhou para ele com ar de intenso desagrado. Eu lhe entreguei anotações que tinha escrito para ela.

> Calças de pernas largas para distrair a atenção da parte superior mais ampla do corpo, casacos para emagrecer a aparência atarracada, cardigã cruzado na frente torna mais feminino um tronco muito quadrado.

Ela colocou na minha mão o seu cartão.

— Foi um prazer, Siena.

Ela estava com o vestido vermelho Armani e um casaco branco que tínhamos escolhido. Deu uma geral em si mesma no espelho do estúdio.

— A mensagem não mudou, mas o mensageiro está bem melhor.

— Isso é bom.

— Bem, sim e não — ela disse. — Não vamos tirar a proporção das coisas. Muitas das minhas mães gostariam colocar as mãos em você. Se um dia aparecer em Virgínia, liga para mim.

Ela me deu um beijo no rosto e se virou para ir embora.

— Torta da maçãs? — perguntei a Fersen.

— Torta de maçãs com caninos.

Estendi a mão:

— Foi bom trabalhar com você.

— Ei — ele disse. — Você vai voltar. Sinto boas vibrações na série.

— Tomara, Fersen. Ligue para mim se for a Londres.

Ele se inclinou e me beijou. Mas não foram os dois beijinhos superficiais a que eu estava acostumada: foi um beijo de verdade no rosto.

Gostei disso.

Calcei um par de tênis e tomei o caminho de volta no meio do calor. Por que isto, Siena? Resposta: quero fazer exercício, e ficar exausta. Eu tinha 24 horas antes do meu vôo para casa — a margem de erro inserida nas programações de filmagens — e agora que estava liberada da Trimester e prestes a voltar para casa, eu sentia um surto de afeto pelas ruas quentes da cidade.

A Washington Square estava quase deserta, exceto por um par de gatos vira-latas miseráveis estendidos na sombra. O calor tinha descolorido e secado tudo que era verde num tom castanho esfarelento.

Segui em frente. Subindo a Quinta Avenida. Minhas costas ensopadas de suor, os pés escorregando dentro dos tênis. Conforme eu andava, meu corpo adquiria um ritmo diferente. Eu sentia cada pulsação, cada pulsar do sangue através do coração, dos pulmões e da virilha. Meu corpo parecia estar entrando em foco, suavizando, ficando mais pesado — como se prevendo, ou esperando, um novo estímulo.

Eu ia me arrastando.

Não tinha nenhuma mensagem para mim no hotel.

O que eu poderia fazer?

Alugar um filme? Telefonar para Lola e Bill. Dormir?

Tomei uma demorada ducha fria, sentei-me diante da escrivaninha no meu quarto, remexi nos meus papéis e conferi a minha agenda para quando chegasse em casa. Refazer a programação para o livro. Passar um e-mail para India. Montar a matéria final para o livro a partir das anotações de casos: Lucy Thwaite. Eu deveria escolher a foto do momento em que ela se virou para me dizer alguma coisa? Por uns dois segundos ela pareceu bonita e feliz, fora de si. Ou preferir a Lucy cansada, infeliz, real? Qual das Marybelles Hammonds? A mulher fina, bem-sucedida? Ou a mulher que confessou: "Eu não tenho amigos"?

Qual era a minha função exatamente? Vender sonhos, ou dar um novo brilho à existência porque isso era o máximo que alguém poderia fazer?

Charlie, eu lhe diria, é verdade que eu disfarço as aparências, e às vezes isso ajuda a afastar a tristeza e o desespero, mas você faz a mesma coisa. (E o que é mais, você disfarça para disfarçar.) E eu sei que ele responderia: Jackie Woodruff ensinou-me que é preciso mais do que isso.

Mais tarde, pendurei minhas roupas. Fiz alguns abdominais no chão. Passei creme e massageei o rosto. Entrei no banheiro, parei na soleira, saí.

Hora de dormir. Para renovar a pele, as energias, o espírito.

Voltei para o banheiro, estendi a mão para pegar a caixa de comprimidos.

Larguei-os.

De novo sonhei vividamente, *tão* vividamente que doeu. Eu estava experimentado uma par de calças pequenas demais e o monstro do pânico escancarou as mandíbulas. Depois eu estava de pé na frente de um espelho ao lado de Lucy Thwaite e era tão gorducha quanto ela. Fiquei olhando firme para aquele eu desconhecido, tentando juntar as peças do quebra-cabeça, pois — aparentemente — eu tinha ficado tão marcada e maltratada pelos filhos quanto ela. Esta metamorfose foi tão convincente que, angustiada de desgosto e preocupação, eu escondi o rosto entre as mãos e aí... senti uma estranha e doce explosão do que eu só podia explicar como sendo alegria.

Acordei.

O relógio digital marcava cinco e meia da manhã (dez e meia no Reino Unido, hora de Charlie). O rugido da cidade já estava acelerando. Carros. Caminhões. Gente. Calor.

Estendi a mão para pegar o telefone. Liguei para o apartamento, para o escritório, para o celular. Nada.

Tentei não chorar, porque chorar era um desastre para as rugas em volta dos olhos. Por isso Diane de Poitiers receitava que as mulheres não deviam rir nem chorar, e ela foi uma das mulheres mais bonitas da sua época (e a mais bem-vestida). Mesmo assim, segundo essa lógica, nenhuma mulher jamais poderia demonstrar qualquer emoção.

Então ali fiquei: Siena Grant, bem-sucedida, boa no seu ofício, muito bem paga — com suas sobrancelhas inglesas agora americanas —, vertendo lágrimas, emoções e medo em igual medida.

Capítulo 24

Barbara

— Por que você mandou Alexander embora?

— Discutimos, tia Barbara. Isso a surpreende?

A extrema calma de Sophie era irritante e, acho, uma novidade no seu repertório. A cena parecia tão normal: um jardim bonito, a mesa do almoço, duas mulheres com vestidos de verão coloridos. Mas não era, e das muitas acusações possíveis neste caso entre Alexander e eu, a de ter posto nos olhos azuis de Sophie uma tristeza e uma dissimulação até agora estranhas a ela era — quase — a maior.

— Sophie, sinto muito. Deve estar desapontada. — Fiz um gesto mostrando a mesa onde estavam os guardanapos dobrados, as taças polidas e a comida intocada.

Sophie inclinou-se para mim.

— Sim, é decepcionante — ela disse monotonamente. — Porque discutimos sobre você.

Era bastante lógico que, uma vez enraizada a suspeita, Sophie a expressasse. Era da sua natureza, e de acordo com a filosofia que tinha adotado. Falar a verdade. Ser franca. Ela não valorizava, até agora, o silêncio.

— Percebi o olhar entre vocês dois e o acusei de... gostar de você, e você de... retribuir. Pareceu a explicação para... o estranho... seja lá o que for... não sei definir. — Ela estremeceu. — Ele disse que gosta de você, é claro, mas se eu estava sugerindo algo mais estava falando bobagem.

— Entendo.

— Não sou tola, tia Barbara. Sei quando um homem e uma mulher têm um segredo entre eles. Olhando para trás, muitas coisas fazem sentido. Pequenas observações. O modo como ele fala de você.

Ouvi tudo isso com um certo distanciamento e falei com calma.

— Cuidado com o que você diz, Sophie. Pode causar um desastre.

Ela rebateu furiosa:

— Mas é *verdade*, não é?

— Por que sei que você está aborrecida, vou perdoar essa observação. — Para ter o que fazer, recolhi as taças. — Com a idade, as coisas e as situações parecem cada vez menos óbvias. Acho que você vai descobrir isso também... e, sim, gosto do Alexander. Eu o acho desafiador e interessante. E atraente.

Sophie pegou um dos guardanapos e ficou repuxando a bainha.

— Se não é verdade, por que você não me expulsou daqui? Acabei de acusá-la de... Oh, Deus sabe do quê.

Eu observava o que ela fazia.

— Porque a amo, Sophie. Sempre amei, e sempre amarei. — Era a única afirmativa honesta que eu poderia me permitir. — Você parece Amy às vezes, Sophie, e confunde as coisas do mesmo modo.

Sophie lutava entre a suspeita e o desejo de pensar o melhor.

— Quer saber qual é a piada, tia Barbara? Alexander estava sempre pregando honestidade e franqueza. Ambos concordávamos totalmente com isso. Quando lhe perguntei, ele disse que estava interessado em mim e que era livre. — Ela fez uma pausa. — Mas tenho certeza de que ele mentiu para mim. Tenho certeza disso.

— É a mentira que a incomoda, ou o fato de Alexander ter estado envolvido com outra pessoa?

— Como você sabe? — ela foi veemente.

— Sophie, não sei o que existe entre você e Alexander, mas se está se sentindo assim, não pode ser uma coisa à toa, e você tem de resolver isso.

Sophie tapou a boca com os dedos.

— Pensei que ele também achasse que fazíamos o par perfeito. Ou estava começando a achar. Na Cornualha... estava... indo tudo bem. Fora... — ela largou o guardanapo. — Eu dormi com ele, sabe. Não foi prova suficiente de que eu o amava?

— Ah — eu disse. — Foi corajoso. E arriscado. Vocês não se conhecem muito bem.

— Eu gostei — ela disse. — Foi estranho, mas maravilhoso e... intrigante.

Eu queria gritar: *Eu sei disso*. Não podia me sentar, tomar as mãos de Sophie nas minhas e conversar com ela como eu desejaria — sobre a ânsia e prazer, a descoberta, a alegria dos sentidos e os curiosos tormentos inesperados. Impossível.

Fiz o que pude.

— Sophie, você diz que defende a liberdade sexual, que é contra ser possessivo e que desconfia das convenções.

Ela desviou o olhar, mas continuei:

— É tão diferente de como fui criada... isso seria algo impensável. Mas eu respeito essas diferenças. E, certamente, se você adota esses princípios, deve esperar que tanto você como Alexander tenham aventuras. Você tem de aceitar o que acontecer. E se você se apaixonou por ele... e posso entender por que você talvez tenha... Ele é bastante... fora do comum...

Instantaneamente Sophie enrijeceu.

— Então estou certa. — Sua costumeira expressão de doçura tinha desaparecido, substituída pelo olhar duro, acusador. — Ele gosta de você. — Ela me espiava. — E você gosta dele, apesar do que você possa dizer. — Ela ia eliminando os pontos com o dedo. — A clássica situação. Mulher mais velha, homem mais novo. Mulher mais jovem fazendo papel de idiota e deslocada. — Houve uma longa pausa. — Eu sempre *acreditei* em você, tia Barbara. Você era uma espécie de... rocha na minha vida. Minha mãe, na verdade. Eu me sentia tão feliz por tio Ryder ter você. E tudo nesta casa era tão firme e ordenado, e lindo. Mas não era, não é mesmo?

— Você está pretendendo saber o que acontece entre seu tio e mim? — minha voz estava fria.

Ela corou com raiva.

— Vocês deviam manter as coisas firmes.

— Só por um interesse teórico, por que não posso ter o seu tipo de liberdade, se desejasse?

— Porque — ela bateu com a mão na coxa —, porque... Oh, Alexander... — A mão se fechou com força e eu me assustei com o tom de mágoa e desejo, quase selvagem, quase feroz.

— Sophie, se você quer Alexander, deve ir falar com ele.

Sophie se levantou de repente.

— Eu poderia contar para o tio Ryder.

— E o *que* você lhe contaria? Quem tem essa sensação? Esta idéia? Você não tem nem um fiapo de prova e você me insultou. Como pensa que vai suportar a reação dele?

Ela se virou e o fôlego parecia estar lhe faltando.

— Estou errada? Entendi tudo errado, totalmente errado?

Mentir era uma arte, e eu aprendia rápido.

— Sim, entendeu. Tudo, tudo errado. Agora você precisa pedir desculpas.

— Gostaria de poder acreditar em você.

— Bem, você precisa — eu falei —, e eu farei o possível para esquecer esta conversa. Agora, vá procurar Alexander, fale sobre isso e veja o que acontece. E é melhor que você não apareça por aqui por uns tempos.

— Não vir *aqui*? — Sophie estava pálida. — Sim, tem razão. Vou fazer a mala.

Ela largou o guardanapo, cruzou o gramado e entrou em casa. Eu recolhi a bandeja, depois a coloquei de novo sobre a mesa porque minhas mãos tremiam demais. Tentei novamente e consegui carregar as travessas com a comida que ninguém tinha tocado para dentro de casa.

Estava guardando os copos quando Sophie reapareceu na soleira da porta. Tinha vestido um cardigã e escovado os cabelos para trás num rabo-de-cavalo. Os olhos estavam vermelhos, os lábios inchados, e havia uma desolação, e uma tristeza, refletidas nos seus gestos.

— Adeus — ela disse. — Não me acompanhe até a porta. Estou bem.

— Sua mala está pesada. Eu lhe dou uma carona até a estação.

Ela me evitou com a mão.

— Não, não.

— Sophie?

Ela deu uma risada estrangulada:

— Eu queria ser como você, agora não tenho mais tanta certeza disso.

Não pude me impedir de respirar fundo. Sophie escutou e entendeu. Em seguida, alisou a saia e, por incrível que pareça, um sorriso expressivo curvou o canto dos seus lábios pois ela sabia que havia me machucado.

— Mesmo assim, você é tão mais velha do que eu, tia Barbara... — ela deixou o resto por dizer.

Eu precisava ter certeza de que Sophie ia embora com a minha raiva tinindo nos seus ouvidos.

— Como você se atreve? — explodi. — Se quer ser adulta, comporte-se como tal, Sophie. Como você se atreve me culpar pelos seus próprios fracassos e problemas com

Alexander? Vai perguntar a ele o que você quiser, faça-o explicar a teoria. É a forma mais básica de transferência, e a recusa em reconhecer que você não soube lidar com uma situação.

As lágrimas começaram a escorrer pelo seu rosto.

— Se estar apaixonada por alguém é isso, eu não quero.

Em não poder secar essas lágrimas residia um grande castigo. Pois eu desejava abraçá-la, acalmá-la com uma carícia e um beijo.

Ela estava chorando de verdade agora, com a voz entrecortada e gemidos.

— É muita falsidade e dissimulação. Eu imaginava que fosse tão bonito, tão feliz. Tão sincero. Mas não é, é?

Minha resposta foi a verdade sentida, experimentada, nua e crua.

— Não, não é.

Cumpri a minha promessa e acompanhei Bunty na consulta com Dr. O'Donnell e fiquei sentada pacientemente na sala de espera. Finalmente ele a levou até a porta do consultório. Bunty parecia rebelde, mas aliviada. Dr. O'Donnell olhava severo.

— Repita comigo — ele disse — na frente de Sra. Beeching. De hoje em diante não vou mais fumar.

O olhar de Bunty oscilava entre o Dr. O'Donnell e eu.

— É só uma infecção pulmonar que não quer ceder — ela falou. — O senhor disse que estava tudo bem.

— A senhora tem tido sorte até agora — observou o Dr. O'Donnell. — Mas os seus pulmões não estão em bom estado e precisam de um descanso. Se não parar de fumar, vou lhe pedir para procurar outro médico.

Bunty não parava com a bolsa quieta nas mãos.

— O senhor não sabe o que está pedindo.

Dr. O'Donnell cruzou os braços.

— Tudo bem — Bunty jogou a toalha, e eu dei um suspiro de alívio. — Vou largar o cigarro.

Umas duas semanas depois, ainda perturbada com certos sintomas, fui eu mesma me consultar com Dr. O'Donnell. Ele gaguejou, cutucou e fez perguntas pertinentes, constrangedoras, que respondi da melhor maneira possível. Sim, eu tinha viajado para o exterior. Sim, meu estômago incomodou e desde que voltei a situação não tinha melhorado.

No final ele disse:

— Teremos que ver isso, Sra. Beeching. Provavelmente é algum micróbio servindo-se do seu estômago. Mas é possível que a senhora esteja grávida. Volte para me ver na semana que vem.

Fechei os olhos, e encostei-me na cadeira.

— Não está falando sério?

— Bem, sim, estou. Sei que é um choque.

— Sim, é um choque terrível — sussurrei.

— Bem, então? — o Dr. O'Donnell esperou.

— Tenho de ter esta criança?

Uma expressão de revolta tomou conta do seu rosto.

— Sra. Beeching, eu não ouvi isso. E não só eu não ouvi, como nunca mais quero ouvir isso de novo.

O rosto do médico ondulava no meu campo visual.

— Nunca imaginei... pensei que esse tipo de coisa tinha acabado.

O Dr. O'Donnell franziu a testa.

— Vamos — ele me repreendeu. — Mulheres casadas têm filhos. Mesmo aos 42 anos.

— Posso ficar um pouco sentada na sala de espera? — perguntei. — Estou meio tonta.

Ele pareceu mais compreensivo.

— Se eu ganhasse um centavo cada vez que isso acontece com uma mulher da sua idade, Sra. Beeching, eu seria um homem rico.

Depois disso, fui me encontrar com Bunty para um café na casa de chá da Fuller's. O tempo continuava glorioso, mas ela vestia um conjunto de tweed de outono, verde misturado com roxo, que era religiosamente exumado, fosse qual fosse a temperatura, todos os anos no mês de setembro.

— Por que não me ligou? — ela perguntou.

— Estive ocupada.

— Mas, por que eu acho que você está me escondendo alguma coisa?

Para distrair Bunty, eu a entretive com as últimas notícias da família. Roy e Victoria tinham marcado a data do casamento para dezembro e eu estava afogada em planos com Victoria e a mãe dela.

— Você gosta de Victoria? — Bunty queria saber. Ela estendeu a mão para pegar um pedaço de bolo de nozes. — Não consigo parar de comer desde que deixei de fumar. É chocante.

Eu tinha enjoado de café e tirei a xícara da minha frente.

— Estou me acostumando com ela. Já lhe contei que Amy mudou de cargo? Foi promovida para a administração e se mudou para um apartamento com uma antiga colega de colégio. Parece muito mais feliz. Seus estudos começam daqui a umas duas semanas. Ela ligou outro dia e queria saber como se limpa um forno.

Discutimos filhas e casamentos, e o tipo certo de chapéu para a mãe do noivo. Finalmente Bunty entrou na conversa.

— Resolvi não aceitar mais hóspedes. É mais preocupação do que merecem. Estou ficando velha demais e cansada para preparar café-da-manhã e lidar com lençóis e toalhas de mesa. Disse para Peter que vamos ter que nos virar.

— Então não vai ter mais... Alexanders? — Era difícil pronunciar o seu nome.

Bunty pegou o bule e se serviu de mais uma xícara.

— O bolo estava delicioso. Alexander está voltando para a Suíça. Para estudar. Parte no final do mês — ela fez uma pausa. — Boa bisca, também, se quer saber. Estava causando um rebuliço entre as meninas.

Fez-se uma pausa. Bunty batia com a colher na xícara.

— Desculpe, querida, sei que é irritante, mas tenho que mexer com alguma coisa... Barbara, você continua me escondendo alguma coisa. Confessa.

O que eu poderia contar para Bunty? Tudo. O triste era que se eu lhe contasse sobre Alexander tudo mudaria, mas, igualmente, se não lhe contasse, tudo mudaria também.

— Vamos — ela insistia.

Esperta, abelhuda, encantadora Bunty.

— Acho que estou grávida.
— Meu Deus, Barbara. Que coisa horrível.

Sonhei com Alexander entrando num trem em Paris, carregado de malas e uma sacola de livros de estudo. Estava vestido com as suas calças de veludo cotelê e o paletó de tweed, e suando com o peso das malas e a pressa para mudar de estações e trens. Mas não se preocupava com inconveniências triviais. Eu sabia disso, pois, no sonho, eu podia ver seus pensamentos. Ele estava pensando no seu trabalho... em como poderia ampliar as fronteiras do seu conhecimento e experiência. Ele estava se dizendo para não ter preguiça na sua busca destas ambições, não deixar que a timidez ou letargia fossem um obstáculo. Ele também estava pensando em relações sexuais, e nas fronteiras quebradas e impostas pelo sentimento e o desejo, e como o amor é cheio de sutilezas.

Eu pairava sobre ele no sonho. "Eu o admiro muito", eu lhe dizia. "Aprovo o que você quer fazer, o que você quer ser, e acho que um pouco disso passou para mim." Eu o observei por um bom tempo, até o último segundo da minha inconsciência, para saborear a sua beleza, energia e determinação.

Acordei e, lá embaixo, o relógio batia. Meu estômago estava embrulhado, e eu tinha um desejo enorme de enchê-lo de comida doce, com amido.

"Meu Deus", disse Bunty. "Que coisa horrível."
Ela estava certa.

A campainha da porta tocou quando eu estava no jardim, varrendo as maçãs derrubadas no chão. Uma boa quantidade já estava podre, e as vespas faziam um piquenique.

A Sra. Storr atendeu e acompanhou a visita até o jardim.

— Barbara?

Coloquei a mão na altura dos rins, que doíam, e fiquei de pé. Alexander vinha na minha direção com a mão estendida. Parecia magro e bem disposto, mas também tinha engordado (a comida de Bunty?), e perdera aquele ar acanhado, intelectual, vulnerável.

— Vim me despedir.

— Bunty me disse que você está indo embora. — Examinei o seu rosto. — Está indo para a Suíça.

— Matriculei-me num curso de dois anos numa clínica em Zurique. Tem muita coisa acontecendo por lá, e eu queria progredir e trabalhar nas descobertas mais recentes.

— Isso quer dizer que está abandonando Freud?

— Não totalmente, mas preciso estudar a sua obra num contexto diferente. Já descartei uma ou duas das suas idéias.

— Sim. Sim. Acho que sim.

— Barbara...

— Não olhe para mim assim.

— Como estou olhando para você?

— Da maneira errada.

— Tudo bem — Alexander fixou os olhos no chão. — Queria lhe dizer que não me arrependo de nada. Que sinto muito se você ficou magoada, preocupada ou comprometida.

Cruzei as mãos sobre o estômago.

— Vou ficar bem — prometi.

Fomos andando pelo gramado, de volta para casa. Alexander pigarreou:

— Sophie me contou sobre a conversa de vocês, e sobre a desconfiança dela... Foi difícil, fiz o máximo para acalmá-la, mas me sinto mal por ela estar tão abalada e constrangida por algo de que ela não teve culpa. Eu não deveria ter aceito o seu convite... ainda não. Não foi fácil como pensei. E me sinto um ordinário por não ter podido ser franco e honesto. Mas não havia outra opção. — Ele parou e pegou a minha mão. — Daqui a uns dois meses, quando tudo tiver se acalmado, Sophie irá me visitar. Talvez alguma coisa resulte disso. Não sei ainda.

— Alexander, você vai me prometer que não magoará Sophie. Se acha que não vai... dar certo.

Sua mão apertou mais a minha.

— Eu a *magoei*, Barbara? Eu não faria isso por nada. Por favor, me diga que está bem.

Eu levantei o rosto para olhar aquela fisionomia que tanto me deliciara, vislumbrei as infinitas, e serpenteantes, circunvoluções do luto e da perda. Iniciado num hotel na Suíça, o processo de separação estava quase completo. Segundos se passaram e, finalmente, eu disse:

— Estou bem.

— Não suporto quando *você* me olha desse jeito.

— Estamos falando de Sophie. Promete.

Alexander soltou a minha mão.

— Ela diz que jamais vai estar a sua altura. E tem medo de não fazer mais as pazes com você.

O sol batia quente na minha pele, meus cabelos caíam macios, pesados e brilhantes.

— Não se envolva demais no seu trabalho.

Ele concordou.

— Fico pensando se não terei me aproveitado de você, Barbara.

Isso foi difícil de engolir.

— O que fiz com você foi de livre vontade. Não vou aceitar que me tirem *isso*. Agora, você deve ir.

Eu o observei atravessar o gramado, virar bem debaixo do arco em treliça e desaparecer na rua. Não fiz um movimento sequer para ir atrás dele.

Voltei para as maçãs caídas no chão. O carrinho estava pesado, e eu, sem fôlego depois de as ter manipulado no monte de adubo orgânico e começado a remexer com a pá.

Um cheiro de podre e mosto, não desagradável, subia do monte de adubo. Verdes, amarelas e marrons, as maçãs ficavam em cima, prontas para o processo de apodrecimento começar — transformando-as primeiro em polpa, depois no composto úmido, aveludado, friável que o jardim precisava para ressuscitar no novo ano.

Depois de um pouco, virei as costas para a tarde dourada e voltei para a casa sombria e fresca.

Ryder retornou no final da semana, cansado e mal-humorado. Em Lagos, foi atacado por uma infecção estomacal, e o ar-condicionado do hotel não funcionava. O vôo para casa atrasou 12 horas.

— Deus, estou exausto, Barbara.

Eu tinha me certificado de que a água estivesse quente e lhe preparei um banho demorado. Depois eu lhe servi um jantar com a galinha e os feijões do jardim, em seguida pedacinhos de ameixa com creme feito em casa.

Depois, levei o café para o jardim. Estava quente e nos sentamos no escuro, ouvindo os sons da noite.

— Ryder, tenho uma coisa para lhe contar.

— O quê? — ele parecia sonolento.

— Acho que estou grávida.

— Meu Deus! — Ele sentou-se ereto na cadeira. — Quando?

— Abril... acho. As datas estão um pouco confusas, mas acho que abril.

— Então, Suíça? Devíamos ter tomado mais cuidado.

— O Dr. Donnell disse que não é raro mulheres da minha idade terem uma gravidez inesperada. O corpo começa a ficar um pouco irregular e imprevisível, e erros acontecem. Sinto muito pelo choque.

Ele baixou a xícara de café.

— É um choque, Barbara, mas estou gostando. Talvez tenhamos outro menino.

Ele se levantou, abaixou-se ao meu lado e pegou as minhas mãos.

— É melhor eu lhe trazer um copo de leite quente.

— Isso pode acabar com seu planos — observei — para o novo negócio.

— Não vejo por quê. Você vai participar menos, mas tem muita gente que pode ajudar.

Não pude evitar, mas tive de desembaraçar as minhas mãos dele — não suportava tocá-lo. Ainda não, ainda não.

— Claro, existe a possibilidade de um aborto. Como antes. O Dr. O'Donnell falou que mães mais velhas têm problemas.

— Nada de ficar sentada no frio, então — Ryder se endireitou e me fez ficar de pé. — Vai para a cama que eu levo o leite.

Subi a escada devagar, cada degrau carregado de perguntas e o peso imposto pela necessidade de silêncio. Eu jamais saberia de quem era a criança, e o não saber era parte da minha sentença. Em todos anos que viriam pela frente, eu teria de suportar o desconhecimento. Eu teria de fechar os lábios, selar meus pensamentos, saber que o desconhecimento se estenderia indefinidamente. Às vezes seria suportável; outras, ele tentaria me despedaçar.

Sentei-me diante da penteadeira e dei aos meus cabelos as costumeiras cem escovadelas. Ryder apareceu com um copo de leite quente numa bandeja.

— Para a cama, querida.

Ele arrumou o lençol e me deu o leite.

— Obrigada.

Jamais gostei de leite quente, mas para agradá-lo eu me forcei a beber.

O outono veio chegando de mansinho, e os dias foram ficando mais curtos e frios, as sombras mais longas.

Herr Schlinker estava colocando o jardim para dormir: cavando, tirando as ervas daninhas, podando, fazendo fogueiras. Relutantemente, limpei e azeitei a bicicleta de

Amy, guardando-a de volta no barracão e fechando a porta atrás de mim. Eu não a usaria por um bom tempo. Não teria liberdade para pedalar pela estrada, com o vento nos cabelos, e meus músculos tensionados. Não por um longo, longo tempo.

De noite, eu acendia o fogo, e quando Ryder estava em casa, os dois líamos. Eu tinha embarcado na *Psicologia do amor* de Freud e assinalado *Estudos sobre histeria*, que estava reservado para mim na biblioteca.

Os jogos de bridge tinham recomeçado, e eu participava sempre que possível. Mas a gravidez embotara o meu cérebro: eu estava muito ocupada calculando o que ia por trás dos rostos dos jogadores para registrar as cartas colocadas na mesa.

— Meu Deus — disse Bunty, depois de uma sessão em que perdi espetacularmente. — Como os poderosos caem.

Todos os dias eu acordava e reiterava o artigo de fé: Eu vou me controlar.

Eu tinha um bebê com que me preocupar, e conforme as semanas se passavam, isso se tornava mais claro e certo na minha mente e no meu corpo. Nada era mais importante. E eu tinha anos de experiência feminina a que recorrer — e usaria essas habilidades, o meu conhecimento, a minha mente *interessante*, para ninar, alimentar e proteger a minha família.

Mas, às vezes, quando eu escancarava uma janela para observar os últimos raios de sol, e via um bando de pássaros voando para o sul, sentia uma dor e uma tristeza tomarem conta de mim e ansiava pelo consolo de revelar o meu segredo... ansiava pela liberdade de me levantar e deixar para trás os erros, de ir para um outro lugar. Eu queria o alívio de saber.

Mas eu não podia tê-lo.

Capítulo 25

Barbara

Maio, 1943

Ryder voltou para casa inesperadamente. Subiu pelo caminho em frente da casa alugada pelo campo de aviação e entrou na cozinha, onde eu tentava fazer uma torta Woolton para o jantar. Repugnante a comida de guerra.

O dia inteiro os Spitfires tinham chegado e partido, e o tráfego entrando e saindo do campo de aviação transportava homens e mulheres em uniformes azuis. Havia um grande espetáculo acontecendo em algum lugar. Eu escutava os motores dos Spitfires acordando, via as nuvens de fumaça e o tremeluzir de chamas. *A aeronave acorda*, Ryder tinha me dito, *como se estivesse esforçando-se para levantar vôo.*

Logo depois, ouvia-se o rugido gutural do Merlin dos motores, e os aviões estavam no ar.

As esposas e namoradas ficavam em seus jardins, olhando para um céu de ar inocente. Boa sorte, Johnny, boa sorte, Robin... Neil, Jacko e Tommy... Voltem por favor, todos vocês.

Deus sabe para onde eles estavam indo. *Para a batalha sobre o mar? Sobre as docas de Londres? O céu cheio de aeroplanos. Junkers e Heinkels mergulhando e circulando, 109s descarregando as armas de fogo, e nossos rapazes lutando por altura e surpresa. Quebrar formação. Inimigo acima. Virar a boreste. Um Hurricane mergulha em direção ao solo com uma cauda de fumaça preta, bifurcada como a de um diabo. Um Heikel grita em direção à morte.*

Agora, no nervoso intervalo, as mulheres esperam, e eu me ocupo com as tarefas usuais.

— Barbara...

Colher de pau na mão, eu me virei.

— Ryder, querido, não escutei você chegar.

Ele estava pálido e trêmulo. A colher caiu no chão.

— O que foi? Aconteceu alguma coisa terrível?

— Vou vomitar — ele disse e correu para a privada externa. Cinco minutos depois ele voltou. — Desculpe.

Limpei o seu rosto com uma toalha úmida e o examinei todo. Kit de vôo úmido de suor, um leve cheiro de vômito, pálido, suado, mas sem ferimentos.

— Quantos perdidos?

— Ken e Tim. Eu acho.

— Que pena.

Ken tinha 21 anos, e Tim, apenas 19. Bebês, os dois.

— Eu os vi descer. O pára-quedas de Ken não abriu. Pobre infeliz.

Ryder girou nos calcanhares e entrou na outra sala. Eu escutei o tinir de uma garrafa e um copo. Enfiei a torta no forno e fui atrás dele. Ryder estava olhando pela janela, girando o uísque dentro do copo.

— Você não está me contando tudo.

Ele limpou uma mancha.

— Fui suspenso das operações. Para o futuro previsível. — Deu uma risada áspera, seca. — Para meu próprio bem.

Fiz força para não demonstrar o meu alívio.

— Vamos, diga, então, Barbara.

— Não, não vou dizer.

— Mas você sente. Você está contente. Está *terrivelmente* contente. Mal consegue esperar para me ver em casa, correndo de um lado para o outro como um cão domesticado.

A injustiça da acusação doeu, mas eu sabia que ele estava descontando no alvo mais fácil.

Ele examinou o seu uísque.

— Não é o que todas as mulheres pensam?

— Claro que sim. O que você espera? A maioria não se queixa. E não diz nada.

— Não sei o que vou fazer se não puder voar — Ryder falou desesperado.

A mudança de ênfase e tom era tão assustadora quando a sua invectiva. Toquei na sua manga com cuidado.

— Depois de algumas semanas de descanso, eles colocam você de novo na ativa. Não precisa ficar sem fazer nada por uns tempos, Ryder, você sabe disso. Vamos para a casa dos seus pais. Caminhar. Dormir. Comer direito.

Ele estremeceu.

— Não sei. — Ele bebeu mais um gole de uísque, depois outro. — Não posso deixar de sentir que decepcionei o esquadrão.

Fiquei pensando em alguma coisa, qualquer coisa, para ajudá-lo.

— No regulamento diz que você só pode participar de um certo número de operações de cada vez. Por que você acha que é assim? Porque percebem que vocês estão exaustos. Pilotos de combate ficam exaustos. Ninguém suporta isso por muito tempo.

Mas Ryder não escutava.

— Eu devia tentar contornar isso.

— Não — toquei no seu rosto.

— Pare. — Ele se afastou com um movimento brusco.

De repente eu estava zangada.

— Quer morrer? Quer me deixar sozinha com as crianças?

Finalmente, Ryder se acalmou.

— É melhor eu voltar e limpar o meu armário para que outro filho-da-mãe sortudo possa usá-lo. Depois é melhor eu ir tomar a última cerveja no refeitório, para eles poderem rir do idiota acabado, decadente, que sou.

Ocasionalmente, as esposas discutiam o que fazer com os homens derrotados que voltavam para casa. Não éramos muito boas nisso.

— Ryder, tenha coragem. Querido, pode ser só por algumas semanas, e se você se concentrar em ficar bem e se cuidar, vai estar voando muito em breve.

Ele esfregou o rosto e pude ver os pensamentos passando pelo seu cérebro cansado.

— É melhor eu ir pegar as crianças — falei, porque não consegui pensar em outra coisa. Porque eu estava impotente diante da tristeza dele. — Elas estão com Judy.

Naquela noite, Ryder teve o seu primeiro pesadelo. Levei uns dois minutos para acordá-lo enquanto ele tremia e soluçava.

— O que foi? O que foi?

Puxei a sua cabeça para o meu ombro e a ninei. Ele estava quente e suando, ainda tenso.

— Conte com que você estava sonhando.

— Estou lá em cima — ele disse relutante. — E é onde eu quero estar. Tommy está a minha direita, e Bob à esquerda. O resto vem atrás. Estamos voando em formação cerrada. Tommy balança as asas, e Bob me faz sinal com o polegar para cima. Bons rapazes, os dois, experientes, e fico contente de sermos amigos. O céu é azul, com nuvenzinhas brancas, e ao longe o mar brilha, azul e espelhado. É tão tranqüilo e belo, e eu sei que estou mais próximo de Deus do que jamais estarei outra vez.

"Nisso ouço a voz no R/T. 'Dorniers e 109s acima'. Faço um rápido reconhecimento — o céu está cheio daquelas coisas. Nunca vi tantos inimigos, sei que vai ser uma carnificina. Passo para a minha rotina. Visão do refletor acesa. Botão da artilharia ligado. Intensidade da hélice em 2650 revs. Baixar o assento um ponto...

Eu continuei segurando-o, massageando suas costas com movimentos circulares, e pressionando os dedos contra os músculos tensos do seu ombro. Eu escuto — e estou lá em cima com ele, deslizando no ar rarefeito... aprontando para a batalha, meu estômago revirando de nervoso e expectativa.

— E então... e então, Barbara, eu quebro a formação, viro o avião e me afasto da batalha, deixando os outros para trás. Esse é o meu pesadelo.

Ergui-me apoiada no cotovelo e debrucei-me por cima dele.

— Ryder, você não fez isso. Você *não* os abandonou.

Ele ficou me olhando.

— Mas eu quis... Porque perdi a coragem e eles podem ver isso. Estou morrendo de medo e não quero mais subir lá em cima e lutar.

Mas ele queria. Ryder voltou e sobreviveu. Mas nunca mais as coisas foram as mesmas. Isso era a guerra. Ela pegou Ryder — o rapaz dourado, invencível, que me beijou numa explosão de sol e voou comigo até os limites do infinito — e o espremeu até secar. Ela me pegou — a tola menina de 18 anos — e imprimiu rugas ao redor dos meus olhos e, por muito tempo, uma inércia no meu coração.

A guerra nos colocou face a face com nós mesmos, e os pesadelos de Ryder eram as cicatrizes da dignidade, um registro de vitórias. Ela nos unia, ele e eu. Mesmo assim, ela roubou a nossa juventude e eu acho que venho procurando a minha desde então.

Véspera de Ano-novo, 1959

Depois da ceia, sentei-me na sala de estar na Edgeborough Road. Eu estava inchada e um pouco impaciente: a gravidez até agora não tinha sido fácil e eu dormia mal.

Uma tora estalou na lareira e o relógio bateu dez e meia. Ryder levantou os olhos das palavras cruzadas.

— Não deveria ir para cama, Babs?
— Gostaria de ver entrar a nova década.
— Mas você está cansada.
Eu sorri para ele:
— Você também.
— Achei! — Ryder voltou rápido para as palavras cruzadas e escreveu uma resposta. — Babs, estive pensando. Acho que devia pensar naquela sua idéia... de procurar alguém a respeito do meu sono. Talvez exista alguma coisa nisso. E eu preciso estar em boa forma para o bebê que está chegando.

Seu tom era leve, descomprometido. Não conte muito com isso, ele avisava.

— Boa idéia — respondi.
— Certo, então. — Ele se levantou e chegou perto de mim. — Vamos levantando, querida. Sem discutir.

Eu estava ficando tão grande que ele teve de me empurrar escada acima. Rindo e exclamando, cheguei no último degrau e Ryder foi me puxando pelo patamar até o quarto de dormir.

Enquanto ele se trocava no seu quarto de vestir, eu ia de um lado para o outro arrumando o quarto para dormir. Virei a colcha, pendurei o meu vestido, coloquei os sapatos dentro do guarda-roupa.

Voltando do banheiro, parei perto da janela. Uma luz branca e fantasmagórica pairava sobre o jardim e eu podia — só um pouco — distinguir o bloco da casa das maçãs e as sombras pontudas das macieiras. *Herr* Schlinker estava falando de plantar outras novas. "É importante que tenhamos os melhores rizomas para os enxertos", ele tinha dito. Mas isso ia depender se Ryder e eu iríamos ou não vender a casa e sair dali.

Lá embaixo o relógio bateu onze horas.

— Barbara — Ryder chamou.

Eu sorri e me virei afastando-me da janela.

— Estou aqui.

Eu estava, e não estava. Carregando os meus fardos — de vida e desconhecimento —, voltei para o quarto de dormir, onde Ryder esperava, e fechei a porta.

Capítulo 26

Siena

Acordei com um sobressalto. Alguém batia na porta do quarto do hotel. Vagamente, registrei o *uussh* do elevador, o discreto chacoalhar de um carrinho no corredor e, de novo, a batida na porta. Com esforço sentei-me na cama.

— Entre.

A porta se abriu e minha mão subiu à boca.

— Charlie!

Cansado e amassado da viagem, ele estava ali, os cabelos caindo na testa, mala na mão, o cartão da fechadura na outra. Ele entrou, colocou a mala no chão, fechou a porta com o pé.

— Ganho um beijo?

Eu tinha pulado da cama como um relâmpago azeitado.

— Meu Deus! De onde você veio? Por quê? Por quê? Por quê?

Seu braço me envolveu.

— Era uma questão de querer ver você.

Eu me grudei nele, rindo e chorando.

— E eu queria ver você.

Seu braço ainda em volta de mim, ele empurrou a mala mais para dentro do quarto.

— Acha que consigo ficar acordado até as dez da noite?

— Depende do que fizermos.

Ele sentou-se na cama de um golpe.

— Meu Deus, eu *estou* exausto. Fiquei no tribunal até o último minuto, depois corri para pegar o avião.

Ajoelhei-me atrás dele para massagear as suas costas e pescoço. Ele articulava a cabeça de um lado para o outro.

— Além do puro prazer de empreender esta absurda jornada e ficar sentado num caminhão de gado com asas durante seis horas, vim lhe dizer uma coisa.

Passei meus braços ao redor do seu pescoço e encostei meu rosto no dele.

— Diga.

— Cimmie teve a criança. Uma menina chamada Heloise. Estão bem.

Eu me empinei.

— Você veio até Nova York para me dizer isso? Acho que não.

Charlie balançava a cabeça de um lado para o outro.

— E tive todo esse trabalho... e foi *tão* caro.

Cimmie? Fiquei olhando para ele. Aí entendi. Meus lábios torceram.

— Estou contente por Cimmie e Bruce.

Charlie acariciou meu rosto.

— Eles foram embora, e não vão mais nos incomodar.

— Verdade. — Com um saltitar de surpresa, percebi que era. Puxei-o para baixo na cama e me acomodei ao seu lado. — Então... por que está aqui?

— Harry Liversedge agora me convidou formalmente para ser seu sócio no escritório e eu aceitei.

— Ah... — procurei a resposta apropriada. — Esse é... um movimento estratégico?

— A idéia é essa. Como falamos antes, vai lhe dar espaço, Siena. Vou ganhar bem e com o dinheiro você... nós... podemos manobrar.

Ah, meu Deus. Charlie ainda saía perdendo. Eu o empurrei e me sentei reta na cama.

— Charlie, você não entendeu?

Horrorizada, fiquei olhando para ele do outro lado do abismo dos gêneros, do abismo do casamento, do abismo do bebê, qualquer abismo que se possa citar. Um abismo tão grande que não podíamos atravessar. Um panorama desolado dos longos e frios dias pela frente passou diante de mim como um relâmpago, da tristeza inconsolável de não ter Charlie. Do segundo divórcio.

— Charlie, não era uma questão de ser subornada.

— Siena... Siena... Me ouve. Eu sei que não se trata de dinheiro. Trata-se de você. O que você é, o que você pode administrar. A sua independência e território, e todos jargões que você lembrar. Claro que sei.

Bamba de alívio, murmurei:

— Desculpa.

Ele me puxou para deitar ao seu lado.

— Leia os meus lábios.

Numa explosão de gratidão e sentimentos, eu os beijei.

— Por que não me contou antes que ia aceitar o acordo com Liversedge?

— Estava zangado com você. Estava zangado comigo mesmo.

— Charlie, você estava certo em acreditar em Jackie Woodruff — eu disse rapidamente.

Ele me olhou de esguelha.

— Não estou mais zangado.

Avaliei o que isto significava. Charlie estava dizendo que havia blefado um dos lados da barganha. Agora, era realmente a hora da decisão.

— Charlie, isso foi incrivelmente generoso.

— Sim e não. Não será exatamente uma penitência, Siena. Você precisa fazer o que você quer. Se eu não conseguir convencer você do meu modo de pensar, então terei que viver com isso.

— Você não *odeia* ficar fechado com um bando de filhos-da-mãe presunçosos, arrogantes, caçando gordos honorários?

Charlie acariciou com o dedo o meu queixo.

— Novos desafios. Talvez eu vire um filho-da-mãe presunçoso e arrogante.

Eu estremeci.

— Acho que não.

Mas, quem sabe, talvez ele virasse. Talvez eu virasse o equivalente feminino. *Uma Marybelle Hammond?* A idade e as frustrações tinham o dom de mudar as pessoas. Eu tinha visto com muita freqüência nos meus clientes para não reconhecer o calafrio de azedume e expectativas frustradas.

O dedo de Charlie seguiu o seu passeio, e eu perdi o fio dos meus pensamentos. De fato, felicidade e gratidão me fizeram perder totalmente o interesse pelo assunto.

Fiquei deitada muito quieta enquanto Charlie dormia. Eu estava mole, flutuando, expandida.

Feliz? Ah, sim. Com uma felicidade que superava em muito o prazer físico.

Lá longe, no pomar de Bill, havia o ronco dos bichos da maçãs, o afídeo e a doença trazida pelo vento lutando com as macieiras, e agucei o ouvido para escutar esse clamor barulhento: um processo perigoso, arriscado, mas que não pára e que incha os botões de maçã nos ramos. ("É uma vigília dia e noite", disse Bill.)

No guarda-roupa do hotel, nas prateleiras da Trimester Studios, no quarto do bebê de Jackie Woodruff, as roupas pediam do cabides, vazias e disformes. Havia silêncio.

Siena, Você precisa fazer o que você quer.

No final... no final... não havia outra opção a não ser pegar na mão de Charlie e entrar nesse clamor.

Charlie foi ficando cada vez mais pesado. A carne pressionando para dentro do meu corpo — seus joelhos, coxas e ombros fazendo reentrâncias no meu corpo que pinicavam e choravam e... esperavam.

Esperavam pelo bebê que um dia, eu tinha certeza (eu podia ter certeza?), sim, eu tinha certeza, nasceria.

Nova York, domingo de tarde, e qualquer um que fosse alguém — qualquer um, isso é, que tivesse idéia de preservação da vida — tinha fugido: a onda de calor do final de verão envolvia a cidade num torno, e estava tão quente que as calçadas pareciam liquefeitas sob os nossos pés.

Era difícil continuar, enfrentando o auge do calor, mas Charlie e eu íamos entrando e saindo do sol e das sombras lançadas pelos prédios, como tínhamos feito na infância para não pisar nas fendas entre as pedras do calçamento.

Entramos numa rua com um aglomerado de antiquários. Um se destacava, com um toldo vistoso rosa e branco, e paramos para inspecionar os objetos na vitrine. Tinha uma bonita cadeira sueca — período gustaviano com estofo em seda cor de ouro velho. Num pedestal ao lado tinha um vaso, uma ridícula mistura de frutas e flores, encimado por um par de cerejas vermelhas. A etiqueta embaixo dizia: "Inglês, Rockingham, século XIX."

Mas a peça central da vitrine era um relógio. Ormolu, com os ponteiros em forma de setas, e dois alegres querubins de bronze inclinando-se para o mostrador. Um apontava para os numerais romanos pintados... muito satisfeito por estar associado a um objeto tão bonito. A etiqueta dizia: "Austríaco, 1779."

— É uma peça muito bonita — disse o negociante, quando entramos para perguntar. Ele o tirou da vitrine, abriu um quadrado de veludo azul sobre o balcão e colocou-o em cima. — Muito fina, realmente.

Eu estendi a mão:

— Posso? — e toquei um dos querubins. Era frio e liso, sua juventude intocada impermeável ao passar das horas, que ele havia ajudado a registrar.

— Seu fabricante, Johannes Bruckner, era muito procurado. Ele trabalhava principalmente em Viena e seus relógios eram comprados pelo Eleitor e o Arcebispo.

Ele virou o relógio para nos mostrar o nome de Bruckner gravado no mecanismo interno e meu olho captou as palavras *"Ich spüre nur die Zeit"*. Corri o dedo sobre a gravação, sentindo as minúsculas reentrâncias das letras.

— Sabe o que quer dizer? — Charlie perguntou.

O negociante repetiu a frase em alemão, devagar, pensativo.

— Tenho uma idéia... mais ou menos. "Sinto apenas o tempo". — Ele estava satisfeito com a sua erudição.

A beleza do relógio, a elegância e clareza me tirou o fôlego. Eu o imaginei colocado, elegante e seguro de si, sobre a prateleira na sala que dá para o rio... o tempo fluindo através dele, o rio fluindo lá fora, através do sol, do vento e da chuva.

O negociante hesitou quando Charlie perguntou o preço.

— Não é barato — e disse um preço desconcertante.

Nós três sabíamos que era impossível.

— Eu poderia dar um desconto — ele ofereceu.

Eu perguntei de onde tinha vindo.

— Um minutinho — ele procurou no computador e examinou os registros. — Pertenceu a uns Sr. e Sra. Beeching, de Guildford, Surrey, Inglaterra — ele pronunciou "Guildford" errado. — Foi vendido num leilão junto com resto do espólio. Antes disso . . . — ele rolou na tela uma relação de proveniências que mapeavam a marcha do relógio desde a Áustria até a França e, no final, até a Inglaterra.

Na rua, as sombras da tarde espalhavam-se sobre a calçada.

— É muito caro para nós, mas eu poderia anotar a frase em alemão, por favor?

Tirei a agenda de dentro da bolsa e escrevi: *"Ich spüre nur die Zeit."*

Charlie e eu olhamos um para o outro e sorrimos.

Este livro foi composto na tipologia Usherwood Book
em corpo 11/16, e impresso em papel
off-white 80g/m², no Sistema Cameron da Divisão
Gráfica da Distribuidora Record.

Seja um Leitor Preferencial Record
e receba informações sobre nossos lançamentos.
Escreva para
**RP Record
Caixa Postal 23.052
Rio de Janeiro, RJ – CEP 20922-970**
dando seu nome e endereço
e tenha acesso a nossas ofertas especiais.

Válido somente no Brasil.

Ou visite a nossa *home page*:
http://www.record.com.br